KB068141

삼
국
지

8

三國志

삼국지 8 이문열 평역

정문 그림 — 나관중 지음

솥 발 처 럼 갈 라 선 천 하

알에이치코리아

방덕
龐德

엄안
嚴顔

우금
于禁

서황
徐晃

차례

8
솥발처럼 갈라선 천하

드디어 터진 한중 쟁탈전 15

정군산 남쪽에서 한 팔이 꺾였네 40

가름나는 한중의 주인 65

유비, 한중왕이 되다 90

불길은 서천에서 형주로 113

빛나구나, 관공의 무위 138

패어드는 관공의 발밑 164

아아, 관공이여, 관공이여 190

옛 맹세를 어찌할거나 220

조조도 한 줌 흙으로 돌아가고 243

콩깍지를 태워 콩을 볶누나 273

한(漢)의 강산은 마침내 위(魏)에게로 288

한스럽다, 익덕도 관공을 따라가고 313

벌벌 떠는 동오(東吳)의 산천 339

원수를 갚아도 한은 더욱 깊어가고 364

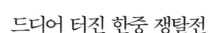

드디어 터진 한중 쟁탈전

허창이 한바탕 불난리를 치르고 조용해졌을 무렵, 조조를 대신해 한중으로 간 조홍은 그곳을 지키던 하후연과 장합을 만났다. 그곳 사정을 소상히 들은 조홍은 하후연과 장합을 남겨 험한 길목을 지키게 하고, 자신은 데려온 장졸들과 더불어 나아가 적을 맞았다.

이때 장비는 뇌동과 함께 파서를 지키고 있어 조홍과 먼저 부딪친 것은 마초였다. 군사들을 이끌고 하판에 이른 마초는 오란을 선봉으로 삼아 앞길을 살펴보게 하였다.

조홍의 군사가 뜻밖으로 많은 걸 본 오란은 원래 조용히 물러나 마초와 의논한 뒤 싸우려 했다. 그러나 오란을 따라갔던 아장 임기가 부득부득 우겼다.

"적은 방금 도착해 아직 자리를 잡지 못하였소. 먼저 그 날카로운 기세를 꺾어놓지 못한다면 무슨 낯으로 돌아가 마맹기(馬孟起)를 보겠소?"

그러고는 드디어 창을 끼고 말을 몰아 나가 조홍에게 싸움을 걸었다. 조홍은 그게 한중에서의 첫 싸움이라 허술하게 맞설 수 없다 생각했다. 몸소 칼을 빼들고 말을 박차 달려 나갔다. 겁 없이 덤벼들기는 해도 임기는 애초에 조홍의 맞수가 못 되었다. 말과 말이 어울리기를 세 번도 넘기지 못해 조홍의 칼에 임기의 목이 떨어졌다.

조홍이 그 좋은 기회를 그대로 넘길 리 없었다. 임기를 목 벤 기세를 타고 군사를 몰아 오란의 본진을 덮치니 오란은 제대로 싸워보지도 못하고 대패해 쫓겨갔다.

"너는 어찌하여 내 명을 기다리지도 않고 함부로 적과 맞섰느냐? 첫 싸움에 져서 우리 편의 사기를 떨어뜨린 죄가 얼마나 큰지 알고나 있느냐?"

쫓겨온 오란을 마초가 꾸짖었다. 오란이 머리를 조아리며 궁색한 평계를 댔다.

"임기가 내 말을 듣지 않고 가볍게 나갔다가 나까지 이 꼴로 만들어 놓았습니다."

"이제부터는 험한 곳에 의지해 굳게 지킬 일이요, 함부로 나가 싸워서는 아니 된다."

마초는 엄한 말로 그렇게 오란을 단속하는 한편 사람을 성도로 보내 그대로 밀고 나갈 것인지 아닌지를 물었다. 못 보던 조홍이 나타난 걸로 미루어 조조가 대군을 보냈음을 짐작하고 한 일이었다.

조홍은 마초가 더 움직이지 않자 무슨 속임수가 있을까 걱정이 되었다. 그대로 밀어붙이는 대신 남정으로 물러나 마초의 움직임을 살폈다. 장합이 조홍을 보러 와서 물었다.

"장군께서는 이미 적장을 목 베어 첫 싸움에 이기셔놓고도 어찌하여 군사를 도로 물리셨습니까?"

"마초가 나오지 않는 것을 보니 따로이 무슨 꿍꿍이속이 있는 것 같았소. 거기다가 내가 업군에 있을 때 점술이 귀신 같다는 관로가 말하기를, 이곳에서 큰 장수 한 사람이 꺾인다 했는데, 그 말이 갑자기 마음에 걸리는구려. 그 때문에 가볍게 나아가지 못했소이다."

조홍이 머뭇머뭇 그렇게 대답했다. 그러자 장합이 크게 웃으며 말했다.

"장군께서는 반평생을 싸움터에서 보내셨으면서도 어찌하여 한낱 점쟁이의 말에 그토록 마음을 쓰십니까? 그렇다면 제가 한번 싸워 보겠습니다. 이 장합이 비록 재주 없으나 지금 이끌고 있는 군사만 데리고 가서 파서를 빼앗아보지요. 만약 파서가 우리 손에 들어온다면 촉군(蜀郡) 전체를 빼앗는 것도 어렵지 않을 것입니다."

"파서를 지키는 장수는 바로 장비외다. 결코 등한히 볼 장수가 아니니 가볍게 맞서서는 아니 되오."

조홍이 엄하게 장합을 말렸다. 그러나 장합은 듣지 않았다.

"사람들은 모두 장비를 두려워하나 내가 보기에는 어린애일 뿐입니다. 이번에 가서 반드시 사로잡아 오겠습니다!"

그렇게 큰소리를 치며 보내달라고 졸라댔다. 조홍이 마지못해 물었다.

"만약 일이 잘못되면 그때는 어쩌겠는가?"

"마땅히 군령에 따라 벌을 받겠습니다."

장합이 그렇게까지 나오자 조홍도 더는 말릴 수 없었다. 장합에게 군령장을 써놓게 한 다음 군사를 이끌고 파서로 나아가는 것을 허락했다.

이때 장합이 이끌고 있던 군사는 모두 합쳐 삼만이었다. 장합은 그들을 세 개의 진채로 나누어 험한 산기슭에 자리 잡게 했는데, 그 하나는 암거채(岩渠寨)라 불렸고, 다른 하나는 몽두채(蒙頭寨)라 했으며, 나머지는 탕석채(湯石寨)라 이름했다. 그날 장합은 그들 세 채의 군사들을 각기 반으로 쪼개 절반은 자신이 파서로 데리고 가고 나머지는 남아 진채를 지키게 했다.

장합이 군사를 이끌고 쳐들어온다는 소식은 곧 장비의 귀에도 들어갔다.

장비가 급히 뇌동을 불러 물었다.

"장합이 온다는데, 그놈을 때려잡을 무슨 좋은 수가 없겠나?"

뇌동이 제법 머리를 짜내 대답했다.

"낭중은 땅이 거칠고 산이 험하니 군사를 감춰둘 만한 곳이 많습니다. 장군께서는 군사를 이끌고 정면으로 나가 싸우십시오. 그때 제가 미리 감추어둔 군사를 내어 곁에서 도우면 장합을 사로잡을 수 있을 것입니다."

장비는 그 말을 그럴듯하게 여겼다. 곧 날랜 군사 오천을 뽑아 뇌동에게 주며 알맞은 곳에 숨어 있게 하고 자신은 일만 군사와 더불어 낭중으로 나아갔다.

장비가 장합의 군사와 마주친 것은 낭중에서 삼십 리쯤 떨어진 곳에 이르렀을 때였다. 양군이 마주 벌여서 진을 친 뒤 장비가 말을 달려 나가 싸움을 돋우었다.

"장합은 어디 숨었느냐? 어서 나와 목을 바쳐라!"

장비가 그렇게 소리치자 장합도 지지 않고 창을 휘두르며 말을 달려 나왔다. 곧 한바탕 무서운 싸움이 어우러졌다. 하지만 어차피 끝을 볼 수 없게 되어 있는 싸움이었다. 둘이 어울린 지 서른 합쯤이나 되었을까, 갑자기 장합이 이끄는 군사들 뒤편에서 함성이 크게 일었다. 산 뒤쪽에 촉병의 깃발이 펄럭이는 걸 보고 놀란 장합의 군사들이 지른 소리였다.

장합도 그걸 보고는 더 싸울 마음이 없었다. 한차례 용을 써서 장비를 물러나게 해놓고는 말 머리를 돌려 달아나기 시작했다. 장비가 그런 장합을 뒤쫓으며 그 군사들을 마구 죽였다. 거기다가 다시 뇌동이 앞에 뛰쳐나와 양쪽에서 들이치니 장합이 견뎌낼 도리가 없었다. 군사고 뭐고 뒤돌아볼 틈도 없이 제 한목숨 건져 달아나기 바빴다.

장비와 뇌동은 그런 장합을 밤새도록 쫓아 그의 진채가 있는 암거산(岩渠山) 아래에 이르렀다. 그곳을 지키고 있던 장합의 군사들이 얼른 그를 맞아들인 다음 뒤쫓아오는 장비의 군사들에게 통나무와 돌을 굴렸다. 적이 험한 산기슭에 의지해 굳게 지킬 뿐 나와 싸우지 않자 장비도 더는 어찌해볼 수가 없었다. 군사를 다시 암거산에서 십 리쯤 떨어진 곳으로 물려 진채를 내렸다.

다음 날 장비는 일찍부터 군사를 이끌고 장합의 진채 아래로 가 싸움을 걸었다. 그러나 장합은 계책을 바꾸어 싸움을 받아주지 않았다. 일부러 크게 피리를 불고 북을 울리며 산 위에서 술만 마시고 있을 뿐이었다.

장비는 군사들을 시켜 큰 소리로 그런 장합을 욕하게 했다. 그래도 장합은 조금도 동하지 않고 진채에서 나오지 않았다.

장합이 그렇게 나오니 장비도 어쩔 수가 없었다. 욕질로 목쉰 군사들을 데리고 자기 진채로 돌아갔다.

다음 날도 장비가 다시 군사를 몰고 산 아래로 가서 싸움을 걸었으나 전날과 다름이 없었다. 장합은 무슨 소리를 해도 진채에 처박혀 나오려 하지 않았다.

참다 못한 뇌동이 군사를 몰아 산 위로 올라갔다. 산 위에서는 다시 통나무와 바윗덩어리가 사태 난 듯 굴러떨어졌다.

놀란 뇌동이 급히 군사를 물렸으나 이번에는 장합의 다른 진채인 탕석채와 몽두채에서 군사들이 쏟아져 나와 뇌동의 군사를 덮쳤다. 그러잖아도 통나무와 바윗덩이에 적지 않이 꺾인 뇌동의 군사는 그 두 채의 군사들을 당해내지 못해 턱없이 머릿수만 줄어든 채 쫓겨오지 않을 수 없었다.

그래도 장비는 단념하지 않고 다음 날 또 군사를 이끌고 산 아래로 가서 싸움을 걸었다. 그러나 장합은 여전히 꼼짝하지 않았다. 장비는 군사들을 시켜 온갖 입에 담지 못할 욕을 다 퍼부었지만 산 위에서는 욕설로만 답할 뿐 아무도 내려오지는 않았다.

일이 그렇게 되자 장비는 아무리 생각해도 마땅한 계책이 나지 않았다. 하릴없이 욕질만 주고받는 사이에 그럭저럭 오십여 일이 지나갔다. 변한 것이 있다면 장비가 진채를 바로 암거산 아래로 옮긴 것과 그도 장합처럼 술을 마시게 된 것 정도였다.

장비는 매일 몸을 가눌 수 없을 만큼 취한 뒤에 산 아래 앉아 장합에게 욕을 퍼붓는 일로 날을 보냈다. 그런데 어느 날 유비가 보낸 음식을 가지고 온 사자가 그 꼴을 보고 돌아가기 바쁘게 유비에게 일러바쳤다. 장비의 못된 술버릇을 알고 있는 유비는 그 말을 듣자 깜짝 놀랐다. 곧 공명을 불러놓고 걱정스레 물었다.

"장비가 또 술을 퍼마셔 댄다니 실로 큰일이외다. 어찌하면 좋겠소?"

"원래 그런 거 아닙니까? 싸움터에서는 술을 좋아하는 걸 걱정할 게 없습니다. 성도에는 잘 담근 술이 많으니 차라리 한 쉰 독쯤 보내주시지요. 그걸 세 수레에 실어 장장군께 내려보내 흠뻑 마시게 해 드리십시오."

공명이 빙긋이 웃으며 그렇게 대꾸했다. 유비가 정색을 하고 나무라듯 말했다.

"내 아우는 그전부터 술을 마시면 실수가 많은 아이오. 그런데도 군사께서는 무슨 까닭으로 오히려 익덕에게 술을 보내라는 것이오?"

그제서야 공명이 웃음을 거두며 그 까닭을 밝혔다.

"주공께서는 익덕과 여러 해 형제로 지내셨으면서도 여지껏 그 사람됨도 모르십니까? 익덕은 원래 성질이 굳세고 거친 사람이나 전에 이 땅을 차지할 때는 엄안을 의롭게 놓아준 적도 있습니다. 결코 용맹만 있는 사람으로서는 할 수 있는 일이 아닙니다. 지금도 그렇습니다. 익덕이 장합과 오십여 일이나 마주하고 있으면서 술만 마시고 취한 뒤에는 장합의 진채가 있는 산 아래 앉아 욕설이나 퍼붓

고 있다고는 하지만 이는 결코 술이 마시고 싶어 하는 것은 아닌 것
같습니다. 만약 그랬다면 그동안에 벌써 장합의 계략에 떨어져 패하
고 말았을 것이니 주공께서는 걱정 마시고 술이나 보내드리십시오."

그래도 유비는 영 마음이 놓이지 않는 듯했다. 한참 있다가 조용
히 말했다.

"비록 그렇다 해도 너무 믿어서는 아니 되오. 위연을 함께 보내
익덕을 돕게 하는 게 좋겠소."

공명도 그것까지는 마다하지 않았다. 곧 위연을 불러 술을 가지고
가 장비를 도우라는 영을 내렸다. 그러나 술을 실은 수레에는 '군전
공용미주(軍前公用美酒)'라고 크게 쓴 깃발을 내걸게 해 장합의 부아
를 돋우는 것을 잊지 않았다.

술을 가지고 장비의 진채에 이른 위연은 그 술이 유비가 보낸 것
과 아울러 자신이 도우러 온 걸 알렸다. 장비는 절하며 술을 거두어
들인 뒤 엄숙한 얼굴로 위연과 뇌동에게 말했다.

"이제 거진 때가 된 것 같다. 그대들을 각기 한 떼의 군마를 이끌
고 좌우의 날개가 되었다가 군중에 붉은 기가 세워지거든 바로 군사
를 몰아 나가라."

그러고는 가져온 술을 장막 앞에 펼쳐놓게 한 다음, 크게 깃발을
벌여 세우고 북을 울리게 하며 마셔대기 시작했다.

장합이 풀어놓은 세작이 그 꼴을 보고 산 위로 올라가 알렸다. 그
말을 들은 장합은 산꼭대기에서 장비가 있는 곳을 내려보았다. 정말
로 장비가 군막 앞에 앉아 술을 마시고 있는데, 그 앞에는 군사 둘이
씨름을 하고 있었다.

그걸 본 장합이 지그시 입술을 깨물며 중얼거렸다.

'장비가 나를 속이려 드는 게 너무 지나치구나!'

그러나 너무도 드러내놓고 속이려 드니 그게 꼭 자신을 얕보는 것 같아 그냥 참고 넘어갈 수가 없었다. 그 바람에 갑작스레 조심성을 잃어버린 장합이 영을 내렸다.

"오늘 밤 산을 내려가 장비의 진채를 급습한다. 몽두, 탕석 두 진채에서도 모두 나와 좌우에서 돕도록 하라 이르라!"

딴에는 눈앞에 사람이 없는 듯 날뛰는 장비를 혼쭐내준다고 내린 결단이었지만, 실은 그게 바로 장비에게 말려드는 첫걸음이었다.

그날 밤 장합은 달빛이 희미해지기를 기다려 산 옆구리를 타고 재빨리 장비의 진채 앞에 이르렀다. 저만큼서 장비의 군막을 살펴보니 대낮같이 등불을 밝혀놓고 장비가 아직도 술을 마시고 있었다.

장합은 이때다 싶었다. 큰 고함 소리와 함께 앞장서 똑바로 장비를 향해 짓쳐들어갔다.

그런데 이상한 것은 그 지경이 되었는데도 장비가 꼼짝 않고 앉아 있는 것이었다. 허나 이미 내친김이었다. 장합은 그대로 말을 몰아 장비에게로 다가간 뒤 한 창을 내질렀다.

창을 받고 풀썩 엎어지는 것은 뜻밖에도 짚으로 만든 인형이었다. 그제서야 속은 걸 안 장합은 얼른 말 머리를 돌렸다. 그때 장막 뒤에서 연주포 소리가 크게 나더니 한 장수가 달려 나와 길을 막았다. 부릅뜬 고리눈에 호랑이 수염을 세운 장비였다.

"이놈 장합아, 네 어디로 달아나려느냐?"

장비가 벼락 같은 고함을 내지르며 창을 끼고 박차 똑바로 장합을 덮쳤다.

휜한 불빛 아래 장합은 장비를 맞아 서른 합이 넘게 버티었다. 속으로 믿는 바는 나머지 두 진채에서 구원병이 오리라는 것이었다.

헛된 기다림이었다. 몽두, 탕석 두 진채에서 오던 구원병은 이미 위연과 뇌동 두 장수에 의해 으깨진 깨강정이 되어 흩어지고, 오히려 그 진채마저 차례로 위연과 뇌동의 손에 들어가버렸다.

뿐만 아니었다. 오게 되어 있는 구원병이 오지 않아 불안해지기 시작한 장합의 눈에 다시 산 위에서 이는 불길이 들어왔다. 함성 소리로 미루어 자신의 진채마저 장비의 군사들에게 빼앗긴 것임에 분명했다.

그렇게 되자 장합도 더 버틸래야 버틸 수가 없었다. 죽기로 길을 뚫어 와구관(瓦口關)을 바라고 달아났다. 진채 셋을 모두 잃어버렸을 뿐만 아니라 데려간 군사도 셋에 하나가 성하지 못했다.

싸움에 크게 이긴 장비는 곧 그 소식을 성도에 전했다. 유비는 장비가 장합을 여지없이 쳐부쉈다는 말을 듣자 기뻐 어쩔 줄 몰랐다.

비로소 장비의 술이 다만 장합을 산 위에서 끌어내기 위한 계책에 지나지 않았음을 알고 공명의 밝은 눈에 다시금 탄복했다.

한편 와구관으로 쫓겨간 장합은 거기서 군사를 수습해보았다. 삼만 중에 이만이 줄어 있었다. 남은 만 명으로는 곧 밀어닥칠 장비를 막아낼 자신이 없어 조홍에게 급히 구원을 청했다.

장합의 전갈을 받은 조홍은 몹시 성이 났다.

"네가 내 말을 듣지 않고 억지를 써서 군사를 끌고 나가더니 이 무슨 꼴이냐? 험하고 요긴한 길목을 적에게 내줘버린 것만도 용서

못할 일인데 이제 다시 구원병까지 청해?"

마치 장합이 눈앞에 있는 것처럼 그렇게 꾸짖은 뒤 사람을 보내 전하게 했다.

"구원병은 보내줄 수 없다. 어서 나가 싸워 네 힘으로 적을 쳐부 수라!"

그 소리를 들은 장합은 막막했다. 그러나 앞서 한 짓이 있어 두 번 다시 사정해보지도 못하고 홀로 장비를 막아볼 궁리를 시작했다.

한참 궁리한 끝에 짜낸 계책이 매복이었다. 장합은 군사를 나누어 관 앞 산속에 숨어 있게 하며 영을 내렸다.

"내가 나가 싸우다가 거짓으로 져 달아나면 장비는 반드시 내 뒤 를 쫓을 것이다. 장비가 이곳을 지나거든 너희들은 일제히 달려 나와 그 돌아갈 길을 끊으라."

그리고 자신은 남은 군사들을 데리고 장비를 맞으러 나갔다. 하지 만 앞서 달려온 것은 장비가 아니라 뇌동이었다. 장합은 뇌동과 맞 붙어 몇 합 싸우다가 못 견디는 것처럼 말 머리를 돌려 달아났다.

뇌동이 제격 그 계책에 걸려들어 제 죽을 줄도 모르고 장합을 뒤 쫓았다. 그러나 와구관 앞 산속에 들기 바쁘게 미리 숨어 있던 장합 의 군사들이 일제히 달려 나와 돌아갈 길을 끊어버렸다. 뇌동은 그 제서야 속은 줄 알았으나 때는 이미 늦은 뒤였다. 달아나던 장합이 어느새 되돌아와서 허둥거리는 뇌동을 덮쳤다. 뇌동은 손발 한번 제 대로 놀려보지 못하고 장합의 한 창에 찔려 말 아래로 떨어졌다.

뇌동의 졸개가 급히 돌아가 장비에게 그 일을 알렸다. 뇌동이 죽 었다는 말을 들은 장비는 분을 이기지 못하고 스스로 달려가 장합과 맞붙었다. 장합은 장비와 몇 번 창칼을 부딪다가 다시 거짓으로 져주며 달아났다. 그러나 장비는 뇌동과 달랐다. 장합을 가볍게 뒤쫓지 않고 그 하는 양만 살폈다.

장합은 장비가 따라오지 않자 되돌아가 한 번 더 싸움을 걸었다. 장비가 다시 나오자 몇 번 싸우는 체하다가 달아나며 장비를 유인하려 했다.

일껏 되돌아와 싸움을 걸어놓고도 금세 달아나는 장합을 보고 장비는 비로소 그게 계책인 줄 알아차렸다. 뒤쫓는 대신 군사를 거두어 자기 진채로 돌아가버렸다. 진채로 돌아간 장비가 위연을 불러놓고 말했다.

"장합이 매복계를 써서 뇌동을 죽였을 뿐만 아니라 나까지 속이려 들었다. 아무래도 그놈의 계책을 거꾸로 이용해 그놈을 때려잡아야겠다."

"어떻게 하실 작정이십니까?"

위연이 못 미더운 얼굴로 그렇게 물었다. 장비가 제법 생각 깊은 얼굴로 말했다.

"내일 내가 먼저 군사를 이끌고 나아가거든 너는 날랜 군사만 뽑아 뒤에 처져 있거라. 내가 속은 것처럼 장합을 뒤쫓으면 그가 숨겨놓은 군사들은 좋아라 달려 나와 내 뒤를 끊을 것이다. 그때 너는 군사를 나누어 그들을 쳐부수고 좁은 길목을 막은 뒤, 여남은 수레쯤의 짚단과 마른 풀을 날라 골짜기를 불살라버려라. 나는 그 틈을 타 장합을 사로잡고 죽은 뇌동의 원수를 갚겠다."

장비를 다시 봐야 될 만큼 단수 높은 계책이었다. 위연은 두말 없이 장비가 시키는 대로 채비했다.

다음 날이 되었다. 장비는 아무것도 모르는 체 군사를 이끌고 와구관으로 나아갔다. 장합이 기다렸다는 듯 달려 나와 장비를 맞았다. 여남은 번이나 어울렸을까, 장합이 또 전날처럼 거짓으로 져 달아나기 시작했다.

장비가 속은 체 그런 장합을 뒤쫓자 장합은 신이 났다. 이제야 장비를 꾀어들였다 싶어 한편 싸우며 한편 쫓기기를 한참이나 거듭했다.

그럭저럭 장비가 장합의 군사들이 숨어 있는 골짜기를 지났을 때였다. 장합이 갑자기 되돌아서서 장비에게 덤벼들며 골짜기 양편에 숨어 있는 자기편 군사들에게 손짓을 했다. 어서 나와 장비를 에워싸라는 신호였다.

그런데 이게 어찌 된 일인가, 복병들이 막 움직이려 할 때 어디서 나타났는지 위연이 날랜 군사들을 이끌고 달려들어 그들을 골짜기 안으로 되쫓아버렸다. 그리고 미리 끌고 온 수레로 골짜기 입구를 막더니 불을 질렀다. 수레에 실린 짚과 마른 풀에 붙은 불은 눈깜짝할 새에 골짜기에 있는 잡초와 나무로 옮아 붙었다. 그 불길이 얼마나 거센지 골짜기 안으로 쫓겨간 장합의 군사들은 아무도 빠져나올 수가 없었다.

장비는 그 틈을 놓치지 않고 데리고 있던 군사들을 휘몰아 허둥대는 장합을 들이쳤다. 볼 것도 없이 장합의 대패였다. 장합은 죽을 힘을 다해 한 가닥 길을 뚫고 와구관으로 쫓겨 들어갔다.

하지만 장합도 어지간한 장수였다. 곧 정신을 차려 쫓겨 들어온 졸개들을 수습한 뒤 굳게 성을 지켰다. 장비와 위연이 연일 와구관을 에워싸고 두들겼으나, 힘을 다해 싸워 잘 버텨냈다.

장비는 위연과 더불어 수십 기만 거느리고 몸소 와구관 양쪽을 뒤지며 샛길을 찾아보았다. 얼마 되지 않아 장비의 눈에 작은 등짐을 진 남녀 몇 사람이 문득 들어왔다. 산허리에 난 길 옆 칡덩굴에 매달려 황급히 달아나는 것이 장비의 군사들을 보고 놀라 숨으려는 것 같았다.

"와구관을 뺏고 못 뺏고는 저기 있는 저 사람들에게 달려 있다."

장비가 채찍을 들어 그들을 가리키며 위연에게 말했다. 그리고 얼른 그 말을 알아듣지 못해 멍해 있는 위연을 버려둔 채 군사 하나를 불러 영을 내렸다.

"너는 저기 보이는 저 사람들을 놀라게 하거나 겁주지 말고 이리 데려오너라."

그 말은 들을 군사가 얼른 달려가 미처 달아나지 못한 촌사람들을 장비에게로 데려왔다.

한동안 좋은 말로 그들을 안심시킨 장비가 이윽고 물었다.

"너희들은 어디서 오는가?"

"저희들은 모두 한중에 사는 백성들로, 이제 고향으로 돌아가는 길입니다. 그런데 도중에 대군이 엉켜 싸워 낭중으로 가는 관도가 막혔다는 소리를 듣고, 하는 수 없이 길을 바꾸고 있는 중입니다. 곧 창계를 지나고 재동산 회근천(檜釿川)을 따라 한중으로 들어가 집으로 돌아가려는 것입니다."

백성들이 별로 숨기는 기색 없이 그렇게 밝혔다. 바로 장비가 찾고 있던 사람들이었다.

"저 길을 따라가면 와구관 하고는 거리가 어떻게 되느냐?"

장비가 반가운 기색을 지으며 바로 그렇게 물었다.

"재동산 샛길로 따라가면 바로 와구관 뒤가 됩니다."

촌사람 가운데 하나가 별날 것도 없다는 듯 그렇게 대답했다. 그러나 그 말을 들을 장비는 몹시 기뻐했다.

"저 사람들을 진채로 데려가 먹을 것과 마실 것을 내주라. 대접에 소홀함이 있어서는 아니 된다."

장비는 곁에 있는 군사들에게 그렇게 영을 내린 뒤 위연을 불러 말했다.

"너는 군사를 이끌고 다시 관을 들이쳐라. 나는 가볍게 차린 기마대를 이끌고 재동산으로 나아가 관 뒤를 치겠다."

그러고는 경기 오백을 뽑아 재동산 샛길로 나아갔다. 조금 전에 잡아둔 백성들을 길잡이로 앞세웠음은 말할 나위도 없었다.

한편 장합은 기다려도 끝내 구원병이 오지 않자 몹시 걱정이 되었다. 머리를 싸매고 어찌할까를 궁리하고 있는데 다시 사람이 뛰어들어와 알렸다.

"위연이 관 아래로 몰려와 공격을 시작했습니다."

그 말을 들은 장합은 곧 갑옷 입고 말에 올라 관 아래로 내려갔다. 그런데 미처 위연과 부딪치기도 전에 다시 급한 전갈이 왔다.

"관 뒤 서너 줄기 샛길에 불길이 일고 있는데 어느 쪽 군사인지 알 길이 없습니다."

이에 장합은 위연을 제쳐놓고 그리로 먼저 달려갔다. 속으로는 은근히 조홍이 보낸 구원병이기를 바랐으나 아니었다. 깃발이 갈라서며 나타난 장수는 생각지도 못한 장비였다.

장비를 본 장합은 깜짝 놀랐다. 싸움이고 뭐고 없이 뒤돌아서서 내빼기 바빴다. 하지만 거친 산길이라 말이 닫기에는 좋지가 않았다. 거기다가 뒤에서는 장비가 바짝 뒤쫓아 장합은 할 수 없이 말을 버리고 걸어서 산꼭대기로 치달았다.

장합이 한 줄기 샛길을 찾아 간신히 몸을 빼내고 보니 뒤따르는 군사는 기껏해야 열 명이 넘지 않았다. 장합은 땅이 꺼져라 한숨을 내쉬며 걸어 걸어 남정으로 향했다. 거기 있는 조홍을 만나볼 생각을 하니 그저 아뜩할 뿐이었다.

조홍은 겨우 군사 여남은 명만 데리고 나타난 장합을 보자 속이 상해 어쩔 줄 몰라했다.

"내가 그렇게 가지 말라 하였거늘 너는 부득부득 우겨 군령장까지 써놓고 갔다. 이제 대군을 모두 잃은 주제에 무슨 낯으로 너만 살아서 돌아왔느냐?"

그렇게 장합을 꾸짖고는 문득 좌우의 군사들을 돌아보며 매섭게 소리쳤다.

"여봐라, 저자를 끌어내 목 베어라!"

행군사마 곽회(郭淮)가 그런 조홍을 말렸다.

"삼군을 모으기는 쉬워도 좋은 장수 하나를 얻기는 어렵다 했습니다. 장합이 죄가 크다 하나 위왕께서 매우 아끼는 장수이니 함부로 죽여서는 아니 됩니다. 그에게 다시 군사 오천을 주고 지름길로 가맹관을 쳐서 빼앗게 하십시오. 그래서 서촉의 군사를 그곳으로 몰리게 하면 이곳 한중은 절로 평온해질 것입니다. 만약 이번에도 공을 세우지 못하면 그때 앞서의 죄를 함께 물어 장합을 벌하시도록 하십시오."

성난 중에도 조홍은 그 말을 옳게 여겼다. 잠시 숨결을 가다듬은 다음 장합을 보고 엄히 말했다.

"다시 네게 오천 군마를 줄 터이니 가서 가맹관을 뺏으라. 이번 일을 또 그르치면 그때는 어김없이 군령을 시행하리라!"

이에 장합은 그날로 오천 군마를 이끌고 가맹관으로 달려갔다.

가맹관을 지키고 있던 촉의 맹달과 곽준도 오래잖아 장합이 군사를 이끌고 오고 있다는 말을 들었다. 곽준은 생각이 깊은 사람이라 성곽에 의지해 굳게 지키자 했으나 맹달은 달랐다.

"멀리서 온 적은 먼저 그 날카로운 기세부터 꺾어놓아야 하오. 나가 싸우도록 합시다."

그렇게 우기며 군사를 이끌고 관을 내려가 장합을 맞았다.

하지만 맹달은 아직 장합의 적수로는 모자랐다. 거기다가 장합으로서는 그 싸움에 목이 걸린 판이라 있는 힘을 다하니, 맹달은 제대로 싸워보지도 못하고 묵사발이 나 되쫓겨 들어왔다. 그러잖아도 은근히 장합을 두려워하던 곽준은 맹달이 그 지경으로 쫓겨오자 더욱 겁이 났다. 얼른 성도에 글을 보내 급한 소식을 알렸다.

가맹관이 위급하다는 소리를 들은 유비는 공명을 불러 물었다.

"이 일을 어찌했으면 좋겠소?"

그러자 공명은 대답 대신 여러 장수와 모사들을 불러 모아놓고 짐짓 걱정스레 말했다.

"지금 가맹관이 몹시 위태롭다니 아무래도 낭중에 있는 익덕을 불러와야겠소. 그래야 장합을 물리칠 수 있을 것이오."

"아니 됩니다. 익덕은 와구관에 머물면서 낭중을 지키고 있는데 그 땅 또한 매우 요긴한 길목입니다. 그를 빼와서 그곳이 위태롭게 해서는 아니 됩니다. 여기 있는 여러 장수들 중에서 한 사람을 뽑아 보내 장합을 쳐부수도록 해야 합니다."

법정이 당연히 그렇게 반대하고 나섰다. 그도 그럴 것이 아직 성도에는 많은 장수가 남아 있었기 때문이었다. 공명이 뜻 모를 웃음을 지으며 그런 법정의 말을 받았다.

"장합은 위의 이름난 장수요. 결코 가볍게 볼 인물이 아니외다. 익덕을 빼고는 그를 당해낼 만한 사람이 없소."

완전히 성도에 남아 있는 장수들을 무시하는 말이었다. 그러자 문득 장수들 중에서 한 사람이 분을 못 이긴 소리를 내지르며 달려 나왔다.

"군사께서는 어찌하여 여기 있는 뭇 장수들을 그토록 깔보시오? 제가 비록 재주 없으나 한번 나가보겠소. 반드시 장합의 목을 베어 바치겠소이다!"

그 소리에 놀라 모두 그를 보니 그는 바로 늙은 황충이었다. 공명이 그런 황충을 비웃듯 말했다.

"한승(漢升)이 비록 용맹스럽다 하나 이미 늙으셨소. 장합을 당해낼지 실로 걱정되오."

"지나치신 말씀이오. 내가 비록 늙었지만 두 팔은 아직 쌀 석 섬을 들어올릴 만한 힘이 드는 활을 당길 수 있고, 온몸의 힘을 모으면

천 근 무게도 거뜬히 들어올릴 만하외다. 어찌 장합 같은 조무래기 하나를 당해내지 못한단 말씀이오?"

황충이 백발을 곤두세우며 더욱 소리를 높였다. 공명은 그런 황충의 속을 한 번 더 긁었다.

"그래도 장군은 이미 칠순에 가깝지 않소? 늙지 않았다고는 할 수 없을 것이오."

그 말에 황충은 더 참지 못했다. 언뜻 몸을 날려 뜰로 내려서더니 시렁에 얹힌 큰 칼을 뽑아 칼춤을 추기 시작했다. 나는 듯한 몸놀림이 조금도 늙은이 같지가 않았다. 황충은 칼춤만으로 그치지 않았다.

한바탕 칼솜씨를 보인 뒤에 다시 벽에 걸린 강한 활을 내려 두 손으로 우지끈 꺾어버렸다. 실로 무시무시한 힘이었다.

그제서야 공명도 할 말이 없다는 듯 고개만 끄덕이다 조용히 물었다.

"알겠소. 그런데 장군께서는 부장으로는 누구를 데려가고 싶으시오?"

그러자 황충이 대뜸 대답했다.

"엄안을 데려가겠소이다. 그 역시 늙었으나 어떤 젊은이에 못지않음을 내가 아오. 만약 이번에 일을 그르친다면 먼저 허옇게 센 이 머리를 내놓으리다!"

늙은이라고 얕보는 데 격했는지 황충의 기세와 각오는 전에 없이 대단했다. 사람의 잠재력을 한껏 끌어내 쓰려는 공명의 계책이 잘 맞아떨어진 셈이었다.

유비도 황충이 그렇게 나서는 걸 보자 흐뭇함을 이기지 못했다.

그날로 황충과 엄안에게 대군을 주며 가맹관으로 가서 장합을 막게 했다.

은근히 자기가 갔으면 하고 바라던 조운이 공명을 보고 조용히 말했다.

"지금 장합이 스스로 앞장서 가맹관으로 덤벼들고 있으니 군사께서는 결코 아이들 장난으로 보아 넘겨서는 아니 되십니다. 만약 가맹관을 잃게 되면 익주 전체가 위태롭게 되고 맙니다. 그런데도 군사께서는 어찌하여 두 늙은 장수만 보내 그같이 큰 적에 맞서게 하셨습니까?"

"그대는 두 사람이 늙었다고 하지만 내가 헤아리기로 한중 땅은 반드시 그들 두 노장에 의해 우리 손에 들어오게 될 것이다."

공명은 조금 전 황충을 충동질할 때와는 딴판으로 그렇게 조운을 안심시켰다. 그러나 조운은 아무래도 그 말을 믿을 수가 없었다. 다른 장수들도 대개 그와 같아서 한결같이 그 결정에 비웃음을 감추지 못했다.

그런 형편은 가맹관에서도 마찬가지였다. 황충과 엄안이 가맹관에 이르자 그들을 본 맹달과 곽준은 속으로 공명을 비웃었다.

'이번만은 공명이 잘못한 것 같구나. 이곳은 매우 긴요한 길목인데 어찌해 이런 늙다리들을 보냈단 말인가!'

황충이 그 눈치를 모를 리 없었다. 가만히 엄안을 불러 말했다.

"그대는 여기 사람들이 하는 짓을 눈여겨보았소? 저들은 우리 두 사람이 늙었다고 속으로 저마다 비웃고 있소. 이래 가지고는 아무 일도 안 될 것이니 먼저 저들이 놀랄 만한 공을 세워 모두 마음으로 우리를 따르게 해야겠소."

"오직 장군의 영만 기다리겠습니다. 무슨 일이든 시켜주십시오."

엄안도 은근히 분한 듯 지그시 이를 물며 그렇게 대꾸했다. 그러자 황충은 무언가 엄안과 의논을 맞춘 뒤에 곧 군사를 이끌고 관을 나갔다.

성도에서 새로 군사가 내려왔다는 말을 듣고 걱정했던 장합은 황충이 허옇게 센 머리와 수염을 날리며 진 앞에 나와 서자 자신도 모르게 깔보는 마음이 들었다. 한참을 소리내어 웃다가 황충을 보고 빈정거렸다.

"너는 낫살이나 처먹었으면서 부끄러운 줄도 모르느냐? 그 주제에 싸움은 무슨 싸움을 한다고 이리 나섰느냐?"

황충이 성을 이기지 못해 버럭 소리질러 꾸짖었다.

"이 더벅머리놈이 내 늙었음을 너무 깔보는구나. 내 몸은 늙었을지 몰라도 이 손에 있는 보도는 아직 늙지 않았다!"

그러고는 말을 박차 장합에게 덮쳐갔다. 장합도 지지 않고 맞서, 곧 말과 말이 엇갈리며 두 사람의 병기가 맞부딪쳐 불똥이 튀었다. 그렇게 한 스무 합을 싸웠을까, 홀연 장합의 등 뒤에서 크게 함성이 일었다.

장합이 놀라 돌아보니 엄안이 이끄는 촉병들이었다. 원래 엄안은 황충과 짜고 황충이 장합과 맞붙어 있는 동안 샛길로 장합의 뒤를 돈 것이었다.

황충과 엄안이 각기 군사를 이끌고 앞뒤에서 짓두들기니 장합은 혼자서 당해낼 재간이 없었다. 형편없이 무너져 밤새도록 쫓긴 끝에

백 리나 물러나서야 겨우 진채를 세울 수가 있었다.

황충과 엄안도 더는 욕심을 부리지 않았다. 죽지 않을 만큼 장합의 군사들을 두들겨 쫓은 뒤에는 곧 군사를 거두어 자기 진채로 돌아갔다. 그리고 싸움에 이긴 장수답지 않게 군사들을 한곳에 묶어두고 움직이지 않았다.

한편 조홍은 장합이 또 싸움에 져 쫓겨났다는 말을 듣자 화가 나서 견딜 수가 없었다. 당장 장합을 잡아들여 목 베라고 펄펄 뛰는 걸 곽회가 다시 말렸다.

"장합을 너무 몰아대면 반드시 서촉으로 투항해버릴 것입니다. 오히려 새로 장수를 보내 돕게 하는 한편 그가 감히 딴마음을 먹지 못하도록 단속하게 하십시오."

듣고 보니 조홍도 겁나는 소리였다. 곽회의 말을 따르기로 하고, 곧 하후돈의 조카 하후상(夏侯尙)과 항복한 장수 한현의 아우 한호에게 오천 군사를 내어주며 장합을 돕게 했다.

하후상과 한호는 그날로 길을 떠나 장합의 진채에 이르렀다. 하후상과 한호가 싸움의 형편을 묻자 장합이 풀죽은 목소리로 대답했다.

"황충은 비록 늙었으나 영웅이라 할 만하오. 거기다가 엄안이 또 곁에서 돕고 있으니 결코 가볍게 맞서서는 아니 될 것이오."

전번 싸움에 어지간히 혼이 난 모양이었다. 한호가 그 말을 듣자 이를 갈며 말했다.

"그 늙은 도적놈은 내가 잘 아오. 전에 장사에서 한 주인을 섬긴 적이 있는데, 그놈이 위연과 배가 맞아 성을 들어 유비에게 바쳤소이다. 거기다가 그놈은 그때 내 형님까지 함께 해쳤으니 더욱 용서할 수 없는 놈이오. 이번에는 반드시 형의 원수 갚음을 하고야 말겠소!"

그러고는 하후상과 함께 장합과는 따로이 진채를 세우고 싸움부터 서둘렀다.

이때 황충은 매일처럼 사람을 풀어 근처의 지세며 크고 작은 길을 살살이 알아보고 있었다. 어느 정도 길을 익혔을 즈음 엄안이 황충을 찾아와 말했다.

"이쪽 길로 가면 천탕산이 나오는데 그곳은 조조가 군량과 마초를 쌓아둔 곳입니다. 거기를 뺏어 조조의 군사들에게 군량과 마초를 끊어버린다면 한중을 얻기는 어렵지 않을 것입니다."

그 말을 들은 황충이 기쁜 빛을 감추지 못하고 대꾸했다.

"장군의 말씀이 바로 내 뜻과 같소. 그럼 우리 이렇게 합시다."

그러고는 진작부터 꾸며뒀던 계책을 일러주었다. 듣기를 마친 엄안은 고개를 끄덕이며 한 갈래 군사를 거느리고 어디론가 사라졌다. 황충은 엄안을 빼돌린 뒤에야 하후상과 한호의 군사들을 맞아 싸움을 시작했다. 황충이 말을 타고 진채 앞에 나서자 먼저 진문 앞에 나와 있던 한호가 큰 소리로 욕을 퍼부어댔다.

"이 의리를 모르는 늙은 도적놈아. 어서 목을 내놓아라! 형님의 원통하신 넋이 구천에서 너를 기다린 지 오래다."

그러고는 눈에 불을 켜고 말을 박차 달려 나갔다. 하후상은 한호가 자칫 실수라도 할까 두려웠다. 아직 황충과 한호가 제대로 어울리기도 전에 다시 말을 박차 달려 나갔다.

한꺼번에 두 장수를 맞게 된 황충은 그들 모두와 각기 여남은 합씩 창칼을 맞댔다. 그러나 아무래도 혼자서는 두 사람을 당하기 어려웠던지 곧 뒤돌아 달아나기 시작했다.

하후상과 한호는 신이 났다. 그대로 이십 리를 뒤쫓아 황충의 영채를 빼앗아버렸다. 영채까지 빼앗긴 황충은 하는 수 없이 나뭇가지와 풀로 영채를 엮어 군사들을 쉬게 했다.

다음 날이 되었다. 하후상과 한호가 다시 뒤쫓아와 싸움을 걸었다. 황충은 또 나가 맞섰으나 이번에도 둘을 한꺼번에 당해내지는 못했다. 몇 합 부딪기도 전에 쫓겨 달아나니 하후상과 한호는 여전히 신이 나서 뒤쫓았다.

이긴 기세로 몰아붙인 하후상과 한호는 그날 다시 황충의 영채를 휩쓸어버렸다. 나뭇가지와 풀로 엮은 두번째 영채였다. 하후상과 한호는 뒤에 처져 있던 장합을 불러 어제 뺏은 영채를 지키게 하고 자신들은 그날 뺏은 영채를 근거로 다시 싸움을 서둘렀다. 장합이 그런 그들을 일깨워주었다.

"황충이 이틀간이나 잇달아 져서 쫓겨간 데는 반드시 속임수가 있을 것이오. 가볍게 추격하지 마시오."

그러자 하후상이 장합을 개 나무라듯 나무랐다.

"당신이 그따위로 겁이 많으니 어찌 싸울 때마다 지지 않을 수 있겠소? 아니면 우리 두 사람이 잇달아 공을 세우는 게 배라도 아프시오? 여러 소리 말고 우리 두 사람이 다시 큰 공을 세우는 걸 구경이나 하시오!"

젊은 장수들이 함부로 해대는 게 분했으나 패장인 장합은 할 말이 없었다. 벌겋게 단 낯으로 말없이 돌아갔다.

다음 날이 되었다. 하후상과 한호가 몰아치자 황충은 다시 이십 리나 쫓겨났다. 하후상과 한호는 그 이십 리를 뒤쫓아 군사를 멈추고 밤을 지낸 뒤 날이 새기 바쁘게 또 황충을 덮쳐갔다.

어찌 된 셈인지 황충은 이제 싸워보지도 않고 되돌아 달아났다. 마치 강한 바람에 휘날리는 낙엽같이 쫓기기를 몇 차례 거듭한 뒤 드디어 황충은 가맹관까지 쫓겨 들어갔다.

황충이 되쫓겨 들어오자 뒤따라온 하후상과 한호가 군사를 풀어 가맹관을 에워싸고 들이치기 시작했다. 며칠이나 싸울 때마다 이긴 다음이라 그 기세가 실로 엄청났다.

그러나 황충은 완전히 겁먹은 사람처럼 관 안에 처박혀 굳게 지킬 뿐 나가 싸울 생각을 안했다. 이래저래 높아지는 것은 하후상과 한호의 기세뿐이었다.

정군산 남쪽에서 한 팔이 꺾였네

가맹관을 지키던 맹달과 곽준은 그런 황충을 보자 다시 걱정이
되었다. 가만히 성도로 사람을 보내 유비에게 그 같은 사정을 알리
고 도움을 청했다.

그 소리를 들은 유비는 크게 걱정이 되었다. 급히 공명을 불러들
여 물었다.

"황충이 싸울 때마다 져서 이제는 가맹관 안으로 쫓겨와 있다 하
오. 어찌 된 일이오?"

"너무 걱정하실 일이 아닙니다. 지금 황충은 교병계(驕兵計, 적을
교만하게 만드는 계책)를 쓰고 있습니다."

공명이 잔잔하게 웃으며 그렇게 유비를 안심시켰다. 그러나 조운
을 비롯한 여러 장수들은 한결같이 공명의 말을 믿지 않았다. 유비

도 영 마음이 놓이지 않아 유봉을 가맹관으로 보냈다. 가서 보고 필요하면 황충을 도우라는 뜻이었다.

"작은 장군님께서 싸움을 도와주러 오신 까닭은 무엇입니까?"

유봉이 가맹관에 이르자 황충이 놀라는 얼굴로 물었다. 유봉도 공명의 말을 들었으나 시치미를 떼고 말했다.

"아버님께서 장군이 여러 번 싸움에 지셨다는 말을 듣고 저를 뽑아 보내셨소이다."

그러자 황충이 껄껄 웃으며 속을 털어놓았다.

"그것은 모두 이 늙은이의 교병계외다. 오늘 밤 보시면 알겠지만, 나는 한바탕 싸움으로 잃었던 영채를 모조리 되찾을 뿐만 아니라 적지 않은 군량과 마필까지 얻을 것이오. 내가 영채를 적에게 내준 것은 적이 그곳에다 치중을 가득 채워 내게 돌려주도록 만들기 위함이었을 뿐이오. 이따가 곽준은 관을 지키고 맹장군과 나는 군량과 마필을 빼앗어올 터이니 작은 장군님은 구경이나 하시오."

정말로 공명이 예측한 대로였다.

그날 밤 황충은 오천 군사를 이끌고 갑자기 가맹관 아래로 밀고 내려갔다. 이때 하후상과 한호는 연일 관을 들이쳐도 황충이 맞서지 않자 마음이 풀어질 대로 풀어져 있었다. 파수도 제대로 세우지 않고 곯아 떨어져 자는데 갑자기 황충이 들이닥치니 사람은 갑옷을 걸칠 틈이 없고 말은 안장을 얹을 틈이 없었다. 그대로 황충에게 짓뭉개져 이리저리 쫓기는 가운데 하후상과 한호만 겨우 목숨을 건져 달아났다.

악몽 같은 밤이 지나고 날이 밝은 뒤에 보니 하후상과 한호가 며칠을 싸워 뺏었던 세 개의 영채는 모두 황충에게로 되돌아가 있었다. 그것도 그 영채에다 옮겨놓았던 군량이며 병기, 마필까지 고스란히 덤으로 얹어서였다.

황충은 맹달로 하여금 뺏은 군량과 병기, 마필을 모두 성안으로 옮기게 하고 자신은 다시 하후상과 한호를 뒤쫓으려 했다. 유봉이 그런 황충을 말렸다.

"지금 군사들이 모두 지쳐 있습니다. 잠시 쉬고 난 다음에 움직이도록 하십시오."

그러나 황충은 듣지 않았다.

"호랑이 굴에 들어가지 않고 어떻게 호랑이 새끼를 잡겠소이까?"

그렇게 소리치며 앞장서서 나아갔다. 장수가 그러하니 사졸들도 마찬가지로 기세가 치솟았다. 모두 몸을 돌보지 않고 앞으로 내달았다.

어느 정도는 예측하고 있던 장합도 일이 그 지경이 되니 어찌 손써 볼 도리가 없었다. 되쫓겨오는 자기편 군사들에게 밀리듯 진채를 버리고 달아나니 그동안 세워두었던 허다한 영채와 책이 모두 황충에게 넘어가버렸다. 한수(漢水)가에 이르러서 겨우 한숨을 돌린 것만도 불행 중 다행이 아닐 수 없었다.

장합은 뒤이어 쫓겨온 하후상과 한호를 불러놓고 걱정스레 말했다.

"이쪽에 있는 천탕산은 군량과 말먹이 풀을 쌓아둔 곳이오. 그 곁 미창산도 또한 군량을 쌓아둔 곳이외다. 그 두 곳은 한중에 있는 우리 군사를 먹여 살리는 밥줄과도 같은 땅이니, 만약 그곳들이 적의 손에 들어가게 되면 한중은 지킬래야 지킬 수가 없게 되오. 마땅히 그곳을 지킬 계책을 마련해야 할 것이오."

그 다급한 중에도 거기까지 생각이 미치는 것으로 보아 역시 장합은 비범한 장수였다. 하후상이 그 말을 듣고 잠시 생각하다 대꾸했다.

"미창산은 우리 숙부이신 하후연 장군이 군사를 거느리고 지키실 뿐만 아니라, 그 뒤로는 정군산이 있으니 걱정하지 않아도 될 것이오. 그러나 천탕산은 우리 형님 하후덕이 지키고 있어 적지 않이 걱정되오. 우리는 그리로 가서 천탕산이나 지킵시다."

장합도 하후상의 말을 옳게 여겼다. 이에 장합과 하후상, 한호는 얼마 안 남은 군사를 수습해 천탕산으로 갔다.

세 사람이 하후덕을 찾아보고 그리로 온 까닭을 밝히자 하후덕이 고개를 저으며 말했다.

"이곳은 십만의 대병이 지키는 곳이니 걱정할 게 없소. 그대들 세 분은 공연히 여기 와서 북적거릴 게 아니라 돌아가 잃은 진채나 되찾을 궁리나 하시오."

장합이 울컥 치미는 속을 억누르고 좋게 받았다.

"지금은 굳게 지켜야 할 때오. 함부로 움직여서는 아니 됩니다."

바로 그때였다. 갑자기 산 밑이 수런거리더니 군사 하나가 달려와 하후덕에게 알렸다.

"황충이 군사를 이끌고 산 아래 나타났습니다."

하후덕이 같잖다는 듯 웃으며 소리쳤다.

"그 늙은 도적놈이 병법도 모르면서 용맹만 믿고 너무 날뛰는구나!"

"아니오. 황충은 지모가 있는 장수외다. 용맹만 믿고 저러는 게 아니니 조심해서 맞서야 하오."

여러 번 황충에게 혼이 난 장합이 얼른 하후덕을 깨우쳐주었다. 그러나 하후덕은 들은 체도 안했다.

"서천 군사들은 먼 길을 와서 매우 지쳤을 것이오. 그런데도 그들을 몰아 적진 깊숙이 들어왔으니 어찌 지모 있는 장수라 할 수 있겠소?"

그렇게 황충을 비웃었다. 장합이 그런 하후덕을 한 번 더 말렸다.

"그래도 가볍게 맞서서는 아니 되오. 굳게 지키는 게 제일 낫소이다."

하지만 한호는 달랐다. 황충이 왔다는 말에 눈이 뒤집힌 그는 전날의 패전도 잊고 다시 나섰다.

"제게 날랜 병사 삼천만 빌려주시오. 당장 내려가 황충을 때려잡겠소!"

그렇게 하후덕에게 청하자 하후덕은 두말 않고 군사 삼천을 떼어주었다.

한호가 군사를 이끌고 산을 내려오는 걸 보고 황충은 군사들을 정돈해 맞을 채비를 했다. 유봉이 걱정스레 말했다.

"이미 해가 서쪽으로 기운 데다 군사들은 또 먼 길을 달려온 뒤라 매우 지쳐 있습니다. 잠시 쉬었다가 싸우도록 하시지요."

그러나 황충은 이번에도 듣지 않았다.

"무슨 소리. 이거야말로 하늘이 내게 큰 공를 세울 기회를 주신 것이오. 그걸 마다하는 것은 바로 하늘의 뜻을 거스르는 일이 되오."

그렇게 말하고는 북을 치고 함성을 울리며 앞으로 나아갔다.

형을 죽인 원수만 생각하고 제 힘은 잊은 한호가 곧 군사들을 이끌고 산밑에 이르렀다. 황충은 똑바로 말을 몰아 그런 한호를 덮쳤다. 한호는 원래 황충의 적수가 아니었다. 겨우 한 번 부딪쳤는데 어느새 한호의 목은 말 아래로 굴러떨어졌다.

황충이 한칼에 적장을 베어버리자 그걸 본 촉군의 기세는 드높았다. 연일 달려온 피곤함도 잊고 함성과 함께 산 위로 치달았다. 장합과 하후상이 놀라 그들을 막으려고 군사를 이끌고 나왔다.

하지만 막아야 할 것은 황충뿐만이 아니었다. 갑자기 산 뒤에서 크게 함성이 일며 하늘을 찌르는 듯한 불꽃이 치솟더니 곧 산 아래위를 온통 불바다로 만들었다. 황충이 미리 보냈던 엄안이 드디어 움직이기 시작한 것이었다.

그제서야 놀란 하후덕이 허둥지둥 군사들을 몰아 불을 끄러 나섰다가 엄안과 정통으로 맞닥뜨렸다. 늙은 엄안이 벼락 같은 호통과 함께 한칼을 내리치는가 싶자 벌써 하후덕은 이 세상 사람이 아니었다. 엄안이 누구인지도 제대로 알아보지 못하고 토막 난 시체가 되어 말 아래로 굴러떨어졌다.

황충이 시키는 대로 먼저 천탕산으로 와 으슥한 곳에 숨어 있던 엄안은 황충이 이르자마자 미리 준비했던 마른 풀과 나뭇가지 더미에 불을 질렀다. 그리고 그 불이 산 아래위로 옮아 붙어 적이 당황해하는 틈을 타 불쑥 나타나 한칼에 적장을 베어버렸던 것이다.

하후덕을 죽인 엄안이 기세를 몰아 산 뒤편에서 쏟아져 나오고, 다시 앞에서는 황충이 밀고 올라오자 장합과 하후상은 버틸래야 버틸 수가 없었다. 그대로 천탕산을 버리고 정군산에 있는 하후연에게로 한목숨 건져 달아나는 게 고작이었다.

황충과 엄안은 천탕산을 뺏은 뒤 방비를 엄히 하는 한편 사람을 급히 성도로 보내 유비에게 그 소식을 전했다. 유비는 여러 장수들을 불러모아 그 일을 알리고 함께 기뻐해 마지않았다. 법정이 나와 권했다.

"전에 조조가 장로의 항복을 받고 한중을 뺏었을 때 그 여세를 몰아 파촉까지 휩쓸지 않은 것은 큰 실수였습니다. 그는 하후연과 장합 두 장수를 남겨 한중을 지키게 하고 자신은 대군을 이끌고 북쪽으로 돌아가는 잘못을 저지른 것입니다. 이제 장합이 다시 싸움에 지고 천탕산을 잃었으니 주공께서는 이 틈을 타 대군을 거느리고 몸소 치시면 한중을 평정할 길이 있을 것 같습니다. 그다음에 더욱 군사를 조련하고 곡식을 쌓는다면 나아가서는 역적을 칠 수 있고, 물러나서는 지키기가 쉽습니다. 이것은 하늘이 주시는 기회이니 잃어서는 아니 됩니다."

유비와 공명도 그 말을 옳게 여겼다. 곧 영을 내려 조운과 장비를 선봉으로 삼은 뒤 유비와 공명이 함께 십만 대병을 이끌고 나가 한중을 치기로 했다. 때는 건안 이십삼년 초가을 칠월이었다. 길일을 골라 성도를 떠난 유비는 가맹관에 이르러 황충, 엄안에게 후한 상을 내리며 말했다.

"다른 사람들은 모두 장군들이 늙었음을 걱정했으나 오직 군사만이 장군들의 능력을 알아주셨소. 이제 과연 뛰어난 공을 세우셨구려. 하지만 아직 적이 지키고 있는 정군산과 남정은 적의 군량과 마초가 쌓여 있는 곳이오. 만약 그곳만 손에 넣을 수 있다면 걱정이 없

을 터인즉 장군들은 한 번 더 나아가서 정군산을 뺏어보지 않으시
겠소?"

"그리 해보겠습니다."

황충이 얼른 그렇게 대답하고 군사를 몰아 나가려 했다. 공명이
그런 황충을 잡으며 말했다.

"노장군께서 비록 영용스러우나 하후연은 장합의 무리에게 견줄
만큼 호락호락하지 않습니다. 하후연은 육도삼략에 깊이 통했고, 군
사를 움직일 기틀을 잘 분간할 줄 압니다. 그 때문에 조조는 전에 서
량이 시끄러울 때는 그를 장안으로 보내 마초와 맞서게 했고, 이제
는 또 한중을 맡겼던 것입니다. 조조가 다른 사람을 제쳐놓고 유독
하후연을 믿은 것은 그 장수로서의 재질이 남다른 까닭입니다. 장군
께서도 장합은 쉽게 이기셨지만 하후연은 그렇지 못할 것입니다. 내
가 생각하기에는 한 사람을 형주로 보내 관운장을 대신하게 하고,
그를 불러 보내는 게 좋겠습니다."

다시 한번 황충을 분기시키려는 속셈이었으나 황충은 어김없이
걸려들었다.

"옛날에 염파(廉頗)는 나이 여든이었으나 여전히 한 말 밥에 열
근 고기를 먹었으며 제후들은 그 용맹이 두려워 감히 조나라를 넘보
지 못했습니다. 이 몸은 아직 일흔도 차지 않았는데 안 될 게 무엇이
겠습니까? 군사께서는 이 몸을 늙었다 하시나 이번에는 부장도 거
느리지 않고 이끌고 있는 삼천만 데리고 가서 하후연을 목 베다 바
치겠습니다."

그렇게 분명히 소리치며 당장 내달으려 했다. 공명이 그런 황충을

붙들고 차분하게 말했다.

"장군께서 또 가시겠다면 법정을 데리고 가십시오. 모든 일을 그와 의논하여 하신다면 잘 풀릴 것입니다. 나도 곧 인마를 끌고 뒤따르겠습니다."

그러자 황충은 그렇게라도 공명이 자신을 인정해준 걸 고맙게 여기며 법정과 함께 떠났다. 황충이 떠나자마자 공명이 다시 유비를 보고 말했다.

"이번에는 황충도 감정이 격해 큰소리를 앞세웠습니다. 비록 가기는 갔으나 공을 세우기는 어려울 것이니, 반드시 따로 인마를 뽑아 먼저 보내 그를 돕도록 해야 됩니다."

그러고는 조운을 불러 영을 내렸다.

"그대는 한 떼의 군마를 이끌고 샛길로 나가 황충을 도우라. 적이 뜻하지 않을 때 군사를 내어 그 어려움을 풀어주어야 한다."

뿐만 아니었다. 공명은 또 유봉과 맹달을 불러 영을 내렸다.

"삼천 군마를 이끌고 그 부근 산속 험한 곳으로 가서 기치를 많이 세워두도록 하라. 되도록 우리 군사가 많은 것처럼 꾸며 적이 놀라고 의심하도록 만들어야 한다."

이에 세 사람은 각기 그대로 따랐다.

공명은 다시 사람을 뽑아 하판에 보내 마초에게 이리이리 하라는 계책을 일러주었다. 또 엄안에게는 파서와 낭중을 맡겨 그곳의 험한 길목을 지키게 하고 장비와 위연을 불러들여 함께 한중을 뺏으러 나섰다. 한편 황충에게 쫓겨간 장합과 하후상은 정군산의 하후연을 찾아보고 말했다.

"천탕산은 이미 적군의 손에 들어가고 하후덕과 한호는 죽임을 당했습니다. 거기다가 이제 듣자 하니 유비가 몸소 한중을 뺏으러 나섰다고 합니다. 되도록이면 빨리 위왕께 알려 날랜 군사와 용맹한 장수를 보내주시도록 청하십시오. 앞일에 대비한 계책을 세워 거세게 밀려오는 적을 막으셔야 합니다."

하후연도 듣고 보니 사태가 심상치 않았다. 먼저 사람을 뽑아 조홍에게 급한 사정을 알렸다.

조홍은 밤낮을 가리지 않고 허도로 달려가 조조를 찾아보고 하후연에게서 들은 말을 전했다. 조조는 깜짝 놀랐다. 급히 문무 벼슬아치들을 모아놓고 한중으로 군사 낼 일을 의논했다. 유엽이 먼저 일어나 말했다.

"만약 한중을 잃으면 중원까지 놀라 떨게 될 것입니다. 대왕께서는 반드시 몸소 나가시어 정벌하셔야 합니다."

조조가 생각해도 그밖에는 달리 도리가 없었다. 그제서야 스스로 후회하며 고개를 끄덕였다.

"그때 경의 말을 듣지 않아 일이 이 지경에 이르게 했으니 실로 한스럽구려!"

그리고 급히 영을 내려 사십만 대병을 일으키고 스스로 나가 싸우기로 했다. 때는 건안 이십삼년 가을이었다.

조조는 군사를 세 길로 나누어 나아가는데, 전부 선봉은 하후돈이요, 자신은 중군을 거느렸으며, 조휴에게는 뒤를 맡게 했다. 사십만 대군이 한꺼번에 나아가니 꼬리에 꼬리를 물어도 끝이 없었다.

흰 말에 금으로 만든 안장을 얹고 올라탄 조조의 모습은 참으로 볼만했다.

비단옷에 옥띠를 두르고 앞뒤에는 무사들이 천자의 위엄에 못지 않은 의장으로 조조를 둘러쌌다. 붉은 비단에 금줄 늘인 일산(日傘)이며, 금조(金爪, 금칠한 손톱 같은 의장용 갈퀴), 은월(銀鉞, 은칠한 붉은 자루 나무도끼), 등봉(鐙棒)과 과모(戈矛)가 그러했고 하늘을 찌를 듯한 용봉(龍鳳)의 기치가 그러했다. 조조의 수레를 지키는 군사만도 이만 오천인데, 오천씩 다섯 대로 나누어, 청, 홍, 백, 적, 흑 다섯 가지 색으로 구별했다. 각기 깃발뿐만 아니라 갑옷이며 말까지 그가 속한 빛깔로 휘감고 있어, 모든 게 눈부시고 씩씩해 보였다.

군사가 동관 가까이 이르렀을 때 조조는 말 위에서 저만치 떨어진 곳에 있는 숲을 보고 물었다.

"여기가 어디냐?"

"남전이란 곳입니다. 저 숲 안에는 채옹의 집이 있는데, 지금은 그의 딸 채염(蔡琰)이 남편 동사(董祀)와 함께 살고 있습니다."

그 말을 들은 조조는 자못 감회가 깊었다. 원래 조조는 채옹과 서로 친했다. 그가 동탁의 시체 앞에서 운 죄로 왕윤에게 죽음을 당한 뒤 그 집안은 풍비박산이 났다. 그 딸 채염은 일찍이 위도개(衛道玠)란 사람에게 시집을 갔으나 뒷날 오랑캐에 붙들려 그 땅에 끌려가 살게 되었다.

채염은 거기서 두 자식까지 두고 살다가 「호가십팔박(胡茄十八拍)」을 지었는데, 아비의 재주를 이었는지 노래가 매우 애절했다.

그 노래가 중원으로 흘러 들어와 그걸 들은 조조가 그녀를 가엾게 여기고 많은 돈을 들여 사들이게 하자 오랑캐의 좌현왕(左賢王)

은 조조의 위세를 두려워하여 채염을 다시 한으로 돌려보내주었다. 이에 조조는 그녀를 동사와 짝지어준 적이 있는데 그녀가 바로 남전에 살고 있었다.

조조는 군사들을 앞서 보내고 자신은 백여 기만 이끌고 장원 앞에서 말을 내렸다. 이때 동사는 밖으로 벼슬살이 나가고 집 안에는 채염만이 있었다. 채염은 조조가 왔다는 소리를 듣자 황망히 문 밖으로 나와 맞아들였다.

조조가 당에 오르자 채염은 조조의 기거(起居)를 물은 뒤 곁에 모시고 섰다. 자리를 잡고 앉아 이런저런 얘기를 나누는 조조의 눈에 문득 벽에 걸린 비문이 들어왔다.

"저게 무어냐?"

조조가 그걸 읽어보고 물었다. 채염이 대답했다.

"저것은 조아(曹娥)의 비(碑)에 있는 구절입니다. 지난날 화제(和帝) 때 상우 땅에 조간이라는 무당이 하나 있었는데, 특히 사바악신(娑婆樂神, 굿 이름인 듯)에 능하였습니다. 어느 해 단오날에 술에 취해 배 위에서 춤을 추다가 강물에 떨어져 죽자 그의 열네 살 된 딸이 물가를 오르내리며 이레나 울다가 마침내는 그녀도 뛰어들어 죽었다 합니다. 그리고 닷새 뒤에 그 아비를 등에 업은 채 다시 물 위로 떠올라 동네 사람들이 신기하게 여기며 그들 부녀를 함께 강변에 장사 지내주었지요. 그때 상우의 현령 탁상(度尙)은 그 일을 조정에 알려 그 딸을 효녀로 기리게 하고, 다시 함단순(邯鄲淳)이란 사람을 시켜 비문으로 그 일을 새겨두려 했습니다. 함단순은 그때 겨우 열세 살이었는데, 점 하나 더할 것 없이 붓 한번 들어 비문을 다 지으니 세상 사람들이 모두 그 재주에 놀랐다고 합니다. 저의 선친께서 그 말을 들으시고 보러 가셨으나 마침 날이 저물어 비문을 읽으시지 못하고 어둠 속에 손으로 더듬어 읽으신 뒤 붓을 찾아 그 비석 뒤에 큰 글씨 여덟 자를 써두시고 오신 적이 있습니다. 뒷사람들이 그 여덟 자마저 비문에 새겨 오늘날까지 그대로 있다 하는데, 저기 있는 족자가 바로 그 글귀를 그대로 떠온 것입니다.”

조조는 그 말을 듣고 다시 한번 그 글귀를 바라보았다. ‘황견유부(黃絹幼婦) 외손제구(外孫韲臼)’ 여덟 자였는데 무슨 뜻인지 얼른 알 수가 없었다.

“너는 저 글귀가 무슨 뜻인지 아느냐?”

조조가 궁금한 나머지 그렇게 물었다. 채염이 부끄러운 듯 대답했다.

“돌아가신 분의 글이라 간수해두고는 있어도 그 뜻은 잘 모릅니다.”

그러자 조조가 뒤따라온 모사들을 돌아보며 물었다.

“그대들은 저 글귀를 풀 수 있겠는가?”

“제가 이미 그 뜻을 알았습니다.”

조조가 묻기 바쁘게 한 사람이 나서며 그렇게 대답했다. 조조가 보니 주부 양수였다. 조조가 잠깐 무엇을 생각하다 양수에게 말했다.

“경은 잠시 말하지 말라. 나도 한번 생각해봐야겠다.”

그런 다음 조조는 서둘러 채염과 작별하고 여럿과 함께 그 집을 나섰다. 말 위에 오른 조조가 한 삼 마장쯤 갔을까 문득 무엇을 깨우쳤는지 빙긋이 웃으며 양수에게 말했다.

“이제 그 여덟 자가 뜻하는 바를 알겠다. 그럼 경이 먼저 말해보라.”

양수가 기다렸다는 듯 풀어나갔다.

"그것은 일부러 뜻을 감춰 적은 글입니다. 먼저 황견(黃絹)을 풀이하면, 황견은 얼굴빛이 나는 실[絲]로 짠 비단입니다. 결국 실[絲]에 색깔[色]이 있으니 합치면 '절(絶)'이 됩니다. 또 유부(幼婦)는 나이 어린[少] 여자[女]이니 둘을 합치면 '묘(妙)'가 되지요. 따라서 황견 유부는 '절묘(絶妙)'하다는 뜻을 감춰 쓴 글입니다. 외손제구도 마찬가지로 풀이하면, 외손은 딸[女]이 낳은 아들[子]이니 합쳐 '호(好)'가 되고, 제구는 다섯 가지 맵고 신 것을 담는 그릇이니 담을 수(受)자에 매울 신(辛)을 더하면 '사(辭)' 자가 됩니다. 곧 외손제구는 '호사(好辭)'가 됩니다. 다 합쳐 풀이하면, 결국 절묘호사(絶妙好辭), 다시 말해 썩 잘 지은 글이란 뜻이지요."

조조는 양수가 어김없이 알아맞히자 몹시 놀라는 눈치였다.

"나도 바로 그렇게 보았지만 좀 전에야 겨우 깨달았는데 경은 한눈에 알아보았으니 참으로 놀랍구나."

그렇게 칭찬을 하면서도 속으로는 그 지나친 총명함이 은근히 언짢았다. 그러나 다른 사람들은 한결같이 양수의 재주와 지식을 놀라워하고 부럽게 여겨 마지않았다.

남전을 지나고 채 하루도 안 돼 조조의 대군은 남정에 이르렀다. 조홍은 조조를 맞아들이고 장합이 그간에 한 잘못을 낱낱이 조조에게 일러바쳤다. 듣고 난 조조가 가만히 고개를 저으며 말했다.

"그것은 장합의 죄가 아니다. 이기고 지는 것은 싸움하는 장수에게 매양 있는 일이 아니겠느냐."

그러자 조홍은 다시 하후연을 나무라기 시작했다.

"지금 유비는 황충을 시켜 정군산을 두들겨대고 있습니다. 그러나 하후연은 대왕의 군사들이 오신 걸 알고도 나가 싸우지 않고 굳게 지키기만 하니 영문을 모르겠습니다."

"그건 좀 좋지 않구나. 만약 나가 싸우지 않으면 두려워하고 있음을 적에게 보이고 있는 것이나 다름없다."

조조는 그렇게 대꾸하고 곧 사람을 하후연에게 보내 나가 싸울 것을 재촉했다. 유엽이 그런 조조에게 걱정스런 얼굴로 말했다.

"하후연은 성미가 매우 곧고 거세 적의 계책에 말려들까 두렵습니다."

그러자 조조는 몸소 글을 써서 사자에게 주어 보냈다. 하후연이 받아 뜯어보니 대강 이렇게 씌어 있었다.

'무릇 장수 된 사람은 굳셈과 부드러움을 함께 갖춰 서로 도움이 되도록 해야 한다. 지나치게 용맹만 믿지 말라. 용맹만 믿는다면 이는 한낱 이름 없는 자나 싸워 이길 수 있을 뿐이다.

나는 지금 대군과 더불어 남정에 이르러 있거니와, 여기서 먼저 그대의 묘재(妙才, 묘한 재주란 뜻임과 아울러 하후연의 자)를 구경하고자 한다. 부디 욕됨이 없게 하라.'

그걸 읽은 하후연은 몹시 흐뭇했다. 조조가 그토록 자신을 남달리 여기고 아껴주는 데 감격해 사자를 돌려보내기 무섭게 싸움을 서둘렀다. 은연중에 싸움을 말려온 장합을 불러놓고 씩씩하게 말했다.

"지금 위왕께서는 대병을 이끌고 남정에 이르러 계시오. 크게 유비를 쳐 없애실 뜻인 것 같소. 그런데 우리는 오랫동안 들어앉아 지키고만 있으니 어찌 큰 공을 세울 수 있겠소? 나는 내일 싸우러 나갈 것이오. 힘써 싸워 반드시 황충을 사로잡고야 말겠소!"

그러나 장합은 전과 다름없이 말렸다.

"황충은 꾀와 힘이 갖춰진 장수인 데다 법정까지 곁에서 돕고 있으니 가볍게 맞서서는 아니 됩니다. 거기다가 이곳은 산길까지 험하기 그지없으니 굳게 지키는 게 마땅합니다."

"만약 딴 사람이 나서서 공을 세우면 장군과 나는 무슨 낯으로 위왕을 보겠소? 정히 마음 내키지 않는다면 그대는 남아 이곳을 지키시오. 나는 나가서 싸워야겠소."

하후연은 그렇게 우기며 그대로 싸울 채비를 서둘렀다. 장합의 대꾸를 듣지도 않고 바로 좌우를 돌아보며 물었다.

"누가 앞서 나가 적을 한번 꾀어보겠느냐?"

하후상이 얼른 나서 아재비의 기를 돋우어주었다. 그러자 하후연은 반가운 얼굴로 그에게 말했다.

"네가 앞서가 살피다가 황충과 싸우되, 거짓으로 져줄지언정 약함을 보이지는 말라. 내게 계책이 있으니 다만 그대로 따르면 된다."

그리고는 그 계책을 일러준 뒤 하후상에게 군사 삼천을 주어 먼저 정군산의 큰 진채에서 떠나게 했다.

이때 황충은 법정과 더불어 정군산 입구에 진을 치고 있었다. 여러 번 싸움을 걸어도 하후연이 굳게 지킬 뿐 나오지 않아 쳐들어가려 했으나 그 또한 쉽지 않았다. 산속으로 드는 길이 거칠고 험해 가로막는 적을 물리치기 어려울 것 같았다. 그래서 그 또한 하는 수 없이 굳게 지키고만 있는데 홀연 군사 하나가 달려와 알렸다.

"적이 산을 내려와 싸움을 걸고 있습니다."

그 말을 들은 황충은 얼른 군사를 이끌고 싸우러 나갈 채비를 했다. 아장 진식(陳式)이 나서서 말했다.

"장군께서는 그냥 계십시오. 제가 나가서 한번 맞서보겠습니다."

진식은 뒷날 정사『삼국지』를 쓴 진수의 아비 되는 사람이다. 그런 대로 장수감이 되었던지 황충은 기꺼이 그 청을 받아주었다. 군사 일천을 떼어주며 골짜기 입구로 가서 진을 벌이고 산을 내려오는 적을 맞게 했다.

이윽고 하후상이 그곳에 이르자 곧 양군 사이에 싸움이 벌어졌다. 하후상은 진식과 맞붙은 지 얼마 안 돼 짐짓 싸움에 진 양 되돌아서서 달아나기 시작했다.

진식은 신이 나서 그런 하후상을 뒤쫓았다. 그러나 얼마 가기도 전에 산길 양편에서 바위와 통나무가 굴러떨어져 앞으로 나갈 수가 없었다. 그제서야 진식이 속은 걸 알고 돌아서려 했지만 이미 때는 늦은 뒤였다.

갑자기 진식의 등 뒤에서 하후연이 나타나더니 못 당할 줄 알고 달아나는 진식을 냉큼 사로잡아버렸다. 그 통에 진식을 따라갔던 군사들도 모조리 항복해버렸지만, 개중에도 용케 몸을 빼낸 자가 있었다. 숨이 턱에 닿도록 황충에게 달려가 진식이 사로잡힌 것을 알렸다.

놀란 황충이 법정을 불러놓고 의논했다. 법정이 가만히 생각하다 계책을 냈다.

"하후연은 사람됨이 가볍고 성질이 급한 데다 용맹을 지나치게 믿고 지모가 적습니다. 사졸들의 힘을 북돋운 후에 진채를 거두고 전진하도록 하시지요. 사졸들이 서서 걷는 게 곧 진채를 이루도록 하여 하후연을 꾀어내면 그를 사로잡을 수 있을 것입니다. 이는 바로 반객위주책(反客爲主策, 손님이 오히려 주인이 되는 계책)입니다."

황충은 그 계책을 옳게 들었다. 곧 진중에 있는 값진 것들을 모두 내어 삼군에게 두루 상을 내리고 사기를 돋워주니 곧 골짜기는 죽기로 싸우겠다는 군사들의 함성으로 가득 찼다. 황충은 그날로 진채를 거두고 군사를 몰아 앞으로 나아갔다. 조금씩 나아가다 서고 또 나아가는 식으로 며칠이 되자 그 소문을 들은 하후연은 가만있지 못했다.

"안 되겠소. 아무래도 내가 나가 싸워야겠소."

하후연이 그렇게 나서자 장합이 또 말렸다.

"저것은 바로 손님이 주인을 내쫓는 계책입니다. 나가서 싸워서는 아니 됩니다. 싸우면 반드시 지게 되니 이대로 굳게 지키도록 하십시오."

그래도 하후연은 듣지 않고 먼저 하후상에게 수천 군사를 주어 똑바로 황충의 진채를 들이치게 했다. 황충이 칼을 빼들고 말에 올라 하후상을 맞았다. 하지만 싸움이라기보다는 나꿔챔이라는 편이 옳았다. 두 필의 말이 스치는가 싶더니 어느새 하후상은 황충에게 사로잡혀 있었다.

쫓겨간 군사들이 급히 그 일을 하후연에게 알렸다. 하후연은 조카 하후상이 적에게 사로잡혔다는 말을 듣자 깜짝 놀랐다. 얼른 황충에게 사람을 보내 전하게 했다.

"그대들의 아장 진식이 여기 사로잡혀 있으니, 내일 진채 앞에서 그와 하후상을 바꾸도록 하자."

황충도 그걸 마다할 리 없었다. 곧 하후연에게 응낙의 말을 전했다.

다음 날 양군은 모두 산골짜기 입구의 널찍한 곳에 진세를 벌이고 마주섰다.

황충과 하후연은 각기 말에 올라 자기편 문기 앞에 서 있는데, 황충 곁에는 하후상이, 그리고 하후연 곁에는 진식이 갑옷 투구도 없이 얇은 옷만 걸치고 끌려나와 있었다.

북소리가 한 번 크게 울리며 진식과 하후상은 각기 자기편 진채를 향해 뛰기 시작했다. 하지만 하후상이 자기편 진문에 이를 즈음, 황충이 날린 화살 한 대가 등판에 꽂혔다. 진식을 성하게 보내주었는데, 하후상은 화살을 맞고 돌아오자 하후연은 크게 노했다. 곧 말을 박차 황충에게 덤벼들었다.

황충도 기다렸다는 듯 말을 박차고 달려 나와 한바탕 볼만한 싸움이 어우러졌다. 둘의 싸움이 스무 합을 넘어 한창 불꽃을 튀기고 있을 때 홀연 조조군의 등 뒤에서 군사를 거두는 북소리와 징소리가 요란했다.

그 소리를 들은 하후연이 놀라 말 머리를 돌리자 황충이 기세를 타고 덮쳤다. 그 바람에 하후연은 한바탕 싸움에 지고 자기 진채로 쫓겨 돌아갔다.

"무엇 때문에 북과 징을 울렸는가?"

겨우 숨을 돌린 하후연이 진채를 맡아 지키던 장수에게 물었다. 그 장수가 대답했다.

"산속 우묵한 곳에 촉병들의 깃발이 몇 군데 보였습니다. 그게 복병인 것 같아 급하게 장군을 불러들인 것입니다."

하후연도 돌아와서 생각해보니 자신이 아무래도 가볍게 싸우고 있는 것 같았다. 그날부터 다시 나와 싸울 생각도 않고 굳게 지키기만 했다.

그럭저럭 나아간 황충은 마침내 정군산 바로 아래 이르렀다. 하지만 하후연이 여전히 꿈쩍도 하지 않자 걱정이 되어 법정을 잡고 물었다.

"이제 어떻게 하면 좋겠습니까?"

그러자 법정이 손을 들어 한곳을 가리키며 말했다.

"정군산 서쪽에 산 하나가 높이 우뚝 솟아 있는데 사방이 모두 험한 길로 되어 있습니다. 저 산에 올라가면 정군산을 내려볼 수 있어 그 허실을 살필 수 있지요. 만약 장군께서 저 산을 뺏을 수 있다면 정군산은 손바닥 안에 있는 것이나 다름없습니다."

황충도 눈을 들어 살펴보니 그 산꼭대기는 평평한데 많지 않은 군마가 오락가락하고 있었다.

"한번 해보지요."

황충은 그렇게 말하고 어둡기를 기다렸다.

그날 밤 이경 무렵, 황충은 많은 군사를 이끌고 북과 징을 울리며 똑바로 산꼭대기를 향해 몰려갔다. 그 산을 지키고 있었던 것은 하후연의 부장 두습(杜襲)이었다. 겨우 백여 명을 데리고 지키다가 황충이 큰 군사를 이끌고 쳐 올라오자 놀라 산을 버리고 달아났다.

황충이 그 산꼭대기를 뺏고 보니 정말로 정군산이 훤히 바라보였다. 법정이 다시 계책을 일러주었다.

"장군은 산 중턱에 계시면서 지키십시오. 저는 산꼭대기에 있겠습니다. 하후연의 군사가 와도 제가 흰 깃발을 흔들 때는 군사를 움직여선 아니 됩니다. 그쪽이 마음이 풀어져 대비가 없을 때를 기다렸다가 제가 붉은 기를 올리거든 그때 얼른 산을 내려가 적을 치십시오. 편히 쉬면서 적이 지치기를 기다린 것이니 반드시 이길 것입니다."

그 말을 들은 황충은 매우 기뻐하며 그대로 따랐다.

한편 두습은 졸개들과 함께 하후연에게로 쫓겨 돌아가 그 산을 황충에게 뺏긴 일을 알렸다.

"황충이 이미 그 산을 차지했다면 내가 아니 나가 싸울 수가 없다. 모두 싸우러 나갈 채비를 하라!"

하후연이 성나 그렇게 소리쳤다. 장합이 그런 하후연을 다시 말렸다.

"이것은 틀림없이 법정의 꾀입니다. 장군께서는 결코 나가셔서는 아니 됩니다. 굳게 지키기만 하십시오."

그러자 하후연이 버럭 소리를 질렀다.

"적이 그 산을 차지하고 우리의 허실을 내려다보고 있는데, 어찌 나가 싸우지 않는단 말인가?"

장합은 그래도 거듭거듭 하후연을 말렸으나 끝내 소용이 없었다. 하후연은 군사를 나누어 그 산을 에워싸게 하고 함성을 올려 싸움을 돋우었다. 그러나 산 위의 법정은 흰 기를 세우고 하후연이 아무리 욕설을 해도 꿈적도 않았다. 황충도 흰 기를 보고는 미리 정한 대로 움직이지 않았다.

한나절이 지나도록 싸움을 걸어도 받아주지 않자 하후연의 군사들은 차차 마음이 풀어지기 시작했다. 대오가 흐트러지고 더러는 말에서 내려 땅바닥에 퍼질러 쉬기도 했다.

　그걸 본 법정이 문득 흰 깃발을 내리고 붉은 기를 높이 올렸다. 북소리 피리소리가 요란한 가운데 함성이 일며 촉병이 물밀 듯 산 아래로 쏟아졌다. 그들 맨 앞에서 흰 수염을 휘날리며 닫는 것은 황충이었다. 화살처럼 말을 몰아 산을 내려오는데 그 기세는 마치 하늘이 무너지고 땅이 꺼지는 것 같았다.

　워낙 급작스런 일이라 하후연은 뻔히 보면서도 손쓸 틈이 없었다. 어떻게 군사들을 수습해보려는데 어느새 해가리개 아래 이른 황충이 한 소리 벽력 같은 외침과 함께 덤벼들었다. 하후연이 급히 그를 맞아보려 했지만 황충의 칼이 더 빨랐다. 칼도 제대로 뽑아보지 못하고 머리에서 어깨에 걸쳐 황충의 칼을 받은 하후연은 그대로 두 토막이 나 숨을 거두었다.

　되돌아보면 참으로 허망한 최후였다. 삼십여 년 전 조조를 따라 처음 의군에 가담한 이래 하후연은 그의 손발처럼 싸워왔다. 장수 중에는 맹장이요, 신하 중에는 원훈(元勳)인 하후연이었는데 그때까지만 해도 별 이름이 없던 늙은 황충에게 어이없게 목을 바친 꼴이었다.

　하후연을 죽인 황충은 그 기세를 타고 조조의 군사들을 모두 흩어버린 뒤에 정군산을 뺏어버렸다. 장합이 맞서보았으나 황충만 해도 무서운데 진식까지 나타나 거드니 견딜 수가 없었다. 별수 없이 목숨을 건져 달아나기 바빴다.

쫓기던 장합이 한군데 산굽이를 돌았을 때였다. 갑자기 한 떼의 군마가 쏟아져 나와 길을 막으며 앞선 장수가 크게 소리쳤다.

"이놈들 어디로 가려느냐? 상산의 조자룡이 여기 있다!"

놀란 장합은 졸개들을 이끌고 정군산을 향해 돌아섰다. 그러나 몇 발 달아나기도 전에 다시 앞에 한 떼의 군마가 나타났다.

장합은 이제 죽었다 싶었다. 어찌할 줄 몰라 허둥대다 알아보니 다행히도 그것은 자기편 두습이 이끄는 군마였다.

"정군산으로 가셔서는 아니 됩니다. 그곳은 이미 유봉과 맹달에게 빼앗겼습니다."

두습이 장합을 가로막으며 말했다. 장합은 기가 막혔다. 하는 수 없이 남은 졸개들을 이끌고 한수가로 물러나 진채를 얽는 한편 조조에게 그 급한 소식을 알렸다.

조조는 하후연이 죽었다는 말을 듣자 목을 놓아 울었다. 하후연이 생가 쪽으로의 피붙이라는 말도 있으나, 그게 아니라도 조조가 슬퍼하고 분해한 까닭은 수없이 많았다. 어릴 적부터의 벗이요, 젊어서의 동지이며, 뒷날 뜻을 이룬 뒤에는 더할 나위 없이 미더운 충신으로서, 하후연은 일생을 조조를 위해 몸과 마음을 다한 사람이었다.

팔다리를 잃은 사람처럼 괴로워하고 슬퍼하던 조조는 그제서야 지난날 관로가 뽑았던 점괘의 의미를 깨달을 수 있었다. 맨 첫째 글귀 삼팔종횡(三八縱橫)은 삼팔 이십사로 그해 건안 이십사년을 말한 것이요, 황저우호(黃猪遇虎)의 누른 돼지가 호랑이를 만났다는 뜻은 그해 기해년(己亥年) 곧 돼지해에 그 달 인월(寅月) 곧 호랑이 달로 하후연이 죽은 날을 가리키는 것이었다.

또 정군지남(定軍之南)은 정군산 남쪽 곧 하후연이 죽은 땅이며 상절일고(傷折一股)는 하후연의 죽음이 조조에게 주는 의미임에 틀림없었다.

"건안 이십사년 기해 정월에 정군산 남쪽에서 한 팔이 꺾인다."

그 얼마나 어김없는 관로의 예측인가. 조조는 슬픈 중에도 그 놀라운 점술에 감복하여 관로를 찾아보게 했다. 그러나 그때 이미 관로는 어디로 갔는지 찾을 길이 없었다.

"크게 군사를 일으키라. 내 친히 정군산으로 가서 황충을 죽이고 하후연의 원수를 갚으리라!"

하후연의 장례가 끝나자 조조는 이를 갈며 그런 영을 내렸다. 그리고 대군이 모이기 바쁘게 서황을 선봉으로 삼아 몸소 한중으로 나아갔다.

조조가 한수에 이르니 거기까지 밀려 있던 장합과 두습이 울며 맞아들였다. 조조가 그런 둘을 차갑게 훑어보며 물었다.

"적의 형세는 어떤가?"

"이미 정군산을 적에게 잃었으니 군량과 마초가 걱정됩니다. 미창산에 있는 군량과 마초를 북산의 진채로 옮겨 쌓은 뒤에 군사를 내도록 하십시오."

한번 군량과 마초를 잃어본 두 사람이 그렇게 권해 올렸다. 조조도 그 말을 옳게 여겼다. 곧 미창산의 군량과 마초를 모두 북산으로 옮기게 했다.

한편 하후연을 목 벤 황충은 가맹관으로 돌아가 유비를 찾아보고 공을 아뢰었다. 유비는 크게 기뻐하며 황충을 정서대장군으로 삼음과 아울러 크게 잔치를 열어 그 공을 기렸다.

　한창 잔치가 무르익어 가는데 장저가 달려와 알렸다.

　"조조가 스스로 이십만 대군을 이끌고 하후연의 원수를 갚아주러 왔다고 합니다. 지금 장합은 미창산의 낱알이며 말먹이 풀을 한수 북쪽에 있는 산 발치에 옮겨 쌓고 있습니다."

　그 말을 들은 공명이 유비를 올려보며 조용히 말했다.

　"조조가 이십만 대병을 데리고 왔으나 곡식과 마초가 모자랄까 걱정이 되는 모양입니다. 그 때문에 잠시 군사들을 묶어두고 곡식과 마초부터 옮기고 있는 것입니다. 만약 지금 한 사람을 적진 깊숙이 보내 그 곡식과 마초를 태워버린다면 조조의 날카로운 기세를 꺾어 놓을 수 있습니다."

　"이 늙은이가 한번 가서 해보겠습니다."

　황충이 다시 벌떡 일어나며 말했다. 공명이 그런 황충에게 깨우쳐 주듯 말했다.

　"조조는 하후연과 견줄 사람이 아니오. 실로 가볍게 맞서서는 안 될 사람이외다."

가름나는 한중의 주인

유비도 곁에서 공명을 거들어 말했다.

"하후연이 비록 적의 우두머리였다고는 하나 한낱 용맹만 믿는 무리에 지나지 않았소. 어찌 장합에게나 미치겠소? 만약 장합을 목 베올 수 있다면 하후연을 이겨 목 벤 것보다 열 배는 나을 것이오."

그러자 황충이 또 분이 나서 소리쳤다.

"저를 보내주시면 반드시 장합의 목을 베어 오겠습니다."

공명은 황충이 그렇게 나오자 못 이긴 체 조건을 달아 허락했다.

"그렇다면 조자룡과 함께 가시오. 모든 일을 그와 의논해서 해나 가도록 하시오."

황충도 그것까지는 마다하지 않았다. 공명은 또 장저를 불러 부장 으로 황충과 함께 가도록 했다.

떠날 즈음 하여 조운이 황충에게 물었다.

"조조는 이십만 대군을 이끌고 와서 열 군데로 영채를 나누어 세웠다 합니다. 장군께서 주공보다 앞서 가서서 적의 군량을 뺏는 것은 결코 작은 일이 아닌즉, 마땅히 거기 따른 특별한 계책이 있어야 할 것입니다. 장군께서는 어떤 계책을 쓰실 작정이십니까?"

"나를 먼저 보내주는 게 어떻소? 어찌 됐건 한번 해보리다."

황충이 계책은 말하지 않고 앞장설 일만 내세웠다. 그러나 공을 서두르기는 젊은 조운도 못지않았다. 의논은 그만두고 앞장서기를 다투기 시작했다.

"아닙니다. 제가 앞서갈 테니 장군께서 뒤따라오십시오."

"내가 주장이고 그대는 부장이다. 그런데 어찌 앞장을 다투려 드는가?"

황충이 어림없다는 듯 고개를 저었다. 조운이 잠깐 생각하다 절충안을 내놓았다.

"저나 장군이나 모두 주공을 위해 싸우러 나왔습니다. 서로의 계책을 견줘보아야 무슨 득이 있겠습니까? 그러지 말고 제비를 뽑도록 하시지요. 거기 이긴 편이 먼저 가는 게 어떻겠습니까?"

황충도 거기까지는 마다할 수 없었던지 조운의 말을 따랐다. 제비를 뽑아 먼저 가게 된 것은 황충이었다. 황충이 싸우러 나갈 채비를 서두르는데 조운이 와서 말했다.

"이왕 장군께서 먼저 가시게 되었으니 저는 마땅히 뒤에서 도와야 하지 않겠습니까? 먼저 장군께서 돌아올 시각을 정해두는 게 좋겠습니다. 만약 장군께서 그 시각에 돌아오신다면 저는 군사를 묶어놓고 움직이지 않을 것이요, 그 시각이 지나도 돌아오지 않으신다면 즉시 군사를 움직여 장군께 호응하도록 하겠습니다."

"공의 말씀이 옳소."

황충도 기꺼이 그 말을 따랐다. 이에 시각을 약정한 조운은 본채로 돌아와 부장 장익에게 일렀다.

"황한승은 내일 정오로 시각을 정하고 조조의 군량을 뺏으러 갔다. 만약 정오가 되어도 돌아오지 않는다면 나는 마땅히 도우러 가야 한다. 그러나 우리 영채가 한수를 마주 보고 있어 지세가 매우 위험하다. 만약 내가 가게 되거든 너는 이 영채를 맡아 지키되, 삼가고 조심하여 가볍게 움직이지 말라."

어느 쪽도 빈틈이 없는 조운의 헤아림이었다.

한편 자기 진채로 돌아온 황충도 부장 장저를 불렀다.

"내가 하후연을 목 베 장합도 간이 콩알만 해져 있을 것이다. 나는 내일 명을 받들어 적의 군량과 마초를 뺏으러 가는 바, 이곳은 오백 군사만 남겨 지키게 하겠다. 너도 따라와 나를 돕도록 하라. 오늘 밤 삼경에 군사들을 배불리 먹이고 사경에 영채를 떠나 바로 북산 발치를 들이칠 작정이다. 먼저 장합을 사로잡고 다음에 군량과 마초를 뺏을 것이니 너는 그리 알고 채비하라."

황충은 그렇게 이르고 밤이 되기를 기다렸다.

다음 날 새벽 사경 무렵, 황충은 앞장을 서고 장저는 뒤를 떠받치는 형국으로 진채를 떠난 촉군은 가만히 한수를 건넜다. 황충이 북산 아래 이르렀을 때는 동쪽에서 막 해가 뜨려 하고 있었다. 군량이 산더미처럼 쌓여 있는데 지키는 군사는 그리 많지 않았다. 장합도 거기까지 촉병이 오리라고는 생각하지 못한 듯했다.

황충은 됐다 싶어 군사를 움직였다. 조조 편의 군사들은 촉병들을 보자마자 싸워볼 생각도 않고 흩어져 달아나기에 바빴다.

"곡식 위에 짚 검불과 싸릿단을 얹고 불을 질러버려라! 한 톨도 남겨서는 아니 된다."

황충이 군사들에게 그렇게 영을 내렸다. 군사들은 그 영에 따라 모두 말에서 내렸다.

그리고 마른 풀이며 싸릿단을 곡식 더미에 얹고 막 불을 지르려는데 갑자기 한쪽에서 함성이 일었다. 장합이 어느새 알고 달려온 것이었다.

거기서 황충과 장합의 한바탕 어지러운 싸움이 벌어졌다. 하지만 미처 그 싸움이 판가름 나기도 전에 다시 서황이 이끄는 한 떼의 군마가 뛰어들었다. 전갈을 들어 안 조조가 급히 서황을 보낸 것이었다.

장합만으로도 어지간하던 황충은 서황까지 덤벼들자 곧 곤란한 처지에 떨어지고 말았다. 앞뒤로 적을 맞은 꼴이 되어, 이윽고 적병한가운데 에워싸여 버렸다. 부장 장저가 겨우 삼백 기를 이끌고 에움을 뚫었으나 그도 멀리 가지는 못했다.

한참 정신없이 달아나는데 문득 한 떼의 인마가 달려 나와 길을 막았다. 조조 편의 장수 문빙이 이끄는 군사였다. 거기다가 등 뒤에서 다시 한 떼의 조조 편 군사들이 쏟아져나와 끝내는 장저마저 조조의 군사들에게 철통같이 에워싸이고 말았다.

이때 조운은 자기편 진채에서 황충이 돌아오기만을 초조하게 기다렸다. 그러나 황충은 미리 약정한 정오가 되어도 돌아올 줄 몰랐다. 조운은 황충에게 무슨 좋지 못한 일이 벌어졌음을 직감했다.

곧 갑옷 투구를 걸치고 말에 올랐다. 삼천 인마와 더불어 황충을 도우러 떠나면서 조운은 다시 한번 장익을 불러 일렀다.

"너는 다만 굳게 지키기만 하면 된다. 영채 양벽에 활과 쇠뇌를 있는 대로 내다놓고 뜻 아니한 적의 내습에 대비하도록 하라."

그리고 바람같이 말을 몰아 앞으로 나아갔다. 오래잖아 한 떼의 조조군이 조운의 길을 막았다. 앞선 장수는 문빙의 부장 모용열이었다. 모용열이 상대가 누구지도 모르고 칼을 휘두르며 덤벼들다가 조운의 한 창에 꿰어 말 아래 떨어지자 조조의 군사들은 그대로 쫓겨 달아났다.

조운은 그들을 뒤쫓다가 또 한 떼의 군마와 부딪쳤다. 이번에는 초병이란 조조의 장수였다.

"우리 측의 군사들은 어디 있느냐?"

조운이 초병에게 소리쳐 물었다. 초병이 이죽거리며 대꾸했다.

"이미 다 죽었다. 너도 목을 보태려고 왔느냐?"

그 말에 조운은 크게 노했다. 갑자기 말을 박차 역시 한 창에 초병을 찔러 죽였다. 대장이 죽자 졸개들도 뻔했다. 거미 새끼처럼 흩어지는 그 뒤를 쫓아 조운은 똑바로 북산 아래 이르렀다.

멀지 않은 곳에 황충과 그의 군사들이 장합과 서황의 군사들에게 에워싸여 허덕이고 있는 광경이 보였다. 이미 시간이 오래 지나 모두들 몹시 지쳐 있었다. 조운은 한 소리 큰 외침과 함께 말을 박차 두껍게 에워싼 조조군을 뚫고 안으로 뛰어들었다.

좌로 부딪고 우로 찔러가는 조운의 모습은 마치 아무도 없는 곳을 홀로 내닫는 것처럼 보였다. 창을 휘둘러 온몸을 보호하니 흰 창날은 마치 배꽃이 춤추며 떨어지는 것 같았고, 여기 번쩍 저기 번쩍하는 그의 몸 또한 정월 눈발이 이리저리 휘날리는 것만 같았다.

그 놀라운 조운의 무예에 장합과 서황도 놀라 싸울 마음이 없었다. 감히 나가 맞서지 못하고 우물쭈물하는 사이 조운은 황충을 구해 내 한편으로는 싸우고 한편으로는 달아났다.

장합과 서황이 감히 나서지 못하고 있는데 조운을 가로막을 수 있겠는가. 조운이 가는 곳마다 절로 길이 열려 두터운 에워쌈도 아무런 쓸모가 없었다. 높은 곳에서 그 광경을 바라본 조조가 놀라 물었다.

"저게 누군가?"

"저것은 상산의 조자룡입니다."

곁에 섰던 장수들 가운데 하나가 조운을 알아보고 그렇게 대답했다. 조조는 감탄해 마지않았다.

"지난날 당양 장판의 영웅이 아직도 변함 없이 남아 있구나!"

그러고는 급히 사람을 보내 영을 내렸다.

"조자룡은 무서운 장수다. 그가 이르거든 결코 가볍게 맞서지 말라!"

조운을 잡지 못하더라도 아끼는 장수나 상하지 않아야겠다는 뜻에서였다.

거기 힘입어 조운은 무사히 황충을 구해낼 수 있었다. 겨우 에움을 벗어났다 싶을 때 한 군사가 동남쪽을 손가락질하며 말했다.

"저쪽 적이 두껍게 에워싼 곳이 있는데, 틀림없이 부장 장저일 것입니다."

70

그 말을 들은 조운은 본채로 돌아가지 않고 다시 동남쪽으로 뚫고 들어갔다. 그가 이르는 곳마다 '상산 조운'이라 크게 쓴 깃발만 펄럭일 뿐 아무도 가로막는 자가 없었다. 지난날 당양 장판에서 그의 용맹을 본 조조의 군사들이 서로에게서 그걸 전해 듣고 모두 깃발만 보고도 달아나버린 까닭이었다. 그 바람에 조운은 이번에도 큰 어려움 없이 장저를 구해냈다.

　조운이 동에 번쩍, 서에 번쩍 하면서 먼저 황충을 구해내고 다시 장저까지 구해 가도 자기편 장수들이 감히 앞을 막지 못하는 걸 보자 조조는 발끈 화가 났다.

　조금 전 스스로 내린 영도 잊고 소리쳤다.

　"나를 따르라! 조운을 이대로 놓아 보내서는 아니 된다. 그를 뒤쫓아 사로잡으라."

　그리고 몸소 앞장서 조운을 뒤쫓았다.

　조조가 저만큼 조운을 따라잡았을 때는 조운이 이미 자기 진채로 접어든 뒤였다. 조운의 부장 장익이 조운을 맞아들이는데 그 뒤로 자욱이 티끌이 이는 게 보였다. 그게 조조가 뒤쫓아온 것임을 안 장익이 조운을 보고 말했다.

　"뒤쫓는 적병이 가깝습니다. 군사들에게 영을 내려 진채의 문을 닫고 적루(敵樓, 성이나 진채 주변에 세운 망대)에 올라 적을 막게 하십시오."

　그러자 조운이 씩씩하게 소리쳤다.

　"진채의 문을 닫지 말라. 그대는 내가 저 당양 장판에서 말 한 필 창 한 자루로도 조조의 팔십삼만 대군을 지푸라기 본 듯한 걸 모르는가? 지금은 군사도 있고 장수도 있는데 또 무엇을 두려워하겠는가?"

그리고 오히려 활과 쇠뇌를 든 군사들을 진채 밖에 파둔 구덩이로 내몰며 영을 내렸다.

"영채 안의 깃발을 모두 거두고 북과 징 소리를 내지 않도록 하라."

거꾸로 조조의 군사들을 영채 가까이로 끌어들이려는 것 같은 배치였다. 그 자신만 말 한 필에 창 한 자루로 영문 밖에 서 있는 게 그 어느 때보다 도전적이었다.

가장 앞서 조운을 뒤쫓아온 조조 쪽의 장수는 서황과 장합이었다. 날은 이미 저물어오는데 조운의 진채 가까이 이르러 보니 이상한 게 한둘이 아니었다. 상당한 군사가 있으리라 여겨지는 진채 안은 깃발이 모두 내려지고 북소리 한번 들려오지 않았다. 그런데도 진채의 문은 활짝 열려 있고 그 바깥에는 조운 혼자서만 말 한 필에 창 한 자루로 우뚝 서 있지 않은가.

어찌 보면 허세를 부리는 것도 같고 어찌 보면 일부러 허술하게 보여 자기들을 꾀어들이려는 것도 같아 서황과 장합은 갈피를 잡을 수가 없었다. 이에 둘은 감히 밀고 들어가지 못하고 조조가 오기만을 기다렸다. 그러나 뒤이어 그곳에 이른 조조는 그들과 달랐다. 조운이 많지 않은 군사로 허세를 부리는 것이라 단정하고 장졸들을 재촉했다.

"모두 앞으로 나아가라! 어서 적의 진채를 휩쓸고 조운을 사로잡으라!"

그 소리에 힘을 얻은 장졸들이 큰 함성과 함께 앞으로 밀고 나갔다. 그러나 조운이 그래도 꿈쩍 않고 버티고 섰자 더럭 겁이 나는지 이내 몸을 돌려 뒤로 쫓겨왔다.

보고 있던 조운이 문득 창을 들어 가볍게 한번 휘저었다. 그러자 진채 밖 흙구덩이 속에서 갑자기 활과 쇠뇌의 살(矢)이 조조군을 향해 쏟아졌다. 때는 이미 어두워지고 있어 촉군이 많은지 적은지를 전혀 알 수가 없었다.

촉군이 대수롭지 않을 줄로만 여기고 장졸을 몰아댔던 조조는 그 뜻밖의 반격에 덜컥 겁이 났다. 조운이 허세를 부려본 게 아니라 오히려 자기들을 꾀어들이려 했다고 믿고 그 먼저 말 머리를 돌려 달아나기 시작했다. 조조가 그 모양이니 그 군사들도 뻔했다. 적의 세력을 알아보려고도 않고 모두 되돌아서서 달아나기 바빴다.

달아나는 조조의 등 뒤에서 갑자기 함성이 일며 북과 피리 소리가 요란해졌다. 죽은 듯이 엎드려 있던 촉군이 거꾸로 조조군을 뒤쫓기 시작했다. 조조의 군사들은 서로 밀치고 짓밟으며 한덩이가 되어 한수가에 이르렀다. 그러나 조운은 추격을 늦추지 않아 강물에 빠져 죽은 자만도 그 수를 헤아릴 수 없을 정도였다.

조조는 급했다. 이제는 싸움이고 뭐고 제 한목숨 건지기에도 바빠 정신없이 북산 쪽으로 내닫는데, 다시 두 갈래의 군마가 앞을 가로막았다. 유봉과 맹달이 미창산 쪽 길을 따라 내려오며 조조의 군량과 마초를 모조리 불사르고 다시 앞을 가로막은 것이었다.

이미 미창산 쪽의 군량과 마초가 없어졌다면 북산으로 옮긴 얼마 안 되는 군량과 마초 또한 별 뜻이 없었다.

이에 조조는 북산까지 버리고 황급히 남정으로 되돌아갔다. 서황과 장합도 또한 조조의 본채를 지켜내지 못하고 목숨만 건져 달아나니 고스란히 조운의 손에 들어가고 말았다. 조조의 본채를 뺏은 데다 거기 있던 병기와 물자며 북산의 군량과 마초까지 얻고 큰 승리를 거둔 조운과 황충은 곧 그 기쁜 소식을 유비에게 알렸다. 공명과 더불어 한달음에 한수가로 달려온 유비가 조운의 졸개를 잡고 물었다.

"조운이 어떻게 싸우던가?"

그러자 그 졸개는 조운이 황충을 구하고 조조를 무찌른 일을 본 대로 전했다. 듣고 난 유비는 기뻐 어쩔 줄 모르며 산 앞뒤의 험한 길을 바라보다가 문득 공명을 보고 말했다.

"자룡은 그 한 몸이 모두 간덩이인 모양이구려!"

뒷사람도 시를 지어 그런 조운을 찬양했다.

지난날 장판에서 싸울 적   昔日戰長坂
그 위풍 조금도 줄지 않았네.   威風猶未減
적진을 뚫어 영웅됨 드러내고   突陣顯英雄
에워싸여 오히려 용감함을 보이네.   被圍施勇敢

귀신이 울부짖고   鬼哭興神號
하늘과 땅이 놀라네.   天驚並地慘
상산의 조자룡   常山趙子龍
한 몸이 모두 간덩이로구나.   一身都是膽

이에 유비는 조운의 공을 기려 그를 호위장군(虎威將軍)으로 삼고,

74

그 싸움에 낀 장졸들을 두루 위로한 뒤, 크게 잔치를 벌여 저물도록 즐겼다. 하지만 싸움은 아직 끝난 것이 아니었다. 잔치가 채 파하기도 전에 문득 급한 전갈이 왔다.

"조조가 다시 대군을 야곡 쪽의 길로 내려보냈습니다. 한수를 되찾을 작정인 듯합니다."

그러자 유비가 껄껄 웃으며 말했다.

"조조는 이번에 와도 별수 없을 것이다. 한수는 반드시 내가 차지하리라!"

그러고는 군사를 이끌고 한수 서쪽으로 가서 조조를 맞이했다.

조조는 서황을 선봉으로 삼아 이번에는 결판을 내겠다는 듯 싸움을 서둘렀다.

한 사람이 조조 앞에 나와 청했다.

"제가 이곳 지리를 잘 압니다. 서장군을 도와 유비를 깨뜨려보겠습니다."

조조가 그를 보니 파서 암거 땅 사람 왕평(王平)이었다. 조조는 기뻐해 마지않으며 왕평을 부선봉으로 삼아 서황을 돕게 했다.

그리고 자신은 정군산 북쪽에 머물면서 서황을 한수로 먼저 보냈다.

한수에 이른 서황은 군사들에게 영을 내렸다.

"모두 한수를 건너 진채를 벌이도록 하라!"

곁에 있던 왕평이 그런 서황을 일깨워주었다.

"만약 물을 건너 진을 쳤다가 급하게 물러나야 할 일이 생기면 그때는 어찌하시렵니까?"

"옛적에 한신도 물을 등 뒤로 하고 진을 친 적이 있다. 이른바 죽을 땅에 서게 된 뒤에야 오히려 살 수가 있다는 이치가 아니겠는가?"

서황이 그렇게 결연히 대답했다. 왕평이 무겁게 고개를 저었다.

"그렇지 않습니다. 지난날 한신은 적이 꾀 없음을 알고 그 계책을 썼던 것입니다. 그러나 지금은 다릅니다. 장군께서는 황충과 조운의 생각하는 바를 모두 헤아릴 수 있으십니까?"

그래도 서황은 듣지 않았다. 위세로 왕평을 억누르며 제 고집을 세웠다.

"그렇다면 그대는 보군을 데리고 이곳에서 적을 막으며 내가 마군과 더불어 적을 쳐부수는 걸 구경이나 하라."

그러고는 곧 부교를 놓게 하고 강을 건넜다.

그걸 안 조운과 황충이 유비를 찾아보고 말했다.

"저희 두 사람이 각기 거느린 군마만 이끌고 가서 조조의 선봉을 깨뜨려버리겠습니다."

유비가 그걸 말릴 까닭이 없어 조운이 진을 치고 있는 곳으로 군사를 이끌고 갔다. 가면서 황충이 조운에게 말했다.

"서황은 용맹만 믿고 온 자이니 꾀를 써야겠소. 잠시 싸움을 받아주지 않다가 해 질 무렵 적이 피곤해지거든 우리들이 군사를 나누어 두 길로 들이치도록 합시다. 그러면 틀림없이 이길 수 있을 것이오."

"좋은 계책입니다. 그렇게 하지요."

조운도 기꺼이 황충의 말에 따랐다. 이에 둘은 진채와 목책을 든든히 하고 서황이 싸움을 걸어오기만을 기다렸다.

과연 서황은 진시부터 촉군의 진채 앞에 나와 싸움을 돋우기 시작했다. 그러나 촉군은 신시(申時, 오후 네 시경)가 되도록 꿈적도 않았다.

"모두 적진을 향해 활과 쇠뇌를 쏘아라."

이윽고 지친 서황이 군사들에게 그런 영을 내렸다. 서황의 군사들이 어지럽게 활을 쏘아대는 걸 보고 있던 황충이 문득 조운을 보고 말했다.

"서황이 군사들에게 활과 쇠뇌를 쏘게 한 것은 군사들을 뒤로 물리려는 뜻임에 틀림이 없소. 그 틈을 타서 들이치는 게 좋겠소."

그 같은 황충의 말이 끝나기도 전에 과연 조조군의 끄트머리가 수런거리며 물러나기 시작했다.

"이때다. 북을 크게 울리고 모두 앞으로 나아가라!"

황충이 그렇게 소리치며 군사를 이끌고 왼쪽 길로 내달았다. 조운도 오른쪽 길을 잡아 군사들을 이끌고 앞으로 짓쳐나갔다.

생각지도 않은 때에 황충과 조운이 한꺼번에 뛰쳐나와 좌우로 들이치니 서황이 비록 맹장이라 해도 배겨날 도리가 없었다. 크게 뭉그러져 달아나기 바빴다. 하지만 한수를 등지고 친 진이라 물러나기조차 쉽지 않았다. 촉군에게 몰려 한수에 빠져 죽은 군사만도 그 수를 헤아릴 길 없을 정도였다.

죽기로 싸워 겨우 죽을 구덩이를 빠져나온 서황은 물 건너 영채로 돌아가자마자 애매한 왕평을 잡고 꾸짖었다.

"너는 어찌하여 우리 편 군세가 위태로운 걸 보고서도 구해주지 않았느냐?"

"만일 제가 구하러 갔더라면 이 영채나마 보전하기 어려웠을 것

입니다. 그러기에 제가 뭐라고 했습니까? 물을 건너지 말라고 말씀
드렸는데도 듣지 않으시더니 이 같은 낭패를 당하지 않으셨습니까?"

왕평이 억울하다는 듯 그렇게 대꾸했다. 그러자 서황은 더욱 성이
났다. 제 잘못을 잊고 왕평이 대드는 것만 괘씸해 펄펄 뛰며 왕평을
죽이려 했다. 서황의 두 번째 실수였다.

서황의 억지에 앙심을 품은 왕평은 그날 밤 조조군의 영채 여기
저기 불을 놓았다. 군사들이 놀라 허둥거리는 가운데 서황까지도 황
충과 조운이 쫓아온 줄 알고 놀라 영채를 버리고 달아나버렸다.

왕평은 그 북새통을 틈타 한수를 건넌 뒤 조운을 찾아가 항복해
버렸다. 조운은 왕평을 반가이 맞아 유비에게로 데려갔다. 왕평은
유비를 만나 찾아온 경위를 밝힘과 아울러 한수의 지리를 자세히 일
러주었다. 듣고 난 유비가 몹시 기뻐하며 말했다.

"이제 왕자균(子均, 왕평의 자)을 얻었으니 한중을 차지하기도 어려
움이 없겠구나!"

그리고 왕평을 편장군으로 삼은 뒤 향도사로서 촉군의 길잡이가
되게 했다.

한편 조조에게로 쫓겨간 서황은 제 잘못은 쏙 빼고 왕평의 배반
만 몇 배나 부풀려 조조에게 일러바쳤다. 조조는 믿고 보낸 왕평이
유비에게 투항해버렸다는 소리를 듣자 크게 노했다. 몸소 대군을 이
끌고 한수에 있는 진채를 뺏으려고 달려왔다.

조운은 많지 않은 군사로 조조의 대군을 막아내기 어렵다 여겨
한수 서쪽으로 물러났다. 이에 양군 사이에 강물이 가로놓이게 되어
잠시 싸움의 불길이 멎었다. 하지만 그리 오래는 계속되지 못할 평

온이었다. 곧 유비가 공명과 더불어 그곳에 이르러 지세를 살피며 싸움 채비에 들어갔다.

공명은 한수 상류에 있는 토산 하나를 눈여겨보았다. 군사 천여 명은 넉넉히 숨길 만한 산이었다. 거기서 싸움의 실마리를 풀어보기로 작정한 공명은 영채로 돌아오자마자 조운을 불러 일렀다.

"그대는 군사 오백을 뽑아 그들에게 모두 북과 피리를 나누어주고 함께 그 토산 발치에 숨어 있으라. 해 질 녘이나 밤이 되어 우리 영채에서 포향이 울리거든 포향 한 번에 북 한 번을 울리되, 나가 싸우지는 말라."

조운은 아무 소리 없이 시키는 대로 따랐다. 조운을 떠나보낸 공명은 높은 산에 올라 무언가를 가만히 엿보기만 했다.

다음 날이었다. 조조가 대군을 이끌고 그곳에 이르러 싸움을 돋우었다. 그러나 촉의 영채에서는 군사 한 사람이 달려 나오는 법도, 화살 하나 나는 법도 없었다. 아무리 격해 있는 조조지만 영채에 틀어박혀 지키기만 하는 적을 함부로 밀어붙이기는 어려웠다. 한나절을 집적이다가 별수 없이 군사를 물렸다.

그런데 그날 밤이 이슥해질 무렵이었다. 공명은 조조의 영채에 여기저기 등불이 켜지고 화톳불이 이는 걸 보자 조조의 군사들이 쉬려 함을 알았다. 그때를 기다렸다는 듯 크게 포를 놓게 하였다.

포향을 들은 조운이 다시 군사들을 시켜 북을 울리고 피리를 불게 했다. 촉군의 진채와 강물 위쪽에서 포향과 북소리가 번갈아 울리자 조조군은 놀랐다. 적이 밤에 자기편 영채를 기습하려는 줄 알고 모두 무장을 갖추어 뛰쳐나왔다.

그러나 들려온 것은 소리뿐 적이라 할 만한 것은 개미 새끼 한 마리 얼씬 안 했다.

속은 줄 안 조조군은 다시 각자의 군막으로 돌아갔다. 투구와 갑주를 벗고 다시 쉬려는데 촉군의 진채에서 또 포향이 울렸다. 그리고 물 위쪽 토산에서도 북과 피리 소리가 나며 함성이 올랐다.

조조의 군사들은 더 쉴 수가 없었다. 당장에라도 적군이 밀려들까 봐 뛰쳐나왔으나 이번에도 마찬가지였다. 적군은커녕 화살 한 개 날아오지 않았다.

하지만 그런 일이 거듭되고 보니 조조의 군사들은 밤새껏 쉴 수가 없었다. 눈 한번 붙여보지 못하고 날이 밝았다.

그런데 그런 일은 연거푸 사흘이나 잇달아 벌어졌다. 사흘 밤이나 눈 한번 제대로 붙여보지 못하고 놀라 허둥거리던 조조는 제 풀에 겁을 먹고 진채를 뽑아 삼십 리나 물렸다. 넓은 벌판에 진채를 벌여 촉군의 야습에 대한 우려를 덜기 위함이었다.

"조조가 병법은 제법 알아도 속임수는 잘 모르는 것 같습니다."

조조가 물러나는 걸 보고 공명이 빙긋 웃으며 유비에게 말했다. 유비는 조조가 물러난 만큼 앞으로 나가 한수 건너에다 물을 등지고 진을 쳤다.

"자, 이제는 어떻게 했으면 좋겠소?"

영채를 다 엮은 뒤 유비가 다시 공명을 불러놓고 물었다. 공명이 미리 생각해둔 듯 가만히 계책을 일러주었다. 듣고 난 유비는 무릎을 치고 기뻐하며 거기에 따르기로 했다.

한편 조조는 유비가 물을 건너 배수진을 치는 걸 보자 마음속으로 크게 의혹이 일었다. 어찌 됐건 그 속셈을 알고 싶어 싸움을 거는 글을 유비에게 보냈다.

"내일 싸워 결판을 내자고 전하시오."

글을 가지고 온 사자에게 공명이 유비를 대신해 그렇게 대답해 보냈다.

다음 날 양쪽의 군사는 오계산(五界山) 아래에서 만났다. 둥그렇게 마주 보고 진을 친 뒤 조조가 먼저 말을 몰아 문기 아래로 나왔다. 그 좌우에는 용봉을 수놓은 깃발이 삼엄하게 벌여 서고 북소리가 요란하게 울리기 시작했다.

"유비는 어디 있는가? 유비는 나와서 내 말을 들으라!"

북소리가 세 번 크게 울린 뒤에 조조가 그렇게 유비를 불러냈다. 유비는 유봉과 맹달을 비롯한 여러 장수들을 거느리고 나왔다. 조조는 유비를 채찍으로 가리키며 큰 소리로 꾸짖었다.

"유비, 너는 어찌하여 은혜와 의리를 잊고 조정의 뜻을 거스르는 역적이 되었느냐?"

"나는 대한의 종친으로서 천자의 조칙을 받들어 역적을 치고자 할 따름이다. 너야말로 위로 황후마마를 해치고 스스로 왕이 되어 천자의 수레와 의장을 멋대로 쓰고 있으니 역적이 아니고 무엇이랴!"

유비가 조금도 움츠러드는 기색 없이 오히려 조조를 그렇게 꾸짖었다. 그 말을 들은 조조는 발끈 성이 났다. 앞뒤 재보지도 않고 서황을 불러 소리쳤다.

"서황은 무얼 하는가? 어서 저 귀 큰 역적 놈의 목을 가져오너라!"

그러자 유비도 유봉을 내보내 서황을 맞게 했다.

유비는 서황과 유봉이 맞붙는 걸 다 보지도 않고 얼른 말 머리를 돌려 진채 속으로 숨어버렸다. 유봉도 곧 자신이 서황을 당해내지 못함을 알고 말 머리를 돌려 달아나기 시작했다. 부쩍 힘이 난 조조가 저희 편 장졸을 돌아보며 소리쳤다.

"모두 앞으로 나아가라! 유비를 사로잡는 자는 서천왕으로 삼으리라."

그 소리에 조조 편 장졸들이 한꺼번에 함성을 지르며 앞으로 내달았다. 촉병들은 그런 조조군의 기세에 밀려 진채를 버리고 한수 쪽으로 달아났다. 길 위에는 그들이 버린 병장기와 마필이 가득 널려 있었다.

조조의 군사들은 좋아라 길 위에 버려진 것들을 주워 챙기기 시작했다. 그걸 본 조조가 급히 징을 쳐 군사들을 거두게 했다. 되돌아온 장수들이 분하다는 얼굴로 조조를 보며 물었다.

"저희들이 막 유비를 잡아들일 판인데 대왕께서는 어찌하여 군사를 거두셨습니까?"

"나는 두 가지 의심스러운 게 있다. 하나는 유비가 한수를 등지고 진을 친 것이고, 다른 하나는 그 군사들이 군에서 쓰는 물자와 마필을 이토록 많이 버려둔 것이다. 되도록이면 빨리 군사를 물려라. 결코 땅에 떨어져 있는 적병들의 물건을 주워서는 아니 된다!"

조조는 그렇게 대답하고 큰 소리로 영을 내렸다.

"함부로 길에 떨어진 것을 줍는 자는 목을 베리라. 어서 빨리 물러나도록 하라!"

하지만 그 같은 결정이 바로 공명이 노리던 바였다. 조조의 명을 받든 그 군사들이 막 물러나려 하는데 멀리서 그걸 살피던 공명이 문득 깃발을 번쩍 들어올리게 했다. 미리 유비와 함께 짜둔 대로였다.

유비가 그 깃발을 보기 무섭게 중군을 휘몰아 조조 쪽으로 짓쳐들고, 그 왼쪽에서는 황충이, 그리고 오른쪽에서는 조운이 또한 각기 군사를 몰아 조조를 덮쳐왔다.

대쪽을 쪼개는 듯한 기세로 몰려드는 촉병들을 맞자 그러잖아도 조조의 급작스런 후퇴령에 흔들리던 조조의 군사들은 그대로 뭉그러져 달아나기 시작했다. 조조의 지나친 헤아림이 오히려 자기 장졸들에게 두려움을 심어준 까닭이었다.

"모두 남정으로 물러나라. 저기 가서 다시 전열을 가다듬으리라!"

급해진 조조가 그런 영을 내렸으나 공명의 손길은 이미 거기까지 뻗어 있었다. 남정으로 가는 다섯 갈래 길이 모두 일부러 지른 듯한 불로 막혀 있는 것이었다. 위연과 장비의 짓이었다. 엄안이 낭중으로 오자 그에게 그곳을 맡기고 그들 둘은 길을 나누어 조조가 없는 남정을 빼앗아버렸다.

깜짝 놀란 조조는 얼른 말머리를 바꾸어 양평관으로 달아났다. 유비는 대군을 몰아 그런 조조를 뒤쫓으며 남정, 포주에까지 이르렀다. 원래 조조에게 속했던 땅이라 놀란 백성들을 안심시킨 다음 유비가 공명에게 물었다.

"조조가 이번에 와서 이토록 쉬 싸움에 지고 만 까닭은 무엇이오?"

그러자 공명이 빙그레 웃으며 대답했다.

"조조는 사람됨이 의심이 많습니다. 비록 병법에 능하다 해도 의심이 많으면 싸움에 지기 쉽습니다. 저는 이번에 조조의 그 의심을 건드려 이길 수 있었지요."

"이제 조조는 물러나 양평관을 지키고 있소이다만 형세는 이미 매우 외롭소. 선생은 앞으로 어떻게 그를 물리치려 하시오?"

유비가 다시 그렇게 물었다. 공명은 그것도 이미 생각해둔 게 있는 듯했다.

"제가 벌써 헤아려둔 바가 있습니다."

그렇게 말하고는 곧 장비와 위연을 불러 알렸다.

"두 분은 곧 군사를 이끌고 두 길로 나누어 조조에게로 곡식이 가지 못하도록 길을 끊으시오."

그런 다음 다시 황충과 조운을 불러 영을 내렸다.

"두 분은 역시 군사를 이끌고 두 길로 나누어 조조가 있는 양평관 사방의 산에 불을 지르시오."

이에 네 장수는 각기 길잡이를 데리고 명을 받은 대로 하기 위해 떠났다.

이때 조조는 양평관으로 물러나 있으면서도 군사를 풀어 사방을 살피기를 게을리하지 아니했다. 형편을 살피러 나갔던 군사 하나가 문득 돌아와 알렸다.

"촉병들이 멀고 가까운 샛길을 막고, 마른 풀과 나무를 베어다 불을 질러 모조리 태우고 있습니다. 그러나 군사들은 어디 있는지 전혀 눈에 띄지 않습니다."

조조가 들으니 괴이쩍었다. 싸움을 거는 것도 아니고 사방의 샛길만 태우며 숨어 있다니 알 수 없는 수작이었다. 그런데 다시 이번에는 딴 군사가 와서 알렸다.

"장비와 위연이 군사를 나누어 우리 편의 군량을 뺏어가고 있습니다."

그제서야 조조는 공명의 뜻이 대충 짐작이 갔다. 그대로 두어서는 안 되겠다 싶어 둘러선 장수들을 돌아보며 물었다.

"누가 나가서 장비와 맞서보겠는가?"

"제가 한번 가보겠습니다."

허저가 씩씩한 목소리로 나섰다. 조조는 기꺼이 허락하고 그에게 일천 군마를 주어 양평관으로 들어오는 군량과 말먹이 풀을 맞아오게 했다.

군량을 운반해 오던 해량관은 다른 사람도 아닌 허저가 직접 군사를 이끌고 오자 몹시 기뻐했다. 그도 그럴 것이 허저는 조조가 가장 아끼는 장수로서 언제나 곁에 두고 부렸기 때문이었다.

"만약 장군께서 이곳에 오지 않으셨다면 군량을 양평관으로 보낼 수가 없었을 것입니다."

해량관은 한시름 놓은 얼굴로 그렇게 말하며 수레에 싣고 있던 술과 고기를 내어 허저에게 올렸다. 마침 목이 컬컬한 데다 자기를 믿고 기뻐하는 해량관의 모습이 기분 나쁠 리도 없어 허저는 서슴없이 잔을 비웠다. 몇 잔 기울이다 보니 이번에는 술이 술을 불러 허저는 뜻하지 아니하게 몹시 취해버렸다.

"자, 이제 떠나자. 수레를 움직여라!"

거나해진 허저가 이윽고 해야 할 일을 생각해내고 그렇게 소리쳤다. 해량관이 말렸다.

"날이 이미 저문 데다 앞에 있는 포주 땅은 산세가 매우 험합니다.

밤길로는 지나가기가 어려우니 내일 밝은 날 떠나도록 하시지요."

그러나 허저는 꼭뒤까지 오른 술기운으로 더욱 기고만장해져 목소리를 높였다.

"무슨 소리, 나는 홀로 만 명을 당해낼 만한 용맹이 있는 사람이다. 누가 두려워 가지 못하단 말인가? 더구나 오늘밤은 달이 밝아 수레를 몰고 가기에 꼭 좋지 않은가?"

그러고는 말을 타고 앞장서서 군사들을 이끌었다. 해량관도 더는 그런 허저를 말릴 수 없어 말없이 뒤를 따랐다.

밤이 이경 무렵 되었을 때 군량을 실은 수레와 군사들은 포주로 가는 길에 이르렀다. 이제 반쯤 왔다 싶은데 갑자기 움푹한 산 그늘에서 북소리 피리소리가 요란하게 들리더니 한 떼의 군마가 길을 막았다.

앞선 장수를 보니 장팔사모에 고리눈을 부릅뜬 장비였다. 장비는 이 말 저 말 하는 법도 없이 다짜고짜로 사모를 휘두르며 허저에게로 덮쳐갔다.

허저 또한 겁내지 않고 칼춤을 추며 장비를 맞았다. 그러나 워낙 술에 취해 손발이 제대로 말을 듣지 않았다. 몇 합 부딪기도 전에 장비의 한 창을 어깻죽지에 받고 몸을 뒤집으며 말 아래로 떨어졌다.

군사들은 힘을 다해 그런 허저를 구해냈으나 싸움은 이미 결판난 셈이었다. 군량이고 뭐고 생각할 틈도 없이 제 한목숨 구해 달아나기에 바빴다. 장비는 그런 조조의 군사들을 멀리 쫓아버린 뒤에 수레와 거기 실린 군량을 모조리 뺏어가버렸다.

한편 여럿의 도움을 받아 겨우 목숨을 건진 허저가 돌아오자 그를 본 조조는 크게 노했다. 허저의 실수에 대해서라기보다는 너무도 자기를 얕잡아보고 함부로 몰아대는 유비에 대한 분노였다. 조조는 의자에게 영을 내려 허저의 상처를 돌보게 하는 한편 스스로 대군을 몰아 유비와 결판을 내려고 덤볐다.

유비 또한 기다렸다는 듯 군사를 끌고 나와 양군은 다시 한번 정면으로 부딪쳤다. 서로 마주 보며 둥근 원을 친 가운데 유비가 먼저 유봉으로 하여 금말을 내게 했다. 성난 조조가 그런 유비에게 욕설을 퍼부어댔다.

"이 짚신 팔던 어린 놈아, 너는 언제나 수양아들을 앞세워 덤비는구나. 우리 황수아(黃鬚兒)가 오기만 하면 네놈의 수양아들은 다져진 고깃덩이가 되고 말 것이다."

황수아, 즉 수염 누런 아이란 제 둘째 아들 창을 가리키는 말이었다. 조조가 자기를 찍어 욕하자 유봉은 몹시 성이 났다. 창을 끼고 말을 박차 똑바로 조조에게 덤벼들었다.

"서황은 어디 있는가? 어서 저 어린 놈의 목을 가져오라!"

조조가 그렇게 소리치자 서황이 달려 나가 유봉을 맞았다. 하지만 성나 내닫기는 해도 유봉은 이미 제갈공명에게서 들은 말이 있었다. 몇 합 힘차게 부딪다가 힘이 모자란다는 듯 갑자기 말 머리를 돌려 내빼기 시작했다.

조조는 그게 계책일지 모른다는 생각을 하면서도 오른 기세를 외면할 수 없었다. 군사를 몰아 앞으로 밀고 나갔다. 그런데 촉병의 진채 앞에 이르렀을 무렵, 갑자기 사방에서 포향이 터지고 북소리와 피리소리가 요란해졌다.

그러잖아도 너무 손쉬운 승리에 의심을 버리지 못하고 있던 조조는 그 소리를 듣자마자 덜컥 겁이 났다. 틀림없이 강한 복병이 있을 것이라 여겨 급하게 영을 내렸다.

"어서 물러나라, 적의 계책이다!"

실은 그같이 재빠른 변환이 바로 공명이 노린 바였다. 기세 좋게 밀려든 조조의 군사들이라 그 급작스런 명에 어지러워지지 않을 수가 없었다. 적을 보지도 못하고 저희끼리 밟혀 죽고 다친 자만도 그 수를 헤아리기 어려웠다. 거기다가 촉병이 다시 덮치니 조조군의 낭패가 어떠했을지는 보지 않아도 알 만했다.

조조는 겨우 추격을 뿌리치고 양평관으로 되돌아왔으나 그곳도 안전하지는 못했다. 그래도 양평관 안으로 들었다 싶어 한숨을 돌리려는데 뒤쫓던 촉병이 어느새 양평관 아래 이르러 무서운 기세로 몰아대기 시작했다. 동문에 불이 붙었다는 전갈이 오는가 하면서 문쪽에서 함성이 일고 남문에서 불길이 솟는가 하면 북문 쪽에서는 북소리가 사람의 혼을 뺐다.

어지간한 조조도 그쯤 되니 덜컥 겁이 났다. 자칫하면 산 채로 붙들릴 것 같아 제대로 싸워보지도 않은 채 양평관을 버리고 달아났다. 촉병들은 그런 조조 뒤를 악착같이 따라붙었다.

그렇게 얼마를 달아났을까, 어디서 달려왔는지 장비가 갑자기 한 떼의 군마를 이끌고 조조의 길을 막았다.

돌아보니 등 뒤에서 조조를 쫓아오고 있는 것은 조운이었다. 조조는 눈앞이 아뜩했다. 그런데 이번에는 또 포주 쪽에서 황충이 한 갈래 군마를 이끌고 덮쳐오는 게 아닌가.

그때만 해도 조조에게는 적지 않은 인마가 있었건만 일이 그 지경이 되어서는 아무 소용이 없었다. 싸움은커녕 조조를 보호하며 길을 앗아 달아나기에도 벅찼다.

조조가 겨우 촉의 세 갈래 군마를 모두 떨쳐버리고 야곡 계구에 이르렀을 때였다. 갑자기 앞쪽에서 먼지가 자욱하게 일며 또 한 떼의 군마가 달려오고 있었다.

"만약 저 군마 또한 적의 복병이라면 이제는 나도 끝장이로구나!"

조조는 자신도 모르게 그런 탄식을 내뱉었다. 이제는 한중의 땅덩이를 다투는 게 아니라, 목숨마저 오락가락하는 판이 돼버린 까닭이었다.

유비, 한중왕이 되다

　다행히도 앞장서서 달려온 장수는 조조의 둘째 아들 창이었다. 조
창은 자가 자문(子文)으로 어려서부터 활쏘기와 말타기를 잘했고,
힘이 남달라 주먹으로 사나운 짐승을 때려잡을 만했다. 일찍이 조조
가 그런 그에게 타이른 적이 있었다.

　"너는 책은 읽지 않고 활쏘기와 말타기만 좋아하니, 그것은 필부
의 용맹을 기르는 것밖에 되지 않는다. 그래서야 어떻게 귀한 사람
이 될 수 있겠느냐?"

　그러자 조창이 씩씩하게 대답했다.

　"대장부는 마땅히 위청(衛靑, 한무제 때의 이름난 장수)이나 곽거병
(霍去病, 역시 한대의 명장)을 배워 사막에 나가 공을 세우고 수십만 대
군을 몰아 천하를 종횡해야 할 것입니다. 어찌 책버러지나 되라 하

십니까?"

또 한번은 조조가 여러 아들들을 불러 모아놓고 각기 뜻하는 바를 물어보았다. 차례가 되자 조창은 선뜻 대답했다.

"장수가 되었으면 합니다."

"장수가 되어서는 어찌하겠는가?"

"몸을 굳게 감싸고 날카로운 창을 들어 어려움을 만나도 머뭇거리지 않고 사졸들의 앞장을 서겠습니다. 상은 반드시 내리고 벌 또한 반드시 잊지 않겠습니다."

그러자 조조도 껄껄 웃으며 흡족함을 드러냈다.

지난해인 건안 이십삼년 대군과 오환이 반란을 일으켰을 때 조조는 창을 불러 군사 오만을 주며 말했다.

"너와 나는 집안에서는 아비와 아들 사이지만 일을 받듦에는 군신 사이가 된다. 법에는 사사로운 정이 없으니 너는 각별히 명심하여라."

이에 창은 그 말을 가슴 깊이 새기고 대북으로 갔다. 몸소 사졸들의 앞장을 서서 상건으로 짓쳐드니 오래잖아 북쪽 지방이 모두 평온해졌다. 그리하여 한창 그곳 인심을 수습하고 있는데, 조조가 싸움에 져 양평관으로 물러났다는 소문이 들려 이제 도우러 달려온 길이었다.

조조는 아들 창이 온 걸 보고 몹시 기뻐하며 말했다.

"나의 수염 누른 아이[黃鬚兒]가 왔으니 유비는 반드시 우리에게 깨뜨려지리라!"

그러고는 다시 기운을 차려 군사를 이끌고 야곡 계구로 나왔다.

그 소식은 곧 유비의 귀에도 들어갔다.

"조조가 둘째 아들 창을 맞고 힘을 얻어 다시 싸우러 나왔습니다."

그러자 유비가 좌우를 돌아보며 물었다.

"누가 가서 조창과 싸워보겠느냐?"

"제가 가보겠습니다."

유봉이 얼른 나섰다. 수양아들도 아들이라, 조창에게 묘한 경쟁심을 느낀 탓이었다. 맹달이 나서며 소리쳤다.

"이번에는 제가 한번 가보지요."

한꺼번에 두 사람이 나서자 유비가 문득 말했다.

"좋다. 너희 두 사람이 함께 가거라. 누가 공을 세우는지 보겠다."

그러고는 둘 모두에게 각기 오천의 병마를 떼어주었다.

유봉이 앞장을 서고 맹달이 뒤를 맡아 본채를 나온 촉군은 오래잖아 조창이 이끄는 위병과 만났다.

유봉이 용맹을 뽐내며 달려갔으나 무예에서는 조창에 미치지 못했다. 채 세 합을 채우지 못하고 조창에게 쫓겨 달아나기 시작했다.

뒤에 있다가 유봉이 쫓기는 걸 본 맹달이 급히 말을 박차 조창을 덮치려 할 때였다. 갑자기 조조군의 뒤가 어지러워지기 시작했다. 마초와 오란의 군사들이 갑자기 나타나 조조군의 뒤를 후려친 까닭이었다.

거기다가 맹달은 맹달대로 군사를 휘몰아 덮쳐오니 앞뒤로 적을 맞은 조조군은 놀라 어쩔 줄 몰랐다. 특히 뒤를 후려대고 있는 마초와 오란의 군사는 오래 싸움 없이 쉬어 기세가 드높기 그지없었다. 조조군은 마침내 그들을 당해내지 못하고 쫓기기 시작했다.

하지만 조창은 그냥 쫓겨가지만은 않았다. 뒤돌아서서 물러나다 오란을 만나자 한 창에 그를 찔러 말 아래로 떨어뜨렸다. 거기서 기세를 회복한 군사들도 돌아서서 싸우기 시작했다. 그 바람에 싸움은 무턱대고 쫓기는 양상이 아니라 제법 어우러지는 혼전이 돼버렸다.

그래도 조조는 앞뒤로 적을 맞은 아들이 걱정스러웠다. 곧 사람을 보내 조창을 불러들이고 야곡 계구에 영채를 얽었다. 양쪽 군사가 서로 맞서 노려보는 형국으로 여러 날이 지나갔다. 조조는 답답했다. 앞으로 나아가자니 마초가 두려웠고, 군사를 거두어 물러가자니 촉병들이 비웃을까 걱정됐다. 이러지도 저러지도 못해 한숨만 쉬고 있던 어느 날이었다. 끼니 때가 되었는데 마침 상 위에 닭국이 올랐다.

무심코 닭국을 먹던 조조의 수저에 문득 닭갈비[鷄肋] 조각이 건져졌다. 그걸 보자 조조는 속으로 씁쓸한 웃음이 일었다. 닭갈비는 살이 없어 먹기에 성가시지만 그렇다고 버리기에는 아까운 부분이었다. 한중이 꼭 그와 같았다. 기름지고 드넓은 중원이나 물자가 풍부한 강남에 비해 대단할 것 없는 땅 조각이지만 그렇다고 남에게 내주기에는 아까웠다. 그걸 위해 이토록 힘든 싸움을 하고 있는 자신의 처지가 자못 고약스러웠다.

조조가 그런저런 생각으로 잠시 수저를 멈추고 어두운 생각에 잠겨 있을 때 마침 하후돈이 들어와 물었다.

"전하, 오늘밤에 쓸 군호는 어떻게 했으면 좋겠습니까?"

"계륵이라고 하게, 계륵."

조조가 무심코 그렇게 대답했다. 방금 거기에 대해 골똘하게 생각한 뒤라 절로 그리되고 말았다.

하후돈도 별 생각 없이 조조에게서 들은 대로 그날 밤의 군호를 여러 장졸들에게 전했다. 그런데 계륵이란 암구호를 들은 행군주부 양수가 엉뚱한 일을 저질렀다.

"너희들은 각기 짐을 싸두도록 하라. 아마 우리는 곧 돌아갈 것이다."

양수는 데리고 있던 군사들을 불러 가만히 귀띔을 했다. 하지만 이롭지 못한 싸움 끝이라 가뜩이나 신경이 곤두서 있던 진중이고 보니 양수의 그 같은 말은 외고 돌아다닌 것보다 더 빨리 군사들 사이에 퍼졌다.

오래잖아 그 말을 전해 듣게 된 하후돈은 크게 놀랐다. 얼른 양수를 자신의 군막으로 불러들여 물었다.

"공은 어째서 군사들에게 짐을 싸라 이르셨소?"

"오늘 밤에 쓸 군호를 듣고 위왕께서 며칠 안으로 군사를 거두어 돌아가실 뜻이 있음을 알았습니다. 원래 계륵이란 먹자니 맛이 없고 버리자니 아까운 것입니다. 지금 우리 싸움이 곧 그와 같습니다. 앞으로 나아가봤자 이길 가망이 별로 없고, 물러서자니 비웃음을 살까 두렵습니다. 여기 있어도 별 이로울 게 없으니 차라리 일찍 돌아가는 게 낫지요. 아마도 내일쯤에는 반드시 위왕 전하께서 군사를 돌리실 것 같아 먼저 짐을 꾸려두게 한 것입니다. 떠날 무렵에서 갑작스레 짐을 꾸리느라 허둥대지 않도록 하기 위해서입니다."

하후돈도 양수의 말을 듣고 보니 그럴듯했다.

"공이야말로 실로 위왕 전하의 가슴속을 들여다본 듯하구려!"

그렇게 감탄하고 그마저 군사들의 짐을 꾸리게 하니 다른 장수들도 모두 따라 돌아갈 채비를 했다.

한편 조조는 그날 밤 마음이 어수선해 잠을 이룰 수가 없었다. 한밤중이 되어 작은 쇠도끼 하나만 들고 홀로 가만히 진채 안을 돌아보았다.

조조가 하후돈의 진채를 이르렀을 때였다. 군사들이 모두 돌아갈 짐을 꾸리느라 부산하게 돌아가는 걸 본 조조는 크게 노했다. 급히 하후돈을 자신의 장막으로 불러들여 꾸짖듯 물었다.

"너는 어찌하여 내 명도 없는데 군사들로 하여금 돌아갈 채비를 하게 하였느냐?"

"주부 양수가 대왕께서 돌아가실 뜻이 계심을 알고 저에게 그리 일러주었습니다."

하후돈이 멀쩡한 얼굴로 그같이 대답했다. 조조는 더욱 노해 양수를 불러들이게 했다.

"너는 무슨 까닭으로 하후돈에게 그런 터무니없는 소리를 하였느냐?"

조조의 그 같은 물음에 양수는 별로 놀라는 기색도 없이 하후돈에게 해준 말을 조조에게도 되뇌었다. 듣기를 마친 조조가 시퍼런 얼굴로 이를 갈며 양수를 꾸짖었다.

"네 어찌 감히 요망한 말을 지어내어 우리 군사들의 마음을 어지럽게 하려느냐?"

그러고는 곧 칼과 도끼를 든 군사들을 불러 매섭게 영을 내렸다.

"저놈을 끌어내 목을 베고, 그 목을 진문 밖에 높이 걸어라."

이에 당대의 재사 양수는 그 지나친 헤아림으로 오히려 스스로의 목숨을 해치고 말았다.

얼핏 보아서는 조조의 순간적인 분노가 양수를 죽인 것 같지만 실은 그게 아니었다. 양수는 전부터 그 재주만 믿고 함부로 나서다가 여러 번 조조가 싫어하는 걸 건드렸다. 한번은 이런 적이 있었다. 조조가 어떤 곳에 화원을 꾸미게 해놓고, 그게 다 되자 보러 왔다. 그러나 잘 됐다 못 됐다 한마디 없이 다만 붓을 들어 문에 '활(活)' 자 한 자를 써놓고 가버렸다. 사람들은 그 뜻을 몰라 어리둥절했지만 양수는 담박 알아보았다.

　"문(門) 안에 활(活)자가 더해졌으니 이는 넓을 활(闊)자가 되오. 승상께서는 화원으로 드는 문이 너무 넓어 마음에 드시지 않은 듯하오."

　양수의 그 같은 풀이를 들은 사람들은 담을 뜯어 문을 좁힌 다음 다시 조조를 청해 보였다. 조조는 그제서야 흡족한 표정을 지으며 물었다.

　"누가 내 뜻을 알아냈는가?"

　"양수가 일러주었습니다."

　사람들이 그같이 대답했다. 조조는 겉으로는 그런 양수의 재주를 칭찬했으나 속으로는 불쾌하게 여겼다. 자신이 일부러 감춰둔 뜻을 아무도 알아보지 못했으면 하던 게 조조의 솔직한 바람이었다.

　또 한번은 이런 일도 있었다. 하루는 멀리 새북(塞北)에서 타락죽(酥, 소나 양의 젖을 가공하여 만든 음식) 한 합이 올라왔다. 조조는 슬며시 장난기가 일어 그 합 위에다 일합소(一合酥)라 쓴 뒤 책상머리에 놓아두었다. 양수가 들어와 그걸 보더니 두말 없이 숟가락을 가져오게 해 여럿과 더불어 나누어 먹어버렸다.

"그대는 어찌 이 타락죽을 먹어버렸는가?"

조조가 양수를 보고 짐짓 굳은 얼굴로 물었다. 양수가 빙긋 웃으며 까닭을 밝혔다.

"합 위에 한 사람이 한 입씩 먹는 타락죽이라 뚜렷이 씌어 있으니, 어찌 그 같은 승상의 뜻을 어길 수 있겠습니까?"

일합소(一合酥)에서 '합(合)' 자를 풀면 인일구(人一口)가 되어 앞에 일(一)과 더불어 일인일구(一人一口), 곧 한 사람이 한 입씩 먹으라는 뜻이 됨을 알아본 것이었다. 이번에도 조조는 겉으로는 기분 좋게 웃어젖혔으나 속으로는 양수를 싫어해 마지않았다.

뿐만 아니었다. 조조는 다른 사람이 몰래 자신을 해치는 게 두려워 항상 곁에 있는 사람들에게 이런 거짓말을 했다.

"나는 꿈을 꾸다 사람을 죽이는 수가 있으니, 내가 잠이 들거든 그대들은 절대로 가까이 오지 말라."

그런데 어느 날 조조가 낮잠을 자다가 침상에서 굴러떨어졌다. 가까이서 모시던 사람 하나가 그걸 보고 얼른 달려와 조조를 부축해 올리려 했다. 그러자 조조가 벌떡 몸을 일으키더니 갑자기 칼을 뽑아 그 목을 쳐버리고 다시 침상 위로 올라가 잠을 잤다. 한 반나절쯤 지났을까, 드디어 잠에서 깬 조조가 놀란 체하며 물었다.

"누가 나의 근시를 죽였느냐?"

두려워 벌벌 떨고만 있던 사람들이 사실대로 대답했다.

그러자 조조는 슬피 울며 죽은 이를 후하게 장사 지내주었다. 그 일이 있은 뒤로 사람들은 조조가 정말로 잠결에 사람을 죽이는 버릇이 있는 줄 알고 조조가 잠만 들면 그 근처에 얼씬도 않았다. 하지만 양수만은 조조가 그 일로 노리는 바를 알아보았다. 조조의 칼에 죽은 이의 장례식에 찾아가 시신을 손가락질하며 탄식했다.

"가엾구나. 승상이 꿈꾸고 있었던 것이 아니라, 그대가 꿈꾸고 있었던 것이네!"

조조의 잔혹한 속임수를 바로 깨놓지는 못하고 그렇게 빙 둘러 말한 것이었다.

그 말은 곧 조조의 귀에도 들어갔다. 한번 멋지게 세상 사람들을 속여 제 한 몸의 안전을 확보했는가 싶었는데, 양수가 그런 자신의 속셈을 알아차렸으니 밉지 않을 수가 없었다. 그러잖아도 갈고 있던 이를 더욱 힘주어 앙다물었다.

하지만 양수의 재주가 조조를 거스른 일은 거기서도 그치지 않았다. 양수는 또 조조의 큰아들 조비와 셋째 아들 조식의 세자 자리 다툼에 끼어들어 조조를 자주 노엽게 했다.

그 첫 번째는 오질(吳質)의 일 때였다. 조조의 셋째 아들 조식은 양수의 재주에 반해 그와 만나 얘기를 시작하면 밤이 새도 모를 정도였다. 그때는 조조도 조식을 더 사랑하여 그를 세자로 세우려고까지 했다. 그 낌새를 안 조비는 애가 탔다.

걱정 끝에 조비는 평소에 믿는 오질이란 사람을 불러 그 일을 의논하려 했다. 오질은 조가(朝歌)란 곳의 장(長)을 지낸 사람으로 또한 재주와 잔꾀가 만만치 않았다. 그러나 그를 왕자부(王子府)로 불러들인 게 남의 눈에 뜰까 두려워진 조비는 궁색한 꾀를 하나 냈다.

큰 바구니에 오질을 감추고 그게 비단이라고 속여 부중으로 들인 것이었다.

그걸 어떻게 안 양수는 곧 조조에게 달려가 일러바쳤다.

"조가장(朝歌長) 오질이 바구니에 숨어 몰래 첫째 왕자님의 부중을 드나들고 있습니다."

그 말을 들은 조조는 곧 사람을 조비의 부중으로 보내 살펴보게 했다.

자기가 한 일이 조조의 귀에 들어간 줄 안 조비는 놀라 오질에게 물었다.

"아버님께서 그대가 숨어서 이곳을 드나든다는 걸 아신 모양이오. 어찌했으면 좋겠소?"

"그걸 가지고 무얼 걱정하십니까? 내일 큰 광주리에 비단을 가득 채워 다시 들여오게 하십시오. 그러면 오늘 제가 타고 온 광주리 속에도 비단이 들어 있던 걸로 될 것입니다."

오질이 대수롭지 않다는 듯 그렇게 일러주었다. 조비는 다음 날 오질이 시키는 대로 했다. 조조가 보낸 사람이 문을 지키고 있다가 큰 광주리가 오자 눈에 불을 켜고 들춰보았다. 그러나 양수의 말과는 달리 광주리 안에는 정말로 비단이 가득 들어 있었다.

조조가 보냈던 사람은 돌아가 자기가 본 대로 말했다. 그렇다면 전날의 광주리도 비단일 것이라 여긴 조조는 양수가 조식을 위해 조비를 헐뜯으려고 거짓말을 했다고 단정했다. 세자 자리를 놓고 형제가 다투도록 부추기는 자라 해서 양수를 한층 밉게 보았다.

다음은 조조가 조비와 조식의 능력을 비교해보고 싶어 꾸며놓은 일에 양수가 주제 넘게 끼어든 일이었다. 어느 날 조조는 조비를 불러 말했다.

"오늘은 성문 밖을 나갔다 오너라."

그리고 한편으로는 몰래 성문을 지키는 관리에게 사람을 보내 엄명을 내렸다.

"오늘은 어느 누구도 성문 밖을 내보내서는 안 된다!"

하지만 그걸 알 리 없는 조비는 별 생각 없이 성문에 이르러 밖으로 나가려 했다. 문리가 받은 명이 있어 앞을 가로막으며 말했다.

"못 나가십니다. 위왕 전하께서 누구도 성문 밖으로 내보내서는 아니 된다 하셨습니다."

그 바람에 조비는 끝내 성문 밖으로 나가지 못하고 그냥 조조에게로 돌아갔다. 그 소문을 듣고 머지않아 자신에게도 같은 일이 있을 줄 짐작한 조식이 양수를 불러 어찌하면 될까를 물었다.

"왕자께서 왕명(王命)을 받들고 나가려는데 기어이 막으려는 자가 있으면 베어버리셔도 됩니다."

양수가 잠깐 생각하다 그렇게 대답했다. 이윽고 조조에게서 조비와 같은 영을 받은 조식은 두말 없이 그대로 따랐다. 성문에 이르러 문리가 가로막자, "나는 왕명을 받들어 나가는 길이다. 누가 감히 가로막는단 말이냐!" 하는 꾸짖음과 함께 한칼에 문리를 베어버리고 성문을 나갔다. 조조가 그 일로 조식이 조비보다 낫다고 생각하게 되었음은 말할 나위도 없었다.

하지만 세상에 비밀이란 있을 수가 없어 뒷날 누군가가 조조에게 일러바쳤다.

"그것은 모두 양수가 일러준 대로 한 것입니다."

그 말은 들은 조조는 몹시 노했다. 자기를 속인 것 못지않게 왕자들의 다툼에 끼어들어 잔재주를 피우는 게 미웠다.

양수가 조식을 도와 조조를 거스른 것은 그밖에도 더 있었다. 양수는 언제나 조식에게 열 가지 물음에 대한 답을 마련해주어 조조의 갑작스러운 물음에 대비하게 했다.

조조는 자신이 군사를 부리는 일과 나라를 다스리는 일을 물을 때마다 조식이 물 흐르듯 대답을 하자 기특해하던 것도 잠시 차차 그를 의심하게 되었다. 학문에 밝고 시문(詩文)에 능한 조식이라 그런 물음에는 마땅히 막힐 법한데도 너무나 거침없이 대답하기 때문이었다.

거기다가 조비도 가만히 당하고만 있지는 않았다. 몰래 조식 가까이서 일하는 사람을 매수해 양수가 가르쳐준 답을 훔쳐낸 뒤 그걸 적어 조조에게 갖다 바쳤다.

"양수 이 하찮은 놈이 나를 속이려 들다니!"

읽기를 마친 조조가 펄펄 뛰며 소리쳤다. 그리고 그때부터 양수를 죽일 마음을 먹고 있다가 이번에 군심(軍心)을 어지럽혔다는 꼬투리를 잡자 그대로 죽여버린 것이었다. 그때 양수의 나이 서른네 살이었다.

뒷사람들은 시를 지어 양수의 재주를 기리며 그 죽음을 아까워하고 혹은 조조의 비정함과 잔혹을 욕하였다. 또 어떤 사람은 조조가 일생을 통해 싫어했던 것을 조목조목 들어가며 양수가 그걸 어겼던 탓이라고 애써 조조를 변명해주기도 했다.

하지만 조조에 대한 선입견에서 벗어나 살펴보면 양수가 죽음을 당해야 할 죄가 있음은 거의 논의의 여지가 없다. 첫째로 그를 지자

(智者)로 아까워하나 엄격히 말해서 그는 지자가 못 된다. 지자는 안다고 다 말하지 않는다. 둘째로 왕자들의 다툼에 끼어든 것도 그리 잘한 일은 못 된다. 더구나 사사로운 정으로 적장자(嫡長子)를 제쳐놓고 셋째 왕자를 편들어 조조의 이목을 흐린 죄는 어떤 이유로든 변명되기 어렵다.

생각해보라. 뒷날 왕위에 오른 조비는 왕자 때의 원한을 잊지 못해 친동생인 조식마저 죽이려 했다. 그때 그 조식 곁에 붙어 온갖 잔꾀로 자신을 괴롭혔던 양수가 살아 있었다면 어떻게 했겠는가. 어쩌면 조조가 일찍 양수를 죽여준 것은 양수 자신을 위해서도 다행인지 모르겠다.

보통 양수의 죽음은 공융의 죽음과 나란히 놓여지나 조금만 더 세심히 살피면 거의 연관이 없다. 재주는 공융만 했는지 모르지만, 인물의 격에 있어서는 훨씬 못 미쳐 보인다. 그는 조조의 주관적인 금기를 범해서가 아니라, 군국의 객관적인 치도(治道)를 어겨 처형되었다는 편이 옳다. 따라서 양수가 죽은 것도 정사는 조조가 허도로 돌아온 그해 가을로 적고 있다. 전장에서의 군법이 아니라 조정의 기율에 따라 사형을 받았다는 뜻이다.

어쨌든 양수를 죽인 조조는 양수의 경박한 재주에 놀아난 하후돈을 그냥 둘 수가 없었다. 거짓으로나마 성난 소리를 내어 그 또한 목을 베라는 영을 내렸다.

"하후돈은 역전의 맹장이요, 대왕께는 창업의 원훈이 됩니다. 그만한 일로 죽여서는 아니 됩니다."

곁에 있던 뭇 장수들이 나서서 그렇게 조조를 말렸다. 그러자 처음부터 하후돈을 죽일 마음이 없던 조조는 못 이긴 체 그들의 말을 따랐다. 목숨을 붙여주되 호되게 꾸짖어 내쫓았다. 그리고 그 기세를 몰아 모든 장졸들에게 영을 내렸다.

"내일은 나아가 결판을 내리라. 모두들 결사의 채비를 갖추라!"

다음 날 조조는 서둘러 군사를 몰아 야곡 계구로 나아갔다. 조조를 맞은 측의 장수는 위연이었다. 조조는 위연을 타일러 항복을 권했으나 위연은 오히려 조조를 모질게 욕했다. 성난 조조가 방덕을 보고 소리쳤다.

"그대는 어서 나가 저 주둥이 험한 놈의 목을 가져오라!"

그 말에 방덕이 달려 나가자 위연도 지지 않고 맞서 곧 둘 사이에 한바탕 어지러운 싸움이 벌어졌다. 둘의 싸움이 한창 볼만하게 어우러져갈 무렵 갑자기 조조군의 진채 안에서 불길이 일며 조조에게 놀라운 전갈이 왔다.

"마초가 나타나 중군 뒤의 영채에 불을 질렀습니다."

조조는 잠시 아뜩했으나 곧 이를 악물고 마음을 가다듬었다. 허리에 찬 칼을 뽑아들고 매섭게 소리쳤다.

"놀라지 말라. 물러나는 자는 누구든 목을 베리라!"

그 소리에 정신이 번쩍 든 장수들이 힘을 다해 앞으로 밀고 나갔다. 그러자 위연은 짐짓 그 기세에 눌린 채 말 머리를 돌려 달아나버렸다.

위연을 쫓아버리고 한숨을 돌린 조조는 다시 군사를 돌려 마초와 어울렸다. 침착하기 그지없는 대응이었으나 싸움은 그의 뜻 같지가 못했다. 조조가 높은 언덕으로 올라가 싸움의 형세를 살펴보고 있을 때 문득 언덕 아래 한 떼의 군마가 나타났다.

"역적 조조는 거기서 무얼 하는가? 위연이 여기 있다. 어서 목을 내놓아라!"

위연이 이렇게 외치며 시위에 살을 먹여 조조에게로 쏘아 붙였다. 화살은 보기 좋게 조조의 얼굴 어름을 맞혀, 조조는 외마디 소리와 함께 몸을 뒤집으며 말에서 떨어졌다.

그걸 본 위연이 활을 버리고 칼을 뽑아들더니 말 허리를 박차며 조조가 있는 언덕으로 뛰어올라왔다. 위연이 칼을 높이 치켜 조조를 베려 할 때 누군가가 벽력같이 소리를 내지르며 달려 나왔다.

"위연아, 내 주인을 다치지 말라!"

위연이 주춤하며 그쪽을 보니 조조의 사람이 된 방덕이 범 같은 기세로 덮쳐오고 있었다. 방덕이 워낙 죽을 둥 살 둥 모르며 덤비자 위연도 질리지 않을 수 없었다. 한참을 싸우다가 슬몃 물러나니 방덕은 그럭저럭 조조를 구해 돌아갈 수 있었다.

마초도 그때는 이미 군사를 물린 뒤였다. 조조는 화살을 맞아 앞니가 두 대나 부러지고 적잖은 상처를 입은 채 진채로 떠메어져서 돌아왔다. 급히 의자를 불러 상처를 돌보게 하면서 비로소 양수가 한 말이 옳았음을 깨달았다.

조조는 늦은 대로 양수의 시신을 거두어 후하게 장사 지내준 뒤 군사를 물려 돌아가기로 마음을 정했다. 방덕으로 하여금 뒤를 막게 하고 자신은 담요를 깐 수레에 누워 호분군(虎賁軍)의 호위를 받으며 돌아갔다.

물러나는 조조의 군사들이 야곡에 이르렀을 때였다. 갑자기 산 위

양쪽에서 불길이 일며 숨어 있던 촉병들이 쏟아져 나와 덤벼들었다. 조조가 한중을 버리고 달아나리라는 걸 미리 헤아린 공명이 숨겨둔 군사들이었다.

허겁지겁 달아나던 조조가 겨우 한고비를 넘었다 싶을 때 다시 위연이 나타났다. 위연이 화살 한 대를 쏘아 붙이자 한번 혼이 난 조조는 맞서볼 엄두도 못 내고 돌아서서 달아나기 바빴다. 삼군의 사기는 이미 떨어질 대로 떨어진 상태였다.

그렇게 얼마를 달아났을까. 이번에는 마초의 복병이 나타나 조조의 군사들을 두들겨대기 시작했다. 조조의 군사들은 저마다 오금이 저려 걸음조차 떼어놓지 못했다. 조조는 그런 군사들을 호령으로 재촉해 밤새껏 달린 뒤 경조(京兆)에 이르러서야 비로소 마음을 놓을 수 있었다.

조조를 멀리 쫓아버린 유비는 유봉과 맹달, 왕평 같은 장수들을 보내 상용의 여러 고을들을 빼앗게 했다. 신탐(申耽)을 비롯한 그곳의 태수들은 조조가 이미 한중을 버리고 달아났다는 말을 듣자 모두 순순히 항복해 왔다.

유비는 새로 거둬들인 고을 백성들을 안심시킨 뒤 삼군에게 골고루 상을 내리니 사람마다 기뻐해하지 않는 이가 없었다. 그중에서도 그때껏 유비를 따라다니며 온갖 고초를 겪은 장수들의 기쁨은 더욱 각별한 데가 있었다. 무릎 댈 땅 한 뼘 없이 떠돌다가 이제는 형주, 서촉에 한중까지 얻고 보니 그대로 천하를 다 차지한 느낌이었다.

거기서 누가 먼저랄 것도 없이 일게 된 것이 유비를 천자로 떠받들자는 생각이었다. 그러나 그걸 바로 말하기에는 하도 엄청나 먼저 제갈공명을 찾아보고 그 뜻을 밝혔다.

"나도 이미 생각해둔 바가 있소이다. 조금만 기다리시오."

공명은 그렇게 말해놓고 법정을 비롯한 여러 사람과 함께 유비를 찾아가 권했다.

"지금 조조는 나라의 모든 권세를 오로지하고 있어 백성들은 주인이 없는 것이나 다름없습니다. 주공께서는 이미 인의로 천하를 널리 알려지셨고, 또 다스리시는 땅도 형주에다 서천, 동천을 더하시게 되었습니다. 마땅히 하늘의 뜻에 응하고 사람들의 바람에 따라 제위에 오르시어 바른 명분과 옳은 주장으로 나라의 역적을 쳐 없애야 합니다. 이 일은 늦출 수가 없으니 빨리 날을 뽑아 제위에 오르도록 하십시오."

그러자 유비가 깜짝 놀란 얼굴로 대답했다.

"군사의 말씀은 옳지 않소이다. 이 유비가 비록 한실의 종친이기는 하나 위로 천자가 계시니 한낱 신자(臣子)에 지나지 않소이다. 군사의 말씀을 따르는 것은 한에 반역하는 게 될 것이오."

"아닙니다. 지금은 천하는 무너져 나뉘고 영웅들이 잇달아 일어 각기 그 한 모퉁이를 차지하고 있습니다. 또 세상의 재주 있고 덕 있는 선비들은 각기 목숨을 돌보지 않고 그 윗사람을 섬기며, 용의 꼬리를 붙들고 봉의 깃을 잡듯 그 주인을 따라 공명을 이룩하려 하고 있습니다. 주공께서는 의를 고집하시다가 여러 사람의 기대를 잃게 될까 두렵습니다. 바라건대 부디 깊이 헤아려주십시오."

제갈공명이 다시 한번 간곡히 권했다. 그래도 유비는 여전히 무겁게 고개를 가로저었다.

"아니 되오. 나는 차마 멋대로 그 같은 존위(尊位)에 오를 수가 없소. 달리 장구한 계책을 다시 의논해봅시다."

그러자 유비의 뜻이 굳음을 안 공명은 한 계단을 낮추어 권했다.

"주공께서 한평생을 의로 바탕을 삼아오신 터라 제위로 급히 나아가실 수 없다면 왕위는 어떻겠습니까? 이미 형주와 양양에다 동천, 서천을 다스리고 계시니 한중왕(漢中王)은 쓰실 수가 있을 것입니다."

그래도 유비는 얼른 받아들이려 하지 않았다.

"그대들이 비록 나를 왕으로 떠받들려 하나 천자의 조칙이 없으면 결국은 참칭에 지나지 않을 것이오."

"지금은 잠시 권도(權道, 임시 방편의 억지 또는 속임수)를 따르셔야 합니다. 떳떳한 도리만 고집하셔서는 아니 됩니다."

공명이 거듭 권했으나 소용이 없었다. 보다 못한 장비가 답답하다는 듯 소리쳤다.

"유씨 성이 아닌 자들도 왕위에 오르려고 야단들인데 형님이 아니 될 게 무엇 있소? 형님은 바로 한실의 종친이 아니오? 까짓 한중왕이 아니라 천자의 자리에 올라도 되겠소!"

"닥쳐라! 네가 무얼 안다고 여러 소리냐?"

유비가 역정을 내어 그런 장비를 꾸짖었다. 그의 깊이 모를 속에서 바라는 것이 무엇인지는 모르나 적어도 아직 왕위로 나가고 싶지 않다는 것만은 진심인 듯했다. 원술이 황제를 자칭하다가 허망하게 무너졌고, 조조도 왕위로 나가려다 순욱, 순유 같은 오래된 재사들을 잃은 것이 마음에 걸린 것일까.

그래도 제갈량은 단념하지 않았다. 한층 정색을 하고 목소리를 가다듬어 유비에게 졸랐다.

　　"주공께서 우선 편의에 따라 한중왕에 오르신 뒤 조정에 표문을 올려도 늦지 않습니다. 천자께서 반드시 허락하지 않으시리라는 법도 없지 않습니까?"

　　뒷날 어떤 평자(評者)는 유비 및 그가 이끄는 집단을 가리켜, 현실 감각이 결여된 전통주의자이며 이미 백성들의 수탈 체제로만 전락한 한을 계승하여 그 체제를 유지하려 했던 반동적인 집단으로 몰고 있다.

　　그는 또 유비와 제갈량을 한말의 혼란을 틈타 권력을 탈취하려는 야심가들이며, 조조 같은 새롭게 일어나는 혁명적 영웅을 시샘한 시대 착오적 인물이라고까지 깎아내렸으나 거기까지는 아무래도 지나친 것 같다. 턱없이 유비만을 내세우는 비역사적 정통론에 대한 반발이겠지만, 그것은 한쪽이 기우는 걸 바로잡으려고 다른 한쪽을 너무 덜어내 이번에는 거꾸로 균형을 잃게 한 것이나 다름없다.

　　적어도 권력을 향한 의지의 표명을 본다면 언제나 조조 쪽이 더 적극적이었고, 그 실현에 있어서도 늘 유비보다 한발 앞섰다. 어떤 이는 생전에 제위에 오르지 않은 것으로 그의 제위에 대한 야심을 묻어주려 하나 그가 아들 조비를 위해 구축해둔 체제를 보면 반드시 그렇게 말할 수만은 없다. 그리고 이 점에서 유비의 사양도 반드시 고까운 위선으로 해석할 것까지는 없다. 유비는 제갈량을 비롯한 여러 사람의 권유를 두 번 세 번 거듭 사양하다가 나중에야 겨우 허락했다.

유비가 한중왕으로 나아가는 의식을 치른 것은 건안 이십사년 칠월의 일이었다.

면양에는 둘레 아홉 리의 단이 쌓아지고 오방을 정해 기치와 의장이 벌여 세워졌다. 그리고 모든 신하들이 순서에 따라 늘어선 가운데 허정과 법정이 유비를 단 위로 청해 올렸다. 유비는 거기서 왕관과 옥새를 받고 남쪽을 향해 앉아 문무 벼슬아치들로부터 하례를 받았다.

이어 유비는 후사를 정함과 아울러 그때껏 자기를 거들어준 이들의 벼슬을 올렸다. 아들 유선을 세워 세자로 삼고 허정은 그 스승인 태부(太傅)로 높였다. 법정은 상서령이 되었으며, 제갈량은 군사로서 이제는 나라의 모든 군무를 도맡아 다스리게 되었다.

관우, 장비, 조운, 마초, 황충 다섯은 장수 중에도 특히 오호대장(五虎大將)으로 세워 남달리 높였으며, 위연은 한중 태수로 삼아 그 공을 추켜주었다. 그밖에 다른 모든 사람들에게도 각기 공에 따라 벼슬을 내리니, 그때껏 한 군사 집단에 지나지 않던 유비의 세력은 드디어 한 왕국의 체제를 갖추고 새로워졌다.

나라 안 일을 대강 마무리한 유비는 허도의 천자에게도 표문을 올렸다.

'비는 한낱 벼슬아치로서 상장의 소임을 맡아 삼군을 이끌고 밖으로 나왔으나, 아직 역적을 없애고 나라의 어지러움을 바로잡지 못했으며 왕실을 든든히 하지도 못했습니다. 폐하의 거룩한 가르치심이 갈수록 힘이 없어짐과 천하가 아직 평안치 못함을 보고만 있으려니 걱정으로 머릿속이 쪼개지는 듯합니다.

지난날 동탁이 들어와 나라를 어지럽힌 뒤로 여러 흉측한 무리들이 떼 지어 일어나 온 천지의 껍질을 벗겨놓듯 모질게 활개쳤습니다. 그러하되 폐하의 성덕과 위엄에 힘입고 신하와 백성들이 뜻을 함께함으로써 더러는 충의로써 치고, 더러는 하늘이 벌을 내려 다행히도 흉측한 무리는 거의 자취를 감추었습니다. 오직 조조가 남아 나라의 권세를 힘으로 차지하고 끔찍하고 못된 일을 저지르고 있을 뿐입니다.

신은 일찍이 거기장군 동승과 짜고 조조를 쳐 없애려 했으나, 일을 꾸밈이 치밀하지 못해 오히려 동승이 죽는 꼴만 보게 되었습니다. 그때 겨우 빠져나온 신은 근거지를 잃고 떠돌게 되매 마음에 가득한 것은 충의뿐, 조조가 온갖 극악한 짓을 해도 어찌할 수가 없었습니다.

조조가 황후를 시해하고 황자(皇子)마저 짐새의 독으로 해침을 보고 여럿이 힘을 모아 치고자 했으나 모두가 겁 많고 힘없어 그 또한 이 세월이 지나가도록 아무런 성과를 얻지 못한 것입니다. 언제나 두려운 것은 이러다 헛되이 죽어 끝내 나라의 은혜에 보답하지 못하게 되는 것이라, 자나깨나 탄식으로 긴 밤을 앓듯이 지냅니다.

이제 신이 거느리는 무리들은 『우서(虞書)』의 본보기를 따라 한 가지 외람된 청을 드리고자 합니다. 천자가 구족(九族)에게 두텁게 대하고, 그들도 천자를 보살피고 도와, 제위와 왕위를 서로 주고받는 것은 옛부터 있어온 법도입니다. 주나라를 살피건대 주실(周室)은 종친 외에 희씨(姬氏)도 왕으로 세웠으나 끝내 힘을 다해 주실을 도운 것은 종친을 세운 진(晉)과 정(鄭)이었으며 우리 대한(大漢)의 고조(高祖)께서도 여씨(呂氏)를 세워 왕으로 삼은 적이 있으나, 마침내는 그들을 베어내시고서야 나라가 평안해졌던 것입니다.

지금 조조는 바르고 곧은 이를 미워하고 자신을 따르는 무리만 가득 모아들였을 뿐만 아니라 흉측한 마음을 감추고는 있어도 실은 나라를 도적질할 마음이 이미 드러난 지 오랩니다. 그러하되 종친들은 힘이 없고 이렇다 할 벼슬도 차지하고 있지 못해 제실을 도울 길이 없기에 이제 옛날의 법식에 따라 신을 대사마 한중왕(漢中王)으로 받들려 하고 있습니다.

엎드려 생각건대, 신은 나라의 두터운 은혜를 입은 데다 한 지방을 맡아 다스리는 자리에 있으나 힘을 다해도 되는 일은 없고 허물만 쌓아갈 뿐입니다. 그런 신에게 어찌 대사마 한중왕이 가당하겠습니까? 오직 스스로의 죄를 무겁게 할 뿐이라 여겨 마다했었습니다. 그런데도 신을 따르는 무리가 의를 내세워 말하기를 신이 나서지 않으면 역적을 없애고 나라의 어지러움을 바로잡을 사람이 없어 장차 제실마저 쓰러지고 말 것이라 하여 조르기를 그치지 않았습니다.

신이 비록 어리석고 힘없으되, 그 또한 지나 들을 말은 아니라 몇 날을 두려움과 걱정으로 머리가 쪼개질듯 보냈습니다. 그러다가 성조(聖朝)를 평안히 모실 수 있다면 타는 불, 끓는 물속이라도 뛰어든다는 마음으로 거느리고 있는 무리의 편법에 따라 먼저 옥새와 왕관을 받아들였습니다.

이제 폐하를 우러러 작호(爵號)를 빌려 하니 비록 두터운 은총을 받고 벼슬 또한 낮지 않았던 이 몸이나 걱정되고 두렵기가 마치 위태로운 낭떠러지에 선 듯합니다. 오직 힘과 정성을 다하여 군사를 기르고 여러 의로운 이들을 모은 뒤에 하늘의 뜻에 따르고 정해진 때에 맞추어 흉악한 역적을 칠 것을 맹세드리며 엎드려 표문을 올립니다. 부디 윤허하여 주시옵소서.'

유비가 올린 표문은 대강 그러했다. 조조가 천자를 끼고 있어 허락이 안 내릴 줄 뻔히 알면서도 최소한의 합법성을 갖추고 싶었던 까닭이었다.

불길은 서천에서 형주로

　스스로 먼저 한중왕이 된 뒤에 다시 그 허락을 구하는 유비의 표문이 허도에 이르자 조정은 벌집을 쑤신 듯했다. 소문을 들은 조조는 성부터 먼저 냈다.

　"이 돗자리나 짜던 어린 놈이 어찌 이럴 수가 있단 말이냐? 내 맹세코 이놈을 죽이리라!"

　길길이 뛰며 그렇게 소리치고 곧 좌우를 돌아보며 영을 내렸다.

　"모든 장졸들로 하여금 싸우러 나갈 채비를 차리게 하라! 그들과 더불어 서천으로 가서 유비 그놈과 결판을 내리라!"

　그러자 어떤 사람이 나서며 그런 조조를 말렸다.

　"대왕께서 한때의 분노를 못 이기시어 몸소 군사를 이끌고 멀리 싸우러 가셔서는 아니 됩니다. 제게 한 가지 계책이 있으니 구태여 활을 당기고 화살을 쏘지 않아도 유비로 하여금 서천에 앉은 채 화를 입게 할 수가 있습니다. 그리하여 그 군사가 지치고 그의 힘이 다했을 때 장수 하나만 보내면 서천은 어렵지 않게 평정될 것입니다."

조조가 못마땅한 눈길로 그를 보니 다름 아닌 사마의였다. 그의 충성은 썩 미덥지 않아도 재주는 믿는 조조라 얼른 낯빛을 부드럽게 하며 물었다.

"중달(仲達)은 무슨 좋은 계책이 있는가?"

"강동의 손권을 움직이면 됩니다. 손권은 그 누이를 유비에게 시집보냈으나 틈이 벌어지자 몰래 데리고 와버렸고, 유비는 또 빌린다는 핑계로 형주를 차지한 뒤 아직껏 돌려주지 않고 있습니다. 그래서 서로 이를 갈고 있는 사이가 되었으니 이제 말 잘하는 이를 하나 뽑아 손권을 달래보도록 하십시오. 손권이 거기 따라 크게 군사를 일으켜 형주를 치면, 유비는 동천, 서천의 군사를 함빡 이끌고 형주를 구하러 올 것입니다. 그때 대왕께서 군사를 보내 한중과 서천을 치면 유비는 꼬리와 머리가 서로 돌볼 틈이 없이 위태로운 지경에 떨어지고 맙니다."

조조가 들어보니 멋진 계책이었다. 몹시 기뻐하며 곧 글을 닦아 만총(滿寵)에게 주며 강동으로 보냈다. 강을 건넌 만총이 손권에게 만나보기를 청하자 손권은 먼저 모사들을 불러 모아놓고 물었다.

"조조가 만총을 보냈다는데, 그를 어떻게 대하면 좋겠소?"

"위와 오는 원래 원수진 일이 없으나 제갈량의 말에 넘어가 양가가 싸움 없이 넘기는 해가 없을 지경에 이르고 말았습니다. 그 바람에 수많은 목숨이 지고, 백성들은 살이의 어려움이 이만저만 아닙니다. 짐작건대 이제 만총이 온 것은 틀림없이 화평의 뜻을 전하려는 것일 듯싶으니 주공께서는 예의를 갖추어 대접하도록 하십시오."

유비와 제갈량에게 그리 좋은 감정이 아닌 장소가 일어나서 그렇게 권했다. 손권도 누이를 데려온 뒤로는 더욱 유비와 사이가 틀어져 있던 터라 군소리 없이 그 말을 받아들였다. 곧 모사들을 보내 만총을 성안으로 맞아들이게 했다.

만총이 들어와 예를 표하자 손권은 그를 귀한 손님처럼 대접하며 맞았다. 만총이 조조가 써준 글을 올리며 말했다.

"오와 위 두 나라는 원래 원수진 일도 없으면서 유비 때문에 사이가 벌어지게 되었습니다. 어느 편을 위해서도 이로운 일이 못 됩니다. 이제 위왕께서는 저를 보내시어 장군께서 형주를 치도록 권하라 하셨습니다. 그러면 위왕께서는 서천으로 군사를 내시어, 유비의 머리와 꼬리를 한꺼번에 두들기려는 것입니다. 유비를 쳐부순 뒤에는 그 땅을 같이 나눠 가지고 서로 침범하지 않겠다는 맹세를 세우자고 하십니다."

손권이 대답 없이 조조가 보낸 글을 뜯어보니 거기 적힌 내용도 같은 소리였다. 손권은 잔치를 열어 만총을 잘 대접하고 객사로 보내 쉬게 한 뒤 모사들을 불러 어떻게 하면 좋을까를 물었다.

고옹이 일어나 말했다.

"이게 비록 우리를 꾀는 소리라 해도 그럴듯한 데가 있습니다. 이제 한편으로는 만총을 보내 조조와 약조를 맺고 유비의 꼬리와 머리를 한꺼번에 두들기는 일을 진척시키면서 다른 한편으로는 사람을 강 건너로 보내 관우의 움직임을 살펴보게 하십시오. 일은 그 뒤에 손을 대도록 해야 할 것입니다."

그러나 제갈근은 고옹과 생각이 달랐다.

"제가 듣기로 운장은 형주로 온 뒤에 유비가 장가를 들여주어 아들 하나와 딸 하나를 두었다 합니다. 그 딸은 아직 어려 혼처를 정하지 않았으니 제가 가서 주공의 세자와 정혼하자고 청해보겠습니다. 만약 운장이 허락하면 바로 운장과 함께 의논해 힘을 합쳐 조조를 칠 것이요, 허락하지 아니하면 그때 가서 조조를 도와 형주를 뺏어버리시는 게 어떻겠습니까?"

어떻게든 유비 쪽에도 한번 기회를 주자는 생각에서 제갈근은 그런 계책을 내놓았다. 유비에 대한 감정이 좋지 않은 것은 사실이었으나 손권도 감정대로만 할 수는 없었다. 유비가 없어진 뒤 과연 조조가 자신과 함께 천하를 나눠 가질지는 유비가 아무 소리 없이 형주를 내놓는 일만큼이나 기대하기 어려웠다. 잠깐 생각하다 제갈근의 계책을 따르기로 했다.

손권은 먼저 좋은 답을 주어 만총을 허도로 돌려보낸 뒤, 다시 제갈근을 사자로 삼아 형주로 보냈다. 형주에 이른 제갈근은 성안으로 들어가 관우를 찾았다.

"자유(子瑜)께서는 이번에 무슨 일로 오시었소?"

관우가 제갈근을 맞으며 의심쩍은 눈길로 물었다. 제갈근이 준비해 간 대로 대답했다.

"특별히 양쪽 집안을 좋은 일로 맺어주려고 왔습니다."

"그게 무슨 뜻이오?"

"저희 주인 오후께는 아드님이 한 분 계시는데 매우 총명하십니다.

마침 장군께 따님이 한 분 계시다는 말을 듣고 특히 저를 보내 혼인을 청하게 하신 것입니다. 이번에 양쪽 집안이 맺어져서 힘을 합쳐 조조를 쳐부순다면 또한 아름다운 일이 아니겠습니까? 이렇게 간곡히 청하오니 군후(君侯)께서는 부디 헤아려주십시오."

하지만 관우는 헤아리고 자시고 할 것도 없었다. 제갈근의 말이 끝나기도 전에 벌컥 성이 나 소리쳤다.

"범의 딸을 어찌 개의 아들에게 시집 보낼 수 있겠는가! 그대 아우의 낯을 보지 않았더라면 선 채로 그대의 목을 베었으리라. 여러 소리 말고 물러가라."

그러고는 좌우를 불러 제갈근을 쫓아냈다. 그 청혼 뒤에 숨은 동오(東吳)의 간계를 알아차리고 그랬다고 보아줄 수도 있지만, 뒷사람들 가운데는 그걸 지나친 자부심의 병이었다 말하는 이도 있다.

천하의 셋 가운데 하나를 차지하고 있는 손권을 개에 견주고 스스로는 범에 견주었으니 실로 끝 모를 자부심이라 아니할 수 없었다. 그러나 또한 그게 유비에게는 중원 진출의 교두보를 잃게 만들고 스스로에게는 목숨을 재촉한 계기 중의 하나가 됐으니, 유비에게는 한사(恨事)요, 그 자신에게는 병이라 할 만하다.

머리를 싸안고 쫓겨간 제갈근은 손권에게 돌아가 관운장에게서 들은 대로 전했다. 그 소리를 듣고 누가 가만히 있겠는가. 손권이 머리끝까지 화가 치솟아 소리쳤다.

"그놈이 어찌 이리 무례할 수 있단 말이냐!"

그러고는 곧 장소를 비롯한 문무의 벼슬아치들을 불러모아 형주를 칠 의논에 들어갔다.

손권이 분한 마음을 못 이겨 무턱대고 형주로 군사를 내려 하자 보질이 나서서 깨우쳐주었다.

"조조는 이미 오래전부터 한나라를 없애고 천자 자리를 제가 차지하려 마음먹었으나 유비가 두려워 함부로 하지 못하고 있습니다. 이제 이곳으로 사자를 보내 촉을 치라고 권하는 것은 유비의 칼끝을 우리 동오에게로 돌리려는 수작임에 틀림없습니다."

"그렇지만 나도 형주를 되찾으려 한 지 이미 오래요. 형주를 되찾자면 유비와 싸우는 수밖에 더 있소?"

손권이 언짢은 얼굴로 그렇게 받았다. 보질은 그런 손권에게 한 가지 계책을 내놓았다.

"지금 조인은 양양과 번성에 군사를 머물게 하고 있는데, 그 땅과 형주 사이에는 장강의 험한 물줄기가 가로놓이지 않았습니다. 마른 땅만 밟고도 형주를 치러 갈 수 있는데 어째서 스스로 치지는 않고 주공께 군사를 내라고 조릅니까? 그것만 보아도 조조의 속셈은 뻔합니다. 주공께서는 먼저 허도에 사람을 보내 조조로 하여금 조인에게 뭍길로 형주를 치라는 영을 내리게 하십시오. 조인이 형주로 밀고 들면 관운장은 반드시 군사를 움직여 번성을 빼앗을 것입니다. 그리하여 관우가 움직일 때 주공께서 장수 하나를 뽑아 가만히 형주를 치게 하면 단번에 뺏을 수가 있을 것입니다."

조조가 권하는 대로만 하기에는 꺼림칙한 데가 있던 손권도 보질의 말을 옳게 여겼다. 곧 사자를 허도로 보내 조조에게 형주로 먼저 군사를 내주기를 청했다.

조조는 동오가 군사를 움직이겠다는 말에 기뻐 사자를 잘 대접해 동오로 돌려보내고, 다시 만총을 번성으로 보냈다. 거기 있는 조인을 도와 형주를 치게 하려 함이었다.

이때 유비는 위연에게 군마를 맡겨 한중을 지키게 하고, 자신은 여러 벼슬아치와 더불어 성도로 돌아가 있었다. 새로 왕위에 올랐으니 궁궐도 짓고 관부와 역관을 마련해야 했기에 연일 분주한 나날이었다. 성도에서 백수까지 사백여 곳에 우정(郵亭)을 마련해 나라 안의 연락이 빠르고 손쉽게 만든 것도 그 무렵이었으며, 한편으로는 군량과 마초를 쌓고 창칼을 만들어 중원을 엿보는 일도 게을리하지 않았다.

그러던 어느 날 여러 곳에 풀어놓은 세작 가운데 하나가 달려와 급한 소식을 전했다.

"조조가 동오와 손을 잡고 형주를 치려 하고 있습니다."

그 말을 들은 유비는 깜짝 놀랐다. 얼른 공명을 불러 어찌했으면 좋을까를 물었다. 공명은 별로 걱정하는 기색도 없이 대꾸했다.

"조조가 반드시 이따위 계책을 꾸밀 줄 알았습니다. 그러나 동오에는 재주 있는 모사들이 매우 많으니 조조의 뜻대로는 되지 않을 것입니다. 틀림없이 조조로 하여금 조인에게 먼저 군사를 움직이라는 영을 내리게 만들 것입니다."

"그렇다면 더욱 큰일이 아니겠소? 운장은 등과 배로 적을 맞게 될 터인즉 이를 어찌하면 좋겠소?"

유비가 한층 걱정스런 얼굴로 말을 받았으나 공명은 여전히 태연한 얼굴이었다.

"사람을 운장에게 보내어 먼저 군사를 일으키게 하십시오. 운장이 번성을 두들겨 빼앗아버리면 적군은 간담이 서늘해져서 절로 무너져내릴 것입니다."

그게 어떤 결과로 끝날지 모르지만, 우선은 듣기만이라도 시원했다. 유비는 크게 기뻐하며 전부사마 비시(費詩)를 뽑아 형주로 보냈다.

비시가 형주에 이르자 운장은 성을 나와 그를 맞아들였다. 예를 끝낸 뒤 운장이 비시에게 물었다.

"우리 형님 한중왕께서는 나에게 어떤 벼슬을 내리셨소?"

"오호대장의 으뜸으로 세우셨습니다."

비시가 별 생각 없이 그렇게 대답했다. 그러자 관우가 되물었다.

"오호대장이란 무엇이오?"

"장군과 장비, 조운, 마초, 황충 다섯 분을 여러 장수 가운데서도 특히 높이 쳐서 그렇게 이름하셨습니다."

비시는 아는 대로 말할 수밖에 없었다. 그 말을 들은 관우가 대뜸 성난 소리로 외쳤다.

"익덕은 내 아우니 말할 것 없고, 마초는 여러 대에 걸쳐 이름 있는 집 자손이요, 자룡은 형님을 따른 지 오래되어 나와 나란히 서도 될 것이나, 황충은 어떤 자이건대 감히 나와 같은 줄에 섰단 말인가! 대장부로서는 결코 그따위 늙은 졸개와 같은 줄에 서지는 않을 것이오!"

그리고 유비가 내린 인수를 받으려 들지 않았다.

비시는 난감했다. 잠시 생각하다 문득 빙그레 웃으며 관우에게 타일렀다.

"그것은 장군께서 틀리신 말씀입니다. 지난날 소하와 조참은 고조(高祖)와 더불어 대사를 일으켜 가장 가까운 사이였고, 한신은 초(楚)에서 달아난 장수에 지나지 않았습니다. 그러나 나중에는 왕이 되어 소하와 조참의 윗자리에 올랐건만 소하와 조참이 그 일을 원망했다는 말을 듣지는 못했습니다. 이제 한중왕께서는 비록 장군을 오호대장의 으뜸으로 세우셨으나, 장군은 한중왕과 형제이시니 한 몸이나 다름없습니다. 곧 한중왕이 장군이요, 장군이 한중왕인 것입니다. 어찌 다른 사람이 거기 미치겠습니까? 장군께서는 한중왕 전하의 두터운 은혜를 입으셨으니 마땅히 기쁨과 슬픔을 함께하고 화와 복을 더불어 나누셔야 합니다. 벼슬 이름이나 그 높고 낮음을 남과 견주는 것은 장군께서 하실 일이 못 됩니다. 부디 깊이 헤아려주십시오."

그제서야 관우도 크게 깨달은 바 있었다. 비시에게 두 번 절하며 말했다.

"내가 사람됨이 밝지 못해 그대의 가르침이 아니었던들 큰일을 그르칠 뻔했소."

그리고 두말 없이 한중왕이 내린 인수를 받았다. 비시는 이어 관우에게 군사를 내어 번성을 뺏으라는 한중왕의 명을 전했다.

관우는 곧 그 명을 받들어 부사인과 미방을 선봉으로 군사 한 갈래를 성 밖으로 내는 한편 성안에 큰 잔치를 벌여 비시를 대접했다.

관우와 비시가 권커니 작커니 하며 술잔을 기울이는 가운데 밤은 깊어 이경 무렵이 되었다. 문득 사람이 달려와 성 밖으로 나가 있는 군사들의 진채에서 불이 난 것을 알렸다. 관우는 급히 갑옷을 걸치고 말에 올라 성을 나갔다. 알아보니 부사인과 미방이 술을 마시는데 군막 뒤에 불이 붙어 화포 쪽으로 옮은 것이었다.

화포 곁에 있던 유황과 염초가 요란한 소리를 내며 터져 온 진채를 흔드는 가운데 거센 불길은 모든 군량과 마초 및 병장기를 깡그리 태워버렸다. 관우가 군사를 이끌고 나가 불길을 잡으려 애썼으나 사경 무렵이 되어서야 겨우 불이 꺼졌다. 성안으로 돌아간 관우가 부사인과 미방을 불러들여 꾸짖었다.

"나는 너희 둘을 믿고 선봉으로 삼았는데, 미처 싸움터로 나가기도 전에 불을 내어, 군량과 마초며 군기(軍器)를 모두 태우고 터진 화포에 군마까지 죽였다. 이토록 일을 그르쳐놓았으니 너희 같은 것들을 어디다 쓰겠느냐!"

그리고 좌우를 돌아보며 둘을 끌어내 목 베라 소리쳤다. 비시가 그런 관우를 말렸다.

"아직 군사를 내기도 전에 먼저 장수를 둘씩이나 목 벤다는 것은 이롭지 못합니다. 잠시 벌주는 일을 미루도록 하십시오."

그래도 관우는 노기가 가라앉지 않았다. 비시가 말리니 마지못해 듣기는 해도 둘을 용서하는 기색은 터럭만큼도 없었다.

"내가 비 사마의 낯을 보지 않았더라면 너희 둘은 반드시 목이 떨어졌을 것이다!"

그 말과 함께 두 사람에게 장(杖) 마흔 대를 때리게 했다. 그리고 선봉의 인수를 거두어들인 뒤 미방은 남군을, 부사인은 공안을 지키게 남기면서도 으름장을 잊지 않았다.

"내가 싸움에 이기고 돌아오는 날까지 조금이라도 어긋남이 있으면 이번의 죄를 합쳐 물을 것이니 그리 알라!"

이에 두 사람은 얼굴 가득 부끄러운 빛을 띠고 기어드는 목소리로 대꾸하며 물러났다. 관우의 이번 싸움길에 나타난 첫 번째 좋지 못한 조짐이었다.

그러나 조짐 따위를 믿지 않는 관우는 조금도 흔들리는 기색 없이 군사를 냈다. 요화를 뽑아 다시 선봉을 세우고, 수양아들 관평을 부장으로 삼은 뒤, 마량과 이적을 참군으로 삼아 번성으로 밀고 들 작정이었다. 비시는 서천으로 돌아갔다. 이때 호화의 아들 호반을 데리고 갔는데, 이는 관우가 지난날 자신을 구해준 적이 있는 호반을 사랑하여 그를 유비에게 천거하려고 비시에게 시킨 일이었다.

그런데 관우가 군사를 움직이기에 앞서 또 하나 예사롭지 않은 조짐이 나타났다. '수(帥)' 자 큰 깃발 앞에 제사를 드린 뒤 군막 안에서 잠깐 졸고 있을 때였다. 문득 돼지 한 마리가 나타나 관우의 왼쪽 발을 꽉 물었다. 크기가 황소만 하고 온몸이 먹물을 뒤집어쓴 듯 검은 돼지였다. 관우는 놀라 칼을 빼어 한칼에 그 돼지를 베어버렸다.

죽어 자빠지는 소리가 마치 비단을 찢는 듯했다. 관우가 그 소리에 놀라 깨어보니 한바탕 꿈이었다. 그러나 어찌 된 셈인지 꿈에서 깬 뒤에도 왼발이 욱신거려 관우도 마음으로 몹시 이상한 느낌이 들었다.

때마침 관평이 장막으로 들기에 관우가 그 꿈 얘기를 하고 길흉을 물었다.

"돼지 또한 용의 상이 있는 짐승입니다. 발에 붙었다면 이는 아버님께서 높이 오르실 것임을 뜻함이니 너무 이상하게 여기지 마십시오."

관평이 좋게만 해몽을 해 관우를 안심시켰다. 그러나 관우는 아무래도 미심쩍어 여러 관원들을 모아놓고 다시 그 꿈을 물었다. 어떤 이는 좋은 꿈이라 하고 어떤 이는 나쁜 꿈이라 하여 뜻이 한가지로 풀리지 않았다. 한동안 그들이 서로 떠드는 소리를 듣던 관우가 문득 두 손을 내저으며 말했다.

"그만들 하라. 대장부 나이 예순에 가까우니 이 자리에서 죽은들 한될 게 무엇이겠느냐!"

그런데 미처 관우의 말이 끝나기도 전에 사람이 들어와 촉으로부터 한중왕 유비가 보낸 사신이 왔음을 알렸다. 관우를 전장군 가절월(假節鉞) 도독 형양구군사(荊襄九郡事)로 삼는다는 왕지(王旨)를 가지고 온 사신이었다. 운장이 엎드려 그 명을 받들자 여러 관원들이 경하하며 말했다.

"공연한 걱정을 한 듯싶습니다. 이게 꿈에 돼지를 본 데서 온 상서로운 일이 아닐는지요."

그 말에 관우도 그 꿈이 나쁜 것일지 모른다는 의심을 버렸다. 관우는 다시 기세를 되찾아 양양으로 가는 대로로 군사를 몰아 나아갔다.

성안에 있다가 갑자기 관공이 대병을 이끌고 온다는 말을 들은 조인은 크게 놀랐다. 감히 나가 싸울 엄두를 내지 못하고 성안에서 굳게 지키기만 했다.

부장 적원이 나서서 조인을 충동질했다.

"지금 위왕께서는 장군께 동오와 힘을 합쳐 형주를 치라는 영을 내리셨습니다. 그런데 오히려 저쪽에서 먼저 쳐들어왔으니 이는 관우가 스스로 죽을 곳을 찾아들고 있는 것과 다름이 없습니다. 장군께서는 어찌하여 싸움을 피하기만 하십니까?"

조인도 원래가 무장이라 싸움을 그리 싫어하는 편은 아니었다. 거기다가 적원이 부추기고 나서자 절로 손발이 근질거리기 시작했다. 조인이 은근히 싸울 마음이 생겨 움직이려 드는 걸 만총이 말렸다.

"제가 알기로 관운장은 용맹스러울 뿐만 아니라 지모도 뛰어난 사람이니 가볍게 맞서서는 아니 됩니다. 굳게 지키는 것이 상책이 될 것입니다."

그러자 사납고 날래기로 이름깨나 얻은 장수인 하후존이 나서 적원을 편들었다.

"그것은 한낱 글이나 읽는 선비의 소립니다. 물이 쏟아지고 흙이 밀려오듯 적군이 덮쳐와야 나가 맞서겠다는 뜻입니까? 지금 우리 군사는 편안히 앉아서 기다리고 적군은 수고스럽게 먼 길을 달려왔습니다. 나가 싸우면 이길 수 있습니다."

가재는 게 편이라더니 조인도 결국은 무장들의 편을 들었다. 하후존의 시원스런 말을 따르기로 하고 만총에게 번성을 지키게 한 뒤, 스스로 군마를 이끌고 관공을 맞으러 성을 나갔다.

관공은 조인의 군사가 온다는 말을 듣자 관평과 요화를 불러 계교를 주고 기다렸다.

이윽고 조인의 군사들이 이르자 양쪽 군대는 마주 보고 둥글게 진을 쳤다. 관공 쪽에서 먼저 요화가 나와 싸움을 돋우자 조인 쪽에서는 적원이 달려 나왔다. 두 사람이 어우러져 싸우는가 싶더니 얼마 안 돼 요화가 거짓으로 져주며 쫓기기 시작했다. 힘이 솟은 적원이 군사를 휘몰아 관공의 형주군사를 들이치니 형주군은 이십 리나 쫓긴 뒤에야 겨우 수습됐다.

다음 날이 되었다. 첫 싸움에 이겨 힘을 얻은 조인은 적원과 하후존을 한꺼번에 내보내 형주군을 휩쓸었다. 거기에 당해내지 못한 형주군은 다시 쫓기기 시작했다. 그런데 적원과 하후존이 한 이십 리쯤이나 형주군을 뒤쫓았을까, 홀연 등 뒤에서 한소리 포향이 터지더니 북소리와 피리소리가 어지럽게 들렸다.

조인은 그제서야 관공의 꾐에 빠진 걸 알았다. 적원과 하후존에게 전령을 보내 급히 앞서 나간 군대를 되돌리라는 영을 내렸다. 그러나 그때는 이미 늦은 뒤였다. 정신없이 쫓기는 줄만 알았던 요화와 관평이 등 뒤에서 쏟아졌다. 적을 뒤쫓는 데만 정신이 팔려 있던 조인의 군사들은 단번에 크게 어지러워졌다.

관공의 계교에 걸려도 단단히 걸린 줄 안 조인은 급했다. 보이는 대로 한 갈래 군사를 모아 양양을 향해 달렸다. 갑자기 그곳이 걱정이 된 까닭이었다. 그러나 성에 미처 이르기도 전에 한 떼의 군사가 앞을 가로막았다. 수놓은 깃발 아래 말 위에서 청룡도를 비껴 들고 서 있는 것은 다른 사람도 아닌 관공이었다.

관공을 보자 그러잖아도 쫓기던 조인은 간이 오그라들고 오금이 저렸다. 감히 맞싸워 볼 엄두도 못 내고 그저 양양으로 난 언덕길로 달아나기 바빴다. 관공은 그런 조인을 애써 쫓지 않고 그 자리에서 움직이지 않았다.

오래잖아 다시 하후존이 이끄는 군사가 관공이 지키고 있는 길목에 이르렀다. 하룻강아지 범 무서운 줄 모른다고나 할까, 하후존은 관공을 보고도 겁내지 않고 창을 휘두르며 덤볐다. 그러나 처음부터 어림없는 싸움이었다. 하후존은 단 한 번 창칼을 맞대고 관공의 청룡도에 쪼개져 죽었다.

조인의 또 다른 장수 적원도 끝내 무사하지는 못했다. 하후존이 죽는 걸 보고 급히 달아났으나 관평이 뒤쫓아가 역시 한칼에 그 목을 쳐버렸다. 관공이 그 기세를 타고 군사를 휘몰아 덮치니 쫓기던 조인의 군사는 태반이 양강에 빠져 죽었다.

마침내 양양을 단념한 조인은 남은 군사와 더불어 번성으로 물러나 지키기만 했다. 관공은 한 싸움으로 양양을 뺏은 뒤 군사들을 상 주고 백성들을 위무했다. 수군사마 왕보(王甫)가 그런 관공에게 걱정스런 얼굴로 말했다.

"장군께서는 북소리 한 번으로 양양을 떨어뜨리고 조조의 장졸들을 떨게 만드셨습니다. 그러나 제 어리석은 소견으로는 아무래도 동오가 걱정스럽습니다. 동오의 장수 여몽은 육구에다 군사를 모아놓고 언제나 형주를 삼킬 틈만 노리고 있습니다. 만약 우리가 조조와 싸우는 틈에 재빨리 군사를 내어 형주를 들이치면 그때는 어쩌시겠습니까?"

관공이 고개를 끄덕이다가 마침 잘됐다는 투로 대답했다.

"나도 실은 그게 걱정이 되네. 자네가 그 일을 맡아 내 걱정을 좀 덜어주게. 지금부터 배를 타고 강을 따라 내려가며 이십 리 또는 삼십 리마다 높은 곳을 따라 봉화대를 세우도록 하게. 각 봉화대마다 군사 쉰 명을 주어 지키게 하되 오병이 강을 건너면 밤에는 불을 피우고 낮에는 연기를 올려 이곳에 알리도록 하는 걸세. 그때는 내가 몸소 달려가 오병을 쳐부수어버리겠네."

좋은 방책이기는 했으나 왕보는 그래도 마음이 놓이지 않는 모양이었다. 이번에는 남군과 공안을 걱정했다.

"미방과 부사인이 두 곳 험한 길목을 지키고 있으나 힘을 다하지 않을까 걱정입니다. 반드시 따로 한 사람을 보내 형주를 도맡아 보살피게 해야 합니다."

"그 일은 내가 이미 치중 반준(潘濬)을 보냈네. 걱정 안 해도 될 걸세."

관공이 이번에는 좀 마음이 놓인다는 듯 그렇게 밝혔다. 그러나 왕보의 얼굴빛은 조금도 달라지지 않았다.

"반준은 시기심이 많고 이익을 지나치게 탐내는 사람입니다. 그런 중요한 일에 그 사람을 써서는 아니 됩니다. 지금 군중의 양곡 일을 도맡아보고 있는 조루(趙累)로 바꾸십시오. 조루는 사람이 충성되고 청렴하니, 그 사람을 쓴다면 만에 하나라도 실수가 없을 것입니다."

"나도 반준의 사람됨을 알고 있으나 이미 정해버린 일일세. 다시 꼭 고쳐야 할 까닭은 없을 듯하니 그대로 보내겠네. 또 조루는 조루대로 지금 맡고 있는 일 또한 중대하니 그대로 군량을 관리하도록 하는 게 좋을걸세. 너무 걱정하지 말게나. 나하고 봉화대를 쌓는 거나 살펴보러 가세."

그 그릇된 인선이 나중에 어떤 화를 부를지 알 길 없는 관공은 그렇게 반준의 일을 덮어버렸다. 하지만 왕보는 아무래도 마음이 놓이지 않아 은근히 섭섭한 느낌까지 품은 채 관공 앞을 물러났다.

관공은 동오에 대비한 조치를 끝내기 바쁘게 관평을 불러 말했다.

"되도록 많은 배를 모아라. 군사들과 더불어 강을 건너 번성까지 마저 뺏으리라!"

한편 조인은 하후존과 적원 두 장수를 잃고 얼마 남지 않은 장졸들과 더불어 번성으로 쫓겨갔다.

"공의 말을 듣지 않고 나갔다가 군사와 장수만 잃고 양양까지 빼앗겼소. 이제 참으로 어찌해야 될지 모르겠소."

그러자 만총이 그를 위로하며 말했다.

"지나간 일은 지나간 일이고, 앞으로나 적을 헤아려 움직이시어 욕을 사지 않도록 하십시오. 다시 말씀드리지만 관우는 범 같은 장수에 지모까지 넉넉합니다. 가볍게 맞서는 것보다는 굳게 지키는 게 훨씬 낫습니다."

그때 다시 군사 하나가 뛰어들어와 알렸다.

"관우가 강을 건너 번성을 치러 오고 있습니다."

조인은 그 소리에 놀라 어쩔 줄 몰라했다.

만총이 그런 조인에게 다시 한 번 더 일깨워주듯 말했다.

"다만 굳게 지키기만 하시면 됩니다. 아무리 관우라 해도 든든한 성벽에 의지해 지키고만 있는 우리를 어쩌지는 못할 것입니다."

조인 곁에서 듣고만 있던 부장 여상(呂常)이 문득 분연한 목소리로 만총에게 대들듯 말했다.

"도대체 관우가 무엇이기에 이토록 움츠러들기만 하십니까? 제게 군사 몇천만 주십시오. 오는 적군을 양강 안에서 막아보겠습니다."

"아니 되오."

만총이 한마디로 잘라 거절했다. 그러자 여상이 성난 얼굴로 소리쳤다.

"당신들 문관들은 언제나 굳게 지키기만 하라고 하니 도대체 적은 언제 물리친단 말이오? 적군이 강을 반쯤 건넜을 때 치라는 병법의 가르침도 듣지 못하셨소? 지금이 바로 관우의 군사들이 반쯤 강을 건넜을 때인데, 어찌하여 가서 치면 안 된단 말이오? 적병이 성 아래에 이르고 다시 참호가에까지 밀려들면 그때야말로 막아내기 어려울 것이오!"

그 말을 들은 조인은 다시 마음이 흔들렸다. 만총이 말리는데도 여상에게 군사 이천을 떼어주며 번성을 나가 관공과 싸우게 했다.

우쭐해진 여상은 군사들을 몰아 강어귀로 달려갔다. 오래잖아 수놓은 깃발이 펄럭이고 그 아래 관공이 청룡도를 비껴들고 서 있는 게 보였다. 여상이 칼을 빼들고 군사들을 보며 소리쳤다.

"모두 나아가라! 나아가 적을 무찔러라!"

그렇지만 볼만한 것은 여상의 용기일 뿐 졸개들은 달랐다. 졸개들은 관공의 늠름한 모습만 보고도 겁을 집어먹고 아무도 앞서 나가려 하지 않았다. 여상이 소리 높여 꾸짖어도 꿈쩍 않는 것이었다.

그걸 본 관공이 먼저 군사를 냈다. 슬쩍 손을 저어 군사를 휘몰아 덮치니 여상의 군사들은 한번 싸워보지도 않고 그대로 뭉그러져 달아났다.

다시 조조 편의 대패였다. 나갔던 마보군은 절반이 꺾인 채 번성으로 되쫓겨 들어왔다. 여상에게 은근히 기대했던 조인은 급히 군사를 내어 그들을 성안으로 거둬들이고 그날 밤으로 사람을 뽑아 장안의 조조에게로 보냈다.

'관운장이 대병을 일으켜 양양을 빼앗고 지금은 번성을 에워쌌습니다. 일이 매우 위급하니, 바라건대 어서 좋은 장수를 보내 구원해 주십시오.'

대략 그런 내용이 적힌 글과 함께였다. 그렇게 조조가 서천에다 지르려던 불은 엉뚱하게 형주로 번졌다.

조인의 글을 받아 읽은 조조는 놀람 반 분노 반으로 줄지어 서 있는 신하들 가운데 하나를 가리키며 소리쳤다.

"그대가 가서 번성을 포위하여 구하라!"

"알겠습니다. 대왕께서는 조금도 걱정하지 마십시오."

그렇게 대답하며 나오는 사람을 보니 다름 아닌 우금이었다. 젊어서부터 조조를 따라 수많은 싸움터를 누비며 공을 세운 장수라 조조가 믿고 고른 것이었다.

"하오나 쓸 만한 선봉을 하나 붙여주십시오. 그와 함께 군사를 이끌고 갔으면 합니다."

우금이 다시 그렇게 청하자, 조조가 이번에는 여러 장수들을 둘러보며 물었다.

"누가 선봉이 되겠는가?"

"제가 가보겠습니다. 힘을 아끼지 않고 관아무개를 사로잡아 대왕께 바치오리다!"

누가 씩씩하게 소리치며 나오는데, 여럿이 보니 바로 마초 아래 있다가 항복해 온 장수 방덕이었다. 방덕의 용맹과 지모를 여러 번 들은 적이 있는 조조가 기쁜 얼굴로 말했다.

"그 관아무개는 위세가 우리 전토를 떨쳐 울리고 있는 사람이오. 이제까지는 맞수를 만나보지 못했다 하나 우리 영명(令名)을 만나면 그도 힘깨나 들 것이오."

그러고는 우금을 정남장군으로 높이고 방덕은 정서도선봉(征西都先鋒)으로 삼았다. 그들이 데리고 갈 군사도 일곱 갈래의 대군으로, 갈래마다 북군의 굳세고 날랜 군사로 채워져 있었다.

그런데 그중에 동형(董衡)과 동초(董超)라는 장교가 있어 그날 모든 장교 우두머리들을 데리고 우금을 찾아보러 왔다가 말했다.

"이제 장군께서는 일곱 갈래의 큰 군사를 거느리고 번성의 어려움을 풀어주려 가시는 바, 틀림없이 이기실 것입니다. 그러나 방덕을 선봉으로 삼은 것은 아무래도 잘못된 일 같습니다."

"그게 무슨 소린가?"

우금이 놀라 동형에게 물었다. 동형이 머뭇머뭇 까닭을 밝혔다.

"방덕은 원래 마초 밑에서 부장 노릇을 하던 이로, 마지못해 위에 항복했습니다. 그런데 이제 그의 옛 주인 마초가 촉에 있으면서 오호대장의 하나에 들어 있으니 어찌 마음이 흔들리지 않겠습니까? 더구나 그의 형 방유(龐柔)도 역시 촉에 있을 뿐만 아니라 결코 낮지 않은 벼슬아치가 되어 있다 합니다. 지금 그런 방덕을 선봉으로 삼는 것은 기름을 뿌려 불을 끄려는 것이나 다름없건만 장군께서는 어찌하여 이 일을 위왕께 말씀드리지 않습니까? 마땅히 다른 사람을 뽑아 보내야 하지 않겠습니까?"

그 말을 듣고 보니 우금도 적잖이 의심이 들었다. 그 밤으로 곧 조조를 찾아보고 낮에 동형에게서 들은 말을 전했다. 조조 또한 그 말을 듣고 보니 그 일이 꺼림칙했다. 곧 방덕을 불러들여 선봉의 인수를 거두어들였다.

"제가 바야흐로 대왕을 위해 힘을 써보려는데 대왕께서는 무슨 까닭으로 저를 쓰려 하지 않으십니까?"

밤중에 불려와 선봉의 자리를 되내놓게 된 방덕이 놀라 물었다. 조조가 어색한 얼굴로 그 물음을 받았다.

"내가 원래 의심이 많은 사람은 아니나, 지금 그대의 옛 주인 마초가 서천에 있고 또 그대의 친형 방유도 서천에 있으면서 모두 유비를 돕고 있다. 설령 내가 그대를 믿는다 해도 여러 사람의 입을 다 막을 수가 없구나. 그대는 너무 섭섭히 여기지 말고 다른 때를 기다리라."

그 말을 들은 방덕은 관을 벗어 내던지고 머리를 땅에 짓찧어 얼굴 가득 피를 흘리며 소리쳤다.

"제가 한중에서 항복한 이래 번번이 두터운 대왕의 은혜를 입었습니다. 설령 간과 뇌를 땅바닥에 쏟는다 해도 그 은혜에 보답할 길이 없건만 대왕께서는 어찌 저를 의심하십니까? 제가 지난날 고향에 있을 때 형과 함께 살았는데 형수가 매우 어질지 못해 술 취한 제가 죽여버린 일이 있습니다. 그 뒤로 형은 제게 대한 원한이 뼛속까지 스며 다시는 저를 보지 않겠다 맹세했다 하니, 그로써 우리 형제의 의는 끊어진 것입니다. 옛 주인 마초와도 또한 같습니다. 마초는 비록 용맹은 있어도 꾀가 없어, 싸움에 지고 땅을 잃은 뒤, 외로운 몸으로 서천으로 갔습니다. 이제 그와 나는 각기 딴 주인을 섬기게 되었으니 옛날의 맺음은 이미 끊어진 것입니다. 이 방덕이 그토록 두터운 대왕의 은혜를 입고도 어찌 감히 터럭만큼이라도 딴마음을 품을 수 있겠습니까? 대왕께서 부디 굽어살펴주십시오."

그런 방덕의 말에는 마디마디 진정이 배어 있었다. 사람의 그 같은 진정을 몰라줄 조조가 아니었다. 얼른 계하로 내려가 방덕을 부축해 일으키며 달래었다.

"나는 평소부터 공의 충의를 알고 있었소. 조금 전에 한 말은 공을 의심하는 모든 사람의 마음을 풀어주기 위한 것이니, 공은 이번에 가서 꼭 큰 공을 세우도록 하시오. 공이 나를 저버리지 않는다면 나도 공을 저버리지 않을 것이오."

그러자 방덕은 비로소 마음을 가라앉혀 조조에게 절하고 물러갔다.

집으로 돌아간 방덕은 곧 목수를 불러 좋은 관 하나를 짜게 했다. 그리고 그 관을 사랑방에 놓아둔 채 여러 벗들을 불러모았다.

그 관을 본 사람들이 한결같이 놀란 얼굴로 물었다.

"장군은 싸움터로 나가시면서 무슨 까닭으로 저토록 상서롭지 못한 물건을 만드셨소?"

그러자 방덕이 잔을 들어올리며 맹세하듯 말했다.

"나는 위왕의 두터운 은혜를 죽음으로 갚으려 하오. 이번에 번성으로 가면 나는 관아무개와 결판을 낼 것이니, 내가 저를 죽이지 못하면 저가 나를 죽일 것이오. 또 나도 저를 죽이지 못하고 저도 나를 죽이지 못하게 되면 마땅히 스스로 목숨을 끊을 것인 바, 어찌 됐건 이 관은 필요하오. 다시 말해, 나는 이 관으로 내가 빈손으로는 살아서 돌아오지 않을 것이란 뜻을 여러분에게 보이고 있소이다."

방덕의 그 같은 말을 들은 사람들은 하나같이 차탄을 금치 못했다.

방덕은 또 그 아내 이씨와 그 아들 방회(龐會)를 불러놓고 말했다.

"나는 이제 가면 관아무개와 한쪽이 죽을 때까지 싸울 것이다. 만약 내가 관우에게 죽음을 당하거든 너희는 내 시체를 찾아다 이 관에 넣고 장사 지내라. 다행히 내가 관우를 죽이면 그때는 그 목을 베어 여기다 넣어서 위왕께 바치리라."

그런 방덕의 말을 전해 들은 그의 부장들은 한결같이 찾아와 말했다.

"장군께서 이렇도록 충성과 용맹을 다하시려는데 저희들이 어찌 힘을 다해 장군을 돕지 않을 수 있겠습니까?"

방덕은 그렇게 스스로의 마음을 다졌을 뿐만 아니라 거느린 장수들까지도 분발시킨 뒤에 떠났다.

어떤 사람이 그 일을 조조에게 전했다. 조조가 기쁜 빛을 감추지 못하고 여럿을 둘러보며 말했다.

"방덕의 충성과 용맹이 그와 같다면 내가 근심할 게 무엇 있겠는가."

그러나 가후는 영 마음이 놓이지 않는지 조조에게 한마디 귀띔해 주었다.

"방덕이 혈기만 믿고 관우와 죽기로 싸운다면 그 뒤가 매우 걱정스럽습니다. 그의 혈기를 좀 억눌러두는 게 좋겠습니다."

조조도 금세 그 말을 알아들었다. 곧 방덕에게 사람을 보내 경계하는 말을 전하게 했다.

'관우는 지모와 용맹을 아울러 갖추고 있는 자니 가볍게 맞서지 말라. 빼앗을 수 있으면 빼앗되, 그렇지 못하거든 삼가며 지키기만 하라.'

그 같은 조조의 말을 전해 들은 방덕은 은근히 부아가 났다. 여러 장수들을 둘러보며 볼멘소리를 했다.

"대왕께서는 어찌하여 관우만 이토록 대단하게 여기시고 나는 낮춰 보시는가? 내 이번에 가면 마땅히 그를 꺾어 그의 삼십 년에 걸친 헛이름을 깨부숴버리리라!"

"아닐세. 대왕의 말씀을 어길 수는 없는 노릇이니 그대로 하도록 하세."

우금이 그렇게 방덕의 지나친 자만을 타일렀다. 그러나 방덕은 그런 소리를 들을수록 더 오기가 났다. 군사들을 이끌고 앞장서 번성으로 달려가 북과 징을 크게 울리며 관우에게 덤볐다.

이때 관공은 자신의 군막에 단정히 앉아 번성을 우려뺄 궁리에 여념이 없었다. 갑자기 탐마(探馬)가 달려와 알렸다.

"조조가 우금을 장수로 삼아 일곱 갈래의 대군을 보냈다고 합니다. 전부의 선봉은 방덕으로 큰 관을 앞세우고 매우 듣기 험한 욕을 퍼붓는데, 거기에는 장군과 죽을 때까지 싸우리란 맹세까지 들어 있습니다. 이제 그 군사는 성 밖 삼십 리쯤 이르렀습니다."

관공은 그 말을 듣자 얼굴을 붉히고 아름다운 수염을 떨며 성난 소리를 냈다.

"천하의 영웅들도 내 이름을 들으면 두려워 떨지 않는 자가 없는데, 방덕 그 더벅머리 아이가 어찌 감히 나를 얕본단 말이냐? 관평을 시켜 번성을 치게 하는 한편, 내 몸소 가서 그 버르장머리 없는 놈을 목 베고 이 분한 마음을 풀리라!"

그러면서 벌떡 몸을 일으켰다. 관평이 그런 관공을 말렸다.

"아버님께서는 태산같이 높으신 분이신데 어찌 보잘것없는 돌멩이 같은 방덕과 그 높고 낮음을 가리려 하십니까? 제가 아버님을 대신해 가서 방덕과 싸울 테니 아버님께서는 여기 그냥 계십시오."

관공의 성미를 잘 알아 한 말이었다. 자기를 태산에 견주고 방덕을 보잘것없는 돌멩이로 낮추는 관평의 말에 약간 마음이 풀린 관공은 양아들의 말을 받아들였다.

"그렇다면 네가 한번 가보아라. 나도 곧 뒤따라가 너를 도와주마."

그렇게 허락하고 관평에게 군사 약간을 떼어주었다.

관공의 군막을 나온 관평은 곧 칼을 빼들고 말에 올라 군사들과 더불어 방덕을 맞으러 나갔다. 하지만 그렇게 시작된 싸움이 그토록 자기편의 힘을 빼놓는 어려운 싸움이 될 줄은 젊은 관평은 짐작조차 못했다. 형주로 옮아붙은 불은 이제 붙어도 된통 붙게 된 셈이었다.

빛나구나, 관공의 무위

　오래잖아 마주친 방덕과 관평의 양군은 곧 둥글게 진을 치고 싸울 태세에 들어갔다. 위군(魏軍) 진영 한곳에 검은 기 하나가 높다랗게 걸렸는데 거기에는 '남안 방덕'이란 네 글자가 흰색으로 크게 씌어 있었다. 방덕은 푸른 전포 은투구에 큰 칼을 비껴 들고 흰 말 위에 앉은 채 진 앞으로 나왔다. 그의 등 뒤에는 오백의 군병이 뒤따르는데 한쪽에는 정말로 보졸 몇이 나무로 만든 관을 어깨에 메고 서 있었다.

　"옛 주인을 저버린 도적은 어디 있느냐? 어서 나와 이 칼을 받아라!"

　문득 관평이 그 앞에 나타나 방덕을 보고 외쳤다. 관평은 방덕을 알아보았으나 방덕은 관평이 누군지 알지 못했다.

　"저 장수가 누구냐?"

방덕이 곁에 있는 군사들을 돌아보며 물었다. 그중에 하나가 아는 체를 했다.

"저것은 관우의 양아들 관평입니다."

그 말을 들은 방덕이 별로 탄하는 기색도 없이 되받아 관평을 나무랐다.

"나는 위왕의 뜻을 받들어 네 아비의 목을 가지러 왔다. 너 같은 머리에 쇠똥도 벗어지지 않은 어린아이를 죽이러 온 것이 아니니, 어서 아비나 이리 나오라고 해라!"

그러자 관평이 참지 못하고 먼저 말을 박차 덤벼들었다. 방덕 또한 칼을 비껴들고 마주 달려 나가니 곧 한바탕 어지러운 싸움이 벌어졌다. 방덕도 대단하지만 관평도 어지간했다. 서로 엉겼다 떨어지기를 서른 번이나 해도 이기고 짐이 뚜렷이 나누어지지 않았다. 그날은 그쯤에서 싸움을 멈추고 각기 돌아가 군사들을 쉬게 했다.

그 싸움의 소식을 전해 들은 관공은 불같이 노했다. 요화를 불러 번성을 공격하게 하고 자신은 몸소 방덕을 잡으려고 관평에게로 달려갔다.

관평이 관공을 맞아들이고 승부를 못 가린 걸 얘기하자 관공은 채 다 듣기도 전에 청룡도를 잡고 말에 뛰어올랐다.

"관운장이 여기 있다. 방덕은 어서 나와 죽음을 받으라!"

관공이 그렇게 적진을 향해 소리치자 북소리가 요란한 가운데 방덕이 나와 그 말을 받았다.

"나는 위왕의 뜻을 받들어 특히 네 목을 가지러 왔다. 네가 믿지 않을까 봐 여기 이렇게 관까지 만들어 왔으니 죽는 게 두렵거든 어서 말에서 내려 항복하라."

"너 따위 하찮은 것이 무슨 재주로 그리 하겠느냐? 오히려 이 청룡도에 쥐새끼 같은 역적 놈의 피를 묻히는 게 아까울 뿐이다."

관공이 그렇게 소리치며 말을 박차니 방덕도 칼을 휘두르며 달려 나왔다. 곧 용과 호랑이가 어우러지듯 불을 뿜는 싸움이 벌어졌다. 치고 찌르고 베고 후리며 말과 말이 엇갈리기를 백여 차례나 했으나 둘 모두 싸울수록 더 힘이 솟는 것 같았다. 지칠 줄 모르고 계속되는 싸움에 양쪽 군사들은 모두 넋을 잃고 구경할 뿐이었다.

그러다가 먼저 방덕이 혹시라도 실수를 할까 봐 겁이 난 위군 쪽에서 징을 쳐 방덕을 불러들였다. 관평도 양아버지가 나이 많은 게 걱정돼 징을 쳐서 관공을 불러들이니 비로소 두 장수의 싸움이 멎었다.

한 번도 관공과 맞붙어본 적이 없던 방덕도 비로소 관공의 무서움을 알았다. 자기 진채로 돌아가 여럿 앞에서 감탄의 말을 털어놓았다.

"사람들이 관우를 영웅이라 하더니, 오늘에야 그 말을 믿겠다."

그러는데 마침 우금이 이르렀다.

"듣자니 장군은 관우와 백 합이 넘도록 싸웠으나 이렇다 할 만큼 얻은 게 없었다는데 정말 그렇소? 그렇다면 잠시 군사를 물려 피하는 게 어떻겠소?"

예가 끝난 뒤 우금이 걱정스레 말했다. 방덕이 분연한 어조로 그 말을 받았다.

"위왕께서는 장군을 대장으로 삼으셨건만, 어찌 그리 약한 말씀만 하십니까? 나는 내일 관우와 죽을 때까지 싸워 결판을 내겠습니다.

맹세코 물러나 피하지는 않을 것입니다!"

방덕이 이렇게 나오자 우금도 더는 말 못하고 자기 진채로 돌아갔다.

한편 상대에 대해 은근히 놀라기는 관공도 마찬가지였다. 진채로 돌아가자 아들 관평을 보고 넌지시 말했다.

"방덕의 칼 쓰는 법이 자못 날카로웠다. 나의 맞수가 될 만했다."

관공으로서는 최대의 찬사였다.

관평이 그런 관우를 걱정해 슬몃 권했다.

"속담에 하룻강아지 범 무서운 줄 모른다는 말이 있습니다. 아버님께서 그자의 목을 베어봤자 그저 서강의 한 조무래기를 죽인 데에 지나지 않습니다. 그러나 억지로 그를 죽이려다 혹시라도 실수가 있게 되면 이는 서천에 계신 큰아버님의 당부를 저버리시는 게 됩니다. 부디 지나치게 방덕을 탄하지 마십시오."

"아니다. 그렇지 않다. 내가 그자를 죽이지 않고 어떻게 이 욕됨을 씻겠느냐? 나는 이미 먹은 마음이 있으니 더는 여러 소리 하지 말라!"

관공은 그렇게 관평의 입을 막았다. 솜씨는 기특하지만 감히 자신에게 덤빈 죄는 용서할 수 없다는 투였다.

다음 날이 되었다. 관공은 날이 밝기 바쁘게 군사를 이끌고 나아가 방덕에게 싸움을 걸었다. 방덕도 지지 않고 마주쳐 나와 다시 양편 군사들이 둥그렇게 맞선 가운데 둘의 불꽃 튀는 싸움이 벌어졌다. 어제와는 달리 말 한마디 주고받는 법 없이 바로 뒤엉키는 싸움이었다.

싸움이 한 쉰 합에 이르렀을 때였다. 방덕이 갑자기 안 되겠다는 듯 말 머리를 돌리며 칼을 끌고 달아나기 시작했다.

좀 수상쩍은 데가 있기는 하였지만 관공은 망설임 없이 그런 방덕을 뒤쫓았다. 관평도 방덕이 계교를 쓰는 게 아닌가 싶어 관공을 뒤따랐다.

"방덕 이 어리석은 것아, 너는 칼을 끌고 달아나며 나를 꾀려는 수작[拖刀計]이지만, 내가 그걸 두려워할 줄 아느냐?"

관공이 큰 소리로 그렇게 방덕을 꾸짖는 소리가 들렸다. 관평은 그 소리를 듣고서야 비로소 마음을 약간 놓았다. 그런데 바로 그때였다. 앞서 달아나던 방덕이 문득 말안장에서 활을 꺼내더니 시위에다 살을 얹었다. 그걸 본 관평이 관공에게도 알릴 겸 큰 소리로 외쳤다.

"방덕은 더러운 활질을 멈추라!"

그제서야 관공도 방덕이 무슨 짓을 하려는지를 알아차렸다. 놀란 눈으로 방덕 쪽을 보는데 벌써 시위 소리가 나며 화살이 날아왔다. 관공은 몸을 비틀어 피했으나 너무나 가까운 거리라 끝내 화살은 관공의 왼팔을 꿰뚫고 말았다.

관평이 얼른 말을 달려 다친 양아버지를 부축했다. 방덕은 그 좋은 때를 놓치지 않으려고 말 머리를 돌려 관공을 덮치려 했다. 그런데 갑자기 자기편 진채에서 징소리가 요란하게 울렸다. 눈앞에 다친 관공을 두고 돌아서기가 안타까웠지만 방덕은 혹시 자기편에 무슨 일이라도 났나 싶어 급히 진채로 돌아갔다.

징을 울려 방덕을 불러들인 것은 다름 아닌 우금이었다. 방덕이 활을 쏘아 관운장을 맞히는 걸 보자 걱정 반 심술 반으로 은근히 훼방을 놓은 셈이었다. 방덕이 정말로 관공을 죽이고 큰 공을 세우게 되면 자신의 체면이 말이 아니게 되기 때문이었다.

"무슨 일로 징을 울려 저를 부르셨습니까?"

돌아온 방덕은 진채에 아무 일도 없는 걸 보고 따지듯 우금에게 물었다. 우금이 떳떳하지 못하는 말투로 둘러댔다.

"위왕께서 경계하시기를 관우는 무예와 지모를 아울러 갖춘 자이니 가볍게 맞서지 말라 하셨소. 이제 비록 그가 화살에 맞기는 했으나 혹시라도 거기에 어떤 속임수가 있을까 두려워 징을 치게 한 것이외다."

"만약 장군께서 군사를 거두시지 않았더라면 나는 저자의 목을 얻을 수 있었을 것입니다. 조심하는 것도 좋지만 이건 너무 심하지 않으셨습니까?"

방덕이 그렇게 우금을 원망했다. 그래도 우금은 능청만 떨었다.

"너무 서두르지 마시오. 급히 먹는 밥에 체하는 법이오. 천천히 해나갑시다."

어찌 보면 나이 든 사람의 당연한 충고 같기도 했다. 우금의 참마음을 알 길이 없는 방덕은 더 따지고 들 수도 없어 한숨만 쉬며 입을 다물었다.

한편 진채로 돌아온 관공은 칼로 살을 쪼개 화살촉을 뽑았다. 다행히도 화살은 깊이 박히지 않아 상처에 고약을 붙이는 것으로 몸을 움직일 수는 있었다. 그러나 마음속에 분함을 누를 길이 없어 여럿을 돌아보며 이를 갈듯 말했다.

"내 맹세코 이 화살로 받은 욕을 반드시 되돌려주리라!"

관공이 당장이라도 말을 타고 나설 것 같은 기세로 나오자 여러 장수들이 말렸다.

"장군께서는 며칠만 쉬십시오. 그런 뒤에 방덕과 싸워도 늦지 않을 것입니다."

하지만 방덕이 그렇게 기다려주지 않았다. 다음 날이 되자 이번에는 제가 먼저 군사를 이끌고 와서 싸움을 걸었다.

그 소리를 들은 관공은 당장 나가 싸우려 했으나 여러 장수들이 간곡히 말려 그대로 진채에 남았다. 그러자 방덕은 군사들을 풀어 욕설과 야유로 관공을 충동질하려 했다. 관평이 길목을 막아 그들이 가까이 오지 못하게 하는 한편 여러 장수들을 단속해 그들이 내지르는 소리를 관공에게 전하지 못하게 했다.

열흘이 넘도록 싸움을 걸어보아도 관공이 꿈쩍 않자 방덕은 생각을 바꾸었다. 우금을 찾아가 새로운 의논을 꺼냈다.

"보아하니 관우는 화살 맞은 자리가 도져 움직이지 못하게 된 것 같습니다. 이 기회를 놓치지 마시고 칠군을 한꺼번에 들어 관우의 진채를 휩쓸어버리시지요. 그리하면 번성을 에움에서 구할 수 있을 것입니다."

그러나 우금은 방덕이 큰 공을 세우게 되는 게 걱정이었다. 관공과 가볍게 맞서지 말라는 위왕 조조의 당부를 핑계로 군사를 움직이려 들지 않았다. 애가 탄 방덕이 몇 번이고 거듭 권했으나 아무 소용이 없었다.

그러다가 우금이 겨우 군사를 움직인 것은 일곱 갈래 군마를 번성 북쪽으로 돌린 일이었다. 거기 있는 산 아래에 진채를 내린 우금은 스스로 큰 길을 지키고 앉은 뒤 방덕에게 일렀다.

"장군은 계곡 뒤쪽에 머무시오. 함부로 군사를 내어서는 아니 되오."

오히려 자기편 군사로 방덕의 길을 막아버린 셈이었다. 억울하지만 우금은 우두머리 장수요, 자신은 그 아래 선 선봉에 지나지 않으니 방덕도 어쩌는 수가 없었다.

한편 관평은 관공의 상처가 덧나지 않고 아물어 붙자 기쁨을 감추지 못했다. 다시 방덕과의 싸움을 시작해도 되겠다 싶을 즈음 풀어놓은 군사들이 돌아와 알렸다.

"우금이 일곱 갈래 대군을 모두 움직여 번성 북쪽 십 리쯤 되는 곳으로 옮겨 앉았습니다."

관평은 그 말을 듣자 우금의 속셈을 알 길이 없어 곧 관공에게 알렸다.

상처만 돌보고 있던 관공도 알 수 없기는 마찬가지였다. 도대체 우금이 어떻게 하고 있는지도 살펴볼 겸 말에 올라 보러 갔다.

관공은 수십 기를 거느리고 높은 봉우리에 올라가서 내려다보았다. 먼저 번성이 보이는데, 성벽의 기치가 가지런하지 못하고 군사들이 이리저리 몰리는 게 아직 구원군이 이른지조차 잘 모르고 있는 것 같았다. 관공은 다시 우금이 군사를 머무르게 하고 있는 곳으로 눈길을 돌렸다. 성 북쪽 십 리쯤 되는 골짜기에 군마가 자리 잡고 있는 게 보이고 그 곁으로는 물살 빠른 양강이 흐르고 있었다.

"번성 북쪽 십 리쯤 되는 곳에 있는 저 골짜기의 이름이 무엇인가?"

관공이 무슨 생각을 했는지 문득 길잡이 군사를 보고 물었다. 그 군사가 아는 대로 대답했다.

"증구천(罾口川)이라 합니다."

그러자 관공이 몹시 기쁜 얼굴로 말했다.

"이제 우금은 반드시 나에게 사로잡힐 것이다."

"장군께서 그걸 어떻게 아십니까?"

곁에 있던 군사들이 어리둥절해 관공에게 물었다. 무엇을 믿는지 관공이 껄껄 웃으며 말했다.

"증구(甑口)는 그물눈이니 우금이 그물에 떨어지고서야 어찌 오래 견디겠느냐?"

우금의 성[于]과 물고기[魚]의 음이 같은 것을 끌어 붙인 농담이었다. 그러나 군사들은 아무래도 관공의 그 같은 큰소리를 믿을 수가 없었다.

때는 마침 팔월 가을이었다. 그 무렵에 있게 마련인 가을비가 며칠을 이어 내린 뒤 관공은 군사에게 영을 내렸다.

"너희들은 배와 뗏목을 마련하고 다른 여러 가지 물질에 쓰이는 것들도 손봐두도록 하라."

"지금 우리는 뭍에서 적과 맞서고 있는데 물에서 쓰이는 것을 왜 마련하라 하십니까?"

관평이 알 수 없다는 듯 물었다. 관공은 그제서야 까닭을 밝혔다.

"너는 아직 모르는구나. 우금은 넓은 들판에 진채를 벌이지 않고 좁은 증구천 골짜기에다 군사를 몰아놓았다. 그런데 지금은 연일 가을비가 내리고 있지 않느냐? 반드시 양강의 물이 불어 넘칠 것인바, 나는 이미 여러 곳의 물길을 막을 둑을 쌓아놓게 했다. 물이 불어나기를 기다려 우리는 높은 곳과 배에 오른 뒤 둑을 터뜨리면 번성과 증구천의 적병들은 모두 물고기나 자라 같은 신세가 되고 말

146

것이다.”

그 말을 들은 관평은 자신도 모르게 땅에 엎드리며 관공의 깊이 모를 지모에 감복했다.

한편 증구천에 자리 잡고 있던 위병들 가운데도 연일 큰비가 내리자 걱정을 하는 사람이 있었다. 그중에서도 독장 성하(成何)는 걱정이 되다 못해 우금을 찾아보고 말했다.

“대군이 개천가의 골짜기에 머물고 있는데 지세가 매우 낮습니다. 또 토산이 있다고 하나 급할 때 의지하기에는 너무 멉니다. 거기다가 이번 가을에는 유난히 비가 많아 며칠을 내리고도 그칠 줄 모르니 군사들의 어려움이 여간 아닙니다. 그러나 더욱 걱정되는 것은 요사이 들리는 풍문입니다. 형주의 군사들은 모두 진채를 높은 곳으로 옮기고 한수 입구에는 배와 뗏목을 잔뜩 마련해두었다 하는데, 거기 딴 뜻이 있는 게 아닐지요? 만약 적군이 불어난 강물을 이용하면 우리 장졸들은 크게 위태로워집니다. 부디 그 점을 헤아리시어 일찍부터 계획을 세워두도록 하십시오.”

그러나 이미 패신에게라도 홀린 것인지 우금은 화부터 먼저 냈다. 한번 성하의 말을 되씹어보지도 않고 소리쳐 꾸짖을 뿐이었다.

“이 하찮은 놈이 감히 우리 군사들의 마음을 어지럽히려 드느냐? 다시 그런 소리를 하면 목을 베어 다스리겠다!”

그 바람에 성하는 옳은 소리를 하고도 야단만 맞고 쫓겨나왔다. 그러나 아무래도 걱정이 되는지 이번에는 방덕을 찾아보고 똑같은 소리를 했다.

방덕은 우금과 달랐다. 금세 성하의 말뜻을 알아듣고 말했다.

"그대가 바로 보았다. 만약 우장군이 군사를 움직이지 않겠다면 내일 내 군사만이라도 다른 곳으로 옮기겠다."

하지만 그 내일이 문제였다. 그날 밤이 되자 바람이 크게 일며 비는 더욱 세차게 쏟아졌다. 방덕은 그래도 아직이야 어떠랴 싶어 장막 안에 앉아 날이 새기만을 기다리는데 갑자기 수만 마리의 말이 다투어 내닫는 듯한 소리와 함께 땅이 뒤집히는 듯 흔들렸다.

놀라 장막을 뛰쳐나온 방덕이 말 위에 올라보니 사방팔방에서 큰 물이 쏟아지고 있었다. 그곳에 자리 잡고 있던 일곱 갈래 군사들은 이리저리 쫓기면서 물에 떠내려가는데 그 수가 얼마나 되는지 헤아릴 수 없을 지경이었다. 물은 눈 깜짝할 사이에 불어 평지도 깊이가 한 길이 훨씬 넘었다.

우금과 방덕을 비롯한 장수들은 급한 대로 근처의 작은 산이나 높은 둑에 올라 물을 피했다. 날이 밝자 관공은 여러 장수들과 함께 배에 올라 북을 치고 깃발을 흔들며 우금이 있는 곳으로 다가갔다.

우금은 사방을 둘러보았으나 보이는 것은 붉은 물바다뿐 길은 어디에도 없었다. 거느리고 있는 군사도 겨우 오륙십 명. 달아나려야 달아날 수도 없었고, 싸울 수도 없었다.

"관장군 살려주시오. 항복하겠소!"

마침 우금이 관우를 보고 그렇게 소리쳤다. 숱한 싸움터를 누비며 일생을 쌓아온 장수로서의 명성이 물거품처럼 허망하게 사라지는 순간이었다.

관공은 선선히 우금의 항복을 받아주었다. 우금을 비롯한 위군들의 갑옷과 투구를 모두 벗기고 무기를 거두어들인 뒤 배로 끌어올렸다. 그리고 이번에는 방덕을 찾아나섰다.

그때 방덕은 동형, 동초와 성하 및 보졸 오백을 데리고 갑옷도 제대로 갖춰 입지 못한 채 방죽 위에 몰려 있었다. 역시 사방이 물이라 달아날 길도 없고, 군사도 적어 맞서기에도 모자랐으나 방덕은 자기를 잡으러 오는 관공을 조금도 두려워하지 않았다. 두려워 떠는 군사들의 기운을 북돋워가며 앞으로 달려 나와 맞섰다.

관공은 배로 사방을 둘러싸게 한 뒤 일제히 활을 쏘게 했다. 그 화살에 방죽 위에 있던 위군의 태반이 쓰러졌다.

형세가 매우 위태로운 걸 본 동형과 동초가 방덕에게 말했다.

"군사는 태반이 죽거나 상했고, 사방에는 길이 없습니다. 항복하는 게 낫겠습니다."

방덕이 성난 목소리로 그런 그들을 꾸짖었다.

"나는 위왕의 두터운 은혜를 입은 몸이다. 어찌 다른 사람에게 머리를 숙여 절의를 굽히란 말이냐!"

그리고 동형과 동초를 그 자리에서 목 벤 뒤 군사들을 보며 소리쳤다.

"두 번 다시 항복이란 소리를 입에 담는 자가 있으면 이 두 놈처럼 될 것이다!"

방덕이 그렇게까지 나오니 남은 장졸들은 어쩌는 수 없이 힘을 다해 싸웠다. 아침부터 한낮까지 싸웠으나 방덕은 오히려 싸울수록 힘이 더 솟는 듯했다.

관공이 그런 방덕을 사로잡으려고 더욱 급히 군사들을 재촉하니 사방에서 쏟아지는 돌과 화살이 마치 오뉴월 장마비와 같았다.

"모두 바짝 다가서서 적과 맞붙어라!"

방덕이 그렇게 영을 내려 군사들을 내몬 뒤 성하를 돌아보며 말했다.

"용맹스런 장수는 죽음이 두려워 구차스레 면해보려 아니하고, 씩씩한 선비는 절의를 더럽혀가며 살기를 구하지 않는다 했다. 오늘은 내가 죽는 날이다. 그대도 죽기로 싸우라!"

성하가 그 말을 듣고 있는 힘을 다해 앞으로 밀고 나왔다. 그러나 관공이 활로 성하를 쏘아 물에 떨어뜨리자 방덕의 그 같은 독려도 아무 쓸모가 없었다. 남은 졸개들은 모두 항복하고 오직 방덕만이 성난 범처럼 이리저리 내달으며 버티고 있었다.

그렇게 얼마나 버텼을까, 형주군 여남은 명을 태운 작은 배 한 척이 어쩌다가 방덕이 서 있는 방죽 부근에 이르렀다.

그걸 본 방덕이 갑자기 몸을 솟구치더니 큰 새처럼 그 작은 배 위에 내려앉았다. 배 위에 있는 군사들이 놀라 덤볐으나 방덕이 눈 깜짝할 새 여남은 명을 베자 나머지는 그대로 물에 뛰어내려 달아나기 바빴다.

배를 뺏은 방덕은 한손으로 칼을 휘둘러 덤벼드는 형주병을 막고 다른 한손으로는 짧은 노를 저어 번성으로 달아나려 했다.

죽을 둥 살 둥 모르고 설쳐대니 어쩌면 빠져나갈 수가 있을 것 같기도 했다.

그런데 갑자기 상류에서 한 장수가 큰 뗏목을 타고 내려오더니 거침없이 방덕의 배를 들이받았다. 워낙 작은 탓에 배는 그대로 뒤집히고 방덕은 물속으로 떨어지고 말았다. 그러자 그 장수도 몸을 날려 물 속으로 뛰어들더니 오래잖아 힘이 빠진 방덕을 사로잡아 나왔다.

모두가 놀란 눈으로 그 장수를 보니 그는 다름 아닌 주창이었다. 주창은 원래도 물질에 익숙했던 사람인 데다 다시 형주에 몇 년 있는 동안에 더욱 솜씨를 익혀, 물속에서는 그를 따를 사람이 없었다. 거기다가 힘까지 남다르고 보니 땅 위에서는 아무리 날고 기는 방덕이라도 그를 당해내지 못했다.

그리하여 우금이 이끌고 온 일곱 갈래의 대군은 모조리 물에 빠져 죽거나 사로잡히고, 더러 남은 사람도 달아날 길이 없어 모두 항복하고 말았다. 조조에게로 늙은 군사 한 사람도 되돌아갈 수 없게 되어버린 것이었다. 뒷사람이 시를 지어 그처럼 크게 이긴 관공을 노래했다.

한밤중 북소리 하늘을 울리더니   夜半征鼙響震天
양양 번성 평지는 깊은 못 되었네   襄樊平地作深淵
관공의 귀신 같은 헤아림 누가 따르리   關公神算誰能及
드높은 그 이름 만고에 전하네   華夏威名萬古傳

양강의 물을 끌어 조조가 보낸 대군을 쓸어버린 관공은 곧 높은 언덕에 장막을 치고 앉아 사로잡힌 적장들을 보았다. 먼저 끌려온 것은 우금이었다. 우금은 정남장군의 체면도 돌보지 않고 땅에 엎드려 절하며 빌었다.

"관공, 지난날의 정리로 보아서도 한번만 살려주시오."

관공이 그런 우금을 노려보며 물었다.

"이럴 것을 어찌 감히 나와 맞서려고 했는가?"

"위에서 명을 내려 이 몸을 뽑아 보내니 아니 올 수 없었소이다. 바라건대 군후께서는 이 우금을 가엾게 여겨주시오. 한번만 살려주신다면 그 목숨을 바쳐서라도 은혜에 보답하겠소."

우금이 거듭 애걸했다.

관공이 아름다운 수염을 쓸며 그런 우금을 내려보다가 빙긋 웃으며 말했다.

"내가 그대를 죽이는 것은 개나 돼지를 잡음과 무엇이 다르랴. 쓸데없이 칼과 도끼만 더럽히는 짓이다."

그러고는 곁에 선 무사들에게 영을 내렸다.

"우금을 묶어 형주로 보내라. 그를 옥에 가두고 내가 돌아가 달리 구처할 때까지 기다리게 하라."

우금이 끌려나가자 관공은 다시 방덕을 데려오게 했다. 방덕은 끌려나와서도 두 눈을 부릅뜨고 관공을 노려보며 무릎조차 꿇으려 하지 않았다. 관공은 그런 방덕에게 오히려 마음이 끌려 목소리를 부드럽게 하고 물었다.

"너의 형은 지금 한중에 있고, 네 옛 주인 마초도 촉에서 대장이 되어 있다. 그런데 너는 어찌하여 일찍 항복하지 않았느냐?"

방덕을 성난 목소리로 외쳤다.

"내가 비록 칼날 아래 죽더라도 너 따위에게 어찌 항복하겠느냐?"

그리고 관공이 더 달래볼 틈도 없이 꾸짖고 욕하기를 마지않았다. 이미 죽기로 굳게 작정한 사람 같았다. 어떻게 방덕을 달래보려던

152

관공도 마침내 노기가 치밀었다.

"네가 죽기를 바라니 어쩔 수 없구나. 너는 죽어서도 더러운 역적의 귀신이 되리라!"

그렇게 방덕을 꾸짖고는 좌우를 불러내 소리쳤다.

"여봐라, 저자를 끌어내 목 베어라!"

이에 다시 밖으로 끌려나간 방덕은 길게 목을 늘여 칼을 받았다. 뒷사람은 그런 방덕을 조조의 충신으로 치나 가만히 살펴보면 그의 목숨을 앗아간 것 또한 부질없는 자부심의 병이나 아니었던지 모르겠다. 처음 싸움터에 나올 때부터 그는 이상하리만큼 관운장과의 경쟁의식에 들떠 있었다. 스스로를 관운장과 같은 높이로 끌어올려놓고 시작한 그 싸움에서 한껏 부풀어난 자존심은 여지없이 지고 난 다음에도 끝내 스스로를 낮추려 들지 않았다.

촉에 항복해도 용서받을 만한 큰 핑계가 둘씩이나 있었건만 오히려 목숨을 버리는 쪽을 택한 것은, 아무래도 이제 겨우 이태 남짓한 조조의 후대에 대한 보답으로는 지나쳤던 듯싶다.

한편 관공은 성난 김에 방덕을 죽이기는 했으나 생각할수록 그의 어리석은 오기가 가엾었다.

그 시체를 거두어 후히 장사 지내주게 하고 나서야 다시 남은 싸움을 마무리 지으려고 나섰다. 이긴 기세가 수그러들기 전에 번성까지 마저 우려내기 위해 장졸들과 더불어 싸움배에 올랐다.

한편 그 무렵 번성도 점점 불어나는 물로 법석을 떨고 있었다.

벌건 홍수가 붇고 물살이 거세지며 성벽이 기울어지고 내려앉기 시작한 탓이었다. 남자 여자 가릴 것 없이 흙을 져 나르고 벽돌을 가져와 꺼진 곳을 메우고 무너진 데를 막았다.

　장수들은 장수들대로 가슴이 덜컥하지 않을 수 없었다. 절로 불은 물이 아니라 적군이 끌어댄 것이란 생각이 들어 우르르 조인에게 달려갔다.

　"오늘의 이 위태로움은 힘으로 구해낼 길이 없을 것 같습니다. 적군이 이곳에 이르기 전에 밤을 틈타 배를 타고 달아나는 게 어떻겠습니까? 그렇게 되면 성은 비록 잃더라도 목숨을 보전할 수 있을 것입니다."

　그 같은 장수들의 말에 조인도 마음이 흔들렸다. 곧 배를 내고 달아날 채비를 하려는데 만총이 나와서 말렸다.

　"아니 됩니다. 산골짜기에서 쏟아지는 물이 길게 흘러봐야 얼마 동안이겠습니까? 며칠 안 돼 빠질 것이니 너무 걱정할 것 없습니다. 관공 또한 그렇습니다. 그 자신은 아직 성을 공격하지 않고 있으나, 이미 그가 보낸 별장(別將)은 겹하에 와 있습니다. 그런데도 그가 함부로 밀고 들어오지 않는 것은 우리 군사가 뒤에서 덤빌까 봐 걱정이 된 까닭입니다. 구원군을 믿고 이곳을 끝까지 지켜야 합니다. 만약 이번에 이 성을 버리고 달아나면 황하 남쪽의 땅은 이제 다시는 나라의 것이 안 될 것입니다. 바라건대 장군께서는 굳게 이 성을 지키시어 보전하도록 하십시오."

　가만히 들으니 하나같이 옳은 말이었다. 다른 장수들을 따라 허둥대던 조인이 퍼뜩 정신을 차리고 두 손을 모아 만총에게 고마운 뜻을 나타냈다.

　"백녕(伯寧)의 가르침이 아니었던들 큰일을 그르칠 뻔했소. 그대

154

로 따르리다.”

그러고는 스스로 말에 타고 성벽 위로 올라가 여럿을 모아놓고 엄숙하게 소리쳤다.

“나는 위왕의 명을 받들어 이 성을 지키고 있다. 이후 다시 성을 버리고 달아나자고 말하는 자가 있으면 그 목을 베리라!”

조인의 그 같은 외침에 다른 장수들도 모두 입을 모아 다짐했다.

“저희들도 죽음으로써 이 성을 지키겠습니다!”

그러자 조인은 크게 힘을 얻어 성벽 위에 활과 쇠뇌 수백 벌을 걸어놓고 군사를 풀어 밤낮으로 지키게 하는데 조금도 게으름을 피거나 마음이 풀어지는 일이 없도록 했다.

또 성안 사람들은 늙고 젊고를 가리지 않고 흙을 져 날라 무너진 성벽을 채우니 성은 곧 전처럼 든든해졌다. 과연 보름도 안 돼 성을 위협하던 물의 기세도 줄어들기 시작했다.

한편 관공은 위의 장수 우금을 사로잡고 방덕을 목 벰으로써 위세가 천지를 뒤흔들 듯했다. 그 소문을 전해 듣고 놀라지 않는 사람이 없을 지경이었다.

그런데 문득 둘째 아들 관흥이 아버지를 보러 왔다. 관공이 관흥에게 말했다.

“이번 싸움에서 이긴 것이 모두 아비의 공이라 믿어서는 아니 된다. 모든 벼슬아치와 장수들이 저마다 힘을 다해 이룬 공인 바, 마땅히 거기 따르는 상이 있어야 할 것이다. 이제 각자의 공을 적은 글을 줄 터이니 너는 성도로 가서 큰아버님이신 한중왕을 뵙고 전하거라.”

이에 관흥은 관공에게 절하고 물러난 뒤 지름길로 성도를 향해 달려갔다.

아들을 보낸 관공은 군사를 둘로 나누어 하나는 똑바로 겹하로 나가게 하고, 다른 하나는 스스로 이끌고 번성을 에워쌌다.

북문 쪽으로 나아간 관공이 말 위에서 채찍을 들어 성벽 위를 가리키며 큰 소리로 꾸짖었다.

"너희 쥐 같은 무리가 어찌 얼른 항복하지 않고 무얼 기다리느냐?"

이때 조인은 마침 가까운 성루에 있었다. 관공이 가슴을 가리는 갑옷만 걸치고 있는 걸 보고 미리 세워두었던 오백의 궁노수에게 가만히 영을 내렸다.

"모두 한꺼번에 관우를 쏘아라!"

그러자 갑자기 수많은 활과 쇠뇌가 성벽 위로 모습을 드러냈다. 그걸 본 관공이 놀라 말 머리를 돌리려는데 어느새 화살 한 대가 날아와 오른팔에 꽂혔다. 관공이 견디지 못하고 몸을 뒤집으며 말에서 떨어졌다.

조인은 관공이 화살에 맞아 말에서 떨어지는 걸 보고 힘을 얻어 군사를 몰고 성을 나왔다. 관평이 그런 조인을 두들겨 쫓고 얼른 관공을 구해 진채로 돌아갔다.

관평은 곧 의자를 불러 관공의 팔에 꽂힌 화살촉을 뺐으나 화살촉에 발라져 있던 독은 이미 뼛속까지 스민 뒤였다. 상처를 치료해도 관공은 오른팔을 움직일 수가 없었다.

걱정이 된 관평이 여러 장수들을 불러 모아놓고 의논했다.

"아버님께서 저렇게 오른팔을 다치셨으니 어떻게 나가 싸우실 수 있겠소? 잠시 형주로 돌아가 몸을 돌보게 하시는 게 좋겠소."

다른 장수들이라 해서 뾰족한 수가 있을 리 없었다. 모두 관평의 말에 따르기로 하고 관공의 장막으로 찾아갔다.

"그대들은 무슨 일로 왔는가?"

여러 장수들이 한꺼번에 자신의 장막으로 찾아오자 관공이 물었다. 장수들이 입을 모아 대답했다.

"저희들이 온 것은 군후께서 오른팔을 상하신 일 때문입니다. 노기를 누르시지 못하고 적을 맞아 싸우시다가 다친 곳이 더 나빠질까 두렵습니다. 저희들 생각으로는 잠시 형주로 군사를 돌리시어 상처를 다스리는 게 옳을 듯싶습니다."

그러자 관공이 벌컥 성을 내며 소리쳤다.

"내가 번성을 뺏는 날이 눈앞에 다가와 있다. 번성을 뺏은 뒤에는 군사를 휘몰아 허도를 들이쳐 역적 조조를 없애고 한실(漢室)을 평안케 할 작정이다. 어찌 이따위 작은 상처로 그같이 큰일을 그르칠 수 있겠느냐? 너희들은 떼를 지어 우리 군사들의 마음을 흔들리게 할 작정이라도 했느냐?"

관공이 그렇게 나오니 어쩔 수 없었다. 관평을 비롯한 여러 장수들은 말 한마디 더해보지 못하고 관공 앞을 물러났다. 하지만 그대로 두고 볼 수만은 없는 일이었다.

장수들은 관공이 돌아가려 하지 않는다면 상처라도 어떻게 빨리 낫게 해볼 생각으로 널리 사람을 풀어 용한 의원을 찾게 했다. 그러던 어느 날이었다. 어떤 사람이 강동에서 조각배를 타고 내려와 진채로 찾아들었다.

별로 높지 않은 군교 하나가 그 사람을 데리고 관평에게로 갔다. 관평이 보니 머리에는 방건(方巾)을 쓰고 몸에는 헐렁한 옷을 걸치고 있는데 팔에 맨 푸른 보따리가 좀 유별났다.

"당신은 누구시기에 이곳을 찾아왔소?"

관평이 그렇게 묻자 그 사람이 대답했다.

"저는 패국 초군 사람으로 이름을 화타라 하며 자는 원화(元化)로 씁니다. 듣자 하니 관장군께서는 천하의 영웅으로 이제 독화살을 맞아 괴로움을 겪고 계시다기에 그걸 고쳐드리려고 이렇게 찾아왔습니다."

화타라면 관평도 들은 적이 있는 이름이었다. 반가움을 감추지 못하고 다시 물었다.

"그렇다면 지난날 동오의 주태를 치료해준 분이 아니십니까?"

"그렇습니다."

화타가 그렇게 대답하자 관평은 그의 손을 잡아끌 듯하며 관우에게로 데려갔다.

관공은 장막 안에서 마량과 바둑을 두고 있었다. 팔이 몹시 아팠으나 겉으로 드러냈다가는 군사들의 마음이 흔들릴까 보아 그렇게 아픔을 달래고 있는 중이었다.

관공은 용한 의원이 왔다는 말을 듣자 바둑판을 한쪽으로 밀어놓고 그를 장막 안으로 불러들이게 했다. 예가 끝나고 자리를 잡고 앉아 차를 대접하자 화타가 서둘러 청했다.

"먼저 화살 맞은 팔을 좀 보여주십시오."

그러자 관공은 옷을 걷고 오른팔을 내보였다. 한참을 이리저리 살

158

피던 화타가 걱정스레 말했다.

"장군이 맞으신 화살촉에는 오독(烏毒)이 발라져 있어 바로 뼛속으로 스며들었습니다. 일찍 치료하지 않으시면 이 팔은 영영 쓰시지 못하게 될 것입니다."

그렇다면 참으로 큰일이 아닐 수 없었다. 어지간한 관공도 그 말에는 놀란 기색을 숨기지 못하고 물었다.

"무엇으로 고칠 수 있겠소?"

"고치는 방도는 제가 알고 있습니다만 군후께서 두려워하시지나 않을까 걱정입니다."

화타는 의원으로서 소박하게 말한 것이지만, 상대가 관공이고 보면 말을 제대로 골라 쓴 셈이었다. 관공이 돌연 호탕하게 웃으며 화타의 말을 받았다.

"나는 죽음조차 돌아갈 곳으로 돌아가는 것쯤으로 여기고 있소. 그런데 내가 두려워할 게 무엇이란 말이오?"

두려워할지 모른다는 말에 별난 관공의 자부심이 상해도 단단히 상한 듯했다. 그러나 화타는 그런 관공의 감정은 아랑곳하지 않고 의원으로서 할 말만 했다.

"먼저 조용한 곳을 골라 든든한 기둥을 세우고 거기다가 쇠로 된 고리를 박아두도록 하십시오. 그런 다음 그 쇠고리에 군후의 다친 팔을 끼우고 온몸을 동아줄로 꽁꽁 묶은 뒤 앞을 볼 수 없게 머리에도 무엇을 덮어쓰셔야 합니다."

"무얼 하시려고 그토록 요란스럽게 채비하는 것이오?"

"날카로운 칼로 군후의 살갗을 쪼개고 뼈를 드러내 거기에 스민 독을 긁어내야 합니다. 그런 다음 약을 바르고 쪼갠 살갗을 실로 꿰매놓아야만 아무 일 없이 낫게 될 것입니다. 그래도 두렵지 아니하십니까?"

들기만 해도 끔찍한 수술이었으나 관공은 눈썹 하나 까딱 안했다. 오히려 껄껄 웃으며 말했다.

"별것도 아니구려. 그런 쉬운 일에 기둥이며 고리가 왜 쓰인단 말이오?"

그래 놓고는 곧 좌우에 영을 내려 크게 술상을 차리게 했다.

술과 안주가 나오자 관공은 아무 일 없는 것처럼 화타에게 잔을 권하고 자신도 마셨다. 몇 순배 술이 돈 뒤에 관공이 드디어 화타를 돌아보며 빙긋 웃고 말했다.

"자, 이제 치료를 시작해보는 것이 어떻소?"

그러고는 다시 바둑판을 내오게 하더니 마량과 바둑을 두기 시작했다. 다친 팔은 치료하기 좋게 걷어붙여 화타에게 맡긴 채였다.

화타는 가져온 보따리에서 끝이 날카로운 칼 한 자루를 꺼내 들더니 곁에 있는 군사에게 말했다.

"가서 큰 대접 하나를 가져오시오. 피를 받아야겠소."

그 군사가 대접을 가져와 관공의 팔 아래 받쳐들자 화타가 다시 관공에게 말했다.

"이제 제가 손을 대겠습니다. 군후께서는 놀라지 마십시오."

관공이 태연한 얼굴로 그 말을 받았다.

"내가 어찌 세상의 저 속된 것들처럼 아픈 걸 두려워하겠소? 그대에게 맡길 테니 좋을 대로 치료해보시오."

이에 화타는 칼로 살갗을 쪼개고 팔을 갈라 뼈가 드러나게 했다. 화살촉에 바른 독이 스며 뼈는 이미 시퍼랬다. 화타는 칼날로 뼈를 긁어냈다. 조용한 방 안에 뼈를 긁어내는 소름끼치는 소리만 가득했다. 장막 안팎에서 보고 있던 사람들은 모두 낯빛이 핼쑥해져 두 손으로 눈을 가렸다.

그런데 실로 놀라운 것은 살이 갈리고 뼈가 긁히는 당사자인 관공이었다. 관공은 한 팔은 화타에게 맡겨둔 채 술을 마시고 고기를 씹으며 바둑을 두는데 조금도 아픔을 느끼는 것 같지 않았다.

하늘 높은 줄 모르는 자부심에 걸맞는 극기였다. 아니면 자부심이 가지는 무서운 힘이랄까. 살을 가르고 뼈를 깎는 아픔을 관공은 눈살 한번 찌푸리지 않고 이겨냈다.

오래잖아 군사가 받쳐든 대접은 관공의 팔에서 흐른 피로 가득 차고, 화타는 뼈에 스몄던 독을 말끔히 긁어냈다. 거기에 약을 바른 화타는 살을 원래대로 여미고 실로 꿰맸다.

치료가 끝난 걸 본 관공이 껄껄 웃으며 팔을 휘저어보더니 여러 장수들에게 말했다.

"이 팔이 이토록 마음대로 폈다 굽혔다 할 수 있을 뿐더러 아프지조차 않구나! 여기 계신 선생님이야말로 정녕 신의라 할 만하다!"

화타가 감탄해 마지않는 눈길로 관공을 우러르며 그 말을 받았다.

"제가 일생 동안 사람을 치료했으나 이번 같은 일은 처음입니다. 군후께서야말로 진정 천신(天神) 같은 분이십니다."

그러자 관공은 다시 크게 잔치를 열어 자기 팔을 낫게 해준 화타를 대접했다. 몇 순배 술잔이 돈 뒤에 관공이 다시 한번 고마워하는 뜻을 나타냈다.

"실로 잃었던 팔을 되찾은 듯하오. 선생께 어떻게 보답해야 될지 모르겠구려."

그러자 화타가 아직 기뻐하기에는 이름을 깨우쳐주듯 말했다.

"군후께서 화살에 맞은 자리는 치료되었으나 당분간 그 팔을 함부로 쓰셔서는 아니 되십니다. 결코 노기를 내어 다친 곳이 덧나게 하는 일이 없도록 하십시오. 백 일이 지난 뒤에야 전처럼 쓰실 수 있을 것입니다."

"선생의 말씀을 마음에 새겨두리다."

관공은 그렇게 말하고 황금 백 냥을 화타가 애쓴 값으로 내놓았다. 화타가 펄쩍 뛰며 두 손을 내저었다.

"저는 군후의 의기 높으심을 듣고 이렇게 찾아와 작은 힘을 썼을 뿐입니다. 어찌 보답을 바라겠습니까!"

그러고는 굳이 마다한 뒤 상처에 붙일 약 한 첩을 더 내어놓고 가 버렸다. 그 환자에 그 의원이라 할 만했다.

그런데 흥을 깨는 일이 될는지 모르지만, 여기서 다시 한번 들춰보고 싶은 것은 정사이다. 진수의 『삼국지』에는 「화타전(華佗傳)」에도 「관우전(關羽傳)」에도 이 이야기가 보이지 않는다. 「관우전」에 빠진 것은 별로 역사적 가치가 없어서라면 이해가 되지만, 대단찮은 치료 얘기까지도 상세히 적힌 「화타전」에까지 빠진 것은 아무래도 이해가 되지 않는다.

『삼국지』「위지」의 여러 전(傳) 중에서 무제(조조), 문제(조비)의 기(記)와 원소, 원술 등 몇 사람의 전을 빼면 가장 긴 게 「화타전」이고,

화타는 거의 의자라기보다는 방술사(方術士)에 가까울 만큼 신비하게 기록되어 있다.『연의』의 저자가 민간의 속설이나 이제는 전해지지 않는 어떤 기록에서 그 이야기를 옮겨 적었다고 볼 수 없는 것은 아니나, 혹 그 신비한 화타를 빌려 관공을 높이려고 꾸며 넣은 얘기는 아닌지.

패어드는 관공의 발밑

한편 관공이 우금을 사로잡고 방덕을 목 벴다는 소문은 중원에까지 널리 퍼졌다. 천지를 떨쳐 울리는 관공의 위엄에 온 화하(華夏, 중국을 높이는 말)가 모두 놀랐다. 그 소식을 들은 조조 또한 놀라기는 마찬가지였다. 곧 문무 벼슬아치들을 모아놓고 의논했다.

"나는 일찍부터 관운장의 용맹과 지모가 세상을 뒤덮을 만함을 알고 있었다. 이제 형주, 양양에 발판을 마련했으니 이는 호랑이에 날개가 돋친 것이나 다름없다. 우금을 사로잡고 방덕을 죽인 기세로 허도를 향해 밀고 들어오면 어떻게 하겠는가? 나는 도읍을 옮겨서 관운장의 날카로운 기세를 피해보려 하는데 그대들의 생각은 어떤가?"

"아니 됩니다. 우금과 방덕이 낭패를 본 것은 물에 잠긴 탓이지 싸움에 져서가 아닙니다. 거기다가 그들을 잃었다 해서 국가의 대계까지 허물어진 것은 아니니 대왕께서는 고정하십시오. 지금 유비와 손권의 사이가 틀어진 데다 관우는 또 한창 멋대로 설치고 있습니다. 틀림없이 손권이 그리 기뻐하지 아니할 것입니다. 대왕께서는 강동으로 다시 한번 사람을 보내 손권을 달래보도록 하십시오. 가만히 군사를 일으켜 관우의 뒤를 치게 하고 일이 끝난 뒤에는 강남의 땅을 떼어주겠다고 약속하시면 번성의 위태로움은 절로 풀릴 것입니다."

사마의가 여럿 가운데서 일어나 그렇게 말했다. 주부 장제(張濟)가 그런 사마의를 편들고 나섰다.

"사마중달의 말이 옳습니다. 어서 사자를 동오로 보내도록 하십시오. 도읍을 옮겨서 공연히 사람들의 마음이 흔들리게 해서는 아니 됩니다."

사실 관우에 대한 조조의 평가는 거의 지나치다 싶을 만큼 대단했다. 그러나 사마의와 장제의 말을 듣자 조조도 얼른 제정신으로 돌아왔다. 곧 도읍을 옮기려던 생각을 버리고 그들의 말을 따르기로 했다. 하지만 우금이 관우에게 항복해버린 일만은 아무래도 마음에 걸리는지 여러 장수들을 돌아보며 탄식처럼 말했다.

"우금은 나를 따라다닌 지 삼십 년이나 되었다. 그런데도 목숨이 위태롭자 나를 저버리니 오히려 내 사람이 된 지 오래잖은 방덕만 못하구나!"

그런 다음 한편으로는 사람을 뽑아 동오로 가게 하고, 다른 한편으로는 관공의 날카로운 기세를 막을 대장 하나를 뽑았다.

"누가 가서 관우를 막아보겠는가?"

조조의 그 같은 물음이 채 끝나기도 전에 한 장수가 벌떡 일어나 소리쳤다.

"제가 가보겠습니다."

조조가 보니 서황이었다. 다른 여러 장수들을 제치고 서황이 나선데는 그만한 까닭이 있었다. 지난날 관우가 조조 아래 있을 때 그와 가장 친했던 사람이 서황이었다. 따라서 조조가 관우에게 들인 정성을 가장 잘 알게 된 것도 그였는데, 그 관우가 조조를 괴롭혀도 너무 괴롭힌다는 생각에 무장다운 의분이 터진 까닭이었다.

서황이 나선 걸 보고 조조는 기뻐해 마지않았다. 그날로 오만의 가려 뽑은 군사를 주고 여건(呂建)을 부장으로 딸려 떠나게 했다.

"먼저 양릉파(陽陵陂)로 가서 기다리다가 동오가 움직이거든 곧 관우와 싸우러 가라."

그게 조조가 서황에게 내린 영이었다.

한편 조조의 글을 받은 손권도 기꺼이 조조의 뜻을 받아들였다. 바로 응낙의 글을 써서 사자에게 주어 돌려보낸 다음 문무 벼슬아치들을 불러 모아놓고 형주를 칠 의논을 시작했다.

먼저 장소가 나와 말했다.

"요사이 듣자니 관운장은 우금을 사로잡고 방덕을 베어 그 위세가 온 나라를 뒤흔들고 있다 합니다. 조조는 도읍을 옮겨서라도 그의 칼끝을 피하려 들 정도입니다. 이제 번성이 위급하니 사자를 보내 구해주기를 빌고 있지만, 일이 끝난 뒤에는 제 말을 뒤집을까 걱정됩니다."

언제나 신중하고 온건한 사람답게 먼저 조조의 속셈부터 의심했다. 손권이 그런 장소의 말에 대꾸하기도 전에 문득 사람이 들어와 알렸다.

"여몽 장군이 육구에서 작은 배로 급히 돌아오셨습니다. 주공을 뵙고 급히 드릴 말씀이 있다고 합니다."

이에 손권이 여몽부터 불러들여 물었다.

"무슨 일이 있어 이리 급하게 오셨소?"

"지금 관운장은 군사를 이끌고 번성을 에워싸고 있습니다. 그가 멀리 나가 있는 틈을 타 형주를 치면 되찾을 수 있습니다."

여몽이 그렇게 대답했다. 바라던 소리였으나 손권은 짐짓 딴청을 피웠다.

"나는 북쪽으로 올라가 서주를 빼앗고자 하는데 그건 어떻소?"

"조조는 멀리 하북에 있어 동쪽을 돌아볼 겨를이 없습니다. 거기다가 서주를 지키는 군사도 많지 않으니 가시면 뺏을 수는 있을 것입니다. 그러나 서주의 지세는 뭍에서의 싸움에는 유리해도 물에서의 싸움은 불리합니다. 또 끝내 얻더라도 지키기가 쉽지 않습니다. 그보다는 먼저 형주를 뺏으시어 장강을 독차지하신 뒤 따로 좋은 계책을 내는 것이 나을 것입니다."

여몽이 한층 열을 올려 그렇게 주장했다. 그제서야 손권도 속마음을 털어놓았다.

"나도 실은 형주를 칠 마음을 먹고 있었소. 좀 전에 한 말은 경의 속을 떠본 것뿐이오. 경은 되도록이면 빨리 이 몸이 뜻하는 바를 손대도록 하시오. 이 몸도 마땅히 그 뒤를 따라 크게 군사를 일으키리라."

결국 여몽이 갑작스레 나타남에 따라 의논이고 뭐고 할 것 없이 형주를 치는 일은 결정나고 말았다.

손권의 허락을 받은 여몽은 육구로 돌아가 사람을 풀어 형주 쪽을 살펴보게 했다. 곧 소식이 들어왔다.

"강물을 따라 이십 리 또는 삼십 리마다 높은 곳에는 모두 봉화대가 서 있습니다. 급한 연락을 하기 위함인 듯싶습니다."

"형주의 군마는 매우 정돈되고 안정되어 있습니다. 급작스런 습격에 여러 가지로 준비가 되어 있는 듯합니다."

그 소리를 들은 여몽은 몹시 놀라 말했다.

"만약 그렇다면 급하게 일을 몰고 나가기는 어렵겠구나. 나는 한때의 생각으로 오후(吳侯)께 형주를 뺏으라고 권했으나 그게 힘들게 되었으니 어찌해야 되겠는가?"

그리고 곰곰 생각해보았지만 아무래도 관공의 물 샐 틈 없는 채비를 뚫고 들어갈 뾰족한 수가 나지 않았다. 이에 여몽은 병을 평계하여 문밖을 나가지 않고 손권에게도 그렇게 알렸다.

손권은 큰소리치고 떠난 여몽이 일은 손에 대보지도 않고 병이 나서 드러누웠다는 말을 듣자 마음이 즐겁지 못했다. 오만상을 찌푸리고 여몽이 보낸 사람의 얘기를 듣고 있는데, 육손이 끼어들며 말했다.

"여자명(子明, 여몽의 자)의 병은 거짓입니다. 정말로 아픈 게 아닐 것입니다."

그러자 손권이 대뜸 말했다.

"경이 이미 그 병이 거짓인 줄 알았으니, 도대체 어찌 되어 이러는지 한번 가서 알아보시오."

명을 받은 육손은 그 밤으로 여몽이 있는 육구로 달려갔다. 여몽을 만나보니 정말로 얼굴에는 이렇다 할 병색이 없었다.

"나는 오후의 명을 받들고 자명의 병환을 알아보러 왔소."

육손이 아무것도 모르는 체 그렇게 말했다. 여몽이 머뭇머뭇 그 말을 받았다.

"이 천한 몸이 병들었기로 일부러 보러 오실 것까지야 무에 있겠소?"

그러자 육손이 문득 정색을 하고 다그쳤다.

"오후께서는 공에게 무거운 책임을 맡기셨는데, 공은 때맞추어 움직이시지 않고 공연히 울적해 계시니 어찌 된 까닭이오?"

그러나 여몽은 눈을 들어 육손을 가만히 바라볼 뿐 오랫동안 말이 없었다. 육손이 다시 슬몃 말했다.

"어리석은 소견이나 내게 장군의 병을 다스릴 처방이 하나 있는데 한번 써보시겠소?"

그러자 여몽은 먼저 곁의 사람들부터 물러가게 해놓고 물었다.

"백언(伯言, 육손의 자)의 좋은 처방이 무엇인지 어서 가르침을 내리시오."

육손이 빙긋 웃으며 말했다.

"자명의 병은 형주의 군마가 정돈되어 있고 또 강가에는 봉화대가 잇대어 선 것 때문에 난 것이 아니오? 내게 한 가지 계책이 있어 강가의 봉수꾼들은 봉화를 올리지 못하고, 형주의 군사들은 스스로 손을 묶어 우리에게 항복하게 할 수 있소. 어떠시오? 이만하면 병이 나을 듯싶소?"

"백언의 말씀은 꼭 내 마음속을 환히 들여다보고 하시는 말씀 같소. 그래, 그 훌륭한 계책이란 무엇이오?"

여몽이 반가운 빛을 감추지 못하고 그렇게 물었다. 육손이 대답했다.

"관운장은 스스로를 영웅이라 믿고 아무도 자신에 맞설 사람이 없다고 생각하나 오직 장군만은 두려워하고 있소. 장군은 이번 기회에 병을 핑계로 물러나고 이 육구의 일은 딴사람에게 넘기도록 하시오. 그리고 새로 온 그 사람으로 하여금 갖은 말로 관운장을 추켜세우게 하시오. 그러면 관운장은 반드시 교만한 마음이 생겨 형주의 군사들을 모조리 번성으로 불러들일 것이외다. 만약 형주의 방비가 없게 되면 많지 않은 군사로도 기계를 써서 빼앗을 수 있소. 곧 형주는 우리 손안에 들어온 것과 다름없게 될 것이외다."

"참으로 훌륭한 계책이오!"

듣고 난 여몽이 기뻐해 마지않으며 그렇게 감탄했다. 그리고 곧 자리에 누운 채로 손권에게 글을 올려 병을 핑계로 사직을 청했다. 돌아간 육손으로부터 귀띔을 받은 손권은 못 이긴 체 허락했다.

"여몽이 병들어 육구 일을 감당하지 못하겠다니 참으로 애석한 일이다. 그로 하여금 건업으로 돌아와 병을 다스리게 하라."

그리고 여몽이 돌아오자 가만히 불러 말했다.

"육구의 일은 전에 주공근이 맡았다가 그가 자경을 천거했고, 자경이 다시 자명을 천거해 자명이 대신하게 된 것이오. 이제 자명이 그만두게 되었으니 자명도 자신을 대신할 사람을 하나 천거하시오. 반드시 여럿의 기대를 받는 사람으로 자경의 묘책을 대신할 수 있어야 할 것이오."

그러자 여몽이 무겁게 고개를 저으며 대꾸했다.

"만약 그 자리에 여럿의 기대를 받는 인재를 세우면 관운장은 여전히 방비를 게을리하지 않을 것입니다. 육손은 뜻이 깊으면서도 아직은 널리 이름이 알려지지 않았으니 그를 써보시지요. 그러면 관운장도 그를 두려워하지 않아 저를 대신해 이번 일을 잘해낼 수 있을 것입니다."

손권도 듣고 보니 그럴듯했다. 그날로 육손을 편장군 우도독(右都督)으로 삼아 여몽을 대신해 육구로 보냈다. 떠나기 전에 육손이 손권을 찾아보고 사양의 뜻을 비쳤다.

"저는 아직 나이가 어리고 배운 게 없어 이같이 큰일을 해낼 것 같지 않습니다. 다른 사람을 뽑아 보내도록 하십시오."

그런 육손을 떼밀어 보내듯 손권이 말했다.

"자명이 경을 보증했으니 반드시 어긋남이 없을 것이오. 경은 부디 사양하지 마시오."

이에 육손은 절하여 인수를 받고 그날 밤으로 육구를 향해 떠나갔다. 나름으로는 눈부신 육손의 시대가 시작되는 것이었다.

육구에 이르러 마, 보, 수 삼군을 인계받은 육손은 곧 관운장을 상대로 일을 시작했다. 갖은 추켜세우는 말을 다한 글 한 통을 다듬은 뒤, 좋은 말과 귀한 비단에 술과 안주까지 갖추어 사자에게 주고 멀리 번성에 있는 관공을 찾아보게 했다.

이때 관공은 화살에 맞은 상처가 낫기를 기다리며 군사들을 묶어둔 채 움직이지 않고 있었다. 어느 날 문득 사람이 들어와 알렸다.

"강동 육구를 지키던 장수 여몽이 병들어 손권은 그를 불러들였다고 합니다. 여몽이 병을 다스리는 동안 육구를 지킬 장수로는 육손을 세웠는데, 이제 그가 예물을 갖추어 사람을 보내왔습니다."

그 말을 듣자 관공은 그 끝 모를 자부심의 병이 다시 도졌다. 동오에서는 노숙 하나밖에 없다고 알고 있는 그에게 육손은 손책의 사위인 덕분에 장수 자리에까지 오른 한낱 풋내기에 지나지 않았다. 육구 같은 북방 진출의 요충을 맡아 밖으로 뻗어나가기는커녕 지키기도 급급할 어린애로만 보였다.

사자를 불러들인 관공은 예를 받자마자 거침없이 말했다.

"손권이 보는 눈이 얕고 짧아 이 같은 어린아이를 장수로 삼았구나!"

실로 한 지역을 맡아 지키는 장수에게는 지나치게 무례한 말이었으나 사자는 땅에 엎드려 말했다.

"육장군께서는 글과 함께 예물을 갖추어 한편으로는 군후의 대승을 축하하고 또 한편으로는 두 집안의 화호를 구하고 계십니다. 부디 웃어넘기지 마시기 바랍니다."

관공은 말없이 사자가 올리는 글을 받아 펼쳤다. 쓰인 것은 자기를 한없이 낮추고 상대인 관공을 하늘같이 치켜세운 내용이었다. 읽기를 마친 관공은 자기를 알아주는 육손의 사람됨에 크게 만족하여 껄껄 웃으며 예물을 거두었다. 노란 털도 덜 벗은 풋내기치고는 제법 사람을 알아본다 싶어 그 뜻을 받아들여주었을 뿐, 그 뒤에 무서운 계획이 숨어 있는 줄은 꿈에도 생각하지 못했다.

육구로 돌아간 사자는 육손에게 말했다.

"관공은 몹시 기뻐하며 예물을 거두었습니다. 우리 동오의 일은 두 번 다시 걱정하지 않을 듯 싶었습니다."

그 말을 들은 육손은 기뻐해 마지않으며 사람을 풀어 형주의 사정을 살펴보게 했다. 오래잖아 소식이 들어오는데 관공은 과연 형주 군사의 태반을 번성으로 불러모으고 화살에 다친 곳이 낫기만을 기다린다는 것이었다.

육손은 더욱 세밀하게 형주의 사정을 알아본 뒤 곧 사람을 보내 손권에게 그 같은 소식을 알렸다. 소식을 들은 손권이 여몽을 불러 말했다.

"지금 운장은 정말로 형주 군사를 번성으로 빼돌려 번성을 치는 데 쓰려 하고 있소. 빨리 계책을 세워 형주를 빼앗도록 해야겠소. 경은 내 아우 교(皎)와 더불어 먼저 대군을 이끌고 가보시는 게 어떻소?"

손교(孫皎)의 자는 숙명(叔明)인데 손권의 숙부인 손정의 둘째 아들이었다. 그 말을 들은 여몽이 문득 정색을 하고 말했다.

"주공께서는 이 여몽을 쓰시려면 여몽만 쓰시고, 숙명을 쓰시려면 숙명만 쓰십시오. 어찌하여 지난날 주유와 정보를 좌우(左右, 정사에 서는 좌·우 도독으로 썼으나 앞에서는 대·부로 함께 썼음) 도독으로 함께 쓰시어 겪으셨던 어려움을 하마 잊으셨습니까? 그때 비록 모든 결단은 주유에게 맡기셨으나, 정보는 오래된 장수로서 젊은 주유 밑에 서게 되니 아무래도 그 사이가 좋을 수가 없었습니다. 뒷날 주유의 재주를 알고서야 비로소 정보는 주유를 따르게 되지 않았습니까? 지금 이 여몽은 재주가 주유에게 미치지 못하고 숙명은 주공과 가깝기가 정보보다 더합니다. 서로 화합하여 일을 치러내지 못할까 두렵습니다."

듣고 나니 손권도 크게 깨닫는 게 있었다. 여몽을 대도독(大都督)으로 삼아 강동의 모든 군사를 맡아 거느리게 하고 손교는 뒤에서 군량과 마초만 대주도록 했다. 두 사람에 군권(軍權)을 나누어주어 생기는 폐단을 막기 위함이었다.

여몽은 엎드려 인수를 받고 군사 삼만과 빠른 배 여든 척을 모아 형주로 나아갔다. 앞선 배는 물질 잘하는 군사들에게 흰옷을 입혀 장사치로 보이게 꾸미도록 한 뒤 노를 젓게 하고, 골라 뽑은 군사들은 모두 선창 안에 숨어 있게 했다. 그리고 뒤로는 한당, 장흠, 주태, 주연, 반장, 서성, 정봉 일곱 장수를 세워 배로 뒤따르게 했다. 손권은 나머지 장수들과 함께 뒤에 호응하기로 하고 채비하는 한편 조조에게 글을 보내 관공의 뒤를 치라 했다.

육구에 있는 육손에게까지 대군이 움직인다는 것을 알린 다음에야 흰옷 입고 장사치로 보이게 꾸민 군사들이 탄 배가 움직였다. 빠르게 노를 저어 밤낮으로 심양강을 거슬러 올라간 배는 곧 강 북편 언덕에 닿았다.

"누구냐?"

강가의 봉수대를 지키던 형주 군사들이 흰옷 입은 동오의 수군들에게 물었다. 동오 수군들이 능청스레 대꾸했다.

"우리는 모두 떠돌이 장사치들입니다. 강물 위에서 험한 바람을 만나 잠시 이곳에 배를 대고 피하려고 합니다."

그러고는 재물을 꺼내 봉수대를 지키던 형주 군사들에게 한아름 건네주었다. 재물에 입이 벌어진 형주 군사들은 별로 의심하지 않고 강변에 배를 대는 걸 눈감아주었다.

한 이경쯤 지났을까, 갑자기 선창 안에 숨어 있던 오병(吳兵)들이 한꺼번에 뛰쳐나와 봉수대 위에 있는 군관(軍官)을 덮쳐 꽁꽁 묶어 버렸다. 그리고 저희끼리 정한 군호를 내지르니 곧 여든 척 넘는 배가 나타나 군사를 강변에 부렸다.

그 배에 타고 있던 오병들이 또한 한꺼번에 쏟아져 봉수대 근처에 군막을 얽고 있던 군사들을 모조리 사로잡아 가두니 그 봉수대는 그대로 끝이었다.

첫 번째 봉수대에서 불이 오르지 않자 다음 봉수대부터는 있으나 마나였다. 동오의 여든 척 싸움배가 기세 좋게 나아가 형주에 이르도록 아무도 아는 사람이 없었다.

형주에 이르렀을 무렵 여몽은 봉수대에서 사로잡은 형주의 군관들을 달랬다.

"너희들은 봉수대를 지키지 못했으니 돌아가봤자 그 죄만으로도 살기 어렵다. 차라리 우리를 도와 살길을 찾아보는 게 어떠냐? 성문 앞에 가서 거짓말로 성문을 열게 하고 불을 놓아 신호하도록 하라. 너희는 모두 무거운 상과 높은 벼슬을 받게 될 것이다."

형주의 군관들도 달리 도리가 없는지 여몽의 말대로 따랐다.

여몽은 군사들에게 성문에서 불이 오르거든 일제히 들이치라는 영을 내리고 자신은 군관들을 앞장세워 성문 앞으로 갔다. 한밤중에 성문 앞에 이른 여몽은 사로잡은 군관들을 시켜 소리치게 했다.

"성문을 열어라, 우리가 왔다."

성문 안의 병사들은 자기편 군관의 목소리를 알아들었다. 무슨 일이 있어 왔겠거니 하며 별 의심 없이 성문을 열어주었다.

사로잡힌 군관들을 앞세우고 왔던 오병들이 크게 함성을 지르며 성문 안으로 몰려들어 가 불을 질렀다. 그 군호를 본 나머지 동오의 대병이 열린 성문으로 다시 함성소리 드높게 밀고 들어갔다.

형주 군사들은 너무도 갑자기 당한 습격이라 제대로 맞서보지도 못하고 뿔뿔이 흩어져 달아났다. 잠깐 동안에 형주성을 빼앗은 여몽은 장졸들에게 영을 내렸다.

"함부로 사람을 죽이는 자나 함부로 백성들의 재물을 빼앗는 자는 모두 군법에 따라 처단하리라!"

그리고 형주의 벼슬아치들은 모두 원래대로 일을 보게 하였다. 또 관공의 가족들은 별도로 집을 주어 살게 하고 사람이 일 없이 뛰어들어 시끄럽게 하는 걸 엄하게 막는 한편 손권에게도 형주를 뺏은 일을 알렸다.

하루는 이런 일이 있었다. 여몽이 거세게 쏟아지는 비를 맞으며 네 성문을 두루 돌아보고 있는데 어떤 군사 하나가 지나가는 백성의 삿갓을 뺏어 투구 위에 쓰는 게 보였다.

"저놈을 잡아오너라!"

여몽이 그 군사를 가리키며 소리치자 따르던 군사들이 우르르 달려가 그를 잡아왔다. 얼굴을 보니 같은 고향 사람이었다. 여몽이 얼굴빛을 굳게 하여 꾸짖었다.

"너는 비록 나와 같은 고향 사람이나 이미 나의 군령이 내려졌음을 알면서 어겼으니 군법에 걸지 않을 수가 없다."

그러자 그 군사가 울며 빌었다.

"저는 위에서 받은 투구가 젖을까 봐 잠시 백성의 삿갓을 빌렸을 뿐입니다. 결코 사사로이 쓰려고 빼앗은 게 아닙니다. 고향이 같은 정을 보아서라도 너그러이 보아주십시오."

하지만 여몽은 낯빛을 풀지 않았다.

"나도 네가 그 삿갓으로 관물(官物)인 투구를 덮었음은 알고 있다. 그러나 백성의 물건을 빼앗지 말라는 영을 어겼으니 그냥 보아 넘길 수가 없다!"

그러고는 좌우를 꾸짖어 그 군사를 끌어내 목 베게 했다.

그 군사의 목은 성문에 높이 달리고 동오의 모든 장졸들은 그걸 보고 더욱 몸가짐을 조심했다. 여몽은 그 뒤에야 그 군사의 시체를 거두어 울며 장사 지내주었다.

하루도 안 돼 소식을 받은 손권이 뒤처졌던 장수들과 더불어 형주에 이르렀다. 여몽은 성곽을 나가 손권을 관아로 맞아들였다.

손권은 장졸들의 노고를 위로한 뒤 반준을 치중(治中)으로 삼아 형주를 다스리게 하고, 옥에 갇혀 있던 우금을 꺼내 조조에게로 보냈다. 백성을 안정시키고 공 있는 장졸들을 상 주는 일이 끝난 뒤에는 큰 잔치였다. 흥겹게 잔을 들던 손권이 문득 여몽에게 물었다.

"이제 형주는 얻었지만, 공안의 부사인과 남군의 미방이 아직 남았구려. 그 두 곳은 어찌했으면 좋겠소?"

그러자 여몽이 미처 대꾸하기도 전에 한 사람이 나서서 말했다.

"구태여 시위를 당기고 화살을 쏘지 않아도 되는 길이 있습니다. 제가 세 치 썩지 않은 혀로 공안의 부사인을 달래 항복해 오도록 할 수 있습니다."

여럿이 보니 그는 바로 우번(虞翻)이었다. 손권이 그를 보고 물었다.

"공은 무슨 좋은 계책이 있어 부사인을 우리에게 항복하게 할 수 있소?"

"저는 부사인과 어릴 적부터 교분이 두텁습니다. 제가 가서 이해로 달랜다면 그는 반드시 항복해 올 것입니다."

우번이 자신 있다는 듯 그렇게 대답했다. 손권은 크게 기뻐하며 우번에게 군사 오백을 주며 공안으로 달려가게 했다.

한편 부사인은 형주가 이미 동오의 손에 떨어졌단 소리를 듣자 급히 영을 내려 성문을 닫아 걸고 굳게 지키기만 했다. 성문 앞에 이른 우번은 화살 끝에다 글을 묶어 안으로 쏘아 보냈다. 군사 하나가 그 화살을 주워 부사인에게 전했다.

부사인이 글을 펴서 읽어보니 항복을 권하는 내용이 적혀 있었다. 읽기를 마친 부사인은 전에 관공이 매질하여 내쫓은 일을 떠올리고 일찍 항복하는 게 낫다고 여겼다. 성문을 활짝 열고 우번을 성안으로 맞아들였다.

서로 예를 마친 부사인과 우번은 오래 끊어져 있던 옛 정을 새로이 나눴다. 우번은 오후 손권이 너그럽고 도량이 넓으며 어진 이를 우러르고 선비를 아낌을 침이 마르도록 늘어놓았다. 부사인은 크게 기뻐하며 그날로 우번과 함께 형주로 가서 손권에게 항복했다.

손권은 기꺼이 그를 받아들이고, 전처럼 공안을 맡아 다스리게 해주었다.

여몽이 가만히 손권에게 말했다.

"아직 관운장을 사로잡지 못한 터에 부사인을 공안에 그대로 있게 하면 자칫 변고가 있을까 걱정됩니다. 남군의 미방마저 항복을 받아두는 게 좋겠습니다."

손권도 그 말을 옳게 들었다. 곧 부사인을 불러 말했다.

"미방과 경은 교분이 두터우니 경이 미방을 달래 우리에게 항복하게 해주시오. 그리만 되면 경에게 큰 상을 내릴 것이오."

"알겠습니다. 반드시 미방을 달래 항복하도록 만들겠습니다."

부사인은 그렇게 말하고 여남은 기(騎)만 이끈 채 남군으로 달려갔다.

이때 남군의 미방도 형주가 이미 떨어졌다는 소리를 들었다. 그러나 혼자 힘으로는 어찌해볼 도리가 없어 마음만 죄고 있는데 문득 사람이 들어와 알렸다.

"부사인 장군이 이르셨습니다."

그 소리를 들은 미방은 반갑게 달려 나가 부사인을 맞아들였다.

"장군께서 어쩐 일로 이렇게 오셨소?"

예를 끝낸 뒤에 미방이 물었다. 부사인이 숨김없이 털어놓았다.

"내가 충성되지 못해서가 아니라 형세는 위태롭고 힘은 다해 지켜낼 수가 없었소. 나는 이미 동오에 항복했으니 장군도 빨리 항복하는 편이 낫겠소."

미방도 적잖이 마음이 움직였으나 얼른 결단하지 못하고 부사인에게 되물었다.

"우리들은 모두 한중왕의 두터운 은혜를 입었는데 어찌 차마 저버릴 수 있겠소이까?"

"그렇지만 관공이 지난날 우리에게 한 짓을 생각해보시오. 그는 마음을 다 풀고 가지 않았으니 이번에 이기고 돌아온다 해도 우리를 가볍게 용서하지는 아니할 것이오. 공은 부디 그 점을 헤아려 정하시오."

부사인이 다시 미방을 충동질했다. 그러나 미방은 여전히 마음을 정하지 못했다. 무엇보다도 형 미축이 촉에서 유비를 섬기고 있는 게 마음에 걸리는 듯했다.

"우리 형제는 한중왕을 섬겨온 지 오래되오. 어찌 하루아침에 그를 저버린단 말이오?"

그렇게 말하고 머뭇거리는데 문득 군사 하나가 들어와 알렸다.

"관공께서 보내신 사자가 왔습니다."

미방은 잠시 부사인과의 얘기를 뒤로 미루고 그 사자부터 불러들였다.

"그래, 무슨 일로 왔는가?"

미방이 묻자 그 사자는 추상같은 관공의 영을 전했다.

"관공께서는 군중에 양식이 떨어졌음을 보고 이곳 남군과 공안 두 곳으로부터 쌀 십만 석을 가져오라 하셨소. 두 장군께서 밤낮을 가리지 않고 달려 보내 군중에 바치도록 하시오. 만약 늦어지면 두 분을 선 채 목 베시겠다는 게 관공의 엄명이셨소."

그 말을 들은 미방이 놀란 얼굴로 부사인을 돌아보며 물었다.

"지금 형주가 이미 둘러빠졌는데 이 양식을 어느 길로 보낼 수 있겠소?"

"걱정하실 것 없소!"

부사인은 그렇게 말해놓고는 문득 칼을 뽑아 관공이 보내온 사자를 그 자리에서 베어버렸다.

"이게 무슨 짓이오?"

미방이 펄쩍 뛰며 물었다. 부사인이 자르듯 말했다.

"관공의 뜻은 이번 일을 핑계로 우리 두 사람을 베어 없애려는 것이오. 그런데도 우리가 어찌 두 손 처매놓고 죽여주기만을 기다릴수 있겠소? 공은 빨리 동오에 항복하도록 하시오. 그렇지 않으면 뒷날 반드시 관우에게 죽음을 당하게 될 것이오."

그 말에 다시 마음이 흔들린 미방이 어쩔 줄 몰라하고 있는데 문득 여몽이 대군을 이끌고 성으로 밀려들고 있다는 소식이 들어왔다. 깜짝 놀란 미방은 그제서야 생각을 굳히고 부사인과 함께 성을 나가 항복하고 말았다. 여몽은 몹시 기뻐하며 미방을 데리고 손권에게로 갔다.

손권은 부사인과 미방에게 큰 상을 내리고 성안의 백성들을 안심시킨 뒤 소를 잡고 술을 걸러 삼군을 배불리 먹였다.

한편 조조는 허도에서 여러 모사들을 모아놓고 연일 형주의 일을 의논했다. 그러던 어느 날 문득 동오에서 사자가 왔다는 전갈이 들어왔다. 조조가 사자를 불러들이자 사자는 조조에게 손권이 보낸 글을 올렸다.

조조가 읽어보니 동오가 형주를 들이칠 작정이란 말과 함께 조조에게 협공을 청하면서 아울러 그 일이 관운장의 귀에 들어가지 않도록 비밀을 지켜달라는 당부를 하고 있었다. 운장이 알고 대비할까 두려워서 하는 당부였다.

그걸 읽은 조조는 기쁨을 감추지 못했다. 여러 모사들 앞에서 손권의 글을 펴 보이며 거기 따른 계책을 물었다. 동소(董昭)가 일어나 말했다.

"지금 번성은 매우 지쳐 목을 빼고 우리가 구해주기를 기다릴 것입니다. 먼저 사람을 시켜 화살 끝에 글을 매달아 성안으로 쏘아 넣게 하십시오. 곧 구원병이 이를 것임을 알려 성안 군사들의 마음을 풀어놓을 필요가 있습니다. 그다음은 관운장에게 사람을 보내 동오가 형주를 들이치려 한다는 걸 알려주십시오. 그러면 그는 형주를 잃게 될까 두려워 반드시 군사를 그리로 물릴 것입니다. 그때 서황을 시켜 그 뒤를 들이치면 승리는 틀림없이 우리 것입니다."

조조도 그 말을 옳게 들었다. 곧 그대로 따르기로 하고, 서황에게 글을 보내 싸움을 재촉하는 한편 자신도 몸소 대군을 이끌고 낙양 남쪽 양릉파로 나아갔다.

서황은 장막 안에 앉았다가 위왕 조조가 보낸 사자가 왔다는 말을 들었다. 얼른 나가 그를 맞아들이고 물었다.

"무슨 일로 왔는가?"

"지금 위왕께서는 대군을 이끌고 벌써 낙양을 지나셨습니다. 장군께 명하시기를 어서 관운장과 싸워 번성의 어려움을 풀어주도록 하라 하셨습니다."

사자가 그렇게 대답했다. 바로 그때 탐마가 달려와 알렸다.

"관평은 군사를 언성에 머물게 하고, 요화는 사총에 진을 치고 있는데 앞뒤로 열두 개의 진채와 책(柵)이 서로 이어져 있습니다."

싸우러 나가려 하는데 때맞추어 들어온 보고였다. 서황은 먼저 부장 서상과 여건에게 자신의 깃발을 주어 언성의 관평과 싸우도록 했다. 그리고 자신은 따로이 날랜 군사 오백을 뽑아 면수(沔水)를 돌았다. 서상과 여건이 앞으로 나가 관평과 싸우는 동안 자신은 언성을 돌아 관평의 등 뒤를 들이칠 작정이었다.

언성을 지키던 관평은 서황이 몸소 군사를 이끌고 왔다는 소리를 듣자 대뜸 군사를 이끌고 성을 나아가 적병을 맞았다. 양편 군사가 둥그렇게 마주 보고 진을 친 가운데로 관평이 말을 몰고 달려 나오자 위군 쪽에서는 서상이 달려 나왔다.

하지만 어찌 된 셈인지 서상은 싸운 지 삼 합도 되기 전에 못 견디겠다는 듯 말 머리를 돌려 달아나기 시작했다. 관평이 뒤쫓으려는데 이번에는 여건이 달려 나왔다. 그러나 그 또한 대여섯 합도 넘기지 못하고 뒤돌아서서 달아나니 관평은 이긴 기세를 타고 그 뒤를 쫓았다.

그런데 한 이십 리나 달렸을까, 갑자기 뒤따르던 군사들이 등 뒤에서 소리쳤다.

"장군님, 이상합니다. 성안에서 연기가 치솟고 있습니다."

그제서야 관평은 속은 걸 깨달았다. 급히 군사를 돌려 언성을 구하러 달려갔다. 얼마 가지 않아 한 떼의 군마가 관평의 앞을 가로막았다.

문기 아래 말을 타고 우뚝 서 있는 것은 그때껏 보이지 않던 서황이었다. 놀라는 관평을 보고 서황이 크게 소리쳤다.

"조카 관평은 들어라. 너는 죽고 사는 것도 모르느냐? 너희 형주는 이미 동오의 손에 떨어졌다. 그런데도 여기서 이 무슨 미친 짓거리들이냐?"

서황이 관평을 조카라 부른 것은 전에 관우와 형제처럼 지낸 것을 앞세운 소리였다. 그러나 관평은 자기를 깔보는 듯한 서황의 말에 화부터 먼저 났다. 대구하고 자시고 할 것도 없이 그대로 말을 달려 서황에게 덤벼들었다.

하지만 오래는 싸울 틈이 없었다. 서황과 창칼을 부딪기 서너 번이나 했을까. 갑자기 군사들 틈에서 고함 소리가 터져 보니 언성 안의 불길이 더욱 거세지고 있었다.

관평은 더 싸울 마음이 없었다. 한 줄기 살길을 열어 사총에 있는 자기편 진채로 달아났다. 그곳을 지키던 요화가 얼른 달려 나와 관평을 맞아들였다.

"사람들이 말하기를 형주는 이미 여몽에게 빼앗겼다고 하네. 군사들이 놀라고 들떠 있으니 어떻게 했으면 좋겠는가?"

요화가 관평을 보고 물었다. 관평이 믿을 수 없다는 듯 대답했다.

"그것은 틀림없이 잘못 전해진 말일 것이네. 군사들 가운데 또다시 그런 소리를 하는 자는 목을 베어야겠네."

그때 문득 유성마가 달려와 급한 소식을 전했다.

"북쪽에 있는 첫 번째 진채가 서황의 군사들로부터 공격을 받고 있습니다."

그 소리를 들은 관평이 요화를 보고 말했다.

"첫 번째 진채를 잃어버리고 어떻게 나머지 진채가 온전할 수 있겠나? 이곳은 면수에 붙어 있는 곳이니 적병이 감히 여기까지 이르지는 못할 것이네. 나와 자네가 함께 가서 첫 번째 진채를 구해야겠네."

184

요화도 그 말이 옳은 것 같았다. 관평과 함께 갈 생각으로 부장을 불렀다.

"너희들은 이곳을 굳게 지켜라. 그리고 만약 적병이 오거든 바로 불을 피워 알리도록 하라."

"이곳 사총의 진채는 녹각(鹿角)이 열 겹으로 둘러쳐져 비록 나는 새라 해도 들어올 수 없을 것입니다. 조금도 걱정하지 마십시오."

부장이 자신 있게 말했다. 이에 관평과 요화는 마음을 놓고 사총의 진채에 있는 정병들을 모조리 끌어내 첫째 진채로 달려갔다.

가다가 얕은 산기슭에 있는 위병들을 본 관평이 요화에게 말했다.

"서황은 지세가 이롭지 못한 곳에 군사를 머무르게 해두었군. 오늘밤 군사를 이끌고 갑작스레 그 진채를 들이쳐보도록 하세."

"장군이 군사 절반을 이끌고 먼저 가도록 하시오. 나는 절반으로 뒤에서 받쳐주겠소."

요화가 관평의 뜻에 찬동하며 그렇게 말했다.

그날 밤 관평은 낮에 요화와 정한 대로 군사 절반을 이끌고 가만히 다가가 위병들의 진채를 들이쳤다. 그러나 진채 안까지 밀고 들어가도 적병이 하나도 보이지 않았다. 그제서야 오히려 적의 계책에 떨어졌음을 깨달은 관평이 급히 소리쳤다.

"속았다. 어서 물러나라!"

그 순간 왼쪽에서는 적장 서상이 나타나고 오른쪽에서는 여건이 나타나 양쪽에서 치고 들었다. 관평은 제대로 싸워보지도 못하고 쫓기기 시작했다. 기세가 오른 위병들은 벌 떼처럼 쫓아와 형주군의 사방을 에워쌌다.

관평과 요화는 버텨볼래야 버텨볼 수가 없었다. 하는 수 없이 첫째 진채를 버리고 사총에 있는 진채로 쫓겨갔다.

그런데 이 어찌 된 일인가. 그토록 믿었던 그 진채에서도 불길이 솟고 있었다.

아무래도 알 수가 없어 진채 앞까지 달려가보았으나 모든 것이 이미 끝나 있었다. 형주 군사들은 모두 어디로 갔는지 보이느니 위병들의 깃발뿐이었다.

갈 곳이 없어진 관평과 요화는 황망히 번성으로 가는 큰길로 달아났다. 관공에게로 가려고 한 것이지만 그마저 쉽지는 않았다. 도중에 다시 서황을 만나 죽을 고비를 넘긴 뒤에 겨우 길을 앗아 관공이 있는 대채로 돌아갔다.

관공을 찾아본 관평은 아는 대로 말했다.

"지금 서황은 언성을 비롯한 여러 곳을 빼앗았고, 조조도 스스로 대군을 일으켜 세 갈래 길로 번성을 구하러 오고 있다고 합니다. 또 여러 사람이 말하기를 형주는 이미 여몽에게 빼앗겼다고 합니다."

"그것은 모두 적이 우리 군사들의 마음을 어지럽게 만들기 위해 지어낸 말이다. 동오는 여몽이 병들어 위중한 까닭에 어린애 같은 육손으로 대신했는데 무슨 걱정이 있단 말이냐!"

관공이 문득 그렇게 목소리를 높여 관평의 말문을 막아버렸다. 그때 군사 하나가 뛰어들어와 서황의 군사들이 이르렀음을 알렸다. 관공이 그 말을 듣고 말을 준비하라는 영을 내렸다. 관평이 그런 관공을 말렸다.

"아버님께서는 몸이 아직 온전치 못하시니 나가 싸우셔서는 아니 됩니다."

그러나 관공은 듣지 않았다.

"서황은 나와 가까이 지낸 적이 있는 사람이다. 이제 그가 무얼 얼마나 잘하는지 알아봐야겠다. 만약 그가 스스로 물러나지 않는다면 먼저 그를 목 베 조조의 장수들을 깨우쳐주겠다."

그 말과 함께 갑옷을 걸친 뒤 청룡도를 잡고 말등에 뛰어올라 분연히 달려 나갔다.

관공이 세 갈래 수염을 흩날리며 나타나자 위의 군사들은 그 모습만 보고도 모두 두려워 떨었다.

"서공명(徐公明)은 어디 계시오?"

관공이 고삐를 당겨 말을 세우고 크게 소리쳐 서황을 찾았다. 위의 문기가 열리며 서황이 말을 타고 달려 나왔다.

"군후와 헤어진 지도 벌써 여러 해가 되었구려. 오늘 벌써 수염이 다 희끗희끗해지신 군후를 뵈오니 젊은 날 함께 지내던 때가 그립소이다. 그때 여러 가지로 어리석은 이 몸을 가르치고 깨우쳐주신 고마움 아직껏 잊지 못하고 있소. 요사이 군후께서 영걸스런 위풍으로 온 화하를 떨게 하셨다는 말을 들으니 옛 벗의 한 사람으로 놀라움과 부러움을 이길 수가 없구려. 이제 다행히 이렇게 만나게 되니 가슴 가득한 회포가 절로 풀어지는 듯하외다."

서황이 말 위에서 몸을 수그려 관공에게 예를 표하며 그렇게 말했다.

"나와 공명은 교분이 두텁기가 딴사람과는 견주기 어려울 것이오. 그런데 공명은 무슨 까닭으로 여러 차례 내 아들을 몰아대셨소?"

그러자 서황은 아무 대꾸 없이 자기편 장수들을 돌아보더니 갑자기 소리 높이 외쳤다.

"만일 관운장의 머리를 베어 오는 자가 있으면 천금(千金)으로 상 주리라! 모두 그리 알고 힘을 다하라!"

그 갑작스런 외침에 관공이 놀랍고 어이없어 물었다.

"공명, 그게 무슨 소리요?"

"오늘 나는 나라의 일을 하러 왔소. 사사로운 정으로 나랏일을 그르칠 순 없소이다."

서황이 그렇게 대꾸하고는 큰 도끼를 휘두르며 똑바로 관공에게 덮쳐왔다. 관공도 그제서야 벌컥 성이 나 역시 청룡도를 휘두르며 서황을 맞았다. 곧 용과 호랑이가 어우러진 듯한 싸움이 벌어져 잠깐 사이에 여든 합이 지나갔다.

그러나 관공의 무예가 아무리 뛰어났다 해도 아직 독화살에 맞은 오른팔이 다 낫지 않아 제대로 힘을 쓸 수가 없었다. 관평은 혹시라도 그런 관공에게 실수라도 있을까 겁나 급히 징을 쳐 관공을 불러들였다.

징소리를 들은 관공이 싸움을 그치고 말 머리를 돌리려는데 갑자기 사방에서 함성이 크게 울렸다. 번성 안에 갇혀 있던 조인이 구원병이 왔다는 말을 듣고 달려 나온 것이었다.

서황과 조인이 앞뒤에서 힘을 합쳐 들이치니 형주 군사들은 금세 크게 어지러워졌다. 관공은 할 수 없이 장졸들을 이끌고 양강 상류 쪽으로 달아났다.

하지만 위병의 추격이 심해 거기서도 맞서지 못하고 곧장 강을 건너 양양으로 향했다. 얼마나 달렸을까, 갑자기 맞은편에서 유성마가 달려와 관공에게 알렸다.

"형주는 이미 여몽에게 빼앗기고 가족들은 모두 사로잡혔습니다."

그 소리를 듣자 관공은 발밑이 그대로 와르르 무너지는 느낌이 들었다. 설마 했던 일이 정말로 벌어지고 만 까닭이었다.

아아, 관공이여, 관공이여

관공은 이미 형주가 떨어졌다는 말을 듣고는 양양으로 갈 엄두가 나지 않았다. 우선 물러나 뒷날을 보기로 하고 공안으로 군사를 몰았다. 그러나 오래잖아 다시 기막힌 소식이 왔다.

"공안의 부사인은 이미 동오에 항복해버렸습니다."

뿐만 아니었다. 잠시 뒤에는 또 전에 군량을 재촉하러 남군으로 보냈던 군사가 찾아와 울며 말했다.

"공안의 부사인이 남군으로 가서 군후께서 보내신 사자를 죽이고 미방까지 동오에 항복하도록 만들었습니다."

부사인이 배신한 것만도 이가 갈릴 판인데, 오랫동안 함께 고생한 미방까지 동오로 넘어가버렸다는 소리까지 듣자 관공은 더 견디지 못했다. 온몸이 터질듯 치솟는 노기에 화타가 꿰매준 상처가 다시 갈라져 땅바닥에 쓰러지며 정신을 잃었다.

여러 장수들이 그런 관공을 떠메고 급히 친 장막 안으로 들였다. 잠시 후에 정신이 든 관공은 왕보를 돌아보며 탄식했다.

"내 일찍이 그대의 말을 듣지 않았다가 오늘 이 지경에 떨어졌구나!"

그러고는 아무래도 그게 궁금한지 좌우를 향해 물었다.

"강변 아래위로 세워두었던 봉화대는 어찌 되었다더냐? 무슨 까닭으로 불을 피워 알리지도 못했더란 말이냐?"

"여몽이 배 위의 군사들에게 흰옷을 입혀 장사치로 꾸미게 하고, 배 안에는 날랜 병사를 감추어 강물을 건넜다고 합니다. 그리고 속아 넘어간 봉화대의 군사들이 마음 놓고 있는 틈을 타서 갑작스레 배 안에 숨었던 자기편 군사를 내보낸 것입니다. 그 바람에 봉화대의 군사들이 모조리 사로잡혀버렸다 하니 누가 불을 피울 수 있었겠습니까?"

내막을 아는 사람이 그렇게 대답했다. 그제서야 관공은 여몽과 육손에게 속은 걸 알았다. 발을 구르며 소리내 한탄했다.

"내가 간사한 도적들의 잔꾀에 빠졌구나! 이제 무슨 낯으로 형님을 뵙는단 말이냐?"

관량도독 조루가 그런 관공을 깨우쳐주듯 말했다.

"지금 일이 매우 위급합니다. 한편으로는 사람을 성도로 보내 구원을 청하고, 다른 한편으로는 어서 가서 형주를 되찾으셔야 합니다."

관공도 얼른 정신을 수습해 그 말을 따랐다. 마량과 이적에게 글을 주어 밤낮을 가리지 않고 성도로 달려가게 하는 한편 자신은 남은 군마를 정돈해 형주로 밀고 갔다. 스스로 앞장을 서고 관평과 요화에게 뒤를 맡겨 빼앗긴 그 성을 되찾아볼 작정이었다.

한편 관공이 물러나고 번성이 에움에서 풀려나자 조인은 조조를 찾아가 울며 잘못을 빌었다.

"제가 밝지 못해 대왕께 이 같은 번거로움을 끼쳐드렸으니 실로 큰 죄를 지었습니다. 바라건대 제게 엄한 벌을 내리시어 군령의 무서움을 보이십시오."

"이 모든 게 하늘이 정한 운수다. 너희들의 죄가 아니니 다시는 그런 말을 입에 담지 말라."

조조는 그렇게 조인을 위로하고 삼군에게 두루 상을 내려 기운을 돋워주었다. 그리고 자신이 그토록 두렵게 여기던 관공을 꺾은 서황의 싸움터를 돌아보다가 사총에 있던 요화의 진채에 이르러 감탄의 소리를 냈다.

"형주 군사들이 이토록 참호를 깊이 파고 또 여러 겹 녹각을 둘러두었는데도 서공명은 그 속으로 깊숙이 짓쳐들어 마침내 큰 공을 세웠구나! 나도 군사를 부린 지 삼십 년이 넘었지만 아직껏 이처럼 적진 깊숙이 뛰어들어본 적은 없었다. 공명은 참으로 담력과 식견을 아울러 갖춘 뛰어난 무장이다!"

조조뿐만 아니라 다른 장수들도 모두 서황의 놀라운 전공에 감탄해 마지않았다.

서황이 조조와 만난 것은 조조가 군사를 마피(摩陂)로 되돌린 뒤였다. 군사들이 가까이 이르렀단 말을 듣자 조조는 몸소 진채 밖까지 나가 서황을 맞아들였다. 서황의 군사들이 대오를 지어 다가오는

데 조금도 흐트러짐이 없었다. 다시 한번 서황에게 감탄한 조조가
말했다.

"서장군은 참으로 주아부(周亞夫)의 풍도가 있구나!"

그리고 싸안듯 서황을 맞아들인 다음 그를 평남장군에 봉했다.

조조는 다시 하후상에게 양양을 맡겨 관공의 군사를 막게 하고,
자신은 그대로 마피에 진채를 얽었다. 아직 형주의 일이 어찌 되었
는지 몰라 그 소식을 안 뒤에 움직일 작정이었다.

한편 관공은 형주로 가고는 있어도 속은 막막하기 그지없었다. 그
대로 밀고 나가려 해도 거느린 군사만으로는 이미 성을 차지하고 앉
은 여몽을 이기기 어려웠고 뒤로 물러나려 해도 조조의 대군이 뒤따
르는 판이라 길이 보이지 않았다.

어지간한 관공도 일이 그쯤 되자 생각조차 막히는지 조루를 잡고
물었다.

"지금 앞에는 오병이 있고 뒤에는 위군이 있어 나는 그 가운데 갇
힌 꼴이다. 거기다가 구원병까지 오지 않으니 이 일을 어찌했으면
좋겠느냐?"

조루가 한참을 생각하다 궁한 계책을 짜냈다.

"지난날 여몽이 육구에 있을 때 늘상 군후께 글을 보내 말하기를
양쪽이 서로 힘을 합쳐 함께 역적 조조를 치자고 했습니다. 그런데
이제 조조를 도와 우리의 등 뒤를 들이친 것은 그 맹세를 저버린 일
이 됩니다. 군후께서는 잠시 여기서 군사를 멈추고 먼저 여몽에게
글을 보내 그걸 꾸짖도록 하십시오. 여몽이 어떻게 대답하는가를 보
아가며 움직이는 게 낫겠습니다."

서로 창칼을 맞대고 있는 마당에 지난날의 글 한 조각이 무슨 소용이 있을까마는 관공은 우선 그대로 따라보기로 했다. 곧 여몽을 나무라는 글 한 통을 써서 사자에게 주고 형주로 보냈다.

이때 형주의 여몽은 그곳 사람들의 인심을 거두어들이는 일에 한창이었다. 형주 여러 고을에 영을 내려 비록 관공을 따라 싸우러 나간 군사들의 집일지라도 오병들이 함부로 뛰어들어 분탕질을 치지 못하게 함은 물론 달마다 나가는 양식도 그대로 대어주게 했다. 또 그들 가운데 아픈 사람이 있으면 의원을 보내 치료까지 해주니 관공을 따라나간 군사들의 가솔들은 하나같이 그 은혜에 감사했다. 여몽의 군사들이 해코지할까 봐 벌벌 떨 판인데 오히려 따뜻하게 돌봐준 까닭이었다.

관공의 사자가 형주로 온 것은 바로 그 무렵이었다. 여몽은 그 말을 듣자 성 밖까지 나가 사자를 맞아들였다. 예를 마친 사자가 관공이 써준 글을 꺼내 바쳤다. 읽고 난 여몽이 매우 안됐다는 표정으로 사자에게 말했다.

"이 여몽이 지난날 관장군(關將軍)과 화호를 맺으려 했던 것은 내 사사로운 소견에서 비롯된 것이었소이다. 그러나 지금 내가 하고 있는 일은 위에서 명한 것이라 멋대로 할 수가 없소. 번거롭지만 사자께서는 관장군께로 돌아가시어 이 같은 내 뜻을 좋은 말로 들려드리시오."

그러고는 잔치를 열어 잘 대접한 뒤 역관으로 가서 쉬게 했다. 어찌 보면 당연한 것 같지만 실은 거기에 여몽의 속 깊은 계책이 숨어 있었다. 이미 싸움을 하고 있는 판에 적군의 사자를 융숭히 대접하는 것도 그렇거니와, 한나절이면 돌아갈 수 있는 사자를 굳이 역관에 하룻밤 묵어가게 한 것들이 바로 그랬다.

관공의 사자가 여관에 묵고 있다는 소문이 퍼지자 관공을 따라간 군사들의 가족은 줄지어 역관으로 찾아들었다. 형제나 자식 또는 아비가 잘 있는지 알아봄과 아울러 자기편의 소식을 전해주기 위함이었다. 그런데 여몽이 노린 것은 바로 거기서 관공의 군사들에게 전해질 그 가솔들의 소식이었다. 가솔들은 멀리 가 있는 이들의 걱정을 덜어주려고 여몽이 잘 돌봐주어 일 없이 지낸다는 것을 한결같이 과장되게 말했다.

아무것도 모르는 사자는 하룻밤을 역관에서 지낸 뒤 이튿날 여몽과 작별했다. 여몽은 또 성 밖까지 나와 사자를 배웅했다. 관공에게로 돌아간 사자는 여몽의 뜻을 전함과 아울러 군사들의 가족에게서 들은 성안의 소식까지 말해주었다. 관공의 가족들뿐만 아니라 군사들의 가족들까지 여몽이 잘 돌보아주어 아무 탈 없고, 먹을 것 입을 것도 모자람이 없더란 내용이었다.

가만히 사자의 말을 듣고 있던 관공이 문득 성난 소리를 내질렀다.

"닥쳐라! 그것은 여몽 그 간사한 도적놈의 꾀다. 내가 살아서 그놈을 죽이지 못한다면 죽은 뒤에라도 반드시 그놈을 죽여 이 한을 씻으리라!"

그러고는 사자를 꾸짖어 물리쳤다. 사자가 관공의 장막을 나오자 가족들의 안부가 궁금한 장수들이 그에게 몰려들어 성안의 소식을 물었다.

사자는 들은 대로 소식을 전해주고 더러는 그 가족들에게 받은 편지까지 내주었다. 그를 통해 가족들이 모두 다 잘 있다는 걸 알게 된 장수들은 한결같이 여몽과 싸울 뜻을 잃어버렸다.

그래도 관공은 형주로 군사를 몰고 나갔으나 여몽의 계책은 벌써 효과를 보기 시작했다. 많은 장수와 군사들이 가만히 대오를 빠져나가 가족들이 있는 형주로 도망쳐버렸다. 만약 여몽이 그 가족들을 죽였거나 괴롭혔다면 죽기로 싸웠을 사람들이었다.

관공은 더욱 화가 났다. 그 바람에 앞뒤도 살피지 않고 군사를 몰아대고 있는데 갑자기 함성이 크게 일며 한 떼의 군마가 길을 가로막았다. 앞선 장수를 보니 동오의 장흠이었다.

"운장은 어찌하여 빨리 항복하지 않는가?"

장흠이 창을 쥐고 말 위에 앉아 그렇게 소리쳤다. 관공이 성난 외침으로 맞받았다.

"나는 한의 장수다. 어찌 역적 놈에게 항복하겠느냐?"

그러고는 말을 박차 그대로 장흠을 덮쳤다. 겨우 삼 합이나 버텼을까, 장흠은 곧 말 머리를 돌려 달아나기 시작했다. 그런 장흠을 쫓아 관공은 이십여 리를 달렸다. 갑자기 함성이 크게 일며 왼편 산골짜기에서는 한당이, 오른편 골짜기에서는 주태가 군사를 이끌고 쏟아져 나왔다. 달아나던 장흠도 언제 그랬냐는 듯 되돌아서서 덤비니 관공은 금세 삼면으로 적에게 에워싸이고 말았다.

원래가 싸움에 지고 쫓겨온 터라 머릿수가 넉넉하지 못한 데다 여몽의 꾀로 사기까지 떨어진 군사들이라 관공이 혼자서 아무리 뛰고 날고 해도 소용이 없었다. 금세 군사들이 어지럽게 흩어지는 걸 본 관공도 하는 수 없이 그들을 물려 달아나기 시작했다.

그런데 몇 리 가기도 전에 이상한 광경이 눈에 띄었다. 남쪽 산 언덕에 연기가 오르고 사람들이 모여 서 있는 것이었다. 그들 머리 위에는 큰 깃발 하나가 세워져 있는데 거기에는 이렇게 씌어 있었다.

'형주 토박이들은 보라.'

관공의 군사들은 거의가 형주 토박이들이라 절로 걸음이 멈추어졌다. 그러자 언덕 위에 서 있던 사람들이 일제히 자기 아들이나 형제의 이름을 불러대며 어서 항복하라고 소리치기 시작했다. 역시 여몽의 꾀였다.

관공은 군사들의 마음이 흔들리는 걸 느끼자 더 견딜 수 없었다. 그대로 언덕 위로 올라가 모조리 죽여버리려 하는데 다시 어디선가 두 갈래 군마가 쏟아져나왔다.

왼쪽은 정봉이요, 오른쪽은 서성이었다. 거기다가 장흠과 한당, 주태의 세 갈래 군마마저 뒤쫓아 이르니 관공은 어느새 적진 한가운데 갇히고 말았다.

관공은 성난 호랑이처럼 이리 베고 저리 후리며 적진을 누볐다. 그러나 뒤따르는 장수와 군사들은 뿔뿔이 흩어져 오래잖아 관공 곁에는 얼마 남지 않게 되었다.

그럭저럭 하는 중에 어느새 저물녘이 되었다. 관공이 문득 정신을 차려 사방을 돌아보니 산꼭대기마다 형주 토박이들이 올라서서 형과 아우를 찾고 자식과 아비를 부르는데 그 소리가 마치 엉머구리 들끓듯 했다. 군사들도 모두 마음이 변해 저마다 자기를 부르는 소리가 들리는 곳으로 달아나기 시작했다.

"서라, 어디로 가려느냐? 달아나는 자는 목을 베겠다!"

관공이 그렇게 소리쳐 말렸으나 소용 없었다. 어느새 형주 토박이들은 다 빠져나가고 오래된 군사 삼백여 명만 겨우 관공 주위에 남아 있었다. 관공은 그래도 굽히지 않고 에워싼 적병과 싸움을 계속했다.

밤도 깊어 삼경 무렵이 되었을 때 문득 동쪽에서 함성이 크게 일었다. 관평과 요화가 길을 나누어 두꺼운 적병의 에움을 뚫고 관공을 구하러 온 것이었다. 겨우 관공을 구해낸 관평이 관공에게 권했다.

"지금 군사들의 마음이 매우 어지럽습니다. 마땅한 성을 얻어 잠시 들어앉는 게 좋겠습니다."

"지금 우리가 몸담을 만한 성이 어디 있겠느냐?"

관공이 지친 음성으로 물었다. 관평이 미리 살펴둔 듯 말했다.

"멀지 않은 곳에 맥성(麥城)이 있습니다. 작지만 잠시 군사를 쉬게 하면서 구원병을 기다리기에는 넉넉합니다."

그 말에 한 가닥 희망을 건 관공은 맥성으로 갔다. 군사를 나누어 네 성문을 굳게 지키게 한 뒤 장수들을 불러놓고 의논했다.

"이제 어떻게 하면 좋겠는가?"

조루가 일어나 말했다.

"이곳은 상용(上庸)과 가까운 땅입니다. 유봉과 맹달이 상용을 지키고 있으니 되도록 빨리 사람을 그곳으로 보내 구원병을 보내달라 하십시오. 많지 않더라도 그 군마를 보탠 뒤에 서천에서 오는 대병(大兵)을 기다린다면 군사들의 마음은 절로 가라앉을 것입니다."

관공도 그 말이 그럴듯하게 들렸다. 그래서 누구를 어떻게 보낼까를 의논하고 있는데 문득 군사 하나가 달려와 말했다.

"오병들이 벌써 와서 성을 에워싸고 있습니다."

거기 다급해진 관공이 여럿을 보고 물었다.

"누가 이 에움을 뚫고 상용으로 가서 구원을 청해보겠느냐?"

"제가 가보겠습니다."

요화가 선뜻 나서며 소리쳤다. 관평도 그 일은 요화밖에 할 사람이 없다는 듯 함께 나서며 말했다.

"내가 장군을 도와 적의 두꺼운 에움을 뚫어보겠소."

그러자 관공도 더 헤아리고 어쩌고 할 틈이 없는지 그 자리에서 곧 글 한 통을 써서 요화에게 주었다. 요화는 그 글을 몸 깊이 감춘 채 마음을 굳게 먹고 말에 올랐다. 관평도 그런 요화를 따라 말에 올랐다.

요화가 성문을 뛰쳐나오자 동오의 장수 정봉이 바로 길을 막고 나섰다.

그러나 요화를 뒤따라온 관평이 힘을 다해 정봉을 들이치니 정봉은 마침내 견뎌내지 못하고 쫓겨 달아났다.

요화는 그 틈을 타 상용으로 빠져나가고 관평은 요화가 빠져나가자 다시 성안으로 들어가 굳게 지킬 뿐 나오지 않았다.

유봉과 맹달이 상용에 있게 된 것은 그들이 거기서 세운 공 때문이었다. 원래 한중왕 유비의 명을 받들어 상용을 치러 갔던 그들은 그곳 태수 신탐이 무리를 이끌고 스스로 항복해 온 바람에 피 한 방울 흘리지 않고 그 땅을 얻었다. 그러나 한중왕은 오히려 그걸 더 큰 공으로 여겨 유봉을 부장군으로 올리고 맹달과 더불어 상용을 지키게 한 것이었다.

유봉과 맹달도 그 무렵은 관공이 싸움에 져서 고달프게 되었음을 알고 있었다. 그 때문에 어떻게 해야 될지를 서로 의논하고 있는데 문득 사람이 들어와 알렸다.

"관공이 요화를 보내왔습니다."

이에 두 사람은 얼른 요화를 불러들이고 물었다.

"도대체 어떻게 된 일이오?"

"관공은 싸움에 져서 맥성에 계시는데 지금 형세가 몹시 위태롭습니다. 그러나 촉 땅은 길이 멀어 하루아침에 원병이 올 수 없기에 특히 저를 이곳으로 보내 구원을 청하게 하신 것입니다. 바라건대 두 분 장군께서는 어서 빨리 상용의 군사를 일으키시어 우리의 위급을 구해주십시오. 자칫 머뭇거리시다가는 관공께서 목숨을 잃으시게 됩니다."

요화가 그렇게 빌다시피 했다. 듣고 난 유봉이 요화에게 말했다.

"장군은 잠시 돌아가 쉬시오. 어떻게 계책을 한번 내어보겠소."

이에 요화는 역관으로 돌아가 쉬며 유봉과 맹달이 빨리 군사를 일으키기만 기다렸다.

한편 요화를 내보낸 유봉은 곧 맹달과 의논했다.

"작은아버님께서 매우 고단한 처지에 빠지셨다는데 이 일을 어찌 했으면 좋겠소?"

어찌 보면 유비와 부자지간의 의를 맺고 있는 유봉이 관공의 위급을 듣고도 한가롭게 그런 의논을 시작하는 것부터가 이상했다. 그러나 맹달은 한술 더 떴다.

"동오의 군사들은 날래고 장수들은 용맹스러운 데다 형주 아홉 고을은 벌써 적의 것이 되었습니다. 겨우 백성이 남았다고는 하나 그야말로 새알만 한 땅에 지나지 않지요. 거기다가 또 조조는 몸소 사오십만 대군을 이끌고 마피까지 와 있다고 합니다. 이 조그만 산성의 군사로 어떻게 그토록 강한 두 편의 적과 맞설 수 있겠습니까? 결코 가볍게 움직여서는 아니 됩니다."

맹달이 그렇게 반대하고 나섰다. 유봉도 속마음은 그와 비슷했으나 아무래도 관공과는 걸린 명분이 있어 그대로 있기는 어려웠다. 흉내라도 내보겠다는 듯 다시 군사를 낼 뜻을 비쳤다.

"나도 그건 알고 있소. 하지만 관공은 내 작은아버님이신데 어찌 가만히 앉아 보고만 있을 수 있겠소?"

"작은아버님이라구요?"

맹달이 그렇게 빈정거려 놓고 비웃음 섞어 말했다.

"장군은 관공을 작은아버지로 여기시는지 몰라도 관공이 과연 장군을 조카로 여기는지는 의문스럽습니다. 제가 듣기로 전에 한중왕께서 장군을 세워 뒤를 잇게 하시려 하자 관공은 기뻐하지 않았다 합니다. 그 뒤 한중왕께서는 왕위에 오르시고 나서도 장군을 세자로 삼으시고자 공명에게 물으신 적이 있지요. 그때 공명이 그건 집안일이니 관, 장 두 분에게 물으시라고 해서 한중왕께서는 다시 형주로 사람을 보내 관공에게 물으셨습니다.

그런데 그때 관공이 무어라고 말했는지 아십니까? 장군께서는 양아들[螟蛉之子, 타성에게서 받아들인 양자]이니 대위까지 잇게 해서는 안 된다는 게 관공의 대답이었습니다. 그리고 오히려 한중왕께 권하기를 장군을 멀리 보내 후환을 없이 하라고까지 했다 합니다. 따지고 보면 장군이 이 상용 같은 산성에 와 계시게 된 것도 모두 관공 때문이라 할 수 있지요. 이 같은 일은 천하 사람들이 모두 알고 있는데 어찌하여 장군만 모르고 계십니까? 그 대단한 작은아버지를 위해 뭣 때문에 위험을 무릅쓰려 하십니까?"

말투로 보아 맹달은 전부터 관공에게 좋지 않은 감정을 품어왔음에 틀림없었다. 관공은 젊을 때부터 유비와 함께 지낸 사람이오, 맹달은 서천을 얻을 때 새로 유비 편에 든 사람이라 어떤 알력이 있을 법도 했다. 그제서야 유봉도 마음이 정해진 것 같았다. 군사를 일으킬 생각 대신 발뺌할 궁리에 들어갔다.

"그대의 말이 비록 옳다 해도 어떻게 요화의 청을 거절할 수 있겠소?"

"그야 쉽지요. 이 산성은 이제 겨우 우리 쪽으로 붙어서 백성들의 마음이 아직 온전히 정해지지 않았다고 하십시오. 그 때문에 군사를 일으킬 겨를이 없을 뿐만 아니라 자칫하면 이곳을 지키는 것조차 어렵게 된다고 하시면 넉넉히 구실이 될 것입니다."

맹달이 또한 미리 생각해둔 것처럼 그렇게 일러주었다. 유봉도 마침내 그 말을 따르기로 하고 이튿날 요화를 불러들여 말했다.

"이 산성을 얻은 지가 오래지 않아 아직은 다른 곳을 구해낼 겨를이 없소. 아무래도 군사를 갈라 맥성으로 보내기는 어려울 것 같소이다."

"그리되면 관공께서는 돌아가시고 맙니다! 부디 구해주시오."

요화가 깜짝 놀라 이마로 땅을 짓찧으며 그렇게 소리쳤다. 그러자 이번에는 맹달이 나서서 유봉을 거들었다.

"우리가 이번에 간다 해도 일은 마찬가지요. 한 잔 물로 어찌 한 수레의 장작에 붙은 불을 끌 수 있겠소? 장군은 어서 돌아가서 촉에서 대군이 올 때까지 가만히 기다리도록 하시오."

그 말을 들은 요화는 크게 울며 그들에게 매달려 구해주기를 청했다. 몇 마디 더 듣기도 전에 유봉과 맹달은 차갑게 소매를 떨치며 방을 나가버렸다.

그제서야 요화는 일이 글러버린 줄 알았다. 한중왕을 찾아가 구해주기를 비는 수밖에 없다고 생각하고 다시 말등에 올랐다. 그러나 아무래도 유봉과 맹달이 괘씸해 한바탕 욕설을 퍼부은 뒤에야 성을 나와 성도로 향해 달렸다.

이때 맥성의 관공은 상용의 군사들이 오기를 눈이 빠지도록 기다리고 있었다. 그러나 요화가 떠난 지 여러 날이 되도록 어리친 개새끼 한 마리 오지 않았다. 관공이 거느린 군사랬자 기껏 오륙백 명으로, 그나마 태반이 다친 몸이었다. 거기다가 성안에는 양식마저 없어 어려움은 더욱 컸다.

하루를 천년같이 보내고 있는 관공에게 어느 날 문득 군사 하나가 들어와 알렸다.

"성벽 아래서 한 사람이 활을 쏘지 말라고 소리치고 있습니다. 군후께 드릴 말씀이 있다고 합니다."

관공이 그를 불러들여 보니 바로 제갈근이었다. 관공은 썩 마음 내키지 않으나 제갈공명의 낯을 보아 그를 예로 맞아들이고 차를 대접했다. 찻잔을 비운 제갈근이 조심스레 찾아온 까닭을 밝혔다.

"나는 오후의 명을 받들어 특히 장군께 권하려고 왔소. 예부터 시무(時務)를 아는 이가 참으로 뛰어난 인물이라 했소이다. 이제 장군이 다스리던 한상의 아홉 고을은 몽땅 남의 손에 넘어가고 남은 것은 겨우 외로운 이 성 하나뿐이오. 거기다가 안으로는 양식이 없고 밖으로는 구원병이 없어 그 위태롭기가 아침저녁을 기약하기 어렵게 되었소이다. 그런데 장군께서는 무슨 까닭으로 오후께 귀순하여 다시 형주를 다스리려 하지 않으시요? 그 길만이 장군도 살고 가솔들도 보전할 수 있는 길이니 부디 깊이 헤아려 정하시오."

그러자 관공은 정색을 하고 제갈근을 꾸짖었다.

"나는 한낱 해량(解良) 땅의 무부로서 내 주인으로부터 형제의 대접을 받으며 군후의 자리에까지 이르렀다. 그런데 어찌 그 하늘 같은 의를 저버리고 적국에게 항복하란 말인가? 성이 깨어지면 그대로 죽을 따름이다. 옥은 부서질지언정 그 흰 빛을 갈려[改] 하지 않고 대나무는 불탈지언정 그 곧음을 잃으려 하지 않는다. 내 몸은 비록 죽더라도 깨끗한 이름은 죽백(竹帛)에 드리워 천년을 살 것이니, 그대는 여러 소리 말고 이만 성을 나가라. 나는 오직 손권과 죽기로 싸울 뿐이다!"

그래도 제갈근은 물러서지 않고 말했다.

"오후께서는 군후와 더불어 옛적 진(秦)과 진(晋)이 그랬듯 화친을 맺고 함께 조조를 쳐 한실을 되일으키시려 하실 뿐 딴 뜻은 조금도 없소. 그런데도 군후께서는 어찌 그렇게 어둡고 비뚤어지게만 보고 계시오?"

그때 관공 곁에 있던 관평이 칼을 빼들고 나와 제갈근을 베려 했다. 젊은이의 혈기로 더 참지 못하고 그렇게라도 제갈근의 입을 막아버리려는 생각에서였다. 관공이 그런 양아들을 말렸다.

"저 사람의 아우 공명은 촉에서 네 큰아버님을 돕고 있다. 지금 만약 저 사람을 죽이면 그들 형제의 정을 상하는 게 되니 너는 참아라."

그러고는 좌우를 돌아보며 호령했다.

"저 사람을 끌어내 성 밖으로 내쫓아라!"

일이 그쯤 되자 제갈근도 더 말해봐야 소용없음을 알았다. 얼굴 가득 부끄러운 빛을 띠며 말에 올라 성을 나가버렸다.

손권에게로 돌아간 제갈근은 풀죽은 목소리로 말했다.

"관공의 마음이 쇠나 돌처럼 굳어 아무래도 달랠 수가 없었습니다."

그러나 손권은 성을 내기에 앞서 감탄부터 했다.

"참으로 충신이로구나! 그가 그러하다면 이제 어떻게 해야겠는가?"

"제가 그 운수를 한번 점쳐보겠습니다."

그 자리에 있던 여범이 문득 그렇게 말하며 점괘를 뽑기 시작했다. 나온 괘는 지수사(地水師, 주역의 한 괘)에 현무(玄武)가 응하고, 으뜸 되는 적은 멀리 달아난다는 글귀였다.

"으뜸 되는 적은 멀리 달아난다는데 장군은 어떻게 관우를 사로잡겠소?"

점괘와 풀이를 본 손권이 새삼 걱정이 되는지 여몽을 보고 물었다. 여몽이 빙긋 웃으며 대답했다.

"멀리 달아난다 해도 아주 우리 손을 벗어나는 것은 아닐 것인즉, 그렇다면 바로 내가 꾸미고 있는 바와 꼭 맞습니다. 관우가 비록 날개가 돋아 하늘로 솟는다 해도 내가 쳐둔 그물을 끝내 벗어나지는 못할 것입니다."

"그게 어떤 계책이오?"

손권이 그래도 마음이 놓이지 않는 얼굴로 여몽에게 물었다.

"제가 보기에 관우는 군사가 적으니 달아난다 해도 반드시 큰길
로는 가지 않을 것입니다. 맥성 북쪽에 한 갈래 험한 샛길이 나 있는
데 관우는 틀림없이 그 북쪽 길을 고르겠지요. 먼저 주연에게 날랜
군사 오천을 주어 맥성 북쪽 이십 리에 매복해 있게 하십시오."

"주연이 과연 관우를 사로잡을 수 있을까?"

손권이 다시 여몽의 말이 끝나기를 기다리지도 않고 물었다.

"아닙니다. 주연은 구태여 관우와 맞서 싸울 것조차 없습니다. 관
우가 이르기를 기다렸다가 그 뒤만 후려쳐 주면 됩니다. 그러면 적
은 싸울 마음이 없어 틀림없이 임저 쪽으로 달아날 것입니다. 관우
를 사로잡는 것은 바로 그 임저에서의 일이 될 것입니다. 반장에게
골라 뽑은 군사 오백을 주어 임저 산기슭 샛길에 매복시켜두면 관우
를 사로잡을 수 있습니다."

여몽은 단숨에 그렇게 대답한 뒤 한 가지 당부를 덧붙였다.

"지금부터 장수와 군사를 보내 맥성을 공격하되 북문 쪽은 남겨
두도록 하십시오. 관우가 그리로 달아나기를 기다려야 합니다."

손권이 들어보니 실로 빈틈없는 계책이라 여범에게 다시 그 일의
성패를 점쳐 보게 했다. 여범이 한 번 더 점괘를 뽑아본 뒤 말했다.

"이번에는 적의 우두머리가 서북쪽으로 달아나기는 해도 오늘 밤
해시(亥時)에는 반드시 사로잡히리란 점괘가 나왔습니다."

그제서야 손권도 기뻐해 마지않았다. 곧 주연과 반장에게 각기 한

갈래의 군사를 나누어주며 군령에 따라 알맞은 곳에 숨어 있게 했다.

한편 맥성의 관공은 제갈근을 내쫓은 뒤 새로운 결의를 다지며 군마(軍馬)를 점고해보았다. 모두 합쳐 삼백 명 남짓인데 그나마 군량이 떨어져 더 버티기 어려웠다. 거기다가 성 밖의 오병은 그날 밤도 큰 소리로 성안의 관공을 따르고 있는 군사들의 이름을 불러대 성벽을 넘어 달아나는 군사가 또한 여럿 되었다. 일은 그 지경인데 기다리는 구원병은 오지 않으니 아무리 관공이라도 뾰족한 수가 없었다. 왕보를 쳐다보며 탄식 섞어 물었다.

"지난날 공의 말을 듣지 않은 게 진심으로 후회스럽소. 오늘 이같이 위태로운 지경에 빠졌으니 앞으로 어찌했으면 좋겠소?"

왕보가 울며 대답했다.

"그저 막막할 뿐입니다. 오늘의 일은 비록 자아(子牙, 강태공)가 되살아난다 해도 어찌해볼 수가 없을 것입니다."

그러자 곁에 있던 조루가 결연히 말했다.

"상용의 군사가 오지 않는 것은 유봉과 맹달이 군사를 묶어두고 움직이지 않는 까닭입니다. 그런데도 군후께서는 무슨 까닭으로 이 외로운 성에 머물러 계십니까? 어서 맥성을 버리고 서천으로 달아나십시오. 그곳에서 군사를 정비해 다시 이 땅을 찾도록 꾀해보십시오."

그 말에 관공도 다시 힘이 솟는 듯했다.

"내가 보기에도 이제는 그 수밖에 없겠구나. 그렇게 해보세."

그 말과 함께 성벽 위로 올라가 사방을 돌아보았다. 네 성문 밖이 모두 동오의 군사들로 덮였는데 그중에 북문 쪽이 다른 데 비해 좀 덜한 듯했다.

"저기 북쪽으로 가면 지세가 어떠냐?"

관공이 맥성 토박이 하나를 찾아오게 해 물었다. 그 토박이가 아는 대로 대답했다.

"모두가 산기슭의 좁은 길인데 서천으로 나 있습니다."

그렇다면 꼭 알맞은 지세였다. 관공이 별 의심 없이 마음을 정했다.

"오늘밤 저 북문으로 나가야겠구나."

그러자 생각 깊은 왕보가 가만히 말렸다.

"산속 좁은 길에는 적의 매복이 있을 것입니다. 차라리 큰길로 나가십시오."

조금만 헤아려보면 마땅히 받아들여야 할 말이었으나 거기서 다시 관공의 자부심이 일을 그르쳤다.

"매복? 설령 쥐새끼 같은 무리가 좀 숨어 있다 한들 두려울 게 무엇인가!"

그렇게 말하고는 데리고 갈 군사들에게 떠날 채비를 시켰다. 이미 관공의 마음을 돌려놓을 길이 없음을 안 왕보가 눈물로 당부했다.

"가시더라도 부디 마음을 차분히 가지시어 무리하지 마시고 옥체를 보중하십시오. 저는 군사 백여 명과 남아 죽기로 이 성을 지켜보겠습니다. 설령 성이 깨뜨려지더라도 결코 항복하지 않을 것이니 바라건대 군후께서는 빨리 돌아와 저희를 구해주십시오."

그 말에 무쇠 같은 관공도 솟는 눈물을 어찌하지 못했다. 어쩌면 마지막이 될지 모를 작별을 눈물로 나눈 뒤 관공은 떠날 채비에 들어갔다. 허수아비에 무기와 옷을 걸쳐 성벽 여기저기 세워두고 사이 사이에 몇 안 남은 군사를 배치해 많은 군사가 성을 지키고 있는 것처럼 위장했다.

"주창은 여기 남아 왕보와 더불어 맥성을 지키도록 하라."

그날 밤 관공은 그렇게 영을 내리고, 자신은 관평, 조루 및 이백 남짓한 군사들과 더불어 낮에 보아둔 북문으로 치고 나갔다. 청룡도를 휘둘러 가로막는 적병을 흩고 달리기를 이십 리나 됐을까, 문득 앞산 우묵한 곳에서 북소리 징소리가 울리며 한 떼의 군마가 쏟아져 나왔다. 앞선 장수는 주연이었다.

"운장은 달아나지 말라! 어서 항복하여 죽음을 면하는 게 어떠냐?"

주연이 창을 낀 채 길을 막으며 소리쳤다. 이름도 모를 졸개로만 보이는 주연이 그렇게 길을 막자 관공은 벌컥 화가 났다. 그대로 말을 박차며 칼을 휘둘러 주연을 덮쳤다.

관공의 기세에 눌렸는지, 원래 받은 영이 그러한지, 주연은 제대로 싸워보지도 않고 말 머리를 돌려 달아났다. 관공은 이긴 기세를 타고 그대로 주연을 뒤쫓았다. 그런데 얼마 가지 않아 문득 한차례 북소리가 나더니 사방에서 복병이 쏟아져 나왔다.

원래 군사가 많지 않던 관공은 새까맣게 쏟아지는 적병을 보자 더 싸울 마음이 없었다. 주연을 버리고 임저로 가는 샛길로 달아나기 시작했다. 주연이 기다렸다는 듯이나 군사들을 재촉해 그런 관공을 뒤쫓았다.

밤길을 이리저리 내닫는 중에 관공이 거느린 군사의 수는 점점 줄어들었다.

거기다가 미처 오 리도 가기 전에 다시 앞에서 함성이 크게 울리며 불길이 일었다. 여몽의 명을 받고 숨어서 기다리던 반장이었다.

반장이 칼을 꼬나들고 기세 좋게 말을 몰아 관공에게 덤볐다. 역시 이름 모를 장수가 감히 자신에게 덤비는 데 화가 난 관공도 청룡도를 휘둘러 그를 맞았다.

그러나 반장 또한 삼 합을 채우지 않고 말 머리를 돌려 달아나기 시작했다.

속 같아서는 뒤쫓아가 단칼에 쪼개놓고 싶었지만 이미 주연에게 한번 속은 관공이라 반장을 뒤쫓을 마음이 없었다. 길이 열린 것만도 다행으로 알고 내쳐 산길을 내달았다. 얼마쯤 가다 보니 관평이 뒤따라와 알렸다.

"조루가 난군 중에 죽었습니다."

경황이 없는 중에도 관공은 그 소리를 듣자 슬픔을 이길 수 없었다. 맥성에 남게 된 왕보와 더불어 어려움 중에서도 끝까지 충성을 다한 사람이었다. 하지만 더 급한 것은 우선 적병이 쳐둔 그물에서 벗어나는 것이었다.

"내가 앞장서서 길을 열겠다. 너는 뒤를 막으라!"

이윽고 가슴속의 슬픔을 억누른 관공이 관평에게 그렇게 소리치며 말을 박찼다. 어느새 그를 따르는 군사는 겨우 열 명 남짓했다.

한참을 가니 결구라는 곳이었다. 양쪽이 모두 산인데 산기슭에는 억새와 잡목이 빽빽했다. 적이 군사를 숨길 만한 곳이란 생각은 들었으나 오경이 다 돼 갈 길이 급했다. 날이 밝아 뒤쫓는 적병에게 시달리는 것보다는 억지로 뚫고 나가보는 게 나을 것 같아 관공은 그대로 말을 몰았다.

달린 지 얼마 안 돼 과연 크게 함성이 일며 양쪽 산기슭에서 복병이 쏟아져 나왔다. 창칼 대신 갈고리를 매단 긴 장대와 던지는 밧줄을 들고 있는 것이 관공을 사로잡으려는 뜻 같았다. 관공이 그래도 어떻게든 벗어나보려 했으나 여몽이 쳐둔 그물은 너무도 촘촘했다. 적병들은 먼저 관공이 탄 말을 밧줄로 걸어 넘어뜨리고 뒤이어 말에서 떨어진 관공에게 덮쳤다.

한스럽게도 관공에게는 멋지게 싸우다가 장렬하게 죽을 기회마저 주어지지 않았다. 말 없이는 자루 긴 청룡도도 아무 쓸모 없었고, 이미 엉겨붙은 적병들은 칼 뽑을 틈조차 주지 않았다. 개미 떼처럼 달라붙는 적병들을 맨주먹으로 후리치며 버티다가 끝내는 반장의 부장 마충(馬忠)이란 자에게 사로잡히고 말았다.

관평은 관공이 사로잡혔다는 소리를 듣자 급히 달려가 구하려 했으나 뜻 같지 못했다. 군사들을 이끌고 뒤쫓던 주연과 반장이 어느새 등 뒤에 이르러 관평을 에워싸버린 것이었다. 그래도 관평은 기죽지 않고 홀로 외로운 싸움을 계속하다가 끝내는 또한 사로잡히고 말았다.

날이 훤히 밝았을 때는 관공 부자가 사로잡혔다는 소식이 손권의 귀에까지 들어갔다. 손권은 기뻐 어쩔 줄 모르며 문무 관원들을 자기 장막에 불러 모아놓고 관공이 끌려오기만을 기다렸다.

오래잖아 마충이 졸개들과 함께 에워싸듯 관공을 끌고 손권 앞에 나타났다. 지난날 관공으로부터 당한 여러 차례의 수모를 생각하면 그가 밉살스럽지 않을 까닭이 없었으나 손권은 짐짓 목소리를 부드럽게 하여 말했다.

"나는 오랫동안 장군의 덕을 사모하여 옛적 진(秦)과 진(晉)이 그러했듯 서로 화친하려 했는데 장군은 무슨 까닭으로 마다하셨소? 장군은 또 지난날 스스로 천하에 맞설 사람이 없다고 여기신다 했는데 오늘은 어찌하여 이 몸에게 사로잡힌 바 되셨소? 일이 이 지경에 이르렀으니 이제 이 손권에게로 돌아와 일해볼 생각은 없으시오?"

미움보다는 인물에 대한 욕심을 앞세우는 게 과연 천하의 셋 중 하나를 차지하고 있는 주군다웠다. 그러나 무엇보다도 짓밟힌 자부심 때문에 속이 뒤틀릴 대로 뒤틀려 있는 관공에게는 그게 꼭 야유처럼 들렸다. 관공이 문득 수염을 부르르 떨며 소리 높이 꾸짖었다.

"닥쳐라! 이 눈알 푸른 어린 놈, 수염 붉은 쥐새끼야. 나와 유황숙은 일찍이 복사꽃 핀 동산에서 의를 맺고 한실을 되일으키려 맹세했다. 어찌 너같이 한을 저버린 역적 놈과 한 패거리가 될 수 있겠느냐? 나는 이제 잘못하여 네놈들의 간사한 꾀에 빠졌으니 다만 죽음이 있을 뿐이다. 여러 소리 할 게 무에 있느냐?"

그래도 손권은 그런 관공을 탓하지 않았다. 못 들은 체 제 사람들 쪽을 돌아보며 슬며시 물었다.

"운장은 세상이 다 아는 호걸로 나는 그를 매우 아껴왔소. 이번에 두터운 예로 대접해 그에게 항복을 권해보고 싶은데 그대들의 뜻은 어떠시오?"

그러자 주부 좌함이 일어나 말했다.

"아니 됩니다. 지난날 조조가 저 사람을 얻었을 때 조조는 저 사람을 후(侯)에 봉하고 사흘에 작은 잔치, 닷새에는 큰 잔치를 열어 그 마음을 사려 했습니다.

말에 오르면 금을 걸어주고 말에서 내리면 은을 걸어줄 만큼 은혜를 베풀고 예를 다했으나 끝내는 저 사람을 붙들어둘 수 없었지오. 오히려 관을 지키는 장수를 여럿 죽이고 떠났을 뿐만 아니라 이즈음에 이르러서는 도읍을 옮겨서라도 저 사람의 칼끝을 피하려 했을 만큼 조조를 몰아댔던 것입니다.

주공께서 이왕에 저 사람을 사로잡으셨으니 어서 죽여 뒷날의 걱정거리나 없애도록 하십시오. 그렇지 않으면 반드시 저 사람 때문에 조조 같은 어려움에 빠지게 되실 것입니다."

그 말을 듣자 손권도 갑자기 떨떠름해졌다. 한동안을 말없이 생각에 잠겼다가 이윽고 쓸쓸한 얼굴로 말했다.

"그대의 말이 옳다. 운장 부자를 끌어내 목 베어라."

이에 관공과 관평은 모두 끌려나가 목숨을 잃으니 때는 건안 이십사년 시월이요, 그때 관공의 나이는 쉰여덟이다. 뒷사람이 시를 지어 그를 노래했다.

한말의 인재들 짝할 시대 없는데	漢末才無敵
그중에서도 운장이 홀로 뛰어났구나	雲長獨出群
신 같은 위엄 무를 떨쳤고	神威能舊武
선비 같은 고아함 글도 알았다	儒雅又知文

하늘의 해 같은 마음 맑기 거울이었고	天日心如鏡
춘추로 다진 의기 불의의 구름을 걷어냈네	春秋義薄雲
밝구나, 만고에 드리운 그 이름이여	昭然垂萬古

삼분천하 때에만 그치지 않네   不止冠三分

달리는 또 이런 시가 있다.

인걸 좇아 옛 해량 땅에 이르니   人傑惟追古解良
사람들이 다투어 운장에게 절하네.   士民爭拜漢雲長
도원의 하루로 형제 된 이들   桃園一日兄和帝
이제는 천자와 왕으로 천년을 제사받고 있구나

                                                  俎豆千秋帝與王

기개는 바람과 우레를 낀 듯 당할 이 없고   氣挾風雷無匹敵
뜻은 해와 달처럼 빛을 뿜네   志垂日月有光芒
모시는 사당 지금도 천하에 널렸건만   至今廟貌盈天下
고목의 겨울 갈가마귀 지는 해에 비끼기 몇몇 해더냐

                                                  古木寒鴉幾夕陽

　옛사람의 감회가 그러하나 이젯사람으로서의 평(評)도 없을 수
없다. 어떤 이는『삼국지연의』를 읽으면서 세 번이나 책을 던졌다가
다시 집어들었다고 한다. 첫 번째는 바로 관공이 죽었을 때요, 두 번
째는 유현덕이 죽었을 때이며, 마지막은 제갈공명이 죽었을 때라고
한다. 적어도『연의』에서는 그들의 비중이 그만큼 컸다는 뜻일 게다.
　하지만 은연중에 우리 몸에 밴 실증사학(實證史學)의 눈으로 보면,
아무리 작가의 주관으로 재구성된『연의』라 할지라도 유비를 중심

으로 한 집단의 가치 독점이 지나친 것 같은 생각이 들게 마련이다. 알려지기로 유비를 중심한 집단은 그 전성기에조차도 영토, 국부(國富), 민수(民數)에 있어서 대략 위의 사 분의 일, 오의 절반 남짓했다고 한다.

거기다가 유비가 조상이라고 주장하는 경제(景帝)는 한의 황제 중에서 아들이 터무니없이 많은 이 가운데 하나여서 핏줄에서 정통성을 얻어내려는 야심가들이 끼어들기 좋은 족보에 속했고, 유비가 지향한 것도 변혁을 요구하는 시대에의 부응이 아니라 낡은 세계의 유지 또는 보강에 지나지 않았다.

거기서 정사를 쓴 진수 같은 이는 말할 것도 없고 『연의』나 평화(評話)를 쓰는 이들까지도 조조를 중심으로 얘기를 풀어나가고 싶은 유혹에 종종 빠져들었다. 특히 그런 현상은 근세에 가까워질수록 심해져 예컨대 중국의 곽말약(郭沫若) 같은 이는 조조를 민중적인 혁명아로 내세운 반면, 유비를 보수반동 집단의 우두머리로 깎아내리기까지 했고, 가깝게는 연전 일본의 작가 진순신(陳舜臣)도 조조를 주인공으로 삼아 『연의』를 구성한 적이 있다.

이 평역(評繹) 삼국지도 처음 구상될 때는 거의 그러했다. 그러나 자료 수집차 대만에 가서 얼마 머무는 동안 그런 첫 번째 구상은 중대한 수정을 받았다. 거기에는 여러 가지 까닭이 있으나, 그중에서도 빼놓을 수 없는 것은 대만의 이름난 소장(少壯) 학자이자 문학평론가이기도 한 우홍이(吳弘一) 교수의 충고였다.

"조조를 어느 정도 복권시키는 데는 반대 않지만 촉한정통론(蜀漢正統論)과 관공은 건드리지 마십시오. 그걸 건드리면 그 작품은 『연의 삼국지』아닌 다른 어떤 작품이 될 것입니다."

그의 충고가 절대적일 수는 없지만 거기에는 흘려들을 수 없는 데가 있었다.

조조의 복권 문제나 촉한정통론은 다음으로 미뤄두고 우선 여기서는 관공의 얘기만 하기로 하자. 상당히 현대적인 교육을 받은 중국인도 관공을 말할 때는 우리처럼 관우나 관운장이라고 부르지 않고 꼭 관공이라고 높여 부르고 있다. 또 관공은 뒷날로 갈수록 높여져 관왕(關王)에서 관성대제(關聖大帝)로, 그리고 마침내는 신으로까지 널리 추앙받고 있다. 그러면 무엇이 그를 그토록 오랫동안 사람들로부터 우러름을 받게 하였을까.

관공의 출신에 대해서는 그렇게 알려진 바가 없지만 적어도 그리 대단하지 못한 것만은 틀림이 없다. 그는 해량 땅의 한낱 무부로서 젊어서 사람을 죽이고 탁현으로 피해 와 살았다는 게 남겨진 기록의 전부인데, 어떤 이는 이런 추측을 하기도 한다.

곧 해량 땅은 이름난 소금 산지로 그 소금 밀매꾼(소금은 국가의 전매품이었다)들의 뒤를 봐주다가 죄를 짓게 되어 멀리 탁현으로 달아났던 것이라고.

종종 관공은 학문의 사람처럼 그려지고, 그것이 무인인 그의 위엄에 빛을 더해주고 있으나 그 또한 대단한 것은 못 되었다.

당시의 흔한 무장들보다는 좀 나았다는 정도로『춘추』와 얼마간의 병가서를 읽었을 뿐이었다. 다만『춘추』는 깊이 공부해 줄줄 욀 정도였으며 지금도 그의 초상을 보면 대개 책을 잡고 있는데 그 책은 바로 춘추라고 한다.

그의 절묘한 무예와 전략도 많은 부분은 뒷사람들의 윤색이라고 한다. 안량과 문추를 죽여 그의 무예는 거의 신비한 경지까지 끌어 올려졌으나, 안량과 문추를 죽인 것은 손견이라고 밝히고 있는 기록도 있고, 또 『연의』 속에서도 여포, 방덕, 서황 등과의 싸움을 종합해 보면 의심이 가는 데가 많다. 또 전략에 있어서도 그가 무성(武聖)으로 기림받는 것은 지나쳐 보인다. 무엇보다 그가 자신의 목숨까지 잃게 되는 번성 공략 작전에서 드러내는 무리만으로도 병가로서의 재능을 의심받기에 넉넉하다.

관공의 덕망이라고 하지만 그것도 알려진 것만큼 대단한 것 같지는 않다. 미방과 부사인의 배반, 맹달과 유봉의 외면 같은 사건만으로도 그의 인간관계가 그리 원활하지 못했음은 잘 알 수 있다. 더구나 그의 최후를 결정적으로 앞당긴 것은 바로 거느리고 있던 장졸들의 이탈이었다. 모두가 여몽의 교묘한 심리전 탓이라고는 하지만, 심리전이라는 게 원래가 덕장을 중심으로 뭉쳐진 군사들에게는 통하기 어려운 게 아닌가.

그렇다면 관공 시대를 뛰어넘어가며 사람들을 감동시키는 것은 결국 그의 삶이 보여준 어떤 이념미라고 할 수밖에 없다. 그게 어떤 것인지를 추적하기 위해 진수의 평부터 음미해보자. 진수는 관공의 열전 뒤에 이런 짤막한 평을 덧붙여놓고 있다.

'관우는 (장비와 더불어) 만인을 대적할 만하다고 일컬어졌으며 세상에서는 범 같은 신하[虎臣]로 알려졌다. 관우는 조공의 은덕에 보답하여 (의로 엄안을 놓아준 장비와 더불어) 국사(國士)의 풍도를 보여주었다. 그러나 관우는 성정이 너무 거세고 스스로를 지나치게 높이

여기는 데가 있었다.'

인간의 훼예포폄(毁譽褒貶)은 보는 이에 따라 달라질 수 있으나 진수는 짧은 평 속에서나마 관공의 가장 중요한 두 가지 특질을 모두 집어내고 있다. 곧 조조에 대한 보은으로는 그의 일생을 지배한 의기를, 그리고 성격을 통해서는 또한 일생의 짐이 된 자부심을 말하고 있는 셈이다. 어쩌면 『연의』에서 관공에게 쏟아진 지은이의 노력과 열정은 거의 모두가 바로 그 두 가지를 하나의 대중적인 이념미로 형상화시키기 위함이었다고 할 수도 있으리라.

널리 인정되고 있는 대로 관공을 일생 동안 이끈 의기의 원천은 『춘추』였다. 공자의 의 개념이 투영된 그 역사책은 죄를 짓고 숨어 다니는 한 젊은 무부를 매혹시킴으로써 이윽고는 중국 민중의 가슴속에까지 세월이 가도 바래지 않는 이념미의 한 원형을 제공한 셈이었다. 사실 관우의 삶을 살피면 가장 빛나는 부분은 오관참장(五關斬將)처럼 의와 연관을 맺는 부분이다.

때에 따라서는 전통적인 충성의 형태로, 때에 따라서는 협객 사회의 의리로, 그리고 더러는 신용 있는 채무 관계나 분명한 은원으로 나타나는 관공의 의는 본질적으로 소박한 보수주의에 뿌리하고 있다.

더 큰 정의에서 보면 후한의 사회는 부패와 타락으로 이미 충성의 근거를 상실했지만 전부터 충성해왔으니 충성을 계속 바쳐야 했다. 그 선악을 불문하고 조조에게서는 받은 게 있으니 갚았고, 유비는 먼저 주인을 삼았으니 끝까지 주인일 수밖에 없었다.

관공에게는 변혁의 필요성이나 민중의 개념은 거의 고려 밖이었다. 그런데도 그는 오히려 변혁을 갈망하고 기대 심리에 빠져 있는

218

그 민중들로부터 사랑받고 있다.

민중의 움직임에 민감했고 어느 정도는 혁명 의식에 유사한 정신과 실천력까지 보인 조조가 갈수록 격하되어, 명대(明代)의 어떤 경극 배우는 조조 역(役)을 하다가 성난 관중에게 맞아 죽었을 정도가 된 것과 더불어 뒷사람에게 묘한 전도감(顚倒感)을 느끼게 하는 현상이다.

한 할 일 없는 문사의 터무니없는 추측일는지 모르긴 하되, 혹 그것은 역사의 쓰라린 경험을 통해 중국 민중들의 본능 속에 거듭 쌓여온 변혁에 대한 불신과 경계 때문이 아니었을까. 보다 거창하고 본질적인 의를 내세우고, 달콤한 실리로 그들을 앞뒤 없이 꾀어냈던 그 수많은 역사의 새 아침들이 기껏 나라의 이름과 제실의 성씨가 바뀐 것으로 끝나고 말았을 때의 실망과 분노가 핏줄을 따라 대대로 전해진 게 아니었을까.

진수는 관공을 폄하는 뜻으로 그걸 집어냈지만 관공의 끝 모르는 자부심도 관공의 삶과 인격에 민중적인 매력을 더해주었음에 분명하다. 벌거숭이 힘의 지배를 받는 난세일수록 자부심 같은 고급한 정신의 사치는 지켜내기 어렵다. 그때그때 강자를 만날 때마다 허리를 굽혀야만 살아갈 수 있는 민중들에게는 관공의 그 터무니없는 자부심이 차라리 시원스럽게 느껴졌을 것이다. 아니, 조조와 손권 같은 인물들에게까지 "쥐새끼 같은 무리들![鼠輩]"이라고 서슴없이 내뱉는 관공의 그 끝 모를 자부심은 그대로 아름다움이요 신비이기까지 했을 것이다.

옛 맹세를 어찌할거나

결국 관공은 의리와 자부심 때문에 목숨까지 잃게 되는 것이지만 그것은 일종의 거룩한 순사(殉死)였다. 어리석음, 고집, 미련스러움, 맹목, 어쩌면 현대인들은 그 죽음에서 그런 말들을 찾아낼 수 있을 것이나 그 왜소한 말들이 관공의 무엇 하나를 다칠 수 있으랴.

관공이 사로잡힐 때 그가 타고 다니던 말도 함께 마충에게 사로잡혔다. 마충은 그 말을 손권에게 바쳤으나 손권은 관공을 죽인 뒤 마충에게 그 말을 도로 내주었다. 마충은 그 말을 받아 뽐내며 타고 다녔다. 하지만 그 말은 어찌 된 셈인지 풀 한 포기 물 한 모금 마시지 않다가 며칠 뒤 끝내 죽고 말았다.

사람들은 관공의 충의가 그 말에도 옳은 것이라 여겨 한결같이 신기하게 생각했다.

관공이 죽던 날 아침 맥성에 남겨졌던 왕보는 까닭 없이 뼈가 쑤시고 살이 떨렸다. 거기다가 꿈자리도 사납기 그지없어 마음이 어수선해 하던 나머지 주창을 불러놓고 말했다.

"어젯밤 꿈에 관공께서 온몸에 피를 뒤집어쓰고 계신 걸 보았소. 급하게 그 까닭을 묻다가 갑자기 놀라 잠에서 깨었는데 좋은 꿈인지 나쁜 꿈인지 모르겠구려."

그런데 미처 그 말이 끝나기도 전에 군사 하나가 헐떡이며 뛰어들어와 알렸다.

"동오 군사들이 성 밖에다 관공 부자의 목을 걸어놓고 항복을 권하고 있습니다."

그 말에 깜짝 놀란 왕보와 주창이 성벽 위로 올라가 보니 성 밖에 걸린 것은 정말로 관공과 관평의 목이었다.

그걸 본 왕보는 눈앞이 캄캄했다. 절망과 분노를 못 이기고 성벽 아래로 몸을 던져 스스로 목숨을 끊었다. 주창도 아뜩하기는 마찬가지였다. 왕보가 성벽 아래로 몸을 던지는 걸 보고 칼을 뽑아 제 목을 찔렀다.

왕보와 주창이 차례로 목숨을 끊자 남은 군사들은 더 망설일 게 없었다. 성문을 활짝 열고 적병을 맞아들이니 그로써 맥성마저 동오의 손에 들어가고 말았다.

하지만 한을 품고 죽은 관공의 혼령은 쉽사리 흩어지지 아니했다. 드넓은 허공을 이리저리 헤매다가 문득 한곳에 이르니 형문주(荊門州) 당양현이었다.

그곳에는 옥천산(玉泉山)이란 이름난 산이 있고 그 산에 늙은 중이 한 사람 살고 있는데 이름을 보정(普淨)이라 했다.

전에 사수관 진국사(鎭國寺)에 장로로 있으면서 관공을 구해준 적이 있는 바로 그 스님이었다.

관공을 도와준 일로 진국사를 떠난 보정은 구름처럼 천하를 떠돌다가 그곳에 이르렀다. 산이 밝고 물이 빼어남을 본 그는 그 산 중턱에 풀로 암자 하나를 얽고 좌선하며 도를 닦았다.

어린 행자(行者) 하나가 시중 들어주어 그럭저럭 지내고 있던 어느 날이었다. 달이 밝고 바람이 맑아 삼경이 넘도록 좌선을 하고 있는데 문득 공중에서 사람의 외침이 들려왔다.

"빨리 내 목을 내놓아라!"

놀란 보정이 가만히 소리나는 곳을 올려다보니 거기 어떤 장수 하나가 적토마를 타고 청룡도를 비껴든 채 서 있었다. 왼편에는 얼굴이 흰 장수요, 오른편에는 검은 메기수염을 기른 장수가 따르는데, 모두가 옥천산 꼭대기에 걸려 있는 구름 위였다.

한눈에 그게 관공인 줄 알아본 보정은 터리개로 문을 두드리며 관공을 청해 들였다.

"관공은 어디 계시오?"

관공의 혼령도 그 말을 알아들었다. 곧 말에서 내리더니 바람을 타고 암자 앞에 이르렀다. 그리고 두 팔을 엇갈리게 하여 가슴에 모으며 공손하게 물었다.

"스님은 어떤 분이시오? 바라건대 법호(法號)를 일러주시오."

목을 잃은 혼령이라 보정을 못 알아보는지, 서로 만난 지 오래되어 얼굴조차 잊었는지 그렇게 물어왔다. 보정이 가만가만 대답했다.

"이름은 보정이외다. 지난날 사수관 앞 진국사에서 군후를 뵈온 적이 있지요. 그런데도 벌써 저를 잊으셨습니까?"

그제야 관공도 알겠다는 듯 고개를 끄덕이더니 처연하게 말했다.

"그때 구함을 받았는데 어찌 잊었을 리 있겠소이까? 그러나 나는 이미 화를 입어 죽은 몸이외다. 바라건대 밝은 가르치심을 내리시어 길 잃고 헤매는 이 몸을 이끌어주시오."

보정은 아직 관공의 혼령이 이승에서의 한을 잊지 못해 중천을 떠돌고 있음을 알았다. 곧 목소리를 가다듬고 설법 섞어 타일렀다.

"지난날은 이제가 아니니 일절 말하지 말 것이며, 뒷일은 앞에 이미 그 까닭이 있었음이니 서로 따지지 않는 게 옳습니다. 이제 장군께서는 여몽에게 화를 입으시고 머리를 돌려달라고 소리치시나, 그렇다면 안량과 문추며 저 오관의 여섯 장수는 누구에게서 머리를 찾아야 하겠습니까? 바로 장군께 목을 잃은 더 많은 사람들은 어찌하시겠습니까?"

그러자 관공의 혼령은 원통한 가운데도 문득 깨닫는 게 있는 듯했다. 머리를 수그려 불법에 귀의하는 뜻을 나타내고 말없이 사라졌다. 하지만 보정에게서 얻은 그날의 깨우침이 고마운지 관공은 그 뒤로도 종종 옥천산에 모습을 드러내 그곳 백성들을 보살펴주었다. 사람들은 그런 관공의 은덕에 감사해 그 산꼭대기에 사당을 짓고 사철 제사를 드렸다.

한편 손권은 오랜 걱정거리이던 관공을 죽인 데다 형주와 양양의 넓은 땅을 독차지하고 나니 기쁘기가 그지없었다.

삼군에게 고루 상을 내리고 술과 고기를 배불리 먹인 다음, 크게 잔치를 열어 장수들의 공을 치하했다. 공이라면 아무래도 여몽이 으뜸이었다. 손권은 여몽을 높은 자리로 끌어올린 뒤 여럿을 보고 말했다.

"나는 오랫동안 형주를 가지고 싶었으나 마음뿐이었다. 그런데 이제 손에 침 한번 뱉은 힘으로 형주를 얻게 된 것은 모두 여기 이 자명의 공이다."

"그게 어찌 저 하나의 공이겠습니까? 여러 장수와 병졸들이 한마음으로 힘을 다한 덕분입니다."

여몽은 그렇게 겸손을 보이며 공을 다른 사람에게로 돌렸다. 손권이 더욱 흐뭇하여 여몽을 추켜세웠다.

"지난날 주랑(周郎)은 웅대한 재략(才略)이 남보다 뛰어나 적벽에서 조조를 쳐부수었다. 그러나 너무 일찍 죽어 나는 자경(子敬, 노숙)으로 그를 갈음할 수밖에 없었다. 자경도 여러 가지로 뛰어난 사람이었다. 첫째로 그는 나를 만난 지 얼마 안 되어 제왕(帝王)에 이르는 큰길을 일러주었고 둘째로는 조조가 쳐내려왔을 때 다른 사람은 모두 항복할 것을 내게 권했지만 그는 홀로 싸울 것을 고집했다. 내가 주유를 불러들여 오히려 조조를 쳐부수게 할 수 있었던 것은 실로 그의 격려 덕분이었다. 하지만 그는 내게 형주를 유비에게 빌려주도록 권한 흠이 있다. 거기 비해 이제 자명은 계책을 세우고 꾀를 내어 형주를 얻게 해주었다. 일찍 죽은 주랑이나 흠이 있는 자경보다 훨씬 나은 공이라 아니할 수 없다."

그러고는 한잔 가득히 술을 부어 여몽에게 내렸다. 여몽도 그제서야 더 사양하지 못하고 공손하게 그 잔을 받았다.

그런데 갑자기 뜻 아니한 일이 벌어졌다. 여몽이 입에 대려던 술잔을 땅바닥에 팽개치더니 느닷없이 손권의 멱살을 잡으며 소리쳤다.

"이 눈 푸른 어린 놈, 붉은 수염 달린 쥐새끼야, 나를 알아보겠느냐?"

손권은 말할 것도 없고 그 자리에 있던 모든 장수가 깜짝 놀랄 소리였다. 하지만 여몽은 거기서도 그치지 않았다. 다른 장수들이 미처 구하러 갈 틈도 없이 손권을 땅바닥에 메꽂고는 성큼 손권의 자리를 차고 앉더니 부릅뜬 눈으로 손권을 노려보며 크게 소리쳤다.

"나는 황건적을 쳐부순 뒤로 삼십여 년이나 천하를 거침없이 종횡했다. 그런데도 네놈은 하루아침의 간사한 꾀로 나를 해쳤구나. 비록 살아서 네놈의 고기를 씹지는 못했다마는 죽은 이제라도 여몽이 도적놈의 넋은 데려가야겠다. 나는 한수정후(漢壽亭侯) 관운장이다."

그 소리에 더욱 놀란 손권은 황급히 장수들을 이끌고 계단 아래로 내려가 엎드렸다. 그러자 여몽은 갑자기 뒤로 자빠지더니 몸의 일곱 구멍으로 한꺼번에 피를 쏟고 죽었다. 그 끔찍한 광경에 모든 장수들은 한결같이 두려움으로 몸을 떨었다.

아마도 이 일은 민간에 떠도는 관공의 전설을 『연의』를 지은 이가 그대로 받아들인 듯하다. 여몽이 형주를 차지한 뒤 얼마 안 돼 원래부터 시달리던 병이 도져 죽자 생겨난 민간의 수군거림이 부풀려져 이루어진 전설이었다.

손권은 여몽의 시체를 거두어 후히 장사 지낸 뒤 남군 태수에 잔릉후(孱陵侯)로 봉하고 그 아들 여패(呂霸)로 하여금 아비의 벼슬을 잇게 했다. 하지만 마음속으로는 관공을 죽인 일이 새삼 떨떠름하지 않을 수 없었다.

관공의 혼령이 자신에게도 무슨 해코지를 할까 봐 손권이 은근히 떨고 있을 때 건업에서 장소가 왔다는 전갈이 들어왔다. 손권은 얼른 장소를 불러들이고 마음에 켕기는 일을 털어놓았다. 듣고 난 장소가 말했다.

"죽은 사람의 넋이 산 사람을 어찌할 수야 있겠습니까만, 주공께서 이번에 관공 부자를 죽이신 일로 강동에는 머지않아 큰 화가 미칠 것입니다. 그 사람은 유비와 도원에서 형제의 의를 맺을 때 함께 살고 함께 죽기로 맹세하지 않았습니까? 지금 유비는 서천의 대군이 있는 데다 제갈량의 꾀와 장비, 조운, 마초의 용맹을 곁들였습니다. 만약 유비가 관공이 죽은 걸 안다면 반드시 온 나라를 들어 군사를 일으키고 원수 갚음을 하러 달려올 것입니다. 우리 강동에 그걸 막을 만한 힘이 있을지 실로 걱정스럽습니다."

그 말을 듣고 보니 여간 큰일이 아니었다. 그제서야 손권은 발을 구르며 뉘우쳤다.

"내가 계책을 그릇 썼구나. 일이 이렇게 되었으니 이제 어떻게 했으면 좋겠소?"

"너무 걱정하지 마십시오. 제게 한 가지 계책이 있습니다. 서천의 군사들이 우리 동오로 쳐들어오지 않을 뿐만 아니라 형주도 바위 위에 선 것처럼 든든할 것입니다."

병 주고 약 준다더니 장소가 바로 그랬다. 손권이 얼른 물었다.

"그게 무엇이오?"

"지금 조조는 백만 대군을 거느리고 범이 먹이를 노리듯 우리 화하 전체를 삼키려 하고 있습니다. 유비가 급하게 원수를 갚으려 들면 반드시 조조와 먼저 손을 잡을 터인데 그렇게 되면 우리 동오는 참으로 위태로워지고 맙니다. 먼저 사람을 보내 관공의 목을 조조에게 갖다 바치도록 하십시오. 그리하여 유비로 하여금 이 일은 조조가 시켜서 한 것임을 알게 하면 유비는 반드시 조조에게 한을 품게 될 것입니다. 바로 서촉의 군사들이 동오로 오지 않고 위로 쳐들어가게 만드는 계책입니다. 우리는 가운데서 그 형세를 보아 움직이면 되니 이 아니 좋은 계책이겠습니까?"

손권도 그 말을 옳게 여겼다. 곧 관공의 목을 나무상자에 담고 사자에게 주어 밤낮을 가리지 않고 조조에게로 달려가게 했다.

이때 조조는 마피에서 군사를 물려 낙양으로 돌아가 있었다. 동오에서 사자가 관공의 목을 가지고 왔다는 말을 듣자 몹시 기뻐하며 말했다.

"관운장이 죽었다 하니 이제 나는 발 뻗고 잘 수 있게 되었구나."

그러자 계단 아래서 한 사람이 나서서 말했다.

"대왕께서는 별로 기뻐하실 일이 못 됩니다. 이것은 동오가 화를 우리에게로 옮겨 씌우려는 수작일 뿐입니다."

조조가 보니 그 사람은 주부 사마의였다. 조조가 영문을 몰라 물었다.

"어째서 그런가?"

"지난날 유비, 관우, 장비가 도원에서 형제의 의를 맺을 때 함께 살고 죽기로 맹세한 바 있습니다. 그런데 동오는 그 셋 중에 하나인 관공을 죽여놓고 그들이 원수 갚음을 두려워하여 관공의 목을 대왕께 바친 것입니다. 유비의 분노를 대왕께로 돌려 그가 동오를 치지 않고 우리 위에게 덤벼들게 하려는 꾀지요. 저희는 가운데서 구경만 하다가 형세를 보아 움직이려는 수작임에 틀림없습니다."

그제서야 조조도 깨닫는 게 있었다.

"중달의 말이 옳다. 어떻게 저들의 계책을 풀면 되겠는가?"

"그 일은 아주 쉽습니다. 대왕께서는 좋은 향나무로 관공의 몸을 깎게 하여 그 목과 더불어 관에 담고 대신의 예로 장례를 치러주도록 하십시오. 유비가 그걸 알면 손권에 대한 원한이 더 깊어져서 반드시 힘을 다해 남쪽으로 쳐내려갈 것입니다. 우리야말로 가운데서 가만히 보고 있다가 촉이 이기면 오를 치고, 오가 이길 때는 촉을 치면 됩니다. 그리하여 두 곳 중에 한곳만 얻게 되면 다른 한곳도 오래 가지는 못할 것입니다."

사마의의 그 같은 계책을 듣자 조조는 몹시 기뻤다. 곧 그대로 따르기로 하고 동오의 사자를 불러들이게 했다.

사자가 들어와 관공의 목이 든 나무상자를 바치자 조조는 그 뚜껑을 열고 들여다보았다. 관공의 얼굴은 살아 있을 때나 크게 다르지 않았다. 조조가 문득 웃음을 띠고 관공의 목을 향해 물었다.

"운장은 그간 별일 없으셨소?"

그런데 그 순간이었다. 문득 머리뿐인 관공이 입을 벌리고 눈을 부릅떴다. 수염까지 올올이 곤두선 것이 그대로 조조에게로 뛰어오를 것 같았다. 조조는 너무 놀란 나머지 그대로 정신을 잃고 뒤로 넘어졌다. 곁에 있던 관원들이 놀혔다. 한참 뒤에야 겨우 정신이 든 조조가 여럿을 둘러보며 질린 듯 말했다.

"관장군은 참으로 천신(天神)이로구나!"

그때 오에서 온 사자가 다시 저희 나라에서 있었던 일을 전했다. 관공이 남의 몸에 붙어 나타나 손권을 꾸짖고 여몽의 넋을 빼갔다는 내용이었다. 그 얘기를 들은 조조는 더욱 겁이 났다. 소를 잡고 감주를 떠 제사를 지내 관공의 원통한 넋을 달래는 한편 침향목(沈香木)을 구해 관공의 몸을 깎게 했다. 그리고 그 몸이 갖춰지는 대로 목과 함께 이어 좋은 관에 넣은 다음 왕후(王侯)의 예로 낙양 남문 밖에 장사 지내주었다.

장례가 있던 날 높고 낮은 벼슬아치들이 모두 영구를 배웅하고, 조조는 스스로 절하며 제사를 맡아 했다. 관공에게는 다시 형왕(荊王)의 칭호를 더하였고 그 묘소에는 따로이 관리를 뽑아 지키게 했다. 오의 사자는 그 모든 절차가 끝난 뒤에야 강동으로 돌아갔다.

그런데 여기서 한번 살펴보고 싶은 것은 관공의 장례에 얽힌 사정이다. 죽은 관공의 목이 눈을 뜨고 입을 벌렸다는 것은 아마도 조조의 후하기 짝이 없는 장례 때문에 생겨난 소문인 듯하다. 그 몇 달 전까지만 해도 그 때문에 도읍까지 옮기려 했던 조조가 죽어서 바쳐진 그 사람의 목에 그토록 큰 애도와 정중함을 보인 것은 어딘가 앞뒤가 맞지 않아 보인다. 거기다가 여몽의 갑작스런 죽음에 얽힌 신비한 풍문은 조조에게조차 어떤 일이 일어났다고 상상하게 만들 만했다.

그러나 조조 일생의 행적이나 관공에 대한 그의 유별난 애정으로 보면 그 장례는 조금도 지나칠 게 없다. 지난날 그는 유비를 찾아 자기를 버리고 떠나는 관공에게조차 비단옷과 금붙이를 내리지 않았던가. 더군다나 그들의 마지막 관계는 화용도에서 조조가 관공의 은덕을 입은 것으로 끝나 있었다. 비록 양양과 번성의 일로 그 몇 달 시달렸다고는 해도, 조조는 그만한 도량은 있는 사람이었다. 하물며 그럼으로써 유비의 칼끝을 손권에게 돌린다는 정치적 계산까지 곁들여졌음에랴.

관공이 한을 품고 그렇게 죽어가는 동안 한중왕 유비는 무엇을 하고 있었는지 잠시 알아보자. 한중까지 얻고 성도로 돌아간 유비가 여럿의 추대로 왕위에 오르고 오래지 않은 어느 날 법정이 문득 들어와 말했다.

"주상(主上)의 선부인(先夫人)은 돌아가시고, 다시 얻으신 손부인(孫夫人)은 동오로 불려가버리신 뒤 아직 돌아오지 않고 계십니다. 하지만 남녀가 짝을 이루어 사는 것은 인륜이라 비록 제왕이라도 폐할 수 없습니다. 주상께서도 하루 빨리 왕비를 맞으시어 궁 안의 일을 맡기도록 하십시오."

그 말을 들은 한중왕도 은근히 마음이 움직였다. 서천, 동천에 형주까지 차지하고 나니 생긴 느긋함에서인지도 몰랐다.

"마땅한 사람이 있는가?"

"오의(吳懿)에게 누이 하나가 있는데 아름다우면서도 어질다는 소문입니다. 일찍이 상을 보는 이에게 보였더니 장차 매우 귀하게 되리라고 말했다고 합니다. 전에 유언의 아들 유모(劉瑁)에게로 시집갔지만 유모가 일찍 죽어 아직껏 홀몸으로 지내고 있습니다. 대왕께서 맞아들이시어 왕비로 세우도록 하십시오."

법정이 미리 살펴둔 듯 그렇게 대답했다. 한중왕이 문득 달갑잖은 얼굴로 고개를 저었다.

"유모는 나와 같은 유씨외다. 도리에 맞지 않은 듯하오."

그러자 법정이 옛일을 들추어 말했다.

"혼인에 있어 그 가깝고 멂을 따진다면 진문공(晉文公)과 회영(懷)의 일보다 더할 게 무엇이겠습니까?"

진문공이 진목공(秦穆公)의 딸이자 자신에게는 조카며느리가 되는 회영과 결혼한 일을 들고 나온 것이었다.

유언과는 성만 같을 뿐 촌수도 따지기 힘들 만큼 먼 피붙이인 데다 법정이 옛 왕실의 혼인까지 들먹이자 한중왕도 마침내는 오씨를 왕비로 맞아들이기로 했다. 오(吳)부인은 뒷날 두 아들을 두게 되는데 맏이가 유영(劉永)이요 둘째가 유리(劉理)이다.

왕비를 맞아 궁궐 안의 일을 맡기자 촉의 왕실은 더욱 안정이 되었다.

동서 양천(兩川)은 백성들이 평안하고 나라는 넉넉한 데다 논밭의 곡식까지 풍년을 이루니 바야흐로 태평성대가 열리는 듯했다.

하루는 형주에서 사자가 달려와 알렸다.

"동오에서 관공께 구혼을 했으나 관공께서는 한마디로 물리치셨습니다."

그러자 그 말을 들은 공명이 걱정스런 얼굴로 한중왕 유비에게 말했다.

"그렇게 되었다면 형주가 위태롭습니다. 다른 사람을 보내 형주를 다스리게 하고 관공은 불러들이시는 게 좋겠습니다."

관공이 앞뒤로 적을 맞게 될 것을 내다본 공명의 말에 유비도 적이 걱정이 되었다. 누구를 대신 보낼까를 상의하고 있는데 관공이 싸움에 이겼다는 전갈이 잇달아 들어왔다. 한 싸움에 양양을 빼앗았으며 번성이 떨어지는 것도 아침저녁이라는 식이었다.

　　걱정하고 있는데 오히려 이겼다는 전갈이 꼬리를 이으니 유비도 어리둥절했다. 그런데 다시 관흥이 와서 알렸다.

　　"아버님께서는 조조가 보낸 일곱 갈래의 대군을 쳐부수셨을 뿐만 아니라 우금을 사로잡고 방덕을 목 베셨습니다."

　　실로 놀랄 만한 소식이었다. 그러나 놀랄 일은 거기서 그치지 않았다. 다음 날 다시 관공에게서 사자가 와 알렸다.

　　"관공께서는 장강을 따라 봉화대를 세워 동오의 갑작스런 공격에 대비하고 계십니다. 또 반준을 다시 뽑아 보내 형주를 한층 엄히 지키게 하셨습니다."

　　공명과 유비의 걱정을 모두 앞질러 방비하고 있는 셈이었다. 이에 유비도 비로소 마음을 놓았다.

　　그러던 어느 날이었다. 하루는 유비가 공연히 몸이 뒤틀리고 살이 떨려 앉아도 서도 편치 않았다. 뿐만 아니었다. 밤이 되어도 잠을 이룰 수가 없어 촛불을 밝혀두고 책으로 어지러운 마음을 달래고 있었다. 그러다가 문득 정신이 희미해져 책상에 엎드려 있는데 갑자기 한 줄기 찬바람이 불며 촛불이 꺼질 듯 깜박였다.

　　유비가 놀라 고개를 들어보니 등불 아래 어떤 사람이 서 있었다.

　　"너는 누구기에 이 깊은 밤에 내 방으로 들어왔느냐?"

　　유비가 놀라 그렇게 물었으나 대답이 없었다. 그게 괴이쩍어 몸을 일으킨 유비는 촛대 곁으로 가서 보았다. 관공이 얼른 촛대 그늘로 숨는 게 보였다. 더욱 괴이쩍게 여긴 유비가 물었다.

"아우는 그동안 별일 없었는가? 밤이 깊은데 이렇게 찾아온 걸 보니 반드시 그만한 까닭이 있을 것이다. 그대와 나는 형제인데 무엇 때문에 그렇게 피하는가?"

그러자 관공이 울며 유비에게 빌었다.

"형님, 부디 군사를 크게 일으키시어 이 아우의 한을 풀어주십시오!"

그리고 다시 불어온 한 줄기 음습한 바람을 타고 어디론가 사라져버렸다.

유비가 놀라 깨어보니 한바탕 꿈이었다. 그런 유비의 귀에 삼경을 알리는 북소리가 들려왔다. 예사 꿈이 아니라고 느낀 유비는 곧 침전을 나가 사람을 불러 일렀다.

"가서 군사를 모셔오너라."

부름을 받은 공명이 자다 말고 유비에게로 달려왔다. 유비는 공명에게 꿈에 본 걸 자세히 알려주고 그 뜻을 풀어보게 했다.

"주상께서 너무 깊이 관공을 생각하시다 보니 그런 꿈을 꾸시게 된 것입니다. 허황된 꿈을 가지고 무얼 그리 걱정하십니까?"

공명이 당치 않다는 듯 유비의 말을 받았다.

"아니오, 꿈이라도 이건 너무 괴이쩍소이다. 거기다가 낮 동안도 자꾸 몸이 뒤틀리고 살이 떨려 아무래도 진정할 수가 없었소."

유비가 그렇게 말하며 걱정하는 빛을 거두지 못했으나 공명은 거듭 좋은 말로 꿈을 풀이해 유비를 달랬다.

유비가 겨우 진정하는 모습을 보고 물러난 공명이 중문(中門) 밖에 이르렀을 때였다. 허정이 거기서 기다리다가 공명을 보고 말했다.

"군사의 부중으로 한 가지 기밀을 말씀드리러 갔다가 군사께서 입궁하셨단 말을 듣고 여기서 기다리는 중이었습니다."

"기밀이라니? 무슨 기밀이 날도 새기 전에 내게 알려야 할 그런 것이 있소?"

공명이 그렇게 물었다.

"큰일났습니다. 내가 들으니 동오의 여몽이 형주를 들이쳐 빼앗고 관공께서는 이미 해를 당하셨다고 합니다. 먼저 승상께 몰래 알리고 의논하려고 이렇게 달려온 것입니다."

그제서야 공명도 가만히 한숨을 내쉬며 허정의 말을 받았다.

"실은 나도 관공이 이미 죽음을 당한 걸 알고 있었소. 어젯밤 천상(天象)을 보니 장성(將星) 하나가 형(荊), 초(楚) 땅 쪽으로 떨어지더구려. 그러나 주상께서 지나치게 상심하실까 봐 아직도 감히 말씀드리지 못했소."

여기서 잠깐 살펴보고 싶은 것은 관공의 죽음에 대한 공명의 태도다. 『삼국지』 전편을 통해 보이는 공명의 귀신 같은 통찰력이 딱한곳 힘을 못 쓰는 데가 형주와 관공의 운명에 관한 쪽이었다.

공명 정도의 헤아림이라면 관공이 당분간은 움직이지 않고 오와는 굳은 결속을 유지해야 되리라는 것쯤은 알 수 있었을 것이다. 그런데도 공명은 오히려 조조가 서천을 넘보게 하지 않기 위해서란 명목으로 관운장에게 먼저 조조를 치게 했다. 만약 그게 전략상 어쩔 수 없는 것이었다면 공명은 당연히 관공의 등 뒤를 지켜주어야 했다. 오와 적극적인 화친 정책을 취할 수 없으면 서천의 군사라도 보냈어야 하지 않겠는가 하지만 공명은 그 어느 쪽도 애쓴 흔적이 없었다.

유봉과 맹달이 관공의 곤경을 외면한 것도 단순히 그들의 사감(私感) 때문이었던 것 같지는 않다. 유봉에게는 그런 대로 관공의 곤경을 외면할 구실이라도 있지만 맹달은 그런 게 없는데도 오히려 앞장서 관공을 구하는 데 반대하고 있다. 그들이 지키고 있던 상용은 형주와 가장 가까운 곳으로 공명이 만약 형주와 서천을 묶어 천하통일의 기반으로 삼으려 했다면 바로 그 두 곳을 묶는 고리 역할을 해야 하는 땅이었다. 따라서 그들에게는 조조를 막는 것보다도 관공의 뒤를 도와주는 것이 더 큰 역할일 수도 있었건만, 도움은커녕 구원조차 외면해버렸다.

맹달은 일생에 세 번이나 주인을 바꾸고 네 번째 다시 바꾸려다 끝내 사마의에게 잡혀 죽음을 당하는 인물이다. 그런데 그런 인물일수록 세력을 잘 가늠하고 눈치가 빠르다. 그런 그가 아무런 사감 없이 관공의 위급을 외면한 것은 틀림없이 그래도 괜찮다는 판단이 있었을 것인데, 그게 바로 공명의 존재가 아니었는지 모르겠다. 공명이 드러내놓고 말한 적은 없지만, 관공을 도와주는 걸 그리 기뻐하지 않으리라고 이 눈치 빠른 인물이 단정했다 해서 큰 무리는 아니었다.

저 남양의 초당에서 유비를 따라나선 이래 공명이 가장 힘겹게 맞서야 했던 내부의 경쟁자는 관공이었다. 적벽 싸움을 앞뒤로 해서 그들의 불화는 여기저기 눈에 띈다. 그러다가 화용도에서 관공이 조조를 놓아준 일로 주도권은 공명에게 돌아가지만, 그동안에 엉킨 감정의 응어리는 둘 모두에게 남아 있었을 것이다.

서천을 차지할 때 그토록 힘든 싸움을 하면서도 끝내 관공을 불러들이지 않은 것도 보기에 따라서는 좀 이상한 구석이 있다. 공명은 중요한 싸움이 있을 때마다 관공을 들먹여 장수들을 분기시키고 있었는데, 그것은 그만큼 그가 관공을 의식하고 있었다는 뜻도 된다.

아니, 그 이상 관공 없이도 서천을 얻어 보여 오랜 세월에 걸친 관공의 공적을 뛰어넘음으로써 자신의 주도권을 더욱 공고하게 만들려 함이었다고 해석하는 이도 있다.

관공이 조조와의 싸움에서 잇달아 이기고, 봉화대를 세워 형주의 방비를 빈 틈 없이 하고 있다는 소식이 있었다고는 하지만, 유비가 그토록 무력하게 관공의 몰락을 방관하게 된 데도 의심스런 구석이 있다.

설령 세밀하지 못한 유비가 마음을 놓았다 하더라도 공명이 끝내 그걸 일깨워주지 않은 것은 좀 지나치다. 그 뒤의 어떤 시대도 그 시대를 뛰어넘지 못했다고 할 만큼 삼국시대의 정치의식은 높았고, 전략전술도 발달되어 있었다. 거기다가 공명 또한 『연의』에서 과장되고 있는 것만큼의 신통력이 아니더라도 여몽이 구사한 전략전술의 가능성을 걱정할 만큼은 되었다.

그는 누구보다도 동오 내부의 반(反)유비파를 잘 알고 있었고, 더구나 관공이 손권의 청혼을 모욕적인 말로 거절한 걸 걱정한 적까지 있으면서도 몇 마디 소식만 듣고 마음을 놓았다는 것은 아무래도 석연치 않다.

유비가 관공의 뒤를 든든히 지켜주지 못한 원인으로 조조와의 싸움을 들 수 있을지도 모르겠다. 그러나 하후연의 원수를 갚으러 왔던 조조가 장안으로 되돌아간 게 오월(건안 24년)이고 관공이 곤경에 빠진 것은 시월이었다.

곧 서천과 한중을 차지하고 다섯 달이나 여유가 있었던 셈인데, 유비는 그간 왕위에 오르고 왕비를 뽑고 하는 식의 내정에 허비했을 뿐 관공 걱정은 조금도 않고 있다. 제갈공명의 조장 또는 묵인 없이는 어려운 일이다.

결론적으로 공명은 비록 관공이 그토록 참혹한 최후를 맞기를 바라지는 않았다 하더라도 그가 떨어질 위험성에 대해 의외로 냉담했던 것만은 의심의 여지가 없다. 좀더 가혹하게 말한다면 번성 공략에서 관우가 거둔 초기의 눈부신 성공에 고까웠던 나머지 그가 뻔히 빠질 위태로움까지 강 건너 불 보듯 한 것이나 아니었던지 모르겠다.

그러나 관공이 그렇게 험악한 끝장을 보자 공명도 당황했음에 틀림이 없다. 이제 와서 알리자니 자신의 불찰이 낯없고, 그렇다고 숨기자니 그것도 안 될 일이었다. 답답하여 허정을 잡고 어떻게 해야 할까를 의논하고 있는데, 문득 문 안에서 한 사람이 나오며 소리쳤다.

"그같이 끔찍한 소식을 가지고 공은 어찌 나를 속이려 드시오."

공명이 놀라 그를 보니 바로 유비였다. 아무래도 마음이 가라앉지를 않아 뜰 안을 이리저리 거닐다가 공명과 허정이 주고받는 말을 엿들은 듯했다. 깜짝 놀란 공명과 허정이 입을 모아 말했다.

"방금 한 말은 모두가 뜬소문에 지나지 않습니다. 깊이 믿을 게 못되니 주상께서는 부디 마음을 너그럽게 가지시고 너무 심려하지 마십시오."

"나와 운장은 함께 살고 함께 죽기로 맹세한 사이오. 만약 그에게 무슨 일이 있다면 어찌 나 혼자만 살아 있을 수 있겠는가!"

두 사람의 말을 듣고도 유비는 그렇게 다짐하듯 말했다. 공명과 허정이 갖은 말로 그런 유비의 근심을 풀어주고 있는데 다시 근시 (近侍) 하나가 와서 알렸다.

"마량과 이적이 와서 대왕께 뵙기를 청합니다."

그 말을 들은 유비는 얼른 그 둘을 불러들이고 물었다.

"답답하다. 형주는 어떻게 되었는가?"

그러자 두 사람은 형주의 사정을 자세히 말하고 구해주기를 바라는 관공의 글을 올렸다. 가느라고 갔건만, 걸음이 더뎠는지 길이 막혔는지 그들도 아직 관공이 죽은 것까지는 모르고 있었다.

그래도 관공이 살아 있다는 소식만으로도 반가워 유비가 막 그 글을 뜯어보려는데 다시 사람이 와서 알렸다.

"방금 요화가 이르렀습니다."

"어서 들게 하라."

유비가 까닭 없이 불길한 느낌으로 서둘러댔다. 요화가 주르르 달려들어와 엎드려 통곡하며 맥성의 위급함과 유봉, 맹달이 군사를 내구해주지 않은 일을 낱낱이 일러바쳤다.

"그렇다면 내 아우는 그대로 끝장이란 말이냐!"

유비가 기가 막히다는 듯 소리쳤다. 공명이 얼른 나서서 때늦은 열성을 보였다.

"유봉과 맹달이 그러했다면 그냥 두어서는 안 될 것입니다. 제가 앞장서 군사를 이끌고 달려가 형주를 구하고 그 둘을 잡아오겠습니다."

이미 천상을 보아 관공이 죽었음을 알고 있는 공명으로서는 아무리 해보는 소리라 해도 좀 지나친 감이 있다. 유비가 울며 그 말을 받았다.

"만약 운장이 죽는다면 나도 결코 홀로 살아남아 있지는 않을 것이오! 내일 내 몸소 일군(一軍)을 이끌고 가서 운장을 구해내겠소!"

그러고는 한편으로 낭중(閬中)에 사람을 보내 장비에게 그 소식을 알리고 다른 한편으로는 널리 군마를 모으게 했다.

하지만 날이 밝기도 전에 다시 엄청난 소식이 들어왔다.

"관공 부자분께서는 밤에 맥성을 빠져나가 임저로 가시다가 오병(吳兵)에게 사로잡히셨다고 합니다. 손권은 관공을 달래 제 사람으로 만들려 했으나 관공은 끝내 절개를 지켜 아드님과 함께 죽음을 당하셨습니다."

그 소리를 들은 유비는 무언지 모를 외마디 소리와 함께 그대로 정신을 잃고 땅에 쓰러졌다.

한중왕 유비가 쓰러지자 놀란 관원들이 달려가 그를 부축해 안으로 들였다. 한참 뒤에야 정신이 돌아온 유비에게 공명이 권했다.

"주상께서는 부디 마음을 너그러이 가지십시오. 예부터 이르기를 죽고 사는 것은 다 명에 달린 일이라 했습니다. 관공은 평소 성격이 너무 굳세고 스스로를 높게 여기는 데가 있어 오늘 이런 화를 입게 된 것입니다. 주상께서는 먼저 옥체를 돌보신 다음 천천히 원수 갚음을 꾀하도록 하십시오."

"나와 관, 장 두 아우는 도원에서 의를 맺고 함께 죽고 살기를 맹세했다. 이제 운장이 이미 죽었는데 나 혼자 살아 어떻게 부귀를 누린단 말인가!"

유비가 그렇게 말하는데 관흥이 울며 달려 나왔다. 그걸 본 유비는 다시 기혈이 뒤집혀 한소리 큰 외마디와 함께 혼절하여 땅바닥에 쓰러졌다. 여러 관원들이 부축해 정신을 되찾았으나 유비의 슬픔은 끝간 데를 몰랐다. 울다가 혼절해 쓰러지기를 하루에도 너댓 번, 사흘이 되어도 물 한 방울, 미음 한 숟갈 입에 담지 않았다. 피눈물을 쏟는다더니 유비가 바로 그러했다. 옷자락이 눈물로 젖는데 점점이 피가 얼룩졌다.

보다 못한 공명과 여러 벼슬아치들이 갖은 말로 유비를 위로해 그 울음을 그치게 했다. 마침내 유비는 눈물을 거두었으나 한 맺힌 소리로 맹세하기를 잊지 않았다.

"내 결코 동오와 더불어 함께 해와 달을 이지 않으리라!"

그런 유비에게 조금이라도 위로가 될까 하여 공명이 방금 들어온 소식을 알렸다.

"동오가 관공의 목을 조조에게 바쳤으나 조조는 오히려 관공을 왕후의 예로 장사 지내주었다고 합니다."

"조조가 그랬다면 반드시 그 까닭이 있었을 것이오. 왜 그랬겠소?"

유비가 의심쩍다는 듯 눈을 번쩍이며 공명에게 물었다. 공명이 본 것처럼 대꾸했다.

"동오가 조조에게로 화를 떠넘기려 한 꾀를 조조가 알아차린 까닭입니다. 관공을 후하게 장사 지내줌으로써 주상의 원한을 동오에게로만 쏠리도록 한 것이지요."

"어쨌든 동오는 내 아우를 죽였으니 용서할 수 없소. 나는 곧 군사를 일으켜 동오에게 그 죄를 묻고 이 한을 씻을 것이오!"

유비가 자르듯 말하고 곧 군사를 일으키려 들었다. 공명이 그런 유비를 말렸다.

"아니 됩니다. 지금 동오는 우리가 위를 치기를 바라고, 위는 우리가 동오를 치기를 바라고 있습니다. 양쪽 모두 우리가 다른 쪽과 싸우는 틈을 타 가운데서 이득을 보려는 수작입니다. 이제 주상께서는 군사를 묶어 움직이지 않으시면서 관공의 장례나 치르십시오. 그러다가 동오와 위가 싸우기를 기다려 움직이시면 관공의 원수 갚음은 물론 뜻하시는 바를 모두 이루실 수 있을 것입니다."

뒤따라 다른 벼슬아치들도 모두 공명을 거들었다.

"군사의 말씀이 옳습니다. 부디 한때의 진노로 천하 대사를 그르치게 되는 일이 없게 하옵소서. 군자의 복수는 백 년이 걸려도 늦지 않다 했습니다."

모두가 한결같이 말리니 유비도 마침내는 생각을 바꾸었다. 먼저 관공의 장례부터 치르기로 하고 서천의 높고 낮은 장수들에게 모두 상복을 입게 했다. 장례일이 되자 유비는 몸소 남문 밖으로 나가 초혼제(招魂祭)에 술을 따르고 곡을 하는데 하루 종일 슬픈 곡소리가 끊어지지 않았다.

삼십여 년 전 처음 관공을 만나던 날이며 도원에서 의를 맺어 형제가 되던 날의 일들이 눈앞을 스쳐가고, 그 뒤 함께 누비던 숱한 싸움터와 함께 떠돌던 여러 산하가 새삼 그리움으로 떠올랐다.

천하고 대세고 돌아볼 것 없이 그대로 동오로 달려가 원수를 갚지 못하면 차라리 뒤따라 죽는 편이 더 견디기 나을 것만 같았다. 어쩌면 유비가 일생 보인 흔한 눈물 중에서도 그때가 가장 진실된 눈물이었을지도 모른다.

조조도 한 줌 흙으로 돌아가고

이때 낙양의 조조는 괴이한 환상에 시달리고 있었다. 관공의 장례를 치른 뒤로 눈만 감으면 관공의 모습이 나타나는 게 그랬다. 조조는 놀랍고 두려운 나머지 여러 벼슬아치들을 불러놓고 자신이 겪는 괴로움을 털어놓았다.

"낙양의 행궁(行宮) 옛 전각들은 전부터 요망한 일이 많았습니다. 새로 전각을 지으시는 게 좋겠습니다."

그 말에 조조도 귀가 솔깃해졌다.

"나도 전부터 전각 하나를 새로 짓고 싶었다. 건시궁(建始宮)이라 이름하여 오래 남을 만한 전각을 짓고 싶었으나 안됐게도 좋은 목수가 없구나."

그러자 가후가 나서서 말했다.

"낙양에는 소월(蘇越)이라는 좋은 목수가 있습니다. 손재주와 생각하는 바가 남달리 뛰어난 목수라 합니다."

이에 조조는 곧 소월을 불러들여 먼저 지으려는 전각의 그림부터 그려오게 했다. 소월은 아홉 간 대전에 앞뒤로 낭하와 누각을 거느린 전각 한 채를 그려 조조에게 바쳤다. 그림을 본 조조가 고개를 끄덕이며 말했다.

"네가 그려온 게 꼭 내 마음에 든다. 다만 여기에 쓸 만한 대들보와 기둥감이 없을까 걱정이다."

"성 밖 삼십 리쯤 되는 곳에 약룡담(躍龍潭)이란 못이 하나 있습니다. 그 못가에 약룡사란 사당이 있는데 그 사당 곁에 큰 배나무 한 그루가 서 있습니다. 높이가 여남은 길이나 되는 배나무로, 그걸 베어다 쓰면 건시전(建始殿)의 대들보감이 되고도 남을 것입니다."

미리 보아둔 게 있었던지 소월이 그렇게 대답했다. 조조는 그 말에 기뻐하며 곧 사람을 보내 그 배나무를 베어오게 했다. 그런데 다음 날 이상한 전갈이 왔다.

"그 배나무가 어찌나 단단한지 톱으로 켜도 톱날이 들어가지 않고, 도끼로 찍어도 도끼가 튀어나온다 합니다."

조조는 그걸 믿을 수가 없어 몸소 수백 기를 이끌고 약룡사로 가보았다. 사당 앞에서 말을 내려 그 나무를 쳐다보니 잎사귀는 무성하여 호화스런 덮개를 둘러친 듯하고 줄기는 쭉 곧게 뻗어 구름을 찌르는 듯했다.

"어서 이 나무를 베어라."

나무를 보자 더욱 욕심이 난 조조가 그렇게 영을 내렸다. 마침 구

244

경을 나와 있던 동네 사람 몇이 조조 앞으로 나서며 말했다.

"이 나무는 나이가 수백 살이 넘고 저 꼭대기에는 신인(神人)이 살고 있다고 합니다. 함부로 베어서는 아니 됩니다."

그 말을 들은 조조가 성이 나서 소리쳤다.

"나는 천하를 휩쓸고 다니기 사십여 년, 위로 천자로부터 아래로 서민에 이르기까지 나를 두려워하지 않는 이가 없었다. 어떤 요망한 귀신이 감히 내 뜻을 거스르려 든단 말이냐!"

그러고는 문득 허리에 차고 있던 칼을 빼 그 나무를 찍었다. 그러자 쇳소리와 함께 그 나무에서 피가 튀어 조조의 온몸을 적셨다. 깜짝 놀란 조조는 얼른 칼을 내던지고 말에 뛰어올라 그대로 궁궐로 돌아와버렸다.

그런데 그날 밤이었다. 낮의 일로 이경이 되도록 잠을 이루지 못한 조조가 책상에 기대 앉아 있는데 갑자기 한 사람이 나타났다. 머리를 풀고 칼을 집었는데 몸에는 검은 옷을 걸치고 있었다. 똑바로 조조 앞에 이른 그 사람이 문득 손가락질하며 조조를 꾸짖었다.

"나는 네놈이 낮에 칼로 찍은 그 배나무의 귀신이다. 건시전을 새로 짓겠다니 네놈은 역적질이라도 꿈꾸고 있다는 뜻이냐? 감히 신목(神木)을 베어 넘기다니! 나는 네놈의 목숨이 이미 다한 걸 알고 특히 네놈의 숨통을 끊어주러 왔다."

조조는 깜짝 놀라 큰 소리를 질렀다.

"무사들은 모두 어디 있느냐? 어서 저놈을 끌어내라!"

그러나 무사들은 오지 않고, 검은 옷을 입은 그 귀신이 먼저 칼을 들어 조조를 내리쳤다. 칼을 맞은 조조가 한소리 큰 비명과 함께 눈을 뜨니 다행히도 꿈이었다. 하지만 그때부터 머리가 쪼개질 듯 아파 참을 수가 없었다.

조조는 날이 밝는 대로 좌우에 영을 내려 좋은 의원을 구해오게 했다. 이곳저곳에서 의원들이 불려와 재주껏 조조의 병을 치료해보았다. 그러나 머리가 쪼개질 듯한 그 증세는 조금도 낫지 않았다. 조조를 섬기는 사람들로서는 큰 걱정거리가 아닐 수 없었다.

모두가 걱정을 하고 있을 때 화흠(華歆)이 들어와 조조를 일깨웠다.

"대왕께서는 신의라 불리는 화타를 모르십니까?"

"강동의 주태를 치료했다는 그 사람 말인가?"

조조가 그렇게 대꾸했다. 화흠이 맞다고 하자 조조가 왠지 그렇게 미더워하지 않는 기색으로 말했다.

"그 이름은 들었다만 그 의술은 잘 알 수가 있어야지."

그러자 화흠이 화타의 의술을 늘어놓기 시작했다.

"화타는 자를 원화라 하며 대왕과 같이 패국 초 땅 사람입니다. 그 의술이 절묘하여 세상에는 널리 그 이름이 알려져 있지요. 환자를 보면 증세에 따라 약을 달이거나 침을 놓거나 뜸을 떠 반드시 고쳐낸다고 합니다. 만약 환자의 오장육부에 병이 있어 약으로 다스릴 수가 없으면, 마폐탕(痲肺湯)을 끓여 마시게 하여 마취시킨 뒤 작은 칼로 그 배를 가르고 창자를 꺼내 약물에 씻는다고 합니다. 그때 환자는 조금도 아픔을 느끼지 못하는데 씻기를 마친 뒤에는 실로 그 가른 곳을 다시 꿰매 약을 붙입니다. 그러면 스무 날이나 한 달쯤 뒤에는 원래대로 되돌아가 낫는다니 실로 대단한 의술 아니겠습니까?

하루는 화타가 길을 가다가 어떤 사람이 신음하는 소리를 들었다고 합니다. '저것은 먹은 게 내려가지 않아서 앓는 소리다.' 화타가 그렇게 말해 앓는 이에게 물어보니 정말로 그랬다는 것입니다. 화타가 마늘즙 석 되를 내 마시게 했더니 그 사람은 길이 두세 자나 되는 뱀 한 마리를 토해내고 체한 것은 곧 내려갔다 합니다.

광릉 태수 진등(陳登)이 가슴이 울렁거리고 얼굴이 붉으며 음식을 잘 먹지 못하는 증세가 있었습니다. 화타가 약을 지어 먹이니 머리가 붉고 꼬물거리는 벌레를 석 되나 토해냈다고 합니다. '왜 이런 벌레가 내 배 속에 들게 되었소?' 진등이 그렇게 묻자 화타가 대답했습니다. '이것은 비린 생선을 많이 잡수시어 생긴 독입니다. 이번에는 비록 나았지만 삼 년 뒤에 다시 이런 증세가 나타나면 그때는 낫게 할 길이 없습니다.' 그런데 진등은 과연 삼 년 뒤에 죽었다고 합니다.

어떤 사람이 이마에 혹이 났는데 가려워 견딜 수가 없어 화타에게 보였습니다. '안에 나는 물건이 들었소.' 화타가 그 혹을 보고 그렇게 말하자 사람들이 모두 웃었습니다. 그러나 화타가 그 혹을 째자 정말로 참새 한 마리가 날아가고 환자는 곧 나았습니다. 또 어떤 사람이 개에게 물렸는데 거기서 두 개의 살덩이가 자라났습니다. 하나는 아프고 하나는 가려워 견디지 못하고 화타에게 물으니 화타가 대답했습니다. '아픈 살덩이 속에는 바늘 열 개가 들었고, 가려운 살덩이 속에는 검고 흰 바둑돌 두 개가 들어 있소.' 사람들은 모두 그 말을 믿지 않았으나 화타가 칼로 그 살덩이를 째니 과연 그 말대로 나왔습니다. 이 사람은 실로 옛적 편작(扁鵲)이나 창공(倉公) 같은 명의(名醫)라 할 만합니다. 지금 금성에 살고 있는데 여기서 그리 멀지 않습니다. 대왕께서는 그를 불러 병을 다스려보도록 하십시오."

이에 조조도 마음이 움직여 그날 밤으로 화타를 불러오게 했다.

조조를 진맥한 화타가 말했다.

"대왕의 머리가 그렇도록 아픈 것은 머릿속에 바람이 일기 때문입니다. 병의 뿌리가 골을 싸고 있는 주머니 안에 있어 바람기를 걷어낼 수 없으므로 약으로는 고칠 수가 없습니다. 다만 한 가지 방법은 마폐탕을 드시고 잠드신 뒤에 날카로운 도끼로 머리를 쪼개 그 안에 있는 바람기를 걷어내는 수밖에 없습니다. 그러면 대왕의 병은 씻은 듯이 고쳐질 것입니다."

그 말을 들은 조조는 벌컥 성을 내며 화타에게 소리쳤다.

"너는 나를 죽이려 하는구나!"

조조는 한평생 암살을 두려워해왔다. 여러 차례 그를 제거하려는 음모를 겪으면서 생겨난 두려움이었다. 거기다가 조조가 처음부터 화타를 떨떠름하게 여긴 것은 그가 동오의 주태며 유비 쪽의 관공 같은 이까지 치료해준 적이 있다는 점이었다. 그런데 그가 도끼로 자신의 머리를 쪼개놓겠다니 절로 그런 의심이 들지 않을 수가 없었다.

화타가 눈치 없이 그 같은 조조의 속을 한 번 더 건드렸다.

"대왕께서는 일찍이 관공이 오른팔에 독화살을 맞았을 때의 일을 듣지 못하셨습니까? 그때 나는 그 살을 가르고 뼈를 긁어 독을 걷어냈건만 관공은 조금도 두려워하는 기색이 없었습니다. 그런데도 대왕께서는 무얼 두려워하십니까?"

그러자 조조는 더 참지 못했다. 얼굴이 새빨개져 꾸짖었다.

"팔을 갈라 뼈를 갉는 일은 참아낼 수 있지만 머리통을 어떻게 쪼

갠단 말이냐? 너는 관공과 그토록 정분이 두터웠으니 이 같은 기회를 틈타 틀림없이 내게 원수 갚음을 하려는 것일 게다!"

그러고는 좌우를 돌아보며 소리쳤다.

"저놈을 끌어다 옥에 가두고 엄하게 고문하여 그 속셈을 밝혀내도록 하라."

가후가 얼른 나서서 그런 조조를 말렸다.

"저 사람같이 훌륭한 의원은 세상에서 다시 그 짝을 찾을 수 없을 것입니다. 함부로 다스려 그 재주를 못 쓰게 만들어서는 아니 됩니다."

하지만 조조는 오히려 펄펄 뛰었다.

"저놈은 병을 고친다는 구실로 나를 죽이려 했으니 오래전에 죽은 길평 같은 자와 조금도 다르지 않다. 어떻게 용서할 수 있겠는가!"

그렇게 소리치고는 화타를 가두고 고문하는 일을 재촉할 뿐이었다.

천하에 널리 이름을 드날리던 화타는 그리하여 옥에 갇히는 몸이 되었다. 그것도 곱게 가두어두는 것이 아니라 엄한 문초를 곁들인 것이었다. 그런데 그 감옥을 지키는 졸개 중에 오압옥(吳押獄)이라 불리는 사람이 있었다. 오압옥은 죄 없이 갇혀 모진 고초를 겪는 화타를 딱하게 여기고, 매일 술과 밥을 화타에게 들여보내주었다. 그걸 고맙게 여긴 화타가 오압옥에게 말했다.

"나는 이제 곧 죽게 될 것이오. 죽는 것은 한스럽지 않으나『청낭서(青囊書)』를 세상에 전하지 못하는 게 실로 한스럽소. 그동안 공은 내게 두터운 은혜를 베풀었으나 보답할 길이 없어 괴롭던 차에 이제 한 가지 방도를 찾았소. 내가 글 한 통을 써줄 터이니 공은 내 집으로 가서 『청낭서』를 가져오시오. 공이 그 책을 배워 내 의술을 잇는다면 그보다 더한 기쁨이 없겠소."

그리고 화타는 그 자리에서 오압옥에게 글 한 통을 써주었다.

글을 받아 금성으로 달려간 오압옥은 곧 화타의 아내를 찾아 그 글을 내보이고 『청낭서』를 받아왔다. 옥중에서 『청낭서』를 받아 살펴본 화타는 문서를 남겨 그 책을 오압옥의 것으로 만들어주었다.

그리고 때가 오면 그 책에 적힌 자신의 의술을 배워 천하가 알아주는 명의가 되라는 격려를 덧붙였다.

그로부터 한 보름 뒤 화타는 결국 옥중에서 죽었다. 오압옥은 좋은 관을 사서 화타의 시체를 정성껏 염해 장사 지내준 뒤 집으로 달려갔다. 『청낭서』를 익혀 죽은 화타의 뒤를 이으려 함이었다.

그러나 오압옥이 집에 돌아가니 뜻밖의 일이 벌어져 있었다. 아내가 『청낭서』를 아궁이에 쑤셔넣고 태우는 중이었다.

"이게 무슨 짓이오?"

오압옥이 깜짝 놀라 그렇게 소리치며 급히 불타는 책을 꺼냈으나 책은 이미 다 타고 마지막 한 장이 남아 있었을 뿐이었다. 성난 오압옥이 그 아내를 꾸짖자 그 아내가 천연스레 대꾸했다.

"이 책을 공부해 마침내 화타의 신묘한 의술을 익힌들, 화타처럼 옥중에서 죽게 된다면 그게 무슨 소용이겠어요?"

아녀자의 좁은 소견이기는 하나 한편으로는 어지러운 세상에 대한 날카로운 지적이 담긴 말이었다. 오압옥은 꾸짖어보았자 이미 늦은 일이라 말없이 한숨만 내쉬었다. 그 때문에 결국 화타의 『청낭서』는 세상에 전해지지 못하고 다만 닭, 돼지의 불까기[閹] 따위의 하찮은 의술만 남겨지게 되었다. 타다 남은『청낭서』의 마지막 장에 실려 있던 것들이었다.

그러나 유감스럽게도 이 흥미로운 화타의 죽음은 조조의 정전(正傳)격인 「무제기(武帝紀)」에도, 화타의 열전(列傳)에도 나와 있지 않다.『연의』를 지은이의 윤색이거나 민간의 전설인 듯하다.

한편 조조는 화타를 죽인 뒤로 병세가 더 나빠졌다. 거기다가 오와 촉의 뒷일까지 걱정되다 보니 하루도 아픔이 멎을 날이 없었다. 그런데 어느 날 문득 곁에 두고 부리는 벼슬아치가 들어와 알렸다.

"오에서 사신을 보내 글 한 통을 올려왔습니다."

조조가 그 글을 받아 읽어보니 내용은 대강 이러했다.

'신(臣) 손권은 천명이 이미 주상께로 돌아갔음을 잘 알고 있습니다. 엎드려 바라건대 어서 빨리 대위(大位)에 오르시어 역적 유비를 쳐 없애시고 동서(東西) 양천(兩川)을 평정하도록 하옵소서. 그리되면 신은 곧 아랫것들을 거느리고 주상께로 항복해 돌아가겠습니다.'

너무도 갑작스런 항복이요, 분에 넘치는 아첨이었다. 조조는 그러는 손권의 속셈을 금세 꿰뚫어보고 그 편지를 여럿에게 내보이며 껄껄웃었다.

"이 어린 놈이 나를 추켜세워 화로 위에 앉게 하려는 수작이로구나!"

조조는 아직도 자신이 제위로 나가는 위태로움을 그렇게 비유해 말한 것이었다. 그러나 진군을 비롯한 조조의 사람들은 그 말을 흘려든지 않았다. 여럿이 입을 모아 조조에게 권했다.

"한실(漢室)이 기울고 시든 지 이미 오래되고, 전하의 공덕은 산처럼 우뚝하여 천하의 뭇 백성들은 오로지 전하만을 우러르고 있습니다. 이제 손권까지 스스로 신하 되기를 빌며 항복해 온 것은 하늘과 사람이 아울러 전하를 따름을 보여주는 것입니다. 바라건대 전하께서는 그들의 바람을 저버리지 마시고 하루 빨리 대위로 나아가도록 하옵소서."

그러나 조조는 여전히 웃음을 거두지 않고 말했다.

"나는 한나라를 섬긴 지 오래되었다. 비록 약간의 공덕이 백성들에 미쳤다 하나, 이미 왕의 자리에 오르고 이름과 벼슬도 더할 바가 없다. 어찌 이보다 더 큰 것을 바라겠는가. 천명이 내게 이르렀다 해도 나는 오히려 주의 문왕(文王)을 따르리라."

천하의 삼 분의 이를 얻었으면서도 오히려 몸을 굽혀 은(殷)을 섬긴 이가 주의 문왕이었다. 그러나 그 아들 무왕 대에 이르면 끝내 은을 멸하고 오백 년 주실(周室)을 열게 된다. 얼핏 들으면 조조의 겸손이요, 충심 같지만 실은 그 말 속에는 자기 한 대를 뛰어넘은 야심이 감추어진 말이었다. 사마의가 그 뜻을 알고 더 이상 제위에 오르기를 권하지 않는 대신 잊고 있던 일을 깨우쳐주었다.

"손권이 이미 스스로를 신하라 부르고 우리에게로 왔으니, 그에게 벼슬을 내려 기운을 돋워주신 다음 유비와 싸우게 만드십시오."

"그래야겠지. 절로 굴러들어온 이 좋은 기회를 어찌 놓치겠느냐?"

조조는 그렇게 말하고 곧 황제께 표문을 올려 손권을 표기장군 남창후(南昌侯)로 삼고 형주목을 겸하게 했다. 그날로 새로운 관작을 내리는 사자가 천자의 조서와 더불어 동오로 달려갔다.

손권의 귀순으로 위세는 더욱 높아졌지만 조조의 병세는 갈수록 나빠졌다. 하루는 꿈을 꾸었는데 말 세 마리가 나란히 한 구유에서 여물을 먹고 있었다. 너무 생생한 꿈이라 깨어난 뒤에도 조조는 묘하게 마음에 걸렸다. 가후를 불러 꿈 얘기를 하며 물었다.

"지난날에도 말 세 마리가 한 구유에서 여물을 먹고 있는 꿈을 꾼 적이 있는데, 나는 마등 삼부자가 화근이 되리라는 뜻쯤으로 여겼다. 그러나 마등이 이미 죽었는데도 어젯밤 다시 말 세 마리가 한 구유에서 여물을 먹고 있는 꿈을 꾸었다. 이게 좋은 꿈인가? 나쁜 꿈인가?"

가후가 듣기 좋은 말로 둘러댔다.

"말을 먹이신 것이라니 좋은 징조올시다. 말들이 조씨(曹氏, 구유를 뜻하는 槽를 曹로 해석해서)에게로 돌아와 기름을 받는데 의심쩍으실 게 무어 있습니까?"

그러나 실인즉 그 말 세 마리는 사마의와 사마소, 사마사 세 부자를 뜻한 것이었다. 평소 사마의의 지혜와 야심이 남다름을 알고 은연중에 걱정해온 게 꿈으로 나타난 것이리라.

그런데 바로 그날 밤이었다. 침실에 누운 조조는 머리가 어지럽고 눈앞이 어찔거려 자리에서 일어나 탁자 위에 엎드렸다.

갑자기 나는 비단폭을 찢는 듯한 소리에 다시 깨난 조조가 놀라 바라보니 문득 눈앞에 복황후와 동귀인 및 두 황자(皇子)가 복완, 동승 등과 나타났다. 합쳐서 스무남은쯤 되는데 모두가 조조에게 참혹한 죽음을 당한 사람들이었다.

"이놈 조조야. 목숨을 내놓아라."

온몸에 피를 뒤집어쓰고 귀기 서린 안개에 싸여 선 그들은 한결같이 조조를 향해 그렇게 소리쳤다. 조조는 급히 칼을 뽑아 허공을 베었다. 갑자기 쨍그랑 소리와 함께 탑전(楊殿)의 서남쪽 모퉁이가 쪼개져나갔다.

그제서야 자신이 헛것을 본 걸 깨달은 조조는 놀라 땅에 자빠졌다. 가까이서 모시던 신하들이 급히 조조를 구해 별궁으로 옮기고 조용히 병을 보살피게 했다.

하지만 다음 날도 남녀가 어울려 곡하는 소리는 끊이지 않았다. 밤새껏 전 밖에서 들리는 곡성에 시달리던 조조는 새벽이 되자 여러 신하들을 불러놓고 말했다.

"나는 싸움말에 올라타고 삼십여 년을 보냈으나 괴이한 일은 믿지 않았다. 그런데 이제 와서 연일 괴이한 일이 벌어지니 어떻게 된 일인가?"

"대왕께서는 도사를 불러 초제(醮祭)를 차리고 빌게 하십시오. 그런 일에는 초제가 으뜸입니다."

신하들이 한결같이 그렇게 아뢰었다. 그러나 조조는 고개를 가로저으며 탄식했다.

"성인께서 말씀하시기를 하늘에 죄를 얻으면 빌 곳이 없다[獲罪於天 無所禱也]고 했다. 일찍이 없던 일이 이제 와서 일어나는 것으로 보아 내 천명이 다된 듯싶다. 천명이 이미 다한 것을 무슨 수로 구하겠는가?"

그러고는 초제를 차리는 걸 끝내 허락하지 않았다.

다음 날이 되었다. 조조의 병세는 더욱 나빠져 이제는 눈까지 보이지 않게 되었다. 조조는 자신의 목숨이 얼마 남지 않았음을 깨닫고 사람을 보내 하후돈을 불렀다.

어렸을 적부터의 벗이요, 사십 년이 넘는 세월 자신을 위해 충성을 아끼지 않은 그를 불러 뒷일을 의논코자 함이었다.

조조의 부름을 받은 하후돈은 급히 궁궐 안으로 들어갔다.

그런데 조조가 있는 전문(殿門) 앞에 이르니 문득 복황후와 동귀인에다 두 황자, 복완, 동승 등이 음습한 기운에 싸여 앞을 가로막는 게 아닌가. 깜짝 놀란 하후돈은 그 자리에 정신을 잃고 쓰러졌다. 곁에 있던 사람들이 급히 부축해 정신이 돌아오기는 했지만 그때부터 그도 병을 얻었다.

하후돈을 불렀으나 오지 않자 조조는 다시 조홍, 진군, 가후, 사마의 등을 불러오게 했다. 그들이 모두 조조가 누운 침상 앞에 이르자 조조는 힘없이 뒷일을 부탁했다. 조홍을 비롯해 부름을 받은 사람들이 모두 머리를 조아리며 조조를 위로했다.

"대왕께서는 옥체를 보중하시옵소서. 며칠 되지 않아 깨끗이 털고 일어나실 것입니다."

그러나 조조는 그들의 말을 받아주지 않았다.

각오가 선 사람처럼 죽을 채비에 들어갔다.

"내가 천하를 종횡하기 삼십여 년 그동안 뭇 영웅들이 일어났으나 모두 없어지고 지금은 다만 강동의 손권과 서촉의 유비가 남았을 뿐이다. 그런데 지금 나는 병이 무거워 그대들과 다시 마음을 털어놓고 말할 틈이 없을 것 같다. 특히 그대들에게 집안일을 부탁하니 부디 이대로 이루어지게 되기를 빈다. 나의 맏아들 앙은 유씨(劉氏)의 소생이나 불행히도 일찍이 완성의 싸움에서 죽었다. 따라서 이제 내 아들은 변씨(卞氏) 몸에서 난 비와 창과 식과 웅 넷뿐이다. 내가 평생 사랑했던 것은 셋째 식이었으나, 사람됨이 겉으로만 화려하고 성실함이 적으며 술을 즐기고 몸가짐을 함부로 해 세자로 세우지 않았다. 둘째 창은 용맹스러우나 꾀가 모자라고 넷째 웅은 병치레가 잦아 제 한 몸 보살피기도 바쁘다. 이에 비해 맏이 비만은 돈독함과 두터움을 갖추고 공손하며 삼갈 줄 아니 내 뒤를 이어갈 만하다. 그대들은 내가 죽은 뒤에도 마땅히 그를 도와 큰일을 이루게 하라."

바로 유언이나 다름없는 말이었다. 조홍을 비롯해 그 자리에 있던 사람들은 마침내 울며 조조 앞을 물러났다.

조조는 또 근시를 시켜 모아두었던 명향(名香)을 모두 가져오게 하여 자신을 섬기던 여인들에게 나눠주며 당부했다.

"내가 죽은 뒤에 너희들은 부지런히 여공(女工)을 익히도록 하라. 길쌈을 많이 하고 그 실로 신을 삼아 팔면 너희들이 쓸 돈은 너희가 벌 수 있을 것이다."

그리고 덧붙이기를 모두 동작대에 모여 살며 매일 제사를 올리되 반드시 기생들로 하여금 춤추고 노래하며 상식(上食)을 올리라 했다.

그밖에 조조는 또 창덕부(彰德府)에 명하여 강무성 밖에 거짓 무덤 일흔두 개를 만들게 했다. 뒷사람들에게 자신의 무덤이 어디 있는지 모르게 하여 파헤쳐짐을 피하려 함이었다.

모든 당부가 끝난 뒤 조조는 한소리 긴 탄식과 함께 눈물을 주르르 쏟더니 문득 숨이 끊어졌다. 그의 나이 예순여섯, 때는 건안 이십

오년 정월이었다.

뒷사람이 「업중가(鄴中歌)」란 노래 한 편을 지어 조조의 삶을 읊었다.

성은 업성에 물은 장수(漳水)라,

이 땅에 맞춰 이인이 일어났네.

큰 꾀 멋있는 일 모두 글하는 마음에서 나왔고,

임금과 신하는 형과 아우, 아비와 자식같이 지냈다.

영웅은 속된 가슴으로 헤아릴 수 없고,

그 들고 남 또한 여느 눈에는 보이지 않는 법,

공 으뜸 죄 으뜸 두 사람 아니고

더러운 이름 향기로운 이름 모두 한 몸에 붙었네.

빼어난 글 드높은 패기

어찌 여느 무리와 함께 될 수 있으리.

창을 뉘어놓고 대를 쌓아 태행산과 겨루었으되

힘과 운세 따라 머리 숙이고 쳐들 줄도 알았다

이런 사람이 어찌 역적질인들 못할까.

작으면 패자(覇者)요, 크면 왕 아닌가.

패자며 왕 노릇 아녀자를 울리는 법,

불평해본들 모두가 부질없는 짓이네.

도사 불러 목숨 비는 일 이롭지 못함 잘 알았고,

아낙들 불러 향(香) 나눠주니 정 없는 사람도 아니네.

오호라

조조도 한 줌 흙으로 돌아가고

옛사람 하는 일 크고 작음 가림이 없구나.
적막하든 호화롭든 다 뜻이 있어 한 일.
서생들아, 가볍게 무덤 속 사람을 논하지 말라.
무덤 속 사람이 되려 그대들 되잖은 서생 티를 비웃으리라.

『연의』를 지은 이는 조조에게 지나치게 엄격했으나 그의 삶을 이 업중가로 마무리한 일만은 예외일 것 같다. 조조의 삶을 이보다 더 정확하게 요약한 글도 없을 것이기 때문이다.

거기에 비하면 진수의 평은 아무래도 너무 한쪽으로 치우친 듯하다. 진수는 「무제기」 끝에서 조조를 이렇게 평하고 있다.

'한말(漢末) 천하가 크게 어지러워 군웅이 잇따라 일어났으되 그중에서도 특히 원소는 범같이 천하를 넘보는 게 누구도 맞설 자가 없어 보였다. 그러나 태조(조조)는 슬기와 지모를 다하여 마침내 천하를 마음대로 하게 되었다. 신불해(申不害), 상앙(商鞅)의 법술(法術)을 꿰뚫었고, 한신(韓信), 백기(白起)의 기이한 계책을 갖추었다. 인재를 거두어 쓰되 모두 그 그릇에 맞게 썼으며, 사사로운 정보다는 능력을 먼저 헤아렸고, 쓸 때는 지난 허물을 상관하지 않았다. 그리하여 마침내 황실의 기틀을 잡고 큰일을 이루어냈으니 그 밝은 지략은 누구보다 뛰어났다 할 만하다. 그저 여느 사람이 아니라고 말할 정도를 넘어 초세지걸(超世之傑)이라 할 수 있을 것이다.'

위의 정통성을 이어받은 진(晉) 시대의 사람이라고는 하지만 너

258

무도 조조를 좋게만 말하고 있는 셈이다. 다른 곳에서 그의 평은 매우 날카롭고 정확하나 조조에게는 지나치게 한쪽으로만 치우쳤다는 소리를 면하기 어려울 것 같다.

그렇다면 조조는 진실로 어떤 사람이었을까. 천칠백 년의 세월과 정사보다는 야사, 전설, 무명씨의 잡저에 의지해야 하는 부담은 있지만, 한번쯤은 그의 삶을 종합적으로 음미해보는 것도 뜻이 있을 줄 믿는다.

먼저 한 정치가로서의 조조를 살펴보자. 흔히 조조의 권세를 표현할 때 '협천자 영제후(挾天子 令諸侯)'란 구절을 쓴다. 곧 천자를 끼고 제후를 호령했다는 뜻인데, 이는 조조가 권력과 정통성의 연관을 그만큼 철저하게 파악하고 있었다는 뜻도 된다.

오랜 세월 실권을 잡고 있었으면서도 조조는 단 한 가지 자기를 제거하려는 음모를 제외하고는 제실(帝室)의 권위에 직접적으로 도전하는 법이 없었고, 또 부득이 해 손을 대도 끝내 천자를 해치지는 않았다. 자신을 겨냥한 서너 차례의 암살 음모가 모두 외척을 통해 헌제와 이어져 있었건만,『연의』에서조차 조조가 직접 헌제를 핍박한 흔적은 보이지 않는다.

얼핏 보아서는 대단한 너그러움 같으나 실은 그만큼 정통성이 가지는 힘을 의식했다는 편이 옳다. 그가 몇십 년을 더 살았다 해도 반드시 제위까지 찬탈했을까는 단언하기 어려울 것이다.

조조는 또 백성들의 움직임이나 마음가짐에 대해서도 민감했다. 그런 점에서 조조를 민중적이었다고 말하기도 하나, 그의 의식이 과연 그렇게 규정지을 정도까지 갔는지는 의심스럽다. 그가 민중을 위했다면, 그것은 힘의 논리에 따른 한 방편으로서였을 것이기 때문이다. 그러나 한말의 부패한 제도와 혼란된 사회 상황으로 보면 그만큼이라도 나아간 것은 특기할 만하다.

백성들의 입장에서 가장 견디기 어려운 것은 아무래도 조세와 부역일 것이다. 그런데 조조를 헐뜯어 말하는 사람도 그가 백성들에게 무리한 세금을 거두었다거나 대규모의 토목공사를 일으켜 무리하게 백성을 몰아댔다는 말은 하지 않고 있다. 오히려 세금을 면제해주었다든지 곡식을 풀어 백성을 먹였다는 기록뿐이다.

거기다가 조조는 원호법(援護法)을 사실상 전 세계에서 처음으로 실시한 사람이었다. 큰 싸움이 끝났을 때마다 조조는 영을 내려 자신을 위해 죽은 장병들의 가족에게 땅을 나누어주었다. 또 둔전법(屯田法)의 도입도 아마 조조가 가장 먼저일 것이다. 원래 호족(胡族)들의 제도인 그 방식을 빌려 조조는 많은 군사를 먹여야 하는 부담을 백성들에게서 덜어주었다.

조조의 인재를 등용하는 법도 뒷사람에게 많은 가르침을 주었다. 조조는 오직 능력에 따라 사람을 쓰되, 한번 쓰면 과거의 잘못을 묻지 않았다. 힘을 따라 이동하는 철새 같은 난세의 지식인들을 자신의 손발로 쓰기 위해서는 어쩔 수 없는 타협이기도 했지만, 어쨌든 결과는 그가 그 시대의 가장 많은 재사를 거느리도록 해주었다.

뒷날 제갈량은 자신이 촉한의 승상이 된 뒤에도 아직까지 위에서 주부니 사마니 하는 대단찮은 벼슬자리에 머물러 있는 동학(同學)의 수재(秀才)들에 대한 소문을 들을 때마다 탄식했다고 한다.

"그 사람이 아직도 그런 하찮은 벼슬자리에 있다니 도대체 위나라에는 얼마나 많은 인재들이 있단 말인가!"

외교나 동맹 관계에 대해서도 조조의 신축성은 놀랍다. 어제의 원수라도 실익만 있다면 가장 가까운 벗이 되고 어제까지의 벗이라도 이해에 거슬리면 칼끝을 들이댔다.

비정한 힘의 세계에서는 당연한 원리라고는 하지만, 실제 상황에서 그대로 실천하기는 쉬운 일이 아니다. 원수를 잊는 데는 너그러움과 참을성이 필요하고, 벗을 버리는 데는 그 나름의 용기와 과단성이 필요하기 때문이다. 범인(凡人)들의 경우에는 용케 원수를 잊기는 해도 벗을 버리지 못하거나, 벗은 어떻게 저버렸지만 지난날의 원수를 잊지 못해 일관성을 가지지 못한다.

거기다가 그나마 대단치도 못한 의리나 편협한 원한에 사로잡혀 어물거리다가 시기를 놓치기까지 한다. 정치와 윤리의 상관관계를 어떻게 정립하는가, 또는 정치에서의 윤리란 개념을 어떻게 파악하는가에 따라 사뭇 달라지겠지만, 벌거숭이 힘이 모든 것에 우선하는 난세의 정치가인 조조에게는 그런 신축성도 무시 못할 강점이 되었을 것이다.

그밖에도 조조의 강점은 수없이 많아 그것만으로 따로 책 한 권을 묶을 만하다. 한마디로 말해 조조는 현실적인 정치가로서는 거의 완벽한 자질을 갖춘 사람이었다. 혹 어떤 이는 사상(思想) 또는 이상주의의 결여를 말하기도 하나 그것도 온당한 지적은 못 된다. 그 바탕이 되는 학문적인 소양이나 풍류적 기질에 있어도 조조는 어김없이 당대의 군웅들 중 으뜸이었다.

다음은 군략가(軍略家)로서의 조조를 살펴보자. 왕침(王枕)이란 사람은 조조의 용병에 대해 이렇게 평하고 있다.

조조가 군사를 부리는 법은 대개 손(孫), 오(吳)로부터 나왔다. 그러나 조조는 거기다 기책(奇策)과 허허실실을 조화시켜 그 천변만화의 전략이 귀신 같았다. 스스로 병서를 지어 해석을 달아 장수들에게 나눠주니 장수들은 거기 따라 싸워 매번 이겼다.

다른 사람들도 대개는 조조가 군사를 부리는 요체를 허허실실로 보고 있으나 좀더 정확히 말하면 임기응변의 재능인 것 같다. 조조는 아무리 큰 싸움이라도 사전에 윤곽을 결정하는 법이 없었다. 질풍같이 군사를 몰고 가서 부딪치고, 부딪치면서 그 국면 국면마다 거기에 알맞은 계책을 썼다.

특히 그는 승기를 잡는 데 누구보다 재빨랐고 패배의 조짐에도 예민했다. 그 바람에 그의 승리는 언제나 기발해서 화려해 보였고, 패배의 상처는 최소한에 머물렀다. 『연의』를 보면 곳곳에서 조조의 참담한 패배가 나온다. 그러나 그 패전으로 물러앉는 법은 없었고, 뒤따른 반격으로 싸움은 항상 뒤집어지고 있다.

그것은 다시 말해 그 패배가 조조에게 준 충격이 그만큼 적었다는 뜻이다. 그런데도 조조의 패배가 참담하게 보이는 것은 다만 그가 언제나 제일선에 있었던 것과 『연의』를 지은 이의 악의가 교묘하게 엮여진 탓일 뿐이다.

그다음 병략가로서의 조조가 보여주는 특징은 소규모 전투에서 유달리 강했다는 점이다. 조조가 몸소 진두에 나서면서 가장 많은 군사를 동원한 것은 관도의 싸움 때와 적벽의 싸움 때일 것이다.

관도에서 원소와 싸울 때도 조조는 소규모의 전투에서는 거듭 이기고 있으나 대국적으로는 밀리다가, 창정에서 배수의 진세를 이루게 됨으로써 극적으로 원소를 격파했다. 그리고 두 번째 적벽의 싸움은 여지없는 참패로 끝장을 보게 된다.

물론 적벽 싸움의 패인에 대해서는 달리 이야기하는 사람도 있다. 조조의 군사는 머릿수는 많아도 정예하지 못했고, 강을 끼고 싸우는 데도 수전(水戰)에 익숙지 못했으며, 군사들 사이에 병이 돌아 싸우기도 전에 전력이 크게 줄어 있었고, 형주 수군은 조조에게 항복한 지 오래잖아 충성심마저 없었다. 거기다가 조조를 맞아 싸운 상대는 제갈량, 방통, 주유, 노숙 등 당대 제일의 병법가들이 연합한 세력이 아닌가, 라는 반문이 그것이다. 그러나 두 번의 대규모 동원에서 한 번은 아슬아슬한 역전을 하고, 한 번은 그대로 참패해버렸다는 결과는 아무래도 조조의 용병술 그 자체와 무슨 연관이 있는 듯하다.

조조 최후의 대규모 동원이라 볼 수도 있는 한중 출병도 하후연의 원수를 갚기는커녕 끝내는 한중을 유비에게 내주고 빈손으로 돌아오고 있다.

그러나 소규모 전투에 강했다는 특징이 군략가로서의 조조를 과소평가할 이유는 못 된다. 큰 싸움도 결국은 작은 싸움들의 모임이며, 더구나 소규모 전투도 조조를 중심으로 본 것이지 상대까지 소규모라는 뜻은 아니었다.

실제로 조조는 작은 군사로 그 몇 배나 되는 적의 대군을 수없이 깨뜨려보았다. 병법의 원리가 작은 것으로 큰 것을 치고 약한 것으로 강함을 이기는 데에 있다면 조조는 삼국을 통틀어 으뜸가는 군략가라 해도 지나치지 않을 것이다.

그밖에 조조의 군사적인 성공으로 빼놓을 수 없는 것은 오랑캐 정벌이다. 『연의』는 원소 토벌의 한 결과로 가볍게 다루고 있으나 특히 오환(烏丸)을 쳐부순 것은 좀 부풀리어 말한다면 한무제(漢武帝)의 흉노 토벌에 견줄 만하다. 오환은 한때 요동(遼東), 요서(遼西), 우북평(右北平) 삼군(郡)을 차지하고 유주(幽州)의 태반을 다스릴 만큼 강성하였다.

그러나 조조는 그들의 추장을 죽이고 이십만을 사로잡음으로써 동북을 평정했다. 또 강족(羌族)도 동탁, 마등, 마초 등 지방 군벌과 야합하여 북방에서 세력을 떨쳤으나 조조에 의해 조용해졌다. 어떤 이는 조조의 그 같은 토벌이 없었던들 오호(五胡) 십육국(十六國)의 시대가 훨씬 빨리 왔을지도 모른다고 말하기까지 한다.

중국사의 한 이변이라 할 만큼 인재가 쏟아진 시대여서 혼일사해 (混一四海)의 위업은 이루지 못했으나 조조의 군사적 재능은 분명 뛰어났다. 당대뿐만 아니라 이십오 사(史) 전체로 보아서도 몇 손가락 안에 꼽힐 군략가였다.

마지막으로는 지금껏 별로 알려지지 않은 일면 문장가로서의 조조를 살펴보자. 원래 조조의 문집은 『위무제집(魏武帝集)』이라 하여 스무 권이나 되는 방대한 것이었다고 한다. 그러나 애석하게도 세월이 지남에 따라 흩어지고(거기에는 뒷사람의 왜곡으로 조조가 갈수록 인기를 잃어버린 탓도 있었다) 지금 남은 것은 서른 편 남짓의 시와 백여 편의 문장(주로 영이나 포고의 형태)뿐이다.

시(詩)는 대개 악부(樂府)인데, 실은 조조가 바로 민간의 소박한 노래이던 고악부(古樂府)를 악부시(樂府詩)란 형태로 정통 문학에 편

입시키는 데 으뜸가는 공을 세운 시인이었다고 말하는 이도 있다. 적벽 싸움을 앞두고 불렀다는 「단가행(短歌行)」을 소개할 때 이미 말했거니와 조조의 시풍은 한마디로 통탈(洞脫)을 내세우는 것이었다. 거리낌없고 숨김없이 감정을 토로하며 형식에 얽매이지 않은 것은 하찮은 신분에서 정상의 위치에까지 오른 조조 자신의 기개와도 연관이 있는 성싶다.

지금 전하고 있는 조조의 시는 「단가행」외에 「도관산(度關山)」, 「대주(對酒)」, 「호리행(蒿里行)」, 「극동서문행(郤東西門行)」, 「고한행(苦寒行)」, 「보출하문행(步出夏門行)」, 「맥상상(陌桑上)」, 「정렬(精列)」, 「추호행(秋胡行)」등이 있다. 앞서 몇 편 보았거니와 이번에는 특히 「극동서문행」을 보기로 한다.

새북에서 날아오른 기러기	鴻雁出塞北
아무도 없는 이 땅으로 왔구나	乃在無人鄉
날개 저어 만리 길	擧翅萬餘里
가나 서나 절로 줄을 짓네	行止自成行
겨울에는 남쪽의 벼를 먹고	冬節食南稻
봄이 오면 북쪽으로 되날아간다	春日復北翔
밭 속을 구르는 다북쑥	田中有轉蓬
바람에 쓸리어 멀리 날아오르네	隨風遠飄揚
뿌리에서 잘린 지 이미 오래거니	長與故根絶
세월이 지난다손 다시 만날까	萬世不相當
싸움터에 나온 이 몸 또한 그러하구나	奈何此征夫

어찌하여 이곳저곳 헤매는가	安得去四方
말은 안장 풀릴 틈이 없고	我馬不解鞍
나는 갑옷 투구 벗을 겨를이 없네	鎧甲不離傍
늙음은 시름시름 찾아들건만	冉冉老將至
언제 다시 고향에 돌아가려나	何時反故鄉
신룡은 깊은 못에 몸을 감추고	神龍藏深淵
사나운 범은 높은 언덕을 걷는다	猛虎步高岡
여우도 죽을 때는 태어난 언덕으로 머리 두거니	狐死歸首丘
이 몸인들 어찌 고향을 잊을 것인가	故鄉安可忘

　조조의 문장은 구현령(求賢令), 명본지령(明本之令) 등의 포고령과 상소문, 표문 등이 남아 있는데, 대개는 일부만 전하거나 요약된 형태이다. 그러나 그의 호방함이나 조리를 엿보기에는 넉넉하여 그를 문장가로 불러도 지나치지는 않을 것이다. 특히 명본지령(明本之令) 또는 술지령(述志令)이라 불리는 긴 포고령은 문장이 뛰어날 뿐 아니라 그의 삶을 연구하는 데도 중요한 자료가 되고 있다.

　조조의 그러한 문학적 재능은 그 아들에게도 이어졌다. 충(沖)이란 막내는 어려서 죽어 일화밖에 전해지지 않으나, 맏아들 비는 『위문제집(魏文帝集)』 스물세 권을 남겨 그 일부가 전하고, 셋째 식은 저 유명한 「칠애시(七哀詩)」와 「낙신부(洛神賦)」를 남겨 오늘날까지 사람들의 입에 오르내리고 있다. 특히 조식은 시품(詩品)을 지은 종영(鍾嶸)으로부터 당대 제일의 문장가라는 평을 들었을 정도였다.

266

돌연변이가 아니라면 그들의 재능은 그 아버지인 조조로부터 물려받은 것임에 틀림이 없다.

글은 곧 사람이라는 말이 있는데, 만약 그게 진실이라면 조조는 그가 남긴 글만으로도 그에게 덮씌워진 역사의 악역을 벗어던질 만하다. 그러나 그 말이 그저 한 비유거나 문사를 향한 당부일 뿐이고, 특히 조조에게는 글이 다만 자신의 잘못과 거짓됨을 감추거나 치장하는 도구에 지나지 않았다면, 우리는 다시 한번 말과 글의 죄 많음에 섬뜩해야 할 것이다.

그런데 정치가로서 군략가로서, 그리고 문장가로서 그처럼 뛰어난 조조가 오늘날 민간의 의식 속에서 간웅(奸雄)으로만 남게 된 까닭은 무엇일까. 더 자주 있었던 볼만한 시책이나 미덕보다는 드물었던 실책이나 악덕이 그에 대한 기억의 전면에 나서고, 화려한 승리보다는 참담한 패배가 훨씬 그답게 여겨지며, 풍부한 인간성과 학문적, 예술적 소양 대신 비정과 잔혹, 간교함만이 그의 정신적 초상(肖像)으로 남게 된 것은 무엇 때문일까.

무엇보다도 조조를 그렇게 몰아간 데 으뜸가는 공을 세운 것은 『연의』를 지은 나관중(羅貫中)의 사관일 것이다. 나관중은 명(明)의 건국에 관여했다고 알려진 사람으로 이민족의 왕조인 원(元)을 축출하는 과정에서 엄격한 한민족(漢民族)의 정통사관을 정립해야 할 필요를 느꼈을 것이고, 그 지나친 적용은 혈통을 근거로 유비에게 정통성을 부여하게 되었을 것이다.

그리하여 한번 유비를 정통으로 내세우자 조조에게는 그 대역(對役)이 절로 떨어지지 않을 수 없었다. 손권이 있었지만 그는 수성(守

成)의 인간형. 소설적으로도 매력이 떨어질 뿐만 아니라 유비를 높이는 악역을 맡기에는 조조보다 무게가 모자랐다. 거기다가 성격의 극명한 대비를 중요한 요소로 삼는 장회(章回) 소설의 특질은 조조를 더욱 왜곡시켜 지금처럼 인상지어지도록 만들고 말았을 것이다.

그러나 아무리 한 작가가 의도적으로 어떤 인물을 깎아내리려 한다 해도 그것을 받아들이는 독자의 감정적인 호응이 없어서는 안 된다. 오히려 나관중의 『연의』가 그토록 성공적이었던 것은 대중의 감정과 그의 관점이 일치했기 때문이라고 보아야 하며, 그런 점에서 조조는 이미 『연의』 이전에도 악역을 맡아왔을 것이다. 실제로 나관중의 『연의』 전에 나온 평화(平話)니 평설(評說) 식의 삼국지나 민간의 전설도 조조에게 그리 우호적이 못 되었다.

그렇다면 출신에서도 자기들과 멀지 않았고, 세력에서는 천하의 태반을 잡고 있었으며, 다스림에서도 가장 많은 것을 베푼 조조에게 대중들이 반감을 가진 까닭은 또 무엇일까.

이제 와서 그 까닭을 더듬는 것은 자칫 터무니없는 공론이 될지 모르지만 먼저 생각해볼 수 있는 것은 치자(治者)의 인간형에 대한 중국인들의 기호(嗜好)다. 그들이 이상형으로 보는 군주 가운데 으뜸으로 치는 것은 한고조 유방인데 그의 능력은 한마디로 무위(無爲)의 능(能)이라 할 수 있다. 그는 육체적으로 정신적으로도 특별히 두드러진 사람이 아니었다. 학문을 깊이 하지도 않았고, 예술적인 소양이 있었던 것도 아니며, 번득이는 재치가 있던 것도, 도덕적인 절제가 남달리 철저하지도 않았다. 그의 강점은 단 하나 사람들을 잘 부리는 것뿐이었다 해도 지나친 말은 아니다.

그에 비해 조조는 정반대 편에 선 인간형이라 할 수 있다. 조조는 그 한 몸에 너무 많은 재능을 갖추고 있었고, 그것이 다스림을 받는 쪽에서 보면 큰 부담이 되었을 것이다. 적절한 비유가 될는지 모르지만, 그는 곧 존경은 받아도 사랑을 받기는 어려운, 정(情)보다는 두려움이 앞서는 그런 부류의 윗사람이었던 셈이다. 그게 그가 세운 왕조가 단명했음과 아울러 그에 대한 대중의 감정 또한 단순한 불만 이상의 반감으로 변질되어간 것이나 아니었을는지.

그다음으로 조조가 대중적인 인기를 모으지 못한 데는 목적이 따로 있는 정의와 선에 대한 불신도 한몫한 듯싶다. 그는 말끝마다 국가와 백성들을 앞세웠지만 그가 품고 있었던 원대한 야심은 일찍부터 그의 적들 때문에 대중의 의심을 받아왔다. 그리하여 그 자신은 죽을 때까지 끝내 한에 대한 충의를 지켰으나, 그 아들 조비의 대에 이르러 마침내 제위를 찬탈함으로써, 일생에 걸친 그의 노력은 결국 충의가 아니라 자제 또는 원대한 계략으로 단정되어버렸다.

그밖에 조조에 대한 대중적인 반감의 원인으로 추측되는 것으로는 비범한 인간에 대한 범인들의 시기이다. 조조가 가진 재능들 가운데 하나만 가져도 그 분야에서는 뛰어난 사람이 될 수 있다고 믿는 범인들에게는 그가 부럽다 못해 밉기까지 했을 것이다. 그리하여 그런 모든 감정의 바탕에다 구체적이고도 명백한 조조 개인의 악행이 겹치면 대중적인 인기와는 가까워질래야 가까워질 수가 없었다.

조조의 개인적인 악행은 과장의 혐의는 가지만 『연의』 구석구석에서 찾아볼 수 있는데 그중에서 가장 섬뜩한 것은 사람의 목숨을 너무 쉽게, 그리고 함부로 수단 삼아 이용하는 점이다.

원소와 싸울 때 모자라는 군량 때문에 생긴 불만을 군량관(軍糧官)에게 뒤집어씌워 죽인 일이나, 암살의 방지를 위해 꿈결을 가장해 근시를 베어 죽인 일 따위가 바로 그것이다. 『연의』에는 용케 빠져 있지만 또 이런 일도 있다.

조조는 평소 주위 사람들에게 말하곤 했다.

"나는 누가 칼을 감추고(나를 해치려고) 내 곁으로 다가오면 이상하게 가슴이 두근거린다."

그러나 듣는 사람들이 믿어주지 않자 조조는 다시 꾀를 내었다. 자신을 절대적으로 믿고 따르는 무사 하나를 불러 가만히 말했다.

"너는 여럿이 모였을 때 칼을 품고 내게로 다가오너라. 그러면 내가 가슴이 뛴다며 너를 잡아 문초하게 할 것이다. 그때 너는 겁내지 말고 나를 죽이려 했다고 실토하여라. 네 목숨을 보장할 뿐만 아니라 나중에 높은 벼슬을 주고 네 가족들에게도 후한 재물을 내리겠다."

그 말을 믿은 그 불쌍한 무사는 조조가 시키는 대로 따랐다. 그러나 조조는 그의 실토가 있기 무섭게 그를 끌어내 목 베게 했다. 끌려나가면서도 조조가 어떻게 해주겠거니 믿었던 그 무사는 결국 칼이 목에 떨어지고서야 속은 줄 알았으나 속절없는 일이었다.

다만 아무것도 모르는 다른 사람들은 조조의 그 신통한 능력에 감탄했고, 소문이 나자 속으로 은근히 조조를 엿보던 사람들도 겁을 집어먹지 않을 수 없었다.

하지만 이 모든 설명으로도 조조가 시대를 바꾸어가며 역사의 악역을 맡아야 하는 이유로는 모자란다.

누군가 영향력 있는 계층의 끊임없는 상기와 첨가 없이는 그에 대한 비하(卑下)가 그토록 확대되고 영속적으로 이어질 수 없기 때문이다. 그것은 아마도 『삼국지연의』가 누리는 지속적인 인기와도 연관이 있을 것인데 여기서 다시 한 가지 두드러진 조조의 실책을 찾아볼 수 있다.

어찌 된 셈인지 조조는 신상필벌이라는 원칙에도 불구하고 무장들에게는 관대했던 반면 문신들의 실수에는 가혹했다. 『삼국지』 전편을 통틀어 조조가 무장을 패전이나 그밖의 책임을 물어 처형한 예는 거의 없고, 어쩌다 있어도 이름 없는 장수거나 처음부터 탐탁잖게 여겼던 항장(降將)의 경우뿐이다.

그러나 문신에 이르면, 조조는 당대 제일급의 학자나 문사를 가리지 않고 가차 없이 처형하고 있다. 첫째가 공융, 공자의 이십대 손이요, 건안칠자(建安七子)의 한 사람으로 당대 문단의 기린아였다. 그러나 조조는 대단찮은 말 몇 마디를 빌미로 일가를 몰살시키고 만다. 그다음이 예형, 역시 당대의 이름난 재사였으나 황조의 칼을 빌려 죽인다.

다시 당대의 문장 양수, 남의 집안 상속 싸움에 끼어든 흠은 있으나 역시 말 몇 마디의 죄로 죽여 없애기에는 아까운 재주였다. 또 최염이 있다. 그도 학덕으로 당대에 이름을 떨쳤으나 몇 구절 글귀 때문에 조조에게 죽었다. 뿐만 아니었다. 순욱, 순유, 숙질(叔姪)도 일생을 조조를 위해 힘을 다했지만 한번 노여움을 사자 죽음으로 겨우 용서받았다. 학자나 문사로는 그리 높이 치는 축에 들지는 못해도, 조조가 문신의 실수에 가혹했다는 예는 될 수 있으리라.

역사가 폭군으로 기록하는 제왕들의 공통된 특징 중의 하나는 학자나 문사를 박해하는 짓이다. 그 전형적인 예가 진시황으로 그는 여러 가지로 뛰어난 군주였으나, 책을 불사르고[焚書] 선비를 묻어[坑儒], 그 빛나는 업적에도 불구하고 폭군으로 더 잘 알려졌다.

써서 남기는 이들을 해친 데 대한 당연한 보복인 셈이나 당하는 쪽으로 보면 꽤나 억울할 것이다.

조조의 경우도 혹 그런 탓은 아니었을까. 뒷날 써서 남기는 일을 맡은 사람들의 동료 의식이 한 방향으로 모아져서 조조를 격하시키고 마침내는 역사극의 고정 악역 배우로 만들어버린 것이나 아닐까.

시대는 달라도 자신과 같은 일을 했던 동류(同類)를 조조가 함부로 죽인 일이 음험한 원한으로 뒷시대의 학자와 문사들을 자극해 그 나쁜 쪽으로의 과장은 물론 왜곡까지 서슴지 않게 만든 것은 아닐까. 탁류(濁流)인 환관 출신, 군벌(軍閥), 정통성의 결여, 그밖에 그 어떤 조조의 단점보다도 그런 원한이 은연중에 대중들에게까지 옮아 오늘날의 조조상이 만들어진 것이나 아닐까.

콩깍지를 태워 콩을 볶누나

조조가 죽자 문무 벼슬아치들은 모두 모여 발상을 하는 한편 사람을 보내 세자 조비, 언릉후(鄢陵侯) 조창, 임치후(臨淄侯) 조식, 소회후(蕭懷侯) 조웅에게도 부음을 전했다. 그런 다음 금으로 만든 관에 조조의 시신을 염해 들인 뒤 은으로 겉을 두르고 업군으로 모셔 갔다.

영구가 밤길을 달려 업군에 이르자 조비는 크게 목놓아 울며 대소 관원들과 더불어 성문 밖 십 리까지 나가 맞아들였다. 그리고 정중히 영구를 성안으로 모셔 편전에 들였다.

관원들은 모두 상복을 입고 편전 앞에 엎드려 곡을 했다. 왕도(王都) 밖에서 갑작스레 맞은 죽음이라 다른 걸 생각할 겨를이 없었다.

그런데 그중에 한 사람이 문득 몸을 일으키며 조비에게 말했다.

"바라건대 세자께서는 잠시 슬픔을 거두시고 먼저 대사부터 의논하도록 하십시오."

여러 사람이 보니 그는 다름 아닌 중서자 사마부(司馬孚)였다. 사마부는 다시 여러 벼슬아치들을 돌아보며 나무라듯 말했다.

"위왕 전하께서 이미 돌아가셨으니 마땅히 세자를 받들어 왕위를 잇게 해야 할 것이오. 그래야 흔들리는 천하의 인심이 가라앉을 것인데 어찌하여 우시기들만 하고 계시오?"

그 말에 여러 벼슬아치들이 머뭇머뭇 대꾸했다.

"세자께서 마땅히 왕위를 이으셔야 할 줄은 알고 있소만, 천자의 조서를 아직 받지 못했으니 어찌하겠소?"

그러자 병부상서 진교(陳矯)가 문득 깨달았다는 듯 엄한 낯빛을 지으며 말했다.

"대왕께서 도읍 밖에서 돌아가셨다고 사랑받은 아들을 사사로이 세워 왕위를 잇게 하여서는 아니 되오. 그렇게 하면 형제들 간에 변란이 일게 되어 나라가 위태로워지고 말리다."

그런 다음 문득 칼을 뽑아 자신의 소매를 베며 한층 소리를 높였다.

"오늘로 세자를 모셔 왕위를 잇게 합시다. 누구든 딴소리를 하는 사람은 이 소맷자락처럼 될 것이오."

세자인 조비 외에 다른 왕자, 특히 조식을 왕으로 받들려는 의논이 있을까 봐 미리 엄포를 놓은 것이다.

그 거센 기세에 그 자리에 있던 뭇 벼슬아치들은 한결같이 겁먹은 얼굴로 입을 다물었다. 그런데 다시 화흠이 허창에서 급히 말을 달려 그곳에 이르렀다는 전갈이 들어왔다. 화흠 같은 중신(重臣)이 그토록 급히 달려왔다니 예삿일 같지가 않아 모두 놀란 얼굴로 화흠이 들어오기를 기다렸다.

오래잖아 화흠이 방 안으로 들어서자 거기 있던 벼슬아치들이 모두 입을 모아 물었다.

"공은 무슨 일로 오시었소."

화흠이 대답 대신 여럿을 꾸짖듯 되물었다.

"위왕께서 돌아가시어 천하가 흔들거리는데 그대들은 어찌하여 빨리 세자를 왕위로 모셔 올리지 않으시오?"

"아직 천자의 조서가 내리지 않아 그리되었소. 이제 여럿이 의논하기를 왕후 변씨(卞氏)의 뜻[慈旨]을 받들어서라도 세자를 왕으로 모시려 하고 있소이다."

여럿이 변명하듯 그렇게 대꾸했다. 화흠이 문득 품속을 더듬으며 말했다.

"천자의 조서라면 내가 이미 얻어가지고 왔소. 바로 이것이외다."

그리고 품속에서 꺼낸 천자의 조서를 소리 높여 읽었다. 조비를 조조의 뒤를 이어 위왕으로 봉한다는 내용이었다.

화흠은 원래가 한실보다는 조조의 위를 무겁게 섬기던 사람이었다. 진작부터 그런 내용의 조서를 써놓았다가 조조가 죽었다는 소리를 듣기 바쁘게 천자를 얼러 그대로 조서를 내리게 했다. 조비에게 조조를 이어 위왕, 승상, 기주목을 겸하라는 내용이었다.

이에 조비는 그날로 왕위에 올라 문무백관의 하례를 받았다. 등위(登位)를 경하하는 자리니 술과 풍악이 없을 수 없었다. 한창 흥겹게 술자리가 어우러지고 있는데 문득 사람이 들어와 알렸다.

"언릉후께서 십만 대병을 이끌고 장안으로부터 달려오셨습니다."

언릉후는 조조의 둘째 아들 조창이다. 용맹이 남달리 뛰어난 그가 십만의 대군을 이끌고 왔다니 조비는 우선 놀라지 않을 수 없었다. 낯빛이 변해 여러 벼슬아치들에게 물었다.

"터럭 누른[黃鬚] 내 아우는 평소 성격이 거친 데다 무예에 뛰어났소. 이제 멀리서 군사를 이끌고 온 것은 틀림없이 나와 왕위를 다투려고 함일 게요. 이 일을 어찌했으면 좋겠소?"

그러자 한 사람이 계하에서 뛰쳐나오며 소리쳤다.

"대왕께서는 너무 심려하지 마십시오. 제가 가서 언릉후를 만나보고 몇 마디 말로 달래보겠습니다."

조비가 보니 간의대부 가규(賈逵)란 사람이었다. 그 자리에 있던 사람들이 모두 입을 모아 말했다.

"잘 생각하시었소. 대부가 아니면 누구도 이 화를 막아내지 못할 것이오."

가규의 언변과 재치를 아는 조비도 그가 스스로 나서자 믿음이 생겼다. 곧 가규에게 명해 먼저 조창을 만나보게 했다.

성을 나간 가규는 조창이 군사들과 더불어 머물고 있는 곳을 찾아갔다.

"돌아가신 아버님의 옥새와 인수는 잘 있는가?"

조창이 가규를 보고 그것부터 물었다. 가규가 정색을 하고 나무라듯 그 말을 받았다.

"집에는 맏이가 있고 나라에는 세자가 있는 법입니다. 돌아가신 대왕의 옥새에 대해서는 둘째 왕자이신 군후께서 물을 바가 아닙니다."

그 말에 뜨끔했던지 조창은 옥새 얘기를 더 꺼내지 못했다. 말없이 가규를 따라 성안으로 들어갔다. 궁문 앞에서 가규가 다시 한번 다짐하듯 물었다.

"군후께서 이번에 오신 것은 선왕(先王) 상을 치르기 위함이십니까? 아니면 왕위를 다투려 하심입니까?"

"나는 아버님의 상을 치르러 왔을 뿐 딴 뜻이 없소."

조창이 얼른 그렇게 대꾸했다. 가규가 그 말끝을 잡고 다그쳤다.

"이미 딴 뜻을 품지 않으셨다면 어째서 군사를 이끌고 성안으로 드셨습니까?"

그제서야 조창도 놀란 듯 따르던 군사들을 물리치고 홀몸으로 궁문을 들어섰다.

아우 창이 홀몸으로 들어서자 조비는 마음을 놓았다. 새삼 솟는 형제의 정과 아비 죽은 설움을 합쳐 서로 끌어안고 크게 곡을 했다.

장례를 마친 뒤 조창은 자기가 이끌고 온 군마를 모두 조비에게 바쳤다. 조비는 그걸 아우에게 기꺼이 되돌려주며 언릉으로 돌아가 그곳이나 잘 지키라 일렀다.

조창이 형에게 절하고 자기 땅으로 돌아가고, 왕위도 차차 든든해지자 조비는 연호를 건안(建安)에서 연강(延康)으로 바꾸었다. 건안 이십오년이 곧 연강 원년이 되었다.

그다음은 벼슬아치들의 자리 바꿈이었다. 조비는 가후를 태위로 삼고, 화흠은 상국으로, 왕랑은 어사대부로 삼았다. 그리고 다른 벼슬아치들도 모두 자리를 높여주거나 상을 내려 조정의 인심을 모았다.

죽은 조조에게는 무왕(武王)이란 시호(諡號)가 내려졌다. 장지는 업군 고릉(高陵)으로 정하고 그곳에 큰 무덤을 꾸미게 했다. 이때 무덤을 꾸미는 공사를 맡은 이가 우금이었다.

우금이 조비의 영을 받들어 가보니 무덤은 거지반 되어 있었는데, 한군데 희게 칠한 벽 위에 그려진 그림이 눈에 띄었다. 가만히 보니 관운장이 물로 조조의 일곱 갈래 군사를 쓸어버릴 때의 일이 그려져 있었다. 관운장이 높은 자리에 떡 버티고 앉은 아래 성난 얼굴로 버텨선 방덕이 그려져 있는데, 그 곁에 있는 우금 자신은 땅에 엎드려 애처롭게 목숨을 빌고 있었다.

조비의 짓이었다. 원래 조비는 우금이 관운장에게 사로잡혔을 때 절개를 지켜 죽지 못하고 항복을 했다가 다시 오의 구함을 받아 위로 되돌아온 것을 보고, 그 사람됨을 비루하게 여겼다. 그래서 먼저 사람을 보내 그 그림을 그려놓게 하고 다시 우금을 그곳으로 보내 그 그림을 보게 했다. 비굴하게 살아 돌아온 것을 부끄럽게 만들려 함이었다.

그 그림의 효과는 조비가 바란 것보다 더 컸다. 그날의 참담한 자신의 모습을 그림 속에서 다시 본 우금은 부끄러움과 괴로움이 사무쳐 병이 되었다. 그리고 자리에 누운 지 얼마 안 돼 마침내 죽고 말았다. 따지고 보면 채 일 년도 못 되는 삶을 더 누리려고 두 번 욕된 죽음을 맛본 셈이었다.

한 번은 관운장에게 항복했을 때로, 그때 이미 그는 한 무장으로서의 목숨을 잃은 것이었고 또 한 번은 조비의 가혹한 조롱으로 병을 얻게 된 때로, 그때는 육신이 죽었다.

대군을 이끌고 왔던 조창이 별일 없이 자기 땅으로 돌아간 지 얼마 안 돼 화흠이 조비를 쑤석거렸다.

"언릉후는 군마를 모두 대왕께 바치고 자기 나라로 돌아갔습니다만 임치후(臨淄侯)와 소회후(蕭懷侯)는 아직 장례조차 치르러 오지 않았습니다. 마땅히 그 죄를 물어야 합니다."

조식, 조웅이 오지 않은 걸 싸잡아 말하고 있으나 실은 조식만을 겨냥한 것이나 다름없었다. 조식은 한때 조비와 세자 자리를 다투었을 만큼 야망이 컸을 뿐만 아니라 아직도 그 주위에는 재주 있는 이들이 여럿 몰려 있었다. 조창의 일로 자신을 얻게 된 조비는 두말 않고 화흠의 의견을 따랐다. 그날로 조식과 조웅에게로 사자를 보내 장례에 오지 않은 죄를 물었다.

하루도 안 돼 사자가 돌아와 알렸다.

"소회후는 겁을 먹고 스스로 목매 죽었습니다."

조조의 막내아들 조웅은 병들고 약한 몸에 마음까지 굳세지 못해, 조비의 노여움을 샀다는 말을 들은 것만으로 자살해버렸다. 그제서야 조비는 자신이 지나치게 아우를 몰아댄 게 후회스러웠다. 조웅을 후히 장례 지내주게 하고 죽은 뒤에나마 소회후에서 소회왕(蕭懷王)으로 높였다.

다시 하루도 안 돼 조식에게로 갔던 사자가 돌아와 알렸다.

"임치후는 날마다 정의(丁儀), 정이(丁廙) 형제와 술을 마시며 보내는데 그 몸가짐이 패만(悖慢)스럽고 무례하기 그지없었습니다. 왕명을 받든 사자가 이르러도 자리에서 일어나지 않고 정의 형제만 개처럼 짖어댔습니다. 먼저 정의가 나서서 사자를 꾸짖기를,

'지난날 선왕께서는 본시 우리 주인을 세자로 세우시려 했건만 아첨하는 신하들이 가로막아 뜻대로 하지 못하였다. 그런데 금왕(今王)께서는 아직 장례를 치른 지 며칠 되지도 않는데 형제의 죄부터 따지고 계시니 이게 어찌 된 일인가? 정녕 이럴 수 있단 말인가?'

하였고, 또 정이가 나서서는,

'우리 주인이 밝고 어짊은 세상이 다 아는 일이다. 마땅히 대위를 이어받으셔야 하건만 오히려 그리되지 못하셨으니, 너희들 조정의 신하들은 어찌 이리도 우리 주인의 재주를 몰라보느냐?'

라고 떠들어댔습니다. 임치후는 그들의 말을 듣고 한술 더 떴습니다. 크게 성을 내며 무사를 불러들이더니 저희들에게 몽둥이 찜질을 한 뒤 내쫓게 했습니다."

그 말을 들은 조비는 불같이 노했다.

그 자리에서 허저를 불러 엄명을 내렸다.

"그대는 호위군(虎衛軍) 삼천을 이끌고 급히 임치로 달려가 조식을 비롯한 못된 무리를 모두 잡아오라."

이에 허저는 그날로 군사 삼천을 이끌고 임치로 달려갔다. 성을 지키던 장수가 허저를 막아보려 했으나 어림없었다.

허저가 한칼에 그를 베고 성안으로 짓쳐들자 아무도 나서서 막을 사람이 없었다.

똑바로 조식의 부중에 이른 허저가 방문을 여니 조식은 정의, 정이 형제와 더불어 술에 곯아떨어져 있었다. 허저는 그들을 묶어 수레에 태우고, 그밖에 높고 낮은 관속들도 모조리 사로잡아 업군으로 끌고 와, 조비의 새로운 영이 떨어지기를 기다렸다.

"먼저 저 두 놈을 끌어다 목 베어라!"

조비는 끌려온 이들 가운데서 정의와 정이 형제부터 없애버렸다. 조식에게 붙어 조식의 문사적인 허영과 야망을 부추긴 죄였다. 정의는 자가 정례(正禮)요, 정이는 경례(敬禮)로 둘 다 패국 사람이었다. 글재주가 남달리 뛰어나 문사로 이름을 드날리던 사람들이었는데 그렇게 죽으니 사람들이 모두 아깝게 여겼다.

조식은 아비 어미를 함께한 아우라 조비가 차마 단번에 죽이지 못하고 구실을 찾고 있을 때, 소문을 들은 왕후 변씨가 달려 나왔다. 자기 속에서 난 막내 조웅이 형의 노여움을 두려워하여 자살했다는 소리에 슬픔을 이기지 못하고 있는데, 이번에는 또 셋째 아들 조식이 사로잡혀 와 있을 뿐만 아니라 그 밑에서 일하던 정의와 정이 형제가 죽음을 당했다는 소리가 들리자 두고볼 수 없었다.

대전에 나온 변씨는 맏이 조비를 불렀다. 어머니가 대전까지 나온걸 보자 조비는 황망히 달려가 절하며 뵈었다. 변씨가 울며 그런 조비에게 말했다.

"네 아우 식은 평소 술을 지나치게 좋아할 뿐만 아니라 미치광이 짓도 자주 한다. 모두 제 가슴에 있는 재주만 믿고 멋대로 굴어 그리된 것이다. 너는 한 배에서 난 정을 생각해서라도 그 아이의 목숨만은 남겨두어라. 그래야 내가 죽더라도 편히 눈감을 수 있을 것이다."

그러자 조비도 좋은 말로 어머니를 위로했다.

"저도 그 아이의 재주를 매우 아낍니다. 설마 그 아이를 죽일 리야 있겠습니까? 이번에는 다만 그 못된 성깔을 고쳐놓으려 하는 것뿐이니 어머님께서는 조금도 걱정하지 마십시오."

그 말에 변씨도 조금 마음이 놓이는지 눈물을 거두고 안으로 들어갔다.

조비는 편전(便殿)으로 나가 조식을 불러들이게 했다. 조비가 갑자기 그러는 걸 보고 화흠이 조심스레 물었다.

"혹시 태후(太后)께서 나오신 것은 전하께 자건(子建, 조식의 자)을 죽이지 말라고 당부하려 하심이 아니었습니까?"

"그렇소."

조비가 그리 밝지 못한 얼굴로 대답했다. 그러자 화흠이 정색을 하고 권했다.

"자건은 재주와 지식을 지녀 끝내 못 속에서만 놀 이무기의 부류가 아닙니다. 언젠가는 용이 되어 하늘을 날려 할 사람이지요. 이번에 없애버리시지 않으면 반드시 뒷날 큰 걱정거리가 될 것입니다."

"그렇지만 어머님의 말씀을 어길 수야 없지 않소?"

조비가 그래도 어쩔 수 없다는 듯 볼멘소리를 했다. 화흠이 얼른 꾀를 내었다.

"사람들이 모두 말하기를, 자건은 입만 벌리면 바로 그게 문장이 된다 하나 저는 아무래도 믿을 수가 없습니다. 주상께서는 그를 불러 먼저 재주부터 시험해보십시오. 만약 소문대로 잘 짓지 못하면 그 핑계로 죽이시고, 정말로 소문대로라면 귀양을 보내도록 하십시오. 그렇게 하면 세상 문사들의 쑥덕거림은 막을 수 있습니다."

조비도 들어보니 좋은 꾀였다. 조식의 재주랬자 글뿐이니, 그게 시원찮으면서도 그걸 믿고 형인 왕에게 방자하게 굴어 죽음을 내렸다면 말 많은 세상 글쟁이들의 입을 막을 수 있을 것 같았다. 그래서 화흠의 말을 따르기로 마음먹고 있는데 곧 조식이 들어와 엎드려 빌었다.

"못난 아우가 술에 취해 형님의 노여움을 샀습니다. 부디 너그럽게 보아주십시오."

술에서 깨어나 보니 아끼던 정의, 정이 형제가 이미 죽음을 당한 뒤라 어지간한 조식도 두려움에 질려 있었다. 조비는 그런 아우를 차갑게 내려보며 말했다.

"나와 너는 정으로 보면 형제이나 의로 보면 임금과 신하 사이다. 그런데도 너는 어찌 재주만 믿고 감히 신하의 예를 업신여겼느냐? 용서를 해도 사사로운 정으로는 아니 될 것이니 그리 알고 내 말을 잘 듣거라. 일찍이 아버님께서 살아 계실 때 너는 항상 글을 가지고 사람들에게 뽐냈으나 나는 그게 늘 미덥지 않았다. 남이 지은 글로 그러는 게 아닌가 싶었는데 이제 한번 알아봐야겠다. 네게 일곱 걸음 걸을 틈을 줄 터이니 그동안에 시 한 수를 읊어보아라. 만약 그걸 해낸다면 너는 죽음을 면할 것이요, 해내지 못한다면 중한 벌을 면치 못하리라. 그만 재주도 없고서야 어찌 용서를 바랄 수 있겠느냐?"

그러자 조식이 얼른 대답했다.

"바라건대 제목을 내려주십시오."

믿는 데가 있어서라기보다는 자신의 글이 의심당한 데서 갑작스레 솟은 오기였으리라.

이때 마침 벽에는 수묵화 한 폭이 걸려 있었다. 두 마리 소가 담벼락 곁에서 싸우는 그림인데, 한 마리는 상대의 뿔에 받혀 우물에 떨어져 죽는 내용이었다.

조비가 그 그림을 가리키며 말했다.

"저 그림을 제목으로 하라. 그러나 그 시 속에는 두 마리 소가 담 곁에서 싸워 한 마리는 우물에 떨어져 죽었다는 말은 한마디도 들어가서는 아니 된다."

곧 소, 흙담, 싸움, 우물, 떨어짐, 죽음이란 말을 하나도 쓰지 말고 그 광경을 읊으라는 뜻이었다. 그러나 조식은 조금도 어려워하는 빛이 없었다. 말없이 일곱 걸음을 떼어놓은 뒤에 조용히 읊었다.

두 고깃덩이 나란히 길을 가는데	兩肉齊道行
머리에는 모두 튀어나온 뿔이 있구나	頭上帶凹角
붕긋한 산 아래서 만나	相遇凸山下
문득 서로 뜨고 받게 되었네	欻起相搪突

두 맞수가 다 굳세지는 못해	二敵不俱剛
한 고깃덩이는 흙구덩이에 쓰러졌구나	一肉臥土窟
힘이 저만 못함이 아니라	非是力不如
한꺼번에 모아 다 쏟아내지 못한 탓이네	盛氣不泄畢

조식이 그같이 읊자 조비와 여러 신하들은 모두 깜짝 놀랐다. 소란 말이나 싸움이란 말은 물론 우물, 떨어짐, 죽음 따위는 한마디도 쓰지 않고 그 그림을 읊어낸 까닭이었다.

그러나 조비는 거기서 그치지 않고 다시 말했다.

"네 재주에 대한 떠들썩한 소문에 비한다면 시 한 수 짓는데 일곱 걸음 걸을 틈을 주는 것도 오히려 길다는 느낌이 든다. 정말 재주 있는 이라면 말이 떨어지기 바쁘게 지을 수 있어야 한다. 네가 그걸 한번 해보겠느냐?"

"제목만 주십시오. 그리 한번 해보겠습니다."

이번에도 조식은 거리낌 없이 대답했다. 문사의 묘한 오기를 건드려 어떻게든 아우를 곤경에 몰아넣어 보려던 조비는 됐다 싶었다. 곧 조식에게 새로운 시제를 주었다.

"너와 나는 형과 아우다. 그걸 제목으로 삼되 조금 전처럼 형이란 말도 아우란 말도 써서는 아니 된다."

그러자 조식은 별로 생각하는 기색도 없이 시 한 수를 읊어나갔다.

콩깍지를 태워 콩을 볶누나	煮豆燃豆其
솥 속의 콩은 울고 있다	豆在釜中泣
원래 한뿌리에서 자라났는데	本是同根生
어찌 이리도 급하게 볶아대는가	相煎何太急

바로 자기 형제의 일을 콩과 콩깍지를 빌려 절묘하게 노래한 것이었다. 조비가 원래 둔한 사람이 아니었다. 그 시를 듣자 자신도 모르게 주르르 눈물을 흘렸다.

그때 그들의 어머니 변씨가 전각 뒤에서 달려 나오며 울음 섞어 조비를 나무랐다.

"형이 되어 어찌 그리도 심하게 아우를 핍박하느냐?"

그 소리에 조비가 황망히 자리에서 일어났으나 아직도 조식에게

쌓인 노여움이 다 풀어지지는 않은 듯했다.

"나라에는 법이 있으니 아무리 아우라도 그 법을 어겨가며 보아줄 수는 없습니다."

그렇게 말하고는 곧 조식을 안향후(安鄕侯)로 낮춰 쫓아내듯 임지로 돌려보냈다.

그 뒤 조식의 모습은 『연의』에서는 다시 나타나지 않으나 정사로 보면 참으로 기구하고 한 많은 삶이었다.

조조가 살아 있을 때 그가 세자 자리를 다툰 일은 조비의 가슴에 원한과 의심으로 남아 일생 동안 조식을 괴롭혔다. 조비는 조식이 정사에 참여하기는커녕 도성에 드는 것조차 허락하지 않았다. 뿐만 아니라 형제라는 것 때문에 왕호(王號)를 주기는 했지만 그 식읍(食邑)은 보잘것없었고, 그나마 자주 옮겨다니게 해서 뿌리를 내리지 못하게 했다.

그럼에도 불구하고 조식은 일평생 가슴속의 야망을 버리지 못했다. 틈만 나면 조비에게 글을 올려 자신의 재주를 천하를 위해 쓸 수 있게 해주기를 바랐다. 정사에 남아 있는 그의 여러 상소문들은 간절하다 못해 처연하기까지 하다. 그러나 조비는 번번이 그의 청을 거절하고 입조(入朝)조차 허락하지 않았다. 그 바람에 울분과 번민 속에 지내던 조식은 끝내 병을 얻어 죽으니 그때 그의 나이 마흔하나였다.

그런데 한 가지 재미있는 것은 조비가 조식에게 품은 원혐 중에는 뒷날 문소황후(文昭皇后)로 불린 조비의 아내 진씨(甄氏)에 대한 조식의 연모도 있다는 설이다. 진씨는 원소의 며느리로 사로잡힌 걸

조비가 아내로 맞은 여자인데 조조도 그녀를 보고는,

"이번 싸움은 그놈(조비)에게 좋은 일만 해준 것 같군."

하며 아까워했을 만큼 미인이었다고 한다. 조식은 남몰래 형수인 그녀를 연모하였는데 그가 남긴 유명한 「낙신부(洛神賦)」의 신녀(神女)가 바로 그 진씨라는 말도 있다. 그게 사실이라면 그녀는 조조, 조비, 조식 삼부자의 마음을 모두 사로잡았던 셈이다.

한(漢)의 강산은 마침내 위(魏)에게로

한편 조비는 아비의 자리를 이어받아 나라를 다스리는데 법령을 모두 고치어 자신의 위엄을 높이니, 한제(漢帝)를 핍박함이 오히려 그 아비 조조보다 더했다.

허창에 풀어놓은 촉의 염탐꾼들은 곧 그 소식을 성도에 전했다. 한중왕 유비는 그 소식에 몹시 놀라 문무의 신하를 모두 불러들여 놓고 말했다.

"조조는 이미 죽고 그 아들 조비가 뒤를 이었다는데 천자를 핍박하기가 오히려 아비보다 더하다는구려. 그런데도 동오의 손권은 두 손을 모아 스스로를 조비의 신하라 말한다니 그대로 보고 있을 수가 없소. 먼저 동오를 쳐서 운장의 원수를 갚고 다시 중원을 쳐 그 어린 역적 놈을 없애야겠소. 공들의 뜻은 어떠시오?"

그러자 요화가 나서서 엎드려 울며 말했다.

"관공 부자분께서 죽음을 당하신 것은 모두가 유봉과 맹달의 죄입니다. 동오와 위를 치기에 앞서 그 두 역적 놈부터 죽여 관공의 한을 풀어주십시오."

그때까지도 용케 참았다 할 만큼 원한 서린 청이었다. 관공의 원수를 갚는 일이라면 유비도 미룰 사람이 아니었다. 곧 영을 내려 유봉과 맹달을 잡아오라 했다. 곁에 있던 공명이 그런 유비를 말렸다.

"아니 됩니다. 그 일은 천천히 꾀하셔야지 급히 서두르시면 반드시 변고가 생길 것입니다. 그들을 높이시어 군수(郡守)로 삼고 서로 떼어놓은 뒤에 하나씩 사로잡는 게 좋겠습니다."

듣고 보니 그도 그럴 법한 소리였다.

이에 한중왕은 공명의 말을 따라 먼저 유봉의 벼슬을 높이고 면죽(綿竹)을 주어 지키게 했다. 상용을 지키는 맹달과 먼저 떼어놓고 본 셈이었다.

그런데 그때 유비의 신하 중에는 팽양(彭羕)이란 자가 있어 맹달과 매우 친했다. 유비가 맹달과 유봉을 죽이기 위해 먼저 두 사람을 갈라놓았다는 말을 듣자 곧 집으로 돌아가 맹달에게 그 일을 알리는 글을 썼다. 믿을 만한 사람을 골라 그 글을 주어 상용으로 보낼 작정이었다.

그러나 운 나쁘게도 팽양의 심부름꾼은 남문을 벗어나지도 못하고 마초의 졸개들에게 붙들리고 말았다. 어딘가 수상쩍은 데가 있어 그 심부름꾼의 몸을 뒤진 졸개들은 곧 글 한 통을 찾아내고 그걸 마초에게 갖다 바쳤다.

그 글을 읽은 마초는 그 일을 한중왕에게 알리는 대신 스스로 팽양을 찾아갔다. 먼저 팽양의 속을 떠본 뒤에 처리할 작정이었다.

　그러나 자기가 보낸 심부름꾼이 이미 사로잡힌 걸 알 리 없는 팽양은 마초가 찾아가자 반갑게 맞아들이고 술을 내어 대접했다. 몇 순배 잔이 돈 뒤에 마초가 넌지시 팽양의 속을 떠보는 말을 했다.

　"지난날 한중왕께서는 공을 몹시 두텁게 대접했는데, 요즈음은 점차 야박해지니 도대체 무슨 까닭이오? 남의 일이지만 은근히 궁금하구려."

　그때 팽양은 이미 술이 오른 참이었다. 마초의 속을 의심해보지도 않고 제 속부터 내보였다.

　"그 늙은것이 벌써 정신이 흐트러져 함부로 사람을 대하고 있소. 내 반드시 그 갚음을 할 작정이외다."

　"실은 나도 마음속으로는 원망을 품은 지 오래되오. 하지만 무슨 수로 그와 맞설 수 있겠소?"

　마초가 능청을 떨며 더 깊이 팽양의 속셈을 알아보았다. 팽양은 마초까지 제 편이 되었다 싶었던지 한층 엄청난 소리를 해댔다.

　"그렇다면 길이 있소. 공은 거느린 군사들을 일으키시고 밖으로 맹달과 손을 잡으시오. 나는 서천 군사들을 달래 안에서 호응할 것이니 그리되면 대사는 어렵잖게 이루어질 것이오."

　팽양이 거기까지 말하자 마초는 더 들을 것도 없다 싶었다. 그러나 굳이 속셈은 감추어두고 좋은 말로 술자리를 마무리 지었다.

　"선생의 말씀을 들으니 속이 후련하오. 내일 다시 의논해 일이 되도록 만들어봅시다."

그리고 팽양의 집을 나온 마초는 똑바로 한중왕을 찾아가 그 일을 상세히 들려주었다. 그 말을 들은 한중왕은 몹시 노했다. 곧 팽양을 잡아 옥에 가두게 하고 모든 걸 털어놓도록 닥달하게 했다. 팽양은 그제서야 자신의 입이 너무 가벼웠음을 뉘우쳤으나 때는 이미 늦었다.

한중왕은 팽양을 잡아 가둔 다음 공명을 불러 물었다.

"팽양이 모반할 뜻을 품고 있으니 어찌 다스리면 좋겠소?"

"팽양이 비록 미치광이 선비에 지나지 않는다 하나 오래 두면 반드시 화가 생길 것입니다. 엄히 다스리는 게 좋겠습니다."

공명이 생각할 것도 없다는 듯 그렇게 대꾸했다. 이에 한중왕은 갇혀 있는 팽양에게 죽음을 내려 장차의 화근을 끊어버렸다.

팽양이 옥에서 죽자 어떤 사람이 그 소식을 맹달에게 알렸다. 눈치 빠른 맹달은 뒷사정을 전혀 모르면서도 놀라 마지않았다. 무슨 일이 닥칠지 두려워 손발도 제대로 두지 못하고 있는데 문득 성도에서 사자가 와서 알렸다.

"유봉을 면죽 태수로 삼으니 유봉은 어서 그리로 옮겨 다스리고 지키라."

얼핏 보면 유봉의 벼슬을 올린 것에 지나지 않았으나 맹달은 얼른 그게 자기들 두 사람을 떼어놓으려는 뜻임을 알아차렸다. 관운장의 일이 꺼림칙할 뿐만 아니라, 자신과 마찬가지로 유봉도 갑자기 벼슬이 오를 만큼 공을 세운 게 없었던 까닭이었다.

이에 잔뜩 놀라고 겁먹은 맹달은 신탐과 신의 형제를 불렀다. 전에 상용 태수로 있다가 유비에게 항복해 가까운 방릉(房陵)의 도위

(都尉)로 있는 사람들이었다.

"나와 법정은 한중왕이 서천을 얻는 데 큰 공을 세웠다. 그런데 이제 법정은 죽고, 한중왕은 지난 공을 잊은 채 나를 해치려고 한다. 어떻게 하면 좋겠는가?"

맹달이 그렇게 묻자 맹달과 함께 벌을 받게 된 신탐이 얼른 말했다.

"제게 한 가지 계책이 있습니다. 그대로만 따르시면 한중왕은 결코 공을 해치지 못할 것입니다."

"그게 어떤 계책인가?"

맹달이 기뻐하며 얼른 물었다. 신탐이 망설임 없이 속셈을 밝혔다.

"우리 형제는 위에 투항할 뜻을 품은 지 오래였으나 아직 마땅한 계기가 없어 기다리고 있었습니다. 이제 공께서는 글 한 통을 써서 한중왕에게 올리고 벼슬을 내놓은 다음 위왕 조비에게로 가십시오. 조비는 틀림없이 공을 무겁게 써줄 것입니다. 우리 형제도 그 뒤 공을 따라 위에 투항하겠습니다."

그제서야 맹달도 문득 갈 길을 깨달았다. 곧 글 한 통을 써서 한중왕에게 벼슬을 내놓을 뜻을 밝히고 자신은 믿을 만한 오십여 기만 거느린 채 위로 투항해버렸다.

맹달이 한중왕에게 올린 표문은 대략 이러했다.

'신 맹달은 전하께 엎드려 아룁니다. 일찍이 신은 이윤(伊尹) 여상 (呂尙)의 공업을 이루고자, 제환공(齊桓公), 진문공(晉文公)의 포부를 지니신 전하를 따랐습니다. 그러나 왕조의 기틀이 잡히고 빼어난 인재들이 구름같이 모인 지금 신을 돌아보니 부끄럽기 그지없습니다.

신은 안으로도 전하를 돕고 보살필 만한 그릇이 못 되고 밖으로도 좋은 장수감이 되지 못하니 어디다 쓰시겠습니까.

또 듣기에 범여(范蠡)는 구천(句踐)을 도와 오(吳)를 멸한 뒤에 스스로 야인이 되어 강호에 숨었고, 구범(舅犯)도 진문공(晉文公)의 장인으로 패업을 도왔으나 마침내는 하상(河上)으로 물러나 살았다고 합니다. 신도 그같이 어진 이들의 자취를 따르고 싶되, 신하로서 세운 공도 없거니와 아는 게 얕고 사람됨이 모자라 여지껏 머물러 있었습니다.

하오나 지난날 신생(申生)과 같은 지극한 효성도 그 양친에게 의심을 받았고, 자서(子胥) 같은 지극한 충성도 그 군주로부터 죽음을 얻어냈을 뿐입니다. 몽염(蒙恬)은 나라의 땅을 넓히는 데 공이 컸음에도 무거운 형벌을 면치 못했으며, 악의(樂毅)는 강한 제(齊)를 쳐부수었으나 마침내는 참소를 입어 그 몸을 보존하지 못했습니다. 하물며 저 같은 부류이겠습니까? 거기다가 지난번 형주가 무너졌을 때의 일도 감히 신이 죄 없다는 말은 못할 것입니다. 이에 처음과 끝을 가지런히 잇지 못하고 물러나려 하오니 전하께서는 부디 신을 불쌍히 여겨주옵소서. 듣기에, 사귐을 끊을 때는 나쁜 말이 나지 않게 하고, 떠나가는 신하는 원망을 하지 말라[交絶無惡聲 去臣無怨辭]고 했거니와 전하께서 너그러이 신을 풀어주시면 신은 그 위에 더 바랄 게 없겠습니다.'

실로 비단결 같은 말만 골라 한 셈이었다.

읽기를 마친 한중왕은 분을 이기지 못해 표문을 팽개치며 소리쳤다.

"이 하찮은 놈이 나를 저버리고 떠나면서 어찌 글로 감히 놀리려 드는가!"

그러고는 곧 군사를 일으켜 맹달을 사로잡으러 떠나려 했다. 공명이 다시 말리며 한 계책을 내놓았다.

"유봉에게 사람을 보내 맹달을 치라 하십시오. 유봉이 군사를 내어 맹달을 치면 두 호랑이를 싸움시키는 셈이 됩니다. 유봉은 이기든 지든 반드시 성도로 올 것인데 그때 일을 처결하십시오. 유봉이 맹달을 사로잡아 오면 둘을 한꺼번에 잡아 죽이고 싸움에 지고 쫓겨 오면 유봉 하나만이라도 죄를 주면 됩니다. 그러지 않고 맹달만 쫓다가는 죄가 같은 유봉까지 놓쳐버릴 수 있습니다."

그 말을 들은 유비는 불덩이 같은 속을 억지로 눌러 참으며 그대로 했다.

유비가 사자를 면죽으로 보내 유봉에게 맹달을 치라는 명을 내리자 유봉은 얼른 거기 따랐다. 관공에게 지은 죄를 이참에 벗겠다는 듯 크게 군사를 일으켜 맹달을 잡으러 갔다.

한편 상용을 버리고 떠난 맹달은 며칠 뒤 허창에 이르러 조비를 찾았다.

마침 문무 관원들을 모아놓고 나랏일을 의논하던 조비는 촉의 장수 맹달이 항복해 왔다는 말을 듣자 얼른 불러들이게 했다.

"네가 이렇게 온 것은 혹 거짓 항복으로 나를 해치려 함이 아니냐?"

너무 뜻밖의 일이라 조비는 먼저 그런 말로 맹달의 속부터 떠보았다. 맹달은 머리를 연신 조아리며 말했다.

"신이 전에 관공의 위태로움을 구해주지 않았다 하여 한중왕이 죽이려 하기에 두려워서 이곳으로 왔습니다. 다른 뜻은 결코 없으니 부디 너그러이 거두어주십시오."

조비는 그래도 맹달을 믿을 수가 없었다. 그때껏 유비가 중하게 쓰던 사람이 투항해 온 예는 거의 없었던 까닭이었다. 그 바람에 다시 이것저것 캐묻고 있는데 문득 급한 전갈이 들어왔다.

"유봉이 오만 군사를 이끌고 양양성을 치러 왔습니다. 그러나 싸움을 걸며 하는 소리는 다만 맹달을 죽이러 왔다는 것뿐입니다."

그제서야 조비도 맹달을 조금 믿는 마음이 생겼다. 그러나 아직도 다 믿을 수는 없다는 듯 맹달을 보고 말했다.

"정히 이 항복이 네 참뜻이라면 어서 양양으로 가서 유봉의 목을 가져오너라. 그래야만 네 말을 믿을 수 있겠다."

맹달이 그 말에 고개를 저으며 대꾸했다.

"아니올시다. 군사를 움직일 것도 유봉의 목을 벨 까닭도 없습니다. 제가 가서 이로움과 해로움을 따져가며 그를 달래보겠습니다. 그의 죄 또한 나와 같으니 반드시 대왕께로 항복해 올 것입니다."

그러자 비로소 조비도 기쁜 낯빛을 지으며 맹달을 받아들였다. 맹달에게 산기상시(散騎常侍), 건무장군(建武將軍), 평양정후(平陽亭侯)에 신성(新城) 태수를 내리고 곧 양양으로 보냈다.

그 무렵 양양에는 하후상과 서황이 이미 대군을 거느리고 가 있었다. 맹달이 오기 전부터 상용을 빼앗으려고 조비가 손을 써둔 것이었다. 양양에 이른 맹달은 그 두 장수를 만나보고 물었다.

"유봉은 지금 어디에 있습니까?"

"성 밖 오십 리쯤 되는 곳에 진을 치고 있소이다."

서황과 하후상이 아는 대로 대답했다. 그러자 맹달은 먼저 유봉에게 글 한 통을 써 보냈다. 짐작 가는 대로 한중왕의 속셈을 유봉에게 밝혀줌과 아울러 조비에게 항복할 것을 권하는 글이었다.

사자가 가져온 편지를 읽은 유봉은 몹시 성난 소리로 외쳤다.

"이 도적놈이 전에는 우리 숙질(叔姪) 간의 의를 저버리게 하더니 이제는 또 우리 부자간의 의마저 끊어놓으려 하는구나. 그야말로 나를 불효불충한 사람으로 만들려는 놈이다!"

그러고는 그 글을 북북 찢고 사자를 목 베 굳은 뜻을 알렸다. 그렇도록 유봉은 아직 때묻지 않은 데가 있었다.

맹달도 유봉이 편지를 찢고 사자를 목 벴다는 말을 듣자 분이 머리끝까지 올랐다. 다음 날 유봉이 군사를 이끌고 나와 싸움을 걸자 그 또한 지지 않고 나가 맞섰다. 양쪽 군사들이 둥글게 진을 쳐 맞선 가운데 유봉이 문기 아래 나가 칼끝으로 맹달을 가리키며 꾸짖었다.

"나라를 저버린 이 역적 놈아, 네 어찌 그따위 어지러운 말로 나를 꾀려 했느냐?"

맹달도 지지 않고 유봉에게 맞서 꾸짖었다.

"이 가엾은 것아, 너는 죽음이 이미 네 머리 위에 와 있는데도 아직 그걸 깨닫지 못하는구나. 네 어찌 그리도 머리가 어둡고 무디냐?"

그러자 유봉은 더 성을 참지 못하고 말을 박차 달려 나갔다. 단칼로 맹달을 쪼개놓겠다는 듯한 기세였다. 맹달도 물러나지 않고 맞섰으나 유봉의 그 엄청난 기세를 당해내지 못한 듯했다. 세 합을 넘기지 못하고 쫓겨 달아났다.

유봉은 이긴 기세를 타고 군사를 몰아 맹달을 뒤쫓았다. 그런데 한 이십 리 남짓 뒤따랐을까, 문득 한군데서 크게 함성이 일며 숨어 있던 위병(魏兵)들이 쏟아져 나왔다. 왼쪽은 하후상이 이끄는 군사요, 오른편은 서황이 이끄는 군사였다. 거기다가 그때껏 쫓기던 맹달까지 되돌아서서 덤비니 유봉은 한꺼번에 세 갈래의 적을 맞게 되었다.

유봉은 그제서야 자신이 맹달에게 속았음을 깨달았으나 이미 때는 늦어 있었다. 싸움이고 뭐고 그대로 뭉그러져 상용으로 달아났다.

"문 열어라. 내가 왔다."

겨우 상용에 이른 유봉이 성 위를 쳐다보고 숨 넘어가는 소리를 내질렀을 때였다. 갑자기 성 위에서 화살이 비오듯 쏟아지며, 한 장수가 우뚝 서서 소리쳤다.

"다른 데 가서 알아보아라. 우리는 이미 위에 항복했다!"

유봉이 바라보니 바로 신탐이었다. 그 뜻 아니한 배신에 유봉은 왈칵 성이 났다. 성을 들이쳐 신탐을 박살내려 했으나 뜻 같지가 못했다. 뒤쫓던 위병들이 어느새 등 뒤에 이른 까닭이었다.

하는 수 없이 유봉은 상용을 버려두고 가까운 방릉으로 말 머리를 돌렸다. 그러나 방릉도 상용과 크게 다르지 않았다. 성 위에 가득 꽂힌 것은 모두 위의 깃발인 데다, 성벽 위에 서 있던 신의가 다시 한 기를 세우자 한 떼의 위병들이 성 뒤쪽에서 쏟아져 나왔다. 유봉이 놀라 쳐다보니 그들이 앞세운 깃발에는 '우장군(右將軍) 서황'이라 크게 씌어 있었다.

그 깃발을 보자 유봉은 감히 맞붙어 싸울 마음이 없어졌다. 급히 말 머리를 돌려 이번에는 서천을 향해 달아나기 시작했다. 서황이

승세를 타고 그런 유봉을 뒤쫓으며 마구 죽이니 무사히 빠져나온 것은 겨우 유봉을 비롯한 백여 기에 지나지 않았다.

성도에 이른 유봉은 한중왕을 찾아보고 땅에 엎드려 울며 그간의 일을 자세히 아뢰었다. 유비가 몇 마디 듣지도 않고 성난 소리로 꾸짖었다.

"욕된 아들이 무슨 낯으로 다시 나를 보러 왔는가?"

"숙부의 일은 제가 구하려 하지 않은 게 아니고 맹달이 중간에서 훼방을 놓은 까닭입니다."

유봉이 그렇게 변명해보았으나 한중왕 유비는 더욱 노할 뿐이었다.

"너도 사람의 밥을 먹고 사람의 옷을 꿰고 있는 놈이 아니더냐? 나무나 흙으로 만든 허수아비가 아닌 담에야 어찌 간사한 역적 놈의 말을 들어 마땅히 해야 할 일을 하지 않는단 말이더냐!"

그리고 좌우를 돌아보며 서릿발 같은 영을 내렸다.

"저 짐승만도 못한 놈을 어서 끌어내 목 베어라!"

유봉으로서는 참으로 억울한 죽음이었다. 관공의 곤경을 외면한 것은 큰 죄가 될 만했으나 그 죄를 씻기 위한 그의 노력 또한 적지 않았다.

유봉이 자신을 달래려는 맹달의 글을 찢고 그 사자를 목 벤 일을 나중에야 들은 유비도 그를 죽인 걸 후회했다. 그러나 이미 죽은 사람을 되살릴 길이 없어 마음 아파하다 보니 관공을 잃은 슬픔과 더불어 그대로 병이 되었다.

한중왕이 자리에 눕자 군사를 들어 동오를 치려던 일은 뒤로 미루어질 수밖에 없었다. 그 바람에 촉의 대군이 묶여 있게 되어 천하는 잠시 긴장한 가운데나마 싸움 먼지가 가라앉았다.

사방이 조용해지자 위왕 조비는 다시 내치(內治)에 힘을 쏟았다.

모든 문무 관원들의 벼슬을 높여 흠뻑 그들의 마음을 거두어들인 뒤 갑병 삼십만을 거느리고 남쪽에 있는 고향을 찾아보았다. 선영이 있는 패국 초현을 찾아 옛적 한고조를 흉내 낸 듯싶다.

조비가 찾아가자 고향 늙은이들이 길을 메우며 잔을 올렸다. 바로 한고조가 제위에 오른 뒤 고향인 패에 돌아갔을 때 마을 늙은이들이 한 대로였다. 조비는 흐뭇하기 그지없어 일일이 잔을 받아 마시며 그들과 즐기는데 사람이 와서 알렸다.

"대장군 하후돈이 병들어 매우 위태롭다고 합니다."

그 말을 들은 조비는 곧 업군으로 돌아갔다. 그리고 하후돈이 끝내 죽자 스스로 상복을 입고 후하게 장사 지내주니, 장수를 아끼는 마음은 그 아비 조조에 못지않았다.

그해 팔월이 되자 나라 안에서는 여러 가지 상서로운 조짐이 있었다. 석읍현이라는 곳에서는 봉황이 날고 임치성에서는 기린이 나왔으며 업군에서는 황룡이 나타났다.

이에 중랑장 이복(李伏)과 태사승 허지(許芝)가 가만히 만나 의논했다.

"이런 여러 가지 징조는 위가 한을 갈음해 천하를 다스리게 되리라는 걸 말하려는 듯하오. 마땅히 제위를 선양(禪讓)받을 예를 마련하고 한의 천자로 하여금 위왕에게 천하를 넘기도록 권해야 할 것이오."

그러고는 화흠, 왕랑, 가후, 신비, 유이, 유엽, 진교, 진군, 환해를 비롯한 마흔여 명의 문무 관원들에게 자기들의 뜻을 알렸다. 조조가 살아 있을 때는 그 자신이 하도 완강히 마다하는 바람에 그 일을 미루어오던 그들이었으나, 이제 거리낌이 없었다. 말이 나오기 바쁘게 내전으로 떼지어 달려가 헌제를 찾아보고 권했다.

"엎드려 살피건대 위왕께서 왕위에 오르신 뒤로 덕은 사방에 미치고 어짊은 만물을 감싸, 예와 이제를 뛰어넘습니다. 비록 당우(唐虞)의 시대라 해도 이보다 더하지는 못할 것입니다. 거기다가 여러 신하들이 모여 의논한 바 한결같이 한의 운세는 이미 다했다는 말들을 했습니다. 바라건대 폐하께서는 요순(堯舜)의 도(道)를 본받아 산천과 사직을 위왕 전하께 넘겨주도록 하십시오. 이는 위로 하늘의 뜻에 따르고 아래로 사람의 마음에 맞추는 일일 뿐만 아니라, 폐하께서도 깨끗하고 고요한 복을 누리실 수 있게 될 것입니다. 신들은 조종(祖宗)에 대해서도, 천하의 뭇 목숨붙이에게도 이보다 더한 다행이 없다고 여겨 의논을 정하고 특히 찾아와 주청을 올립니다."

그 말을 들은 헌제는 깜짝 놀랐다. 한참을 넋 빠진 사람처럼 말없이 앉았다가, 문득 백관을 돌아보고 흐느끼며 말했다.

"짐이 헤아려보니 우리 고조께서 석 자 칼로 큰 뱀을 베시고 의로운 군사를 일으키시어, 진(秦)을 평정하고 초(楚)를 없애 제업을 이루신 지 벌써 사백 년이 되었소. 짐이 비록 재주 없으나 아직 이렇다 할 잘못이 없는데 어찌 조종께서 물려주신 대업을 함부로 버릴 수 있단 말이오? 그대들 모든 관원들은 다시 한번 공의(公義)로 의논해

보시오."

그러자 화흠이 이복과 허지를 데리고 헌제 앞으로 우적우적 다가와 을러대듯 말했다.

"한의 운세가 다했다는데도 믿지 않으시니 그렇다면 이 두 사람에게 물어보십시오. 무슨 일이 있었는지 아실 것입니다."

그 말에 헌제가 그 두 사람을 물끄러미 쳐다보니 이복이 제 스스로 나서서 말했다.

"위왕께서 즉위하신 뒤로 기린이 내려오고 봉황이 날았으며 황룡이 보였습니다. 거기다가 또 가화(嘉禾, 이삭이 많이 붙은 상서로운 벼)가 패고, 감로(甘露)가 내렸으니 이는 곧 하늘이 위로 하여금 한을 대신케 하라는 뜻을 보인 것이라 여겨집니다."

허지가 다시 그런 이복을 거들어 말했다.

"저희들은 천문을 살피는 일을 맡은 벼슬아치들로 밤에 건상(乾象)을 보니, 한의 기수(氣數)는 이미 다했고, 폐하의 별도 어디론가 숨어 보이지 않고 있습니다. 거기 비해 위의 건상은 하늘에 이르고 땅을 덮어 그 빛남이 말로 다 드러내기 어렵습니다. 뿐만 아니라 도참(圖讖)에도 그런 뜻을 나타내는 글이 뚜렷이 나와 있습니다."

"그게 어떤 글인가?"

그제서야 헌제도 마지못한 듯 허지에게 물었다. 허지가 더욱 힘을 주어 말했다.

"참문(讖文)에 씌어 있기를, 귀(鬼)자 곁에 위(委)자가 연이어 한(漢)을 갈음하니 할 말 없구나. 언(言)자는 동이요, 오(午)자는 서라, 두 해가 나란히 빛나며 아래위로 있는 곳이네[鬼在邊 委相連, 當代漢

無可言, 言在東 午在西, 兩日並光 上下移]라 했습니다. 귀자가 변이 되고 위자가 곁에 이어지면 바로 위(魏)자가 되어 위(魏)가 한(漢)을 갈음하게 된다는 뜻이며, 언자가 동쪽에 있고 오자가 서쪽에 있으면 합쳐 허(許)요, 두 해(日)가 아래위로 나란히 빛나면 창(昌)이 되니 곧 허창(許昌)에서 위가 한으로부터 천하를 물려받게 될 것이란 뜻이 아니겠습니까? 바라건대 폐하께서는 이 같은 하늘의 뜻을 깊이 헤아려주십시오."

하지만 헌제는 그래도 얼른 그들의 말을 받아들이려 하지 않았다. 애써 위엄을 되찾으며 나무라듯 말했다.

"상서로운 조짐이니 도참 따위는 모두 허망한 것들이다. 그대들은 어찌 그 허망한 것을 믿어 짐에게 조종이 물려주신 기업을 버리라고 하는가?"

그러자 이번에는 왕랑이 나섰다.

"예부터 일어남이 있으면 반드시 스러짐이 있고, 성하면 쇠함이 따르는 법입니다. 망하지 않는 나라가 어디 있고, 기울지 않는 집이 어디 있겠습니까? 한실은 사백 년을 이어 오다가 폐하에 이르러 이제 운세가 다했습니다. 폐하께서는 마땅히 천하를 내어주고 물러가 피하실 일이지, 쓸데없이 늑장을 부리시며 끌어가셔서는 아니 됩니다. 더 끌다가는 반드시 변란이 일 것이니 부디 그걸 살피시어 나아감과 물러남을 정하십시오."

이제는 주청이라기보다는 드러내놓고 하는 협박이었다. 일이 거기 이르자 헌제도 말로 뻗대봐야 쓸데없다는 걸 알았다. 다만 큰 소리로 흐느끼며 후전으로 들어가는데 백관들은 모두 그걸 비웃으며 흩어졌다.

다음 날이 되었다. 뭇 벼슬아치들이 다시 대전에 모여 환관들로 하여금 헌제를 불러내게 했다. 헌제는 두렵고도 걱정이 되어 감히 대전으로 나오지 못했다. 조황후(曹皇后)가 그런 헌제에게 물었다.

"백관들이 모두 모여 폐하를 뵙고자 청한다는데 폐하께서는 어찌하여 핑계만 대고 나가지 않으십니까?"

"그대의 오라버니가 제위를 빼앗으려고 백관을 시켜 나를 윽박지르려는 까닭에 나가지 못하고 있소."

헌제가 울며 그렇게 대꾸했다. 조황후는 조조의 딸이요, 조비의 누이동생이었다. 발끈 성을 내며 소리쳤다.

"아닙니다. 제 오라버니가 어찌 그런 역적질을 하려 들 리 있겠습니까?"

하지만 바로 그때였다. 그런 황후를 비웃듯 조홍과 조휴가 칼을 찬 채 들어와 헌제에게 나갈 것을 졸랐다. 성난 황후가 그런 둘을 소리쳐 꾸짖었다.

"바로 네놈들이 부귀에 눈이 어두워 함께 역적질을 꾸민 놈들이로구나. 아버님께서는 공이 온 세상을 덮고 위엄이 천하를 떨쳐 울렸건만 그래도 나라의 신기(神器)만은 감히 넘보지 않으셨다. 그런데 이제 오라버니는 왕위를 이은 지도 얼마 되지 않으면서 벌써 한으로부터 천하를 뺏을 생각을 한단 말이냐? 도대체 너희는 하늘이 두렵지도 않느냐?"

그러고는 통곡하며 내전으로 들어가버렸다. 한쪽은 지아비요, 한쪽은 오라버니라, 아무리 펄펄 뛰어봐도 그 길밖에 없었다. 그런 황후를 보는 시녀들도 한결같이 눈물을 쏟았다.

그 소동을 겪고도 조홍과 조휴는 기어이 헌제를 대전으로 끌어내려 했다. 마침내 헌제도 그들의 청을 물리치지 못해 옷을 갈아입고 대전으로 나갔다.

화흠이 기다렸다는 듯 나서더니 아예 으름장으로 나왔다.

"폐하께서는 아무래도 어제 저희들이 의논해서 정한 일을 따르심이 좋을 듯합니다. 그래야만 큰 화를 입지 않게 되실 것입니다."

"그대들은 모두 한의 봉록을 먹은 사람들이요, 개중에는 공신의 자손도 있을 것이다. 그런데 어찌 차마 이런 신하답지 못한 일을 꾸미는가?"

헌제가 마지막 안간힘을 썼다. 화흠이 한층 불측한 어조로 그런 헌제를 을러댔다.

"폐하께서 기어이 저희들의 뜻을 따르지 않으시다가 오래잖아 소장지변(蕭牆之變, 안에서 일어난 변고)을 당할까 두렵습니다. 저희가 불충해서 이러는 게 결코 아닙니다."

"누가 감히 천자인 이 몸을 죽인단 말인가?"

지렁이도 밟으면 꿈틀한다던가, 헌제도 마침내 목소리를 높였다. 화흠도 지지 않고 맞받아 꾸짖듯 말했다.

"폐하가 임금으로서 복이 없어 천하가 이같이 어지러운 것은 세상 사람들이 다 알고 있는 일입니다. 만약 위왕께서 조정에 계시지 않았다면 폐하를 죽이려는 자가 어찌 하나뿐이겠습니까? 폐하께서 은혜를 알아 갚지 않으심은 곧 천하의 모든 이들로 하여금 함께 폐하를 치라고 하는 소리나 같다는 걸 모르십니까?"

끝내 천자의 자리를 내놓지 않으면 우리 모두가 당신을 죽이겠소, 라는 것과 같은 소리였다. 그제서야 헌제도 크게 놀랐다. 우선 시간이라도 벌어볼 셈으로 소매를 떨치고 일어났다.

왕랑이 그런 헌제를 보고 화흠에게 눈짓을 보냈다. 화흠이 달려나가 헌제의 옷자락을 잡아끌며 낯성을 내 소리쳤다.

"허락하는 것이오? 않는 것이오? 어서 한마디만 말하시오."

신하가 임금에게 하는 말이라기보다는 거리의 무뢰배가 양인을 잡고 위협하는 것에 가까웠다. 헌제는 떨며 답을 하지 못했다. 조홍과 조휴가 칼을 빼들고 그런 화흠을 도와 소리쳤다.

"부보랑(符寶郞)은 어디 있는가? 부보랑은 어서 나오라!"

부보랑은 옥새를 맡아 간수하는 벼슬아치다. 그 일을 보고 있던 조필(祖弼)이 그들의 부름에 답하며 나섰다.

"부보랑은 여기 있소."

"부보랑은 어서 옥새를 가져오너라!"

조홍이 험한 낯빛으로 조필을 쏘아보며 다시 소리쳤다. 그러자 조필이 조홍을 꾸짖었다.

"옥새는 천자의 보배다. 어찌 그대가 함부로 내오라고 하는가!"

하지만 조홍이 그만 일에 물러설 사람은 아니었다. 대꾸할 것도 없다는 듯 무사들을 불러 조필을 가리키며 명했다.

"무엇들 하는가? 저놈을 끌어내 목 베어라!"

이에 조필은 무사들에게 끌려나갔으나 목이 떨어질 때까지 꾸짖기를 멈추지 않았다.

조필이 죽는 걸 본 헌제는 더욱 겁이 났다. 사시나무 떨듯 몸을 떨며 계하를 살펴보니 갑옷 입고 창을 든 수백 군사가 모두 위병이었다. 헌제도 마침내는 더 버틸 수 없음을 알았다. 눈물을 흘리며 거기 모인 신하들에게 말했다.

"그대들이 바라는 대로 천하를 위왕에게 넘겨주겠소. 다행히 남은 목숨을 붙여주어 하늘이 정한 때에 눈감을 수 있기를 바랄 뿐이오."

뒤엣말은 금세라도 조홍, 조휴가 칼로 찍을 것 같아 덧붙인 소리였다. 가후가 보기 딱했던지 좋은 말로 헌제의 두려움을 덜어주었다.

"위왕께서는 결코 폐하를 저버리시지 않을 것입니다. 폐하께서는 되도록이면 빨리 선양의 조서를 내리시어 여럿의 마음을 가라앉혀 주십시오."

이에 헌제는 그 자리에서 진군에게 영을 내려 나라를 넘겨준다는 조서를 짓게 했다. 그리고 그 조서가 다되자 화흠에게 옥새를 받쳐 들고 백관들과 더불어 위 왕궁으로 찾아가 바치게 했다.

천자로부터 옥새와 함께 조서가 왔다는 말을 듣자 조비는 뛸 듯이 기뻤다. 곧 조서를 뜯어보니 그 대략은 이러했다.

'짐이 제위에 오른 지 서른다섯 해 천하가 들끓고 뒤집힐 듯하였으되 다행히 조종의 혼령이 도와 위태로움을 면하고 이렇듯 다시 제위를 이어가게 되었다. 그러나 이제 우러러 하늘을 살피고 굽어 백성들의 마음을 헤아려보니 한의 천수(天數)는 이미 끝나고 모든 것은 조씨에게로 옮겨진 듯하다. 이것은 전왕(前王)의 신무(神武)한 업적에다 다시 금왕(今王)의 밝은 덕이 더해 때에 응함이니, 역수(曆數)의 뚜렷하고 밝음을 믿고 알 만하다. 무릇 대도(大道)를 행함에 있어 천하는 공의(公義)를 따라 주고받아야 하는 법, 당요(唐堯)는 사사로이 그 아들에게 천하를 넘기지 않아 길이 이름을 남길 수 있었다. 짐은 그 일을 홀로 사모하다 이제 요를 본받아 승상인 위왕에게 천하를 넘겨주고자 한다. 왕이여, 행여라도 사양하지 말진저.'

읽기를 마친 조비는 곧 거기 쓰인 대로 조서를 받아들이려 했다. 그때 사마의가 가만히 말했다.

"아니 됩니다. 비록 조서와 옥새가 이르렀다 해도 전하께서는 마땅히 표를 올려 겸양을 보이심으로써 세상 사람들의 나무람을 없이 해야 합니다."

조비도 금세 그 말을 알아들었다. 왕랑에게 표문을 짓게 하고, 스스로 덕이 엷음을 내세우면서 따로이 어진 이를 찾아 제위를 물려주기를 청했다. 비록 사양은 했지만 헌제가 천자 자리를 내놓아야 한다는 것만은 움직일 수 없게 만들어버린 것이었다.

조비가 올린 표문을 읽어본 헌제는 놀랍고도 의심스러웠다. 그의 사람을 시켜 억지로 옥새를 뺏아가다시피 해놓고 이제 마다하니 그 속셈을 알 수가 없었다. 이에 다시 여러 신하들을 보고 물었다.

"위왕이 겸손하여 받지 않으니 어쨌으면 좋겠는가?"

속으로는 그게 조비의 진심이기를 바라며 해본 소리였다. 그러나 그 물음이 떨어지기 바쁘게 화흠이 나와 말했다.

"지난날 무왕(武王)은 왕호를 받을 때 세 번 그 조서를 사양한 뒤에야 받아들였습니다. 폐하께서는 마땅히 다시 조서를 내리시어 권하도록 하십시오. 그러면 그때는 위왕께서도 그 뜻을 따르실 것입니다."

그 바람에 헌제는 하는 수 없이 이번에는 환해(桓楷)를 시켜 다시 조서를 짓게 했다. 그리고 고묘사(高廟使) 장음(張音)에게 절(節)을 갖추고 옥새를 받들어 위왕궁으로 가게 했다.

조비가 두 번째 조서를 받아 읽어보니 거기에는 이렇게 적혀 있었다.

'그대 위왕이여, 글을 올려 겸양하는구나. 그러하되 짐이 한을 맡은 뒤로 성하던 것이 점점 쇠하여 오늘처럼 된 지 이미 오래되었다. 다행히 무왕 조조가 나서 덕과 운을 어우르고 크게 무위를 떨쳐 사납고 흉측한 무리를 쳐 없애니 겨우 이 땅이 깨끗해지고 안정을 얻었다. 거기다가 금왕 비(조)는 그 실마리를 이어 지극한 덕을 널리 비추니, 가르침은 사해를 덮고 어진 풍속은 온 땅에 퍼졌다. 실로 하늘과 땅이 정한 운수가 그대에게 있음을 알 만하다. 옛적 우순(虞舜)은 큰 공 스물이 있어 방훈(放勳, 요임금을 높여 부르는 말)이 천하를 넘겨주었고, 대우(大禹)는 물을 다스린 업적이 있어 중화(重華, 순임금을 높여 부르는 말)가 제위를 물려주었다. 우리 한은 요의 운을 이어받았으니 이제 마땅히 그 거룩함을 다시 전해야 할 의가 있으리라. 신령스런 땅귀신의 뜻을 따르고 하늘의 밝은 명을 받들어, 어사대부 장음으로 하여금 지절(持節)과 더불어 황제의 옥새를 바치게 하니 왕이여 부디 거둘지어다.'

조비는 다시 온 그 조서를 읽고 흐뭇하기 그지없었다. 그러나 첫 번째 조서를 받았을 때 사마의에게 들은 말이 있어, 이번에도 얼른 거두어들이지 못하고 가후에게 말했다.

"비록 두 차례에 걸친 조서를 받기는 하였으나 마침내는 천하와 뒷사람들에게 내가 역적질했다는 소리를 듣게 될까 두렵소. 어떻게 하면 그런 더러운 이름을 얻지 않을 수 있겠소?"

"그야 매우 쉬운 일입니다. 다시 장음에게 명해 옥새를 가지고 돌아가라 이르신 다음 가만히 화흠을 불러 시키십시오. 한제(漢帝)로 하여금 수선대(受禪臺)란 축대 하나를 쌓게 하고, 길일을 골라 높고 낮은 벼슬아치를 모두 그 대 아래 모이도록 하는 것입니다. 그리고 거기서 한제로 하여금 몸소 옥새를 받들어 대왕께 바침으로써 천하를 넘겨주게 한다면, 여럿의 의심을 풀어줄 뿐만 아니라 되잖은 쑥덕거림도 막을 수 있습니다."

조비는 그 말이 꼭 됐다 싶었다. 장음에게 명해 옥새를 가지고 돌아가게 하는 한편 다시 사양하는 표문을 지어 올렸다. 그사이 화흠에게 사람을 보내 가후가 말한 대로 시켰음은 더욱 말할 나위도 없었다.

한편 헌제는 두 번째로 내린 조서가 또 돌아오자 이번에도 군신들을 돌아보며 물었다.

"위왕이 또다시 사양하니 알 수 없구려. 그대들은 그 뜻이 무엇인 듯싶소?"

그러자 화흠이 다시 나서서 미리 준비하고 있던 말을 했다.

"폐하께서는 높은 대 하나를 쌓아 그걸 수선대라 이름하십시오. 그런 다음 여러 공경(公卿)과 백성들이 보는 앞에서 제위를 물려주는 뜻을 뚜렷하게 밝히시는 것입니다. 그렇게 하면 폐하께서는 자자손손에 이르기까지 위의 두터운 은혜를 입게 될 것입니다.”

화흠의 그 같은 말은 참람되다 못해 끔찍하기까지 했으나 힘없는 천자라 그대로 따르지 않을 수 없었다. 곧 태상원(太常院)의 벼슬아치를 보내 번양에서도 좋은 땅을 고른 뒤 삼층의 높은 대를 쌓게 했다. 그리고 따로이 날을 가려 시월 경오(庚午)날 인시(寅時)에 선양의 예식을 갖기로 했다.

정한 날이 되자 헌제는 위왕 조비를 청하여 수선대 위에 오르게 했다. 대 아래에는 높고 낮은 벼슬아치 사백여 명과 어림(御林), 호분(虎賁)의 금군(禁軍) 삼십만이 지켜보고 있었다. 그들의 눈앞에서 헌제는 몸소 옥새를 조비에게 바쳐 올렸다. 그제서야 조비도 마다않고 옥새를 거두어들였다. 뒤이어 군신들이 대 아래 꿇어앉은 가운데 조비에게 천하를 선양한다는 책(冊) 읽는 소리가 낭랑히 들렸다.

‘그대 위왕이여, 들으라. 지난날 당요(唐堯)는 우순(虞舜)에게 천하를 물려주었고, 순 또한 우에게 그 자리를 넘겨주었다. 이와 같이 천명은 언제나 한자리에 머무는 것이 아니라 덕 있는 이에게로 돌아가는 법이다. 한의 운세가 갈수록 쇠하더니 짐에 이르러서는 크게 어지럽고 어두워져 흉한 무리가 역적질을 일삼고 나라는 뒤집어질 것 같았다.

그때 무왕(조조)이 나와 그 신무함으로 사방을 어려움에서 건지고 화하를 깨끗이 함으로써 나의 종묘를 지켜주었다. 그 덕이 어찌 짐 한 사람만의 얻음일 것인가. 실은 천하의 모든 곳[九服]에 미쳤다.

금왕은 그와 같은 앞선 실마리를 이어 덕을 빛내고 문무의 대업을 되살려 그대 아비의 홍렬(弘烈)함을 더욱 드러냈다. 이에 황령(皇靈)은 상서로운 기운을 드러내고, 사람과 귀신은 아울러 징조를 보여, 백성들을 보살핌이 큰일임을 알려주고 모든 것을 그대에게 내주기를 짐에게 명했다. 모두 말하기를 그대는 우순에 견줄 만하다 하니, 나는 이제 당요를 본받아 그대에게 제위를 물려주려 하노라.

오호라, 하늘의 역수(曆數)는 그대 한 몸에 있으니 그대는 사양 말고 만국을 받아 천명을 이으라.'

읽기가 끝나자 위왕 조비는 수선(受禪)의 대례(大禮)를 치르고 제위에 올랐다. 가후가 높고 낮은 벼슬아치들을 모두 이끌고 대 아래로 가서 조례를 드렸다.

조비는 다시 연호를 고쳐 연강(延康) 원년을 황초(黃初) 원년으로 삼고 천하에 대사령을 내리는 한편 죽은 아비 조조에게 태조(太祖) 무황제(武皇帝)란 시호를 올렸다.

그다음이 헌제 차례였다. 화흠이 조비 앞으로 나가 아뢰었다.

"하늘에는 두 해가 없고, 백성들에게는 두 왕이 있을 수 없습니다. 한제(漢帝)는 이미 천하를 폐하께 넘겨주었으니 마땅히 변두리 땅으로 물러나야 할 것입니다. 조서를 내리시어 유씨(劉氏)를 어느 땅에 둘 것인지를 밝혀주옵소서."

그러고는 헌제를 대 위에서 끌어내려 다른 신하들과 마찬가지로 조비 앞에 무릎 꿇게 했다. 조비는 헌제를 산양공(山陽公)으로 봉하고 그날로 봉지(封地)를 찾아 떠나가게 했다. 하도 기가 막혀 머뭇거리는 헌제를 화흠이 소리 높여 꾸짖었다.

"한 천자가 세워졌으면 한 천자는 없어지는 것이 예부터 있어온 일이오. 지금 천자께서 인자하셔서 차마 그대를 해치지 못하고 산양 공에 봉하셨으니, 그대는 오늘로 떠나가되 부름이 없으면 결코 조정으로 들어오지 마시오."

그제서야 헌제는 비 오듯 눈물을 흘리며 조비에게 절하고 말에 올라 갈 곳으로 떠났다. 그걸 보는 대 아래의 군사와 백성들은 모두 슬픔과 원통함을 이기지 못했다. 그러나 조비는 흐뭇하기 그지없었다. 누구에게랄 것도 없이 중얼거렸다.

"순임금이 우임금에게 선위한 일이 어땠는지를 이제 짐도 알 것 같소."

하지만 그가 알았다는 게 비정한 힘의 논리인지 아니면 스스로 취한 아름다운 선양의 미덕인지는 아무도 짐작할 길이 없었다.

대 아래의 뭇 벼슬아치들은 다만 기꺼워하는 조비에게 만세를 외쳐 화답할 뿐이었다. 그로부터 몇십 년도 안 돼 바로 그와 같은 일이 이번에는 거꾸로 조조의 자손에게 일어날 줄 어느 누가 알았으랴.

한스럽다, 익덕도 관공을 따라가고

만세가 끝난 뒤 백관은 조비에게 하늘과 땅에 감사드리기를 권했다. 조비가 일어나 막 하늘과 땅에 절을 올리려 할 때였다. 문득 대 앞에서 한 줄기 괴이한 바람이 일어 모래를 날리고 돌을 굴렸다.

모래와 돌이 비 오듯 쏟아지니 모두 얼굴을 들 수 없는데, 대 위의 촛불까지 남김 없이 꺼져버려 불길한 느낌을 금할 수 없었다.

거기에 놀란 조비가 외마디 비명과 더불어 대 위에 쓰러졌다. 여럿이 달려가 부축해 내렸으나 반나절이 지나서야 겨우 깨어났다.

모시는 사람들은 그런 조비를 급히 궁궐로 옮겨갔다. 조비의 증세는 생각보다 심해 그로부터 며칠이나 조회를 열지 못하다가 얼마 뒤에야 겨우 대전으로 나가 신하들의 하례를 받을 수 있었다.

조비는 자신이 제위에 오르는 데 공이 많은 화흠을 사도(司徒)로 세우고 왕랑으로 사공(司空)을 삼았다. 뿐만 아니라 다른 벼슬아치들도 모두 벼슬을 높이고 상을 내려 기세를 돋워주었다.

그러나 수선대에서 놀라 얻은 조비의 병은 쉬 낫지 않았다. 조비는 그게 허창의 궁궐에 요사한 일이 많은 탓이라 여겨 낙양에다 크게 행궁을 짓게 했다.

이와 같은 위의 움직임은 유비가 풀어놓은 염탐꾼들에 의해 성도에도 전해졌다. 그러나 말이 전해지는 도중에 부풀어나 한제(漢帝)가 조비에게 죽음을 당했다는 말이 곁들여지게 되었다.

그 소식을 들은 유비는 하루 종일 통곡하고, 모든 벼슬아치들에게 상복을 입게 한 뒤 멀리 허창을 바라보며 제례를 올렸다. 그리고 죽었다는 헌제에게는 효민황제(孝愍皇帝)란 시호를 올려 그 넋을 위로했다.

유비의 슬픔이 진정으로 망해버린 한실(漢室)과 죽은 헌제를 위한 것인지, 아니면 충성의 대상을 잃어버린 스스로를 향한 것인지는 누구도 알 길이 없다. 하지만 어느 편이든 울적해하고 상심할 일인 것만은 분명했다.

관공의 죽음, 미방과 부사인의 배신, 유봉의 죽음 따위로 그러지 않아도 성치 못하던 유비의 몸과 마음은 그 일로 다시 병이 들었다.

유비가 병들어 일을 보지 못하자 정사는 모두 공명에게 맡겨졌다. 공명은 태부 허정과 광록대부 초주(譙周)를 불러 가만히 의논했다.

"천하에는 하루도 임금이 없어서는 아니 되오. 조비가 비록 스스로 대위황제(大魏皇帝)에 올랐다 하나 이는 이성(異姓)의 찬탈일 뿐이외다. 한실의 종친이신 우리 한중왕을 받들어 제위에 오르시게 함이 좋겠소."

그러자 초주가 기다렸다는 듯 말했다.

"그러지 않아도 요사이 여러 가지 상서로운 조짐이 많이 있었습니다. 성도 서북쪽에는 누른 기운이 수십 길이나 구름을 찌르며 치뻗었고, 제성(帝星)이 필(畢, 이십팔 수에 드는 별의 이름), 위(胃), 묘(昴) 세 별 어름에서 달처럼 환히 빛나고 있습니다. 이것은 바로 우리 한중왕께서 제위에 오르셔서 한의 대통을 이으리라는 걸 나타내 보이고 있음에 틀림없습니다. 다시 의심할 게 무엇 있겠습니까?"

이에 힘을 얻은 공명은 허정과 더불어 모든 벼슬아치들을 이끌고 한중왕에게 표문을 올렸다. 제위에 올라 끊어진 한의 대통을 다시 이으라는 내용이었다. 표문을 읽어본 유비가 깜짝 놀라 소리쳤다.

"그대들은 나를 불충하고도 불의한 사람을 만들려는가?"

"아닙니다. 조비가 한의 제위를 뺏어 자립했으니, 한실의 후예이신 주상께서 대위에 올라 종사를 잇는 것이 이치에 맞습니다."

공명이 나가 조용히 아뢰었다. 한중왕 유비는 낯빛까지 바꾸며 그런 공명을 꾸짖듯 말했다.

"그것은 역적질을 하라는 소리나 다름없소. 내가 어찌 역적질을 할 수 있단 말이오!"

그리고 소매를 떨쳐 일어나 후궁으로 들어가버렸다. 한중왕이 워낙 매섭게 잘라 말하니 다른 벼슬아치들은 말을 붙여볼 틈도 없었다. 서로 쳐다보기만 하다가 하릴없이 흩어졌다.

사흘 뒤 공명은 다시 여러 벼슬아치들을 데리고 조정에 들어가 한중왕에게 뵙기를 청했다. 한중왕이 나오자 엎드려 있던 여러 벼슬아치들 가운데서 이번에는 허정이 나서서 아뢰었다.

"지금 한의 천자께서는 이미 조비에게 해를 입으셨습니다. 주상께서 대위에 오르시고 크게 군사를 일으켜 역적을 치시지 않으시면 그게 오히려 충의롭지 못한 일이 됩니다. 천하가 바라는 것은 돌아가신 효민황제의 한을 풀어드리는 것이지 주상께서 임금이 되시는 게 아닙니다. 만약 저희들이 의논한 바를 받아들이시지 않으시면 모든 백성들의 바람을 크게 저버리시는 셈이 되고 말 것입니다."

허정이 교묘하게 말을 돌려 전한 것이었으나 한중왕 유비는 조금도 들으려 하지 않았다. 무겁게 고개를 가로저으며,

"내가 비록 경제 폐하의 후손이라고는 해도 아직 이렇다 할 은혜와 덕을 백성들에게 베푼 적이 없소. 그러면서 하루아침에 스스로 천자의 자리에 오른다면, 그게 역적질과 다를 게 무엇이겠소?"

이에 공명이 다시 나서서 여러 가지 말로 한중왕을 권했으나 소용없었다.

한중왕은 끝내 고집을 버리지 않고 그 권유를 따라주지 않았다.

공명은 하는 수 없이 계책을 써보기로 했다. 여러 벼슬아치들에게 이러저러하라고 시켜놓고 스스로는 병을 핑계로 집 밖을 나오지 않았다.

한중왕 유비는 공명이 병들어 위독하다는 말을 듣고 크게 걱정이 되었다. 몸소 공명의 집으로 찾아가 병상을 돌아보고 공명에게 물었다.

"군사께서는 어디가 어떻게 아프시오?"

"가슴이 타는 듯한 게 아무래도 오래는 못 살 성싶습니다."

공명이 짐짓 괴로운 표정을 지으며 힘없이 대꾸했다.

"가슴이 타는 듯하다니 무슨 걱정이 있으신 게로구려. 그래, 군사께 무슨 그리 큰 걱정이 있으시오?"

더욱 놀란 한중왕이 그렇게 물었다. 그러나 공명은 병이 무거워 말도 못하겠다는 듯 눈을 감고 대답하지 않았다. 그러다가 한중왕이 두 번 세 번 거듭 묻자 문득 탄식과 함께 입을 열었다.

"신이 저 남양의 띠집[茅廬]을 나온 뒤로 대왕을 만나 오늘에 이르도록, 말을 하면 들어주지 않으심이 없었고 계책을 내면 따라주지 않으심이 없었습니다. 이제 다행히도 대왕께서는 동천과 서천의 땅을 모두 얻으시어 신이 밤낮으로 바라던 바를 저버리지 않으셨으나 한 가지 한스러운 것은 눈앞의 일입니다. 조비가 천자의 자리를 뺏어 한의 종사가 끊어지게 되었기에, 문무의 관원들은 모두 대왕을 제위에 받들어 올려, 위를 쳐 없애고 유씨(劉氏)를 다시 일으키려 했습니다. 그런데 뜻밖에도 대왕께서 군이 마다하시고 따르지 않으시니, 관원들은 모두 원망하는 마음이 생겨 오래잖아 모조리 흩어져 갈 지경에 이르렀습니다. 문무의 관원들이 모두 흩어지면 위와 오가 쳐들어올 때 양천(兩川)을 지켜내기 어려우니, 신이 어찌 걱정이 되지 않을 수 있겠습니까?"

공명이 그렇게까지 나오자 한중왕도 달리 생각하지 않을 수 없었다. 그러나 아무래도 제위에 오르는 일만은 꺼림칙한지 감추고 있던 마음속까지 털어놓았다.

"나도 헤아려보지 않은 바 아니나 내가 그걸 받아들이면 천하 사람들의 말이 있을까 두렵소."

"성인(聖人)께서 말씀하시기를, 명분이 바르지 않으면 말이 따라주지 아니한다[名不正則言不順] 했으니, 이제 대왕께서는 명분도 바르고 말도 거기에 따를 만한데 달리 따지고 들 게 어디 있겠습니까? 대왕께서는, 하늘이 주는 것을 받지 않으면 오히려 그 미워함을 받게 된다[天與弗取 反受其咎]란 말도 들어보지 못하셨습니까?"

공명이 아픈 사람 같지 않게 한중왕의 말끝을 잡고 늘어졌다. 한중왕도 마지못해 말끝을 흐렸다.

"그 일이라면 군사의 병이 다 나은 뒤에 의논해도 늦지 않소. 부디 몸조리나 잘하시오."

그러자 공명이 뛰듯이 자리에서 몸을 일으키더니 손으로 병풍을 한번 쳤다.

그게 무슨 신호인지 갑자기 방 밖에서 문무 관원들이 쏟아져 들어와 한중왕 앞에 엎드렸다.

"주상께서 이미 윤허하셨으니 하루 빨리 좋은 날을 잡아 대례(大禮)를 올리도록 하시옵소서."

여럿이 입을 모아 그렇게 말하는 소리를 듣고 한중왕이 그리로 눈길을 돌렸다.

모인 사람은 태부 허정, 안한장군 미축, 청의후 상거, 양천후 유표, 별가 조조(趙祚), 치중 양홍, 의조 두경, 종사랑 장상, 태상경 뇌충, 광록경 황권, 좨주 하증, 학사 윤묵, 사업 초주, 대사마 은순, 편장군 장예, 소부 왕모, 소문박사 이적, 종사랑 진복 등의 무리였다.

그제서야 한중왕은 모든 게 공명과 그들이 꾸민 일임을 알았다.

"나를 불의에 빠뜨린 것은 모두 그대들이다!"

한중왕이 그렇게 탄식했으나 공명은 못 들은 체 제 할 말만 했다.

"주상께서 이미 허락이 계셨으니 어서 대를 쌓고 날을 잡아 대례를 올리도록 하시오."

그렇게 백관들을 재촉하는 한편 한중왕을 궁궐로 모셔가게 했다.

박사 허자(許慈)와 간의랑 맹광(孟光)이 일을 맡아 성도의 무담 남쪽에 대를 쌓고, 즉위에 필요한 모든 채비가 끝나자 관원들은 천자가 타는 가마를 갖추어 한중왕을 대위로 모시고 하늘에 제사를 드리게 했다. 초주가 소리 높여 제문을 읽었다.

'건안 이십육년 사월 열이틀 황제 비는 황천후토께 감히 고합니다. 한의 천하는 그 역년(曆年)이 다함 없으니, 지난날 왕망이 도적질한 적이 있으나 광무황제께서 진노하여 죽이고 사직을 다시 보존한 바 있습니다. 이제 조조가 잔인하여 황후를 죽이고 임금을 능멸한 죄가 하늘을 찌르더니 다시 조조의 아들 비가 흉악하여 역적질로 신기(神器)를 빼앗기에 이르렀습니다.

이에 장졸과 신하들이 한의 종사가 땅에 떨어져 끊어짐을 안타까이 여기고, 이 비로 하여금 고조와 광무제의 뒤를 이어 역적에게 하늘을 대신해 벌을 내리기를 빌었습니다. 비는 제위로 나갈 만한 덕이 없는 게 두려우나, 백성들이며 멀리 변방의 군장(君長)들에게 물은 바 모두 말하기를 천명은 마다할 수 없고, 조상들의 기업은 오래 남의 손에 붙어둘 수 없으며, 사해에는 주인이 없을 수 없다 하였습니다. 가히 천하의 모든 바람과 믿음이 이 비 한 몸에 쏠리었다 할 것입니다. 비는 천명이 두렵고, 또 고조, 광무제 두 분께서 이루신 바가 땅에 떨어지려 함을 차마 볼 수 없었습니다. 이에 길일을 잡아 단에 올라 제사 드려 하늘에 고하고 황제의 옥새를 받아들이고자 합니다. 천지신명은 한가(漢家)의 제물을 흠향하시고 길이 평안함을 내리소서.'

초주가 그렇게 읽기를 마치자 공명은 모든 벼슬아치들을 이끌고 나와 옥새를 바쳤다. 한중왕은 옥새를 받아 단 위에 올려놓고 세 번 사양하며 말했다.

"이 유비는 재주와 덕이 아울러 모자라니 부디 재주와 덕이 있는 사람을 골라 이 옥새를 받게 하시오."

그러자 공명이 소리쳐 권했다.

"주상께서는 사해를 평정하시어 공덕이 천하를 밝게 비치고 있습니다. 거기다가 몸은 또 한실의 피를 이으셨으니 마땅히 제위로 나가실 만합니다. 이미 제사 드려 하늘에 고한 일을 어찌 다시 마다하려 하십니까?"

거기 이어 문무백관들은 소리 높여 만세를 외쳤다. 유비도 더는 어쩔 수 없어 옥새를 거두었다.

제위에 오른 한중왕 유비는 연호를 고쳐 장무(章武) 원년으로 하고 왕후 오씨(吳氏)를 황후(皇后)로 높였다. 또 맏아들 유선(劉禪)을 태자로 삼고, 둘째 유영(劉永)을 노왕(魯王), 셋째 유리(劉理)를 양왕(梁王)에 봉했다.

왕부(王府)가 제실(帝室)로 바뀌자 관제며 벼슬 이름도 달라졌다. 제갈량은 승상이 되고 허정은 사도(司徒)가 되었으며 다른 벼슬아치들도 모두 벼슬이 오르거나 상을 받았다.

거기다가 크게 사면령을 내리니 양천의 백성들은 모두 기뻐 뛰며 춤추었다.

다음 날이 되었다. 조회가 열려 문무의 신하들이 두 줄로 나누어 선 가운데 유비가 조서를 내려 말했다.

"짐은 도원에서 관우, 장비와 형제의 의를 맺을 적에 함께 살고 함께 죽기를 다짐했다. 그런데 불행히도 큰 아우 운장이 동오 손권에게 해를 입어 먼저 죽었다. 만약 그 원수를 갚아주지 않으면 옛 맹세를 저버리는 게 될 것이다. 짐은 온 나라를 기울여 군사를 일으키고, 동오를 쳐 역적을 사로잡은 뒤에 그 한을 풀리라!"

제위에 오르고 나니 가장 먼저 관공이 생각난 듯했다. 그런데 선주(先主)가 된 유비의 그 같은 조서가 미처 다 끝나기도 전에 한 사람이 줄에서 빠져나와 계하에 엎드리며 말했다.

"아니 됩니다. 나라를 뺏은 역적은 조조이지 손권이 아닙니다. 이제 조조의 아들 조비가 제위를 찬탈하여 귀신과 사람이 함께 성내고 있으니 폐하께서는 먼저 관중부터 꾀해보도록 하십시오. 위하 상류에 군사를 내어 흉악한 역적을 치면, 관동의 의사들은 틀림없이 모두 양식을 싸들고 말을 채찍질해 왕사를 맞이할 것입니다.

만약 위를 두고 오를 치게 되면 싸움은 한번으로 얼른 결판이 나지 않을 것이니 폐하께서는 부디 살펴주십시오."

그렇게 말한 것은 바로 조운이었다. 선주는 얼굴이 문득 굳어지며 그 말을 받았다.

"손권은 내 아우를 죽였고, 미방, 부사인, 반장, 마충은 하나같이 갈아 마셔도 시원치 않을 원수들이다. 모두 그 고기를 씹고 구족(九族)을 죽여야 내 가슴속의 한을 씻을 것인데 어찌하여 말리는가?"

"한나라를 도적질한 원수는 공의(公義)로운 것이고 형제를 죽인 원수는 사사로운 것입니다. 바라건대 천하를 무겁게 여겨주십시오."

조운이 다시 그렇게 말해보았으나 선주는 마음을 굳힌 듯했다.

"아우의 원수를 갚지 못하고 만리의 강산을 얻은들 귀할 게 무엇이겠는가?"

그러고는 조운의 말을 더 들어주려 하지 않았다.

선주는 크게 군사를 일으키라는 영과 사신을 오계로 보내 번병(番兵) 오만을 불러들이는 한편, 장비가 있는 낭중에도 사신을 보냈다. 거기장군, 영사예교위, 서향후(西鄕侯) 겸 낭중목(閬中牧)이란 긴 벼슬을 내린다는 조서와 함께였다.

이때 낭중의 장비는 관공이 동오에 의해 죽음을 당했다는 소문을 들은 뒤로 하루 종일 울며 지내고 있었다. 한동안은 얼마나 슬피 울었던지 피눈물이 흘러 옷소매가 붉게 젖을 정도였다.

여러 장수들이 술로 그 분노와 슬픔을 달래보게 했으나 술이 취할수록 장비의 분노와 슬픔은 더 커질 뿐이었다.

그 바람에 조금이라도 잘못이 있으면 높고 낮음을 가리지 않고 장졸들을 마구 채찍질해대니, 채찍에 맞아 죽은 장졸이 이미 여럿이었다.

장비는 그래도 속이 안 풀리는지 매일 동오가 있는 남쪽을 이를 갈며 노려보다가 다시 목을 놓아 울곤 했다. 그렇게 미친 듯한 나날을 보내고 있는데, 문득 성도에서 사신이 왔다는 전갈이 왔다. 장비가 달려 나가 맞아들이자 사신은 선주 유비가 내린 조서를 읽었다.

장비는 선주가 있는 북쪽으로 엎드려 절하고 새로 내린 벼슬을 받은 뒤 술자리를 벌여 사신을 대접했다.

몇 순배 술이 돈 뒤에 장비가 못마땅한 듯 물었다.

"형님 관공이 해를 입으신 한은 깊기가 바다보다 더할 것이오. 그런데 조정의 신하들은 어찌하여 빨리 군사를 일으켜 동오를 치라고 주청하지 않으시오?"

"신하들은 대개 먼저 위를 쳐 없앤 뒤에 오를 치라고 권하고 있습니다."

사신이 본 대로 대답했다. 그러자 장비가 벌컥 화를 내며 소리쳤다.

"그게 무슨 말씀이오? 지난날 우리 삼형제가 도원에서 의를 맺을 때 죽고 사는 걸 함께하기로 맹세했소이다. 이제 불행히도 둘째 형이 먼저 돌아가셨는데 어찌 나 혼자 살아남아 부귀를 누릴 수 있겠소? 내 마땅히 천자를 찾아뵙고 오를 칠 군사를 일으키시도록 졸라보겠소. 스스로 전부 선봉이 되어 상복을 입고 오를 쳐부수겠소. 그리하여 형님이 돌아가시도록 한 역적 놈들을 모조리 사로잡아 형님의 영전에 제물로 바침으로써 옛 맹세를 지켜보이겠소!"

그러고는 그 자리에서 일어나 사신과 함께 성도로 달려갔다.

한편 선주 유비는 매일 몸소 교련장으로 나가 군마를 조련시키면서 군사를 일으키면 스스로 이끌고 나가 오를 치리라 벼르고 있었다. 신하들은 모두 걱정이 되었다. 여럿이 떼를 지어 승상의 부중을 찾아보고 공명에게 말했다.

"지금 천자께서는 아직 대위에 오르신 지 오래되지 않으신 터에 몸소 군사를 이끌고 나가시겠다 하니, 이는 사직을 무겁게 여기는 처사가 못 됩니다. 승상께서는 나라의 가장 큰일을 맡으신 분으로서 어찌 말리시지 않으십니까?"

그러자 공명도 답답한 듯 대꾸했다.

"나도 여러 번 힘들여 말렸으나 도무지 들어주시지 않는구려. 오늘 마침 여러분께서 오셨으니 나와 함께 교련장으로 가서 주상을 뵙고 다시 말씀드려봅시다."

그런 다음 백관들을 데리고 교련장으로 찾아갔다.

"폐하께서는 보위에 오르신 지 아직 오래되지 않으신 바, 만약 북으로 위를 쳐 한의 역적을 없애고 대의를 널리 천하에 펴고자 하신다면 몸소 육사(六師)를 이끌고 나가셔도 거리낄 게 없겠습니다. 그러나 오를 쳐서 형제의 원수를 갚는 일이라면 이는 다릅니다. 한 사람 상장을 뽑아 군사를 이끌고 가게 하면 될 것을 무엇 때문에 몸소 움직이려 하십니까?"

공명이 교련장까지 백관을 데리고 나와 말리자 선주 유비도 마음이 약간 달라졌다. 스스로 군사를 이끌고 나가는 일을 한 번 더 생각해보려 하는데 갑자기 근신이 달려와 알렸다.

"거기장군께서 오셨습니다."

선주는 장비가 왔다는 말에 얼른 장비를 불러들였다. 연무청(演武廳)으로 달려온 장비는 땅에 몸을 던지며 선주의 발을 안고 통곡하기 시작했다. 선주 또한 목을 놓고 울었다.

"폐하께서는 천자가 되셨다고 저 도원에서의 맹세를 벌써 잊으셨습니까? 어째서 둘째 형의 원수를 갚아주지 않으십니까?"

장비가 문득 울음을 그치고 선주에게 따지듯 물었다. 선주가 좋은 말로 대꾸했다.

"모든 관원들이 말려 가볍게 움직이지 못했다. 어찌 옛 맹세를 잊을 리 있겠느냐?"

"그 사람들이 어찌 우리 옛 맹세를 안답디까? 만약 폐하께서 가지 않으시겠다면 저 혼자라도 가겠습니다. 이 한 몸을 던지더라도 둘째 형의 원수는 꼭 갚고야 말겠습니다! 만약 그 원수를 갚지 못하면 죽는 한이 있더라도 두 번 다시 폐하를 뵙지 않겠습니다!"

장비는 그러면서 다시 비 오듯 눈물을 쏟았다. 모처럼 마음을 돌려먹었던 선주도 그런 장비를 보자 다시 생각이 달라졌다. 드디어 뜻을 굳힌 듯 결연히 말했다.

"그럴 것 없다. 나도 너와 함께 가겠다. 너는 낭중으로 돌아가 네가 거느린 군마를 모두 이끌고 나오너라. 나도 정병을 이끌고 나갈 것이니 우리 강주(江州)에서 만나도록 하자. 거기서 함께 만나 동오를 치고 뼈에 사무치는 이 한을 씻자!"

그렇게 되니 공명이 그토록 애써 선주의 마음을 돌려놓은 것은 온전히 허사가 되고 말았다.

선주의 그 같은 말을 들은 장비는 기가 났다. 당장 되돌아서서 낭중으로 돌아가려는데 선주가 그를 불러 세우고 당부했다.

"나는 네가 평소 술을 마시면 거칠어져 성을 참지 못함을 잘 안다. 장졸들을 채찍질해놓고 또 그들을 곁에 두는 것은 화를 부르는 길이 된다. 이제부터는 부디 부드럽고 너그럽게 장졸들을 대하고 전같이 심하게 매질하지 말아라."

"그리하겠습니다."

장비는 시원스레 대답한 뒤 유비에게 절을 하고 낭중으로 돌아갔다.

다음 날이 되었다. 선주는 장비와 약속한 대로 군사를 정돈하고 떠날 채비를 했다. 학사 진복(秦宓)이 그대로 볼 수 없다는 듯 나아가 아뢰었다.

"폐하, 이리하셔서는 아니 됩니다. 만승의 귀한 몸을 돌보지 않으시고 이렇듯 작은 의에 얽매이시는 것은 일찍이 옛사람에게 그 예가 없습니다. 바라건대 폐하, 다시 한번 헤아려주옵소서."

"운장과 나는 한 몸이나 다름없다. 아직 그 대의가 살아 있는데 어찌 잊을 수 있겠는가?"

선주가 처음부터 굳은 얼굴로 그렇게 진복의 말을 받았다. 그러나 진복은 그만 소리로 물러나지 않았다. 그대로 선주 앞에 엎드린 채 뻗대었다.

"폐하께서 신의 말을 따르시지 않다가 일을 그르침이 있을까 두렵습니다. 부디 흘려듣지 마시옵소서."

그러자 유비가 벌컥 화를 냈다.

"짐이 이제 크게 군사를 일으키려 하는데 네가 어찌 그리 불길한 소리를 할 수 있단 말이냐?"

그렇게 소리치고는 무사들을 불러 진복을 끌어내 목 베게 했다. 진복은 그래도 낯빛 하나 변하지 않고 선주를 돌아보며 빙긋 웃었다.

"신이 죽는 것은 한스러울 것도 없지만, 새로 연 기업이 곧 뒤집힐 게 실로 안타까울 뿐입니다."

그 같은 진복의 빈정거림에 선주는 더욱 노기가 솟구쳤다. 그러나 여러 관원들이 말려 진복은 겨우 죽음을 면했다.

"잠시 저자를 옥에 가두어두어라. 짐이 원수를 갚고 돌아오는 날 처결하리라!"

선주는 그렇게 말하고 진복을 끌어내게 했다.

공명이 그 일을 알고 표문을 올려 진복을 구하러 나섰다.

'신 양 등은 오적(吳賊)이 간사하고 교활한 꾀로 형주를 뒤엎어, 장성(將星)을 두우(斗牛)에서 떨어지게 하고 하늘을 떠받칠 기둥을 초(楚) 땅에서 꺾어지게 한 일을 생각하니, 애통하기 그지없을 뿐더러 그 간악함을 결코 잊을 수가 없습니다. 그러하되 한을 세 조각으로 낸 죄는 조조에게 있고, 유씨에게서 천명을 앗아간 것도 손권은 아닙니다.

군이 이르자면, 위적(魏賊)만 없애면 오는 곧 제 발로 찾아와 머리를 숙일 것입니다. 바라건대 폐하께서는 진복의 옳고 귀한 말을 받아들이시어, 사졸을 기른 뒤에 따로이 일을 꾀해보도록 하십시오. 사직을 위해서도 천하를 위해서도 그보다 더 큰 다행은 없을 것입니다.'

공명의 표문은 대략 그러했다.

하지만 이번만은 공명의 그처럼 간곡한 권유도 아무 소용이 없었다. 읽기를 마친 선주는 그 표문을 땅에 내던지며 자르듯 말했다.

"짐의 뜻은 이미 정해졌다. 새삼 말려서 어쩌겠다는 것인가!"

그러고는 곧 출병을 서둘렀다.

먼저 승상 제갈량은 태자를 돌보며 서천을 지키게 하고, 표기장군

마초는 아우 마대와 더불어 진북장군 위연을 도와 한중을 지키게 했다. 오를 치러 나간 사이에 위가 군사를 낼 때에 대비해서였다.

다음은 오를 치러 갈 진용의 짜임이었다. 그 출병을 말린 조운은 뒤로 빼돌려져 후위가 됨과 아울러 군량과 마초를 맡아 대게 하고, 황권(黃權)과 정기(程畿)는 참모로 삼았다.

마량과 진진(陳震)은 문서를 맡아보게 했으며, 황충은 전부 선봉으로 세우고, 풍습(馮習)과 장남(張南)을 부장으로 따르게 했다. 부동(傅彤), 장익(張翼)은 중군호위를 맡게 했고 조융(趙融), 요순(廖淳)은 합후(合後)를 보게 했다.

병세는 서천의 장수에다 오계에서 온 번장(蕃將)까지 합쳐 장수가 수백이요, 군사는 칠십오만이나 되었다. 날을 골라 군사를 내니 때는 장무 원년 칠월 병인(丙寅) 날이었다.

한편 낭중으로 돌아간 장비는 장비대로 한 맺힌 동오를 치기 위한 채비에 들어갔다. 관공의 원수 갚음을 앞세우기 위해 모든 군사에게 입힐 흰 갑옷과 흰 군복에 흰 깃발을 마련하되 사흘 안으로 마련해 올리게 했다.

장비가 그런 영을 내린 다음 날이었다. 별로 이름이 알려지지 않은 장수 두 사람이 장비의 군막을 찾아왔다.

갑옷과 깃발을 만들어 댈 일을 맡은 범강(范彊)과 장달(張達)이라는 말장(末將)들이었다.

"수만 군사가 쓸 흰 깃발과 흰 갑주를 한꺼번에는 마련할 길이 없습니다. 기한을 좀 넉넉히 주셔야 되겠습니다."

그들로서는 당연한 소리였다. 그러나 장비는 대뜸 화부터 먼저 냈다.

"나는 원수 갚는 일이 급해 내일 당장이라도 그 역적 놈들 땅에 이르지 못하는 게 한이 될 지경이다. 그런데 너희들이 감히 내 장령(將令)을 어기려 드느냐?"

그러고는 둘을 나무에 매달아 등허리에 쉰 대씩이나 채찍질을 했다.

"내일까지 모든 걸 갖추어라! 만약 어길 때는 너희 둘을 여럿 앞에서 목 베겠다."

매질이 끝난 뒤에도 분이 풀리지 않는지, 둘의 입을 때려 피탈까지 내면서 그렇게 으름장을 놓아 돌려보냈다.

기한을 늘리려 갔다가 죽도록 매질만 당하고 돌아온 범강과 장달은 분하고도 기가 막혔다. 가만히 만나 의논하는데 범강이 먼저 말했다.

"오늘이야 이미 받을 벌을 다 받았지만, 내일은 또 어떻게 한단 말인가? 그 성미가 급하기 불과 같으니, 내일까지 모든 걸 갖춰놓지 못하면 우리 두 사람은 어김없이 죽음을 당하고 말 것이네."

그 말에 장달이 부드득 이를 갈며 내뱉었다.

"저가 우리를 죽이는 것보다는 우리가 저를 죽이는 편이 나을 것 같네!"

"그렇지만 그자 가까이 갈 수가 없지 않나?"

범강 또한 이미 악에 받친 탓인지, 그런 엄청난 말에도 놀라는 기색 없이 되물었다. 장달이 어쨌든 해보기나 하자는 투로 말했다.

"우리 둘이 죽지 않게 되어 있으면 그자가 취해 자빠져 잘 것이고, 우리 둘이 모두 죽어야 할 팔자라면 그자가 취해 있지 않겠지."

그리고 둘은 한번 뻗대보기나 하다 죽자는 심경으로 의논을 끝냈다.

한편 장비는 그날 밤따라 정신이 어지럽고 까닭 없이 어쩔어쩔해 몸놀림이 둥둥 떠다니는 듯했다. 전에 없던 일이라 부장을 잡고 물었다.

"참으로 괴이한 일이다. 가슴이 까닭 없이 놀라 뛰고 살이 떨려서나 앉으나 편치가 않다. 이게 어찌 된 일인가?"

"군후께서 관공을 너무 생각하시어 그럴 것입니다. 잠시 잊고 술이나 드시지요."

부장은 별 생각 없이 그렇게 말하고 술을 가져왔다. 장비도 그럴 듯이 여겨져 부장과 함께 술을 마셨다. 일이 꼬이려고 그랬는지 한 잔 두 잔 하다 보니 장비는 자신도 모르게 몹시 취했다. 그대로 장막 안에 쓰러져 잠이 들었다.

초저녁부터 장비의 움직임만 살피고 있던 범강과 장달이 그걸 안 것은 초경 무렵이었다. 하늘이 자기들을 도운 것이라 믿은 둘은 각기 몸에 짧은 칼을 한 자루씩 감추고 장비의 군막 안으로 들어갔다. 지키던 군사가 가로막았으나, 장비에게 알릴 중한 기밀이 있다는 거짓말로 둘은 일 없이 장비 곁에 이를 수 있었다.

하지만 장비 곁에 이른 둘은 깜짝 놀랐다. 장비가 두 눈을 뜨고 수염을 곤두세운 채 누워 있지 않은가.

원래 장비가 눈을 뜨고 자는 버릇이 있음을 모르는 둘은 감히 손을 쓰지 못하고 한동안 얼어붙은 듯 서 있었다.

그러나 우레 같은 코고는 소리에 곧 장비가 잠들었음을 알아차린 둘은 칼을 뽑아 한꺼번에 장비를 찔렀다. 장비가 한소리 큰 비명과 함께 숨이 끊어지니 그때 그의 나이 쉰다섯이었다. 뒷사람이 시를 지어 그를 노래했다.

안희에서 일찍이 독우를 매질했고　　　　　安喜曾聞鞭督郵

황건을 쳐 없애 유비를 도왔다　　　　　黃巾掃盡佐炎劉

호로관에서 먼저 그 이름 천지를 울렸고　　　虎牢關上聲先震

장판교에서는 물마저 거꾸로 흘렀다　　　　長坂橋邊水逆流

의로 엄안을 놓아주어 촉을 안정시켰고　　　義釋嚴顏安蜀境

꾀로 장합을 속여 중주를 차지했네　　　　智欺張郃定中州

오를 쳐 이기기 전에 몸이 먼저 죽으니　　　伐吳走克身先死

가을풀만 오래오래 낭중의 서글픔을 전하는구나

　　　　　　　　　　　　　　　　　　秋草長遺閬地愁

그날 밤 장비를 죽인 범강과 장달은 곧 그 목을 베어 따르는 수십 기와 더불어 동오로 달아나버렸다. 다음 날 아침에야 겨우 그 일을 안 장비의 아랫장수들이 군사를 내어 뒤쫓았으나 소용없었다. 밤새 껏 달아난 둘은 어느새 오로 들어가고 만 뒤였다.

그때 장비가 거느리고 있던 장수 중에 오반(吳班)이란 사람이 있었다.

형주에서 선주를 찾아오자 선주는 그를 아문장(牙門將)으로 삼아 장비를 돕게 했는데, 그가 장비 없는 낭중을 그럭저럭 수습했다. 먼저 선주에게 그 일을 알리는 한편, 장비의 맏아들 장포(張苞)는 관곽을 갖추어 장비의 시신을 들이게 하고 그의 아우 장소(張紹)는 형을 대신해 낭중을 지키게 했다.

그때 선주는 받아둔 날이 되어 장졸들과 더불어 성도를 떠난 뒤였다. 대소의 관원들은 공명을 따라 출전하는 선주를 십 리나 배웅하고 성도로 돌아갔다. 공명은 선주가 기어이 자신의 말을 듣지 않고 동오로 군사를 내자 마음이 즐겁지 않았다. 문득 백관들을 돌아보고 탄식했다.

"법정이 살았다면 반드시 이걸 막았을 것을."

한편 성도를 떠난 선주는 그날 밤 이상하게 가슴이 뛰고 몸이 떨려자리에 들어도 잠을 잘 수가 없었다. 가만히 군막을 나와 하늘을 쳐다보니 서북쪽에 별 하나가 있는데, 크기가 말[斗]만 하게 빛나다가 갑자기 땅으로 떨어졌다. 깜짝 놀란 선주는 그날 밤으로 공명에게 사람을 보내 물어보았다.

"상장 한 사람을 잃었다는 뜻입니다. 사흘 안에 놀라운 소식이 올 것입니다."

공명이 사자에게 알려온 것은 그런 내용이었다. 선주는 그 말에 더 나아가지 못하고 군사를 묶어둔 채 움직이지 않았다. 오래잖아 시중드는 신하가 와서 알렸다.

"낭중에 계신 거기장군의 부장 오반이 사람을 보내 표문을 올려왔습니다."

그 말을 듣자 무슨 짐작이 갔던지 선주가 문득 발을 구르며 소리쳤다.

"아아, 아우 익덕도 죽었구나!"

그리고 얼른 표문을 뜯어보니 정말로 장비가 죽었다는 끔찍한 소식이었다.

읽기를 마친 선주는 목을 놓아 울다가 끝내 정신을 잃고 쓰러졌다. 신하들이 그런 선주를 침상으로 모셔 겨우 정신을 차리게 했다.

다음 날이었다. 아직도 넋 나간 사람처럼 누워 있는 선주에게 다시 사람이 와 알렸다.

"한 떼의 군마가 바람을 일으키며 다가오고 있습니다."

선주가 나가보니 한 젊은 장수가 흰 갑옷 흰 투구 차림으로 달려왔다. 선주 앞에 이르자 말에서 내려 땅에 엎드리며 우는 그는 다름 아닌 장포였다.

"범강과 장달이 신의 아버님을 죽이고 그 목을 베어 동오로 달아났습니다."

장포가 울며 장비가 죽은 일을 자세히 알렸다. 선주는 슬픔을 이기지 못해 먹고 마시는 것조차 되지 않았다. 걱정이 된 여러 신하들이 선주를 찾아보고 힘써 권했다.

"폐하께서 이제 두 분 아우님의 원수를 갚으려 하시면서 몸부터 상케 하십니까? 이럴수록 더 뜻을 다잡으셔서 수라를 드셔야 하지 않겠습니까?"

그러자 선주도 깨달은 게 있는지 다시 음식을 입에 대기 시작했다. 그리고 장포를 불러 말했다.

"너와 오반은 거느린 군마로 선봉이 되어 네 아비의 원수를 갚아보지 않겠느냐?"

"나라를 위하고 돌아가신 아버님을 위한 길인데 만 번 죽는다 한들 마다하겠습니까?"

장포가 그렇게 굳은 뜻을 나타냈다. 선주가 마음 든든히 여기며 막 장포를 보내려 하는데 다시 한 갈래 군마가 벌 떼같이 달려왔다. 선주가 알아보게 하자 신하 한 사람이 나가더니 오래잖아 역시 흰 갑옷 흰 투구의 젊은 장수 한 사람을 데리고 왔다.

선주의 발 아래 엎드려 우는 걸 보니 관흥이었다. 선주는 관흥을 보자 다시 관공이 생각나 관흥을 붙들고 목을 놓아 울었다. 여러 신하들이 번갈아 말린 뒤에야 울음을 그친 선주가 말했다.

"짐은 벼슬살이에 나오기 전 관우, 장비와 의를 맺고 함께 죽고 살기를 맹세하였다. 그런데 이제 짐은 천자가 되었으되 두 아우는 모두 비명에 갔구나. 이 두 조카를 보니 실로 창자가 끊어지는 듯하다!"

그러고는 다시 하염없이 눈물을 흘렸다. 보다 못한 신하들이 관흥과 장포에게 넌지시 말했다.

"두 분 장군께서는 잠시 물러나 계시오. 우선 성상(聖上)께서 좀 쉬시도록 해드려야겠소."

두 사람이 그 뜻을 알아듣고 물러나자 신하들이 다시 선주에게 아뢰었다.

"폐하께서는 이미 예순을 넘기셨습니다. 지나치게 슬퍼하시다가는 옥체를 상하실 것입니다. 부디 눈물을 거두십시오."

그래도 선주는 눈물을 거두지 못했다.

"두 아우가 모두 죽었는데 어찌 나 혼자 산단 말이냐?"

그런 소리와 함께 이마로 땅을 짓찧어가며 울었다.

걱정이 된 신하들이 모여 어떻게 선주의 슬픔을 풀어줄까 의논했다.

"주상께서 몸소 대군을 이끌고 나오신 터에 저토록 하루 종일 울기만 하시면 싸움에 이롭지 못할 것이오. 어떻게 해야 되겠소!"

마량이 먼저 나서서 말했다. 진진이 가만히 그 말을 받았다.

"내가 들으니 성도의 청성산(青城山) 서쪽에 이의(李意)란 이가 숨어 산다 합니다. 들리는 말로는 나이 삼백 살이 넘는데, 사람의 생사 길흉(生死吉凶)을 잘 알아 지금 세상의 신선이라 할 만하다는 것입니다. 주상께 말씀드려 그 늙은이를 불러오도록 하지요. 그에게 길흉을 물어보는 게 우리들이 권하는 말보다 나을 것입니다."

이에 사람들은 모두 선주에게로 가서 이의를 불러보라 권했다. 선주도 마음이 움직여 그들의 말을 받아들이고 진진에게 조서를 주어 청성산으로 보냈다.

밤길을 달려 청성산에 이른 진진은 동네 사람에게 물어 산속 깊은 골짜기에 있는 이의의 거처를 찾아갔다. 멀리서 보아도 신선이 살 만한 곳으로 보이는 그 집 위에는 푸른 구름이 걸리고 예사롭지 않은 서기가 감도는 듯했다.

진진이 은근히 위압되어 그 집으로 다가드는데 문득 어린 동자 하나가 나와 맞으며 물었다.

"오시는 분은 진선생이 아니십니까?"

"그대가 어찌 내 이름을 아는가?"

진진이 깜짝 놀라 그 동자에게 물었다. 동자가 아무렇지도 않다는 얼굴로 대답했다.

"어젯밤 스승님께서 제게 이르시기를 오늘 천자의 조서가 이를 것인데 그 조서를 가지고 올 사자는 진효기(陳孝起)일 것이라 했습니다."

효기(孝起)는 진진의 자였다. 진진은 그 말을 듣자 감탄을 금치 못했다.

"참으로 신선이라 할 만하구나! 사람들의 말이 거짓되지 않음을 알겠다."

그러고는 동자를 따라 집안으로 들어갔다.

진진이 선주의 조서를 내놓고 함께 가기를 청했으나 이의는 늙음을 핑계로 산을 내려가려 하지 않았다. 진진은 더욱 간곡히 청했다.

"천자께서 급히 신선 같으신 선생을 뵙고자 하십니다. 부디 학가(鶴駕)를 움직여 함께 내려가주시기를 엎드려 빕니다."

이의는 진진이 두 번 세 번 그렇게 졸라서야 겨우 따라나섰다.

산을 내려간 이의는 선주가 있는 영채로 들어가 선주를 만났다. 선주가 보니 이의는 하얗게 센 머리에도 어린아이 같은 얼굴을 했는데, 눈은 푸르고 눈동자는 모가 져 있었다. 사람을 움츠러들게 하는 빛을 쏘아내는 그 눈길에다 늙은 잣나무 등걸 같은 모습은 한눈에 봐도 이인(異人)임을 알아볼 수 있었다. 선주가 두터운 예로 이의를 맞아들이자 이의는 송구스런 듯 말했다.

"이 늙은이는 거친 산기슭에 사는 한낱 촌뜨기에 지나지 않습니다. 배운 것도 없고 아는 것 또한 많지 않사온데 폐하께서 조서를 내려 부르시니 그저 두렵고 부끄러울 뿐입니다. 무슨 일로 저를 부르셨습니까?"

"짐은 관우, 장비 두 아우와 의를 맺어 삶과 죽음을 함께하기로 한 지 삼십 년이 되었소. 그런데 이제 그 두 아우가 모두 죽음을 당해, 몸소 대군을 이끌고 그 원수를 갚아주려 하나 앞일이 어떤지 알 길이 없소. 듣기로 선생은 깊고 아득한 하늘의 이치를 꿰뚫어볼 수 있다 하니, 바라건대 그걸 한번 알아봐주시오."

선주가 그렇게 이의를 부른 뜻을 밝혔다.

"그것은 하늘의 기밀에 속하는 것입니다. 이 늙은이가 어찌 알겠습니까?"

이의는 그렇게 발뺌을 했으나 선주가 두 번 세 번 간곡히 묻자 마침내 말했다.

"그렇다면 종이와 붓을 가져오게 하십시오. 아는 대로 그려 보이도록 하겠습니다."

선주가 종이와 붓을 내어주자 이의는 먼저 병마와 싸움에 쓰이는 기구들로 마흔 장이 넘는 그림을 그렸다.

그리고 그것들을 한 장 한 장 찢어버린 다음 다시 그림 한 장을 그렸다. 커다란 사람 하나가 땅에 쓰러져 있고, 여럿이 그 곁에서 땅을 파고 있는 그림이었다.

이의는 그 그림 위쪽에다 '백(白)' 자 한 자를 크게 쓴 다음 선주에게 머리 숙여 절하고 떠나버렸다. 그림을 받아본 선주는 즐겁지 아니했다. 자기의 앞일을 죽은 사람을 땅에 묻는 그림으로 보여주고 있는 까닭이었다.

"미치광이 늙은이로군. 이따위 늙은이를 어떻게 믿겠는가? 이걸 모두 태워버려라!"

선주는 그렇게 영을 내리고 다시 진군을 재촉했다.

벌벌 떠는 동오(東吳)의 산천

대군이 막 움직이려 하는데 장포가 들어와 선주를 뵙고 아뢰었다.

"오반이 거느린 군마가 모두 이르렀습니다. 소신이 그 군마를 이끌고 선봉이 되었으면 합니다."

선주는 그런 장포의 뜻을 장하게 여겼다. 두말 않고 선봉의 인수를 장포에게 내렸다. 장포가 그걸 받아 꿰어차려는데 다시 한 소년 장수가 뛰쳐나오며 분연히 소리쳤다.

"그 인수는 내게 넘겨라!"

선주가 놀라 보니 그는 바로 관흥이었다. 장포가 어림없다는 얼굴로 그런 관흥을 쏘아보며 말했다.

"나는 폐하의 명을 받들어 이 인수를 받았다. 어찌 이걸 내놓으라 하느냐?"

"아니 된다. 네가 무슨 재능이 있다고 감히 그같이 어려운 일을 맡으려 하느냐?"

관흥이 다시 그렇게 따지고 들었다. 장포가 지지 않고 맞섰다.

"나는 어려서부터 무예를 배우고 익혔다. 활쏘기라면 내 화살은 단 한 발도 빗나감이 없다."

그때 선주가 나서서 말했다.

"다투지 말라. 정히 그렇다면 짐이 조카들의 무예를 보아 그 낫고 못함에 따라 정하리라."

하나는 관공의 아들이요, 하나는 장비의 아들이니 어느 쪽도 편들기 어렵거니와, 실로 조카들의 무예가 어느 만큼이나 되는지도 궁금해서 한 말이었다.

그 말에 장포는 군사 하나를 시켜 백 걸음 밖에 기를 하나 걸고 거기에 붉은 동그라미 하나를 그리게 했다.

"그럼 내 솜씨를 보아라!"

장포가 관흥에게 소리치고 시위에 살을 먹이더니 연이어 석 대를 날렸다. 화살은 셋 다 붉은 동그라미를 꿰뚫었다. 그 놀라운 솜씨에 구경하고 있던 사람들은 한결같이 감탄해 마지않았다. 그러나 관흥은 달랐다.

"그따위 붉은 동그라미를 맞히는 게 무에 그리 대단할 게 있겠느냐?"

그렇게 빈정거리며 활을 꺼내 들었다.

때마침 관흥의 머리 위로 기러기가 한 떼 줄을 지어 날고 있었다. 관흥이 그 기러기를 가리키며 말했다.

"나는 저 기러기를 쏘겠다. 앞에서 세 번째 놈을 쏘아 떨어뜨릴 테니 잘 봐두어라."

그러고는 힘껏 시위를 당겼다 놓았다. 시위 소리에 이어 정말로 세 번째 기러기가 살을 맞고 떨어졌다. 그걸 본 사람들은 저마다 입을 열어 관흥의 기막힌 솜씨를 찬탄했다.

화가 난 장포가 말에 뛰어오르더니 아버지가 쓰던 장팔사모를 비껴잡고 관흥에게 소리쳤다.

"네 감히 나와 무예를 겨뤄보려느냐?"

관흥도 지지 않고 말에 뛰어오르더니 역시 아버지에게서 물려받은 대도를 꼬나들고 말을 박차 나왔다.

"네가 창을 쓴다면 난들 왜 칼을 쓸 줄 모르겠느냐? 덤빌 테면 덤벼 보아라!"

관흥이 그렇게 소리치자 장포도 눈을 부릅뜨고 창을 꼬나 잡고 덤볐다. 둘의 창칼이 막 얽히려 할 때 선주가 큰 소리로 꾸짖었다.

"두 아이는 함부로 굴지 말라!"

그 소리에 관흥과 장포가 황망히 말에서 뛰어내려 창칼을 버리고 무릎을 꿇었다. 선주가 엄하게 그들을 나무랐다.

"짐은 탁군에서 너희들의 아버지와 의를 맺어 일생 피를 나눈 형제처럼 가깝게 지냈다. 그렇다면 너희들도 마땅히 형제의 의가 있건만, 어찌 서로 힘을 합쳐 아비의 원수를 갚을 생각은 않고 쓸데없이 다투어 대의를 잃으려 하느냐? 아버지의 상을 당한 지 아직 얼마 되지 않는데 이 모양이니 뒷날은 더하겠구나."

"잘못했습니다. 미련한 저희를 벌해주십시오."

두 사람이 두려운 얼굴로 머리를 조아리며 죄를 빌었다. 그제서야 선주가 낯빛을 풀고 물었다.

"너희들 중 누가 더 나이가 많으냐?"

"제가 관흥보다 한 살이 더 많습니다."

장포가 그렇게 대답했다. 윗대는 관공이 장비보다 너댓 살 위였으나 관공이 아내를 늦게 얻은 바람에 아랫대에서는 뒤바뀌게 된 것이었다. 그 말을 들은 선주는 관흥에게 말했다.

"그렇다면 너는 포를 형님으로 모시도록 해라."

그리고 아우의 예로 장포에게 절하게 했다. 이에 형제가 된 두 사람은 화살을 꺾으며 길이 서로 돕고 구해주기를 맹세했다.

선주는 오반을 선봉으로 세우고, 관흥과 장포는 곁에서 어가를 지키게 한 다음 대군을 물과 뭍으로 한꺼번에 나아가게 했다. 배와 말이 머리를 나란히 하고 동오로 짓쳐드는 기세가 마치 성난 물결 같았다.

한편 장비의 목을 베어 동으로 달아난 범강과 장달은 손권을 만나 그 목을 바치고 자기들이 찾아오게 된 경위를 소상히 밝혔다. 듣기를 마친 손권은 두 사람을 물러나 쉬게 한 뒤 여러 벼슬아치들을 불러놓고 말했다.

"지금 유비는 제위에 오른 뒤 칠십만 대군을 거느리고 스스로 우리 동오를 치러 오고 있소. 그 세력이 매우 크니 실로 위태롭다 할 것이오. 이제 우리는 어떻게 해야 되겠소?"

그 말을 들은 벼슬아치들은 깜짝 놀랐다. 모두가 낯빛이 변해 서로의 얼굴을 쳐다보기만 했다. 그들 속에 있던 제갈근이 문득 앞으로 나가 결연히 말했다.

"이 몸은 군후의 녹을 먹은 지 오래면서도 아직 이렇다 할 보답을 하지 못했습니다. 바라건대 저로 하여금 가서 촉주(蜀主)를 만나게 해주십시오. 남은 목숨을 걸고 이해로써 그를 달래, 두 집안이 화평을 되찾고 함께 조비를 치도록 만들어보겠습니다."

손권이 보니 다른 사람이 아닌 제갈량의 형이라 은근히 기대가 생겼다. 곧 그 청을 들어 제갈근을 사자로 선주에게 보냈다.

때는 장무 원년 팔월이었다. 선주의 대군은 기관(夔關) 어름에 이르렀고, 선주 자신의 어가는 백제성(白帝城)에 머물렀다. 그러나 앞선 부대는 이미 천구(川口)까지 나가 있었다.

어느 날 가까이서 모시는 신하 하나가 들어와 선주께 아뢰었다.

"오나라에서 제갈근을 사자로 보냈습니다."

선주는 만나보지 않아도 제갈근이 왜 왔는지 알 만했다. 굳은 얼굴로 제갈근을 들여보내지 말라 했다. 황권이 곁에 있다가 아뢰었다.

"제갈근의 아우는 우리 촉의 승상입니다. 그가 왔을 때는 반드시 그럴 까닭이 있을 것인데, 폐하께서는 어찌 그를 만나지 않으려 하십니까? 마땅히 불러들여 그의 말을 들어본 뒤, 따를 만하면 따르되 그렇지 못하면 오히려 그의 입을 빌려 손권이 제 죄를 알게 하면 되지 않겠습니까?"

선주도 듣고 보니 그 말이 옳은 것 같았다. 곧 제갈근을 성안으로 불러들이게 했다. 제갈근이 들어와 땅에 엎드려 절을 하자 선주가 대뜸 물었다.

"자유(子瑜)께서 멀리서 오신 데는 까닭이 있을 것이외다. 무슨 일이오?"

"이 몸의 아우는 오래 폐하를 섬겨온 바라, 거기 의지해 감히 몇 마디 말씀드리고자 왔습니다."

제갈근이 그렇게 대꾸하자 선주가 다시 물었다.

"할 말이란 무엇이오?"

"바로 형주의 일입니다. 지난날 관공께서 형주에 계실 때 우리 오후(吳侯)께서는 여러 차례 화친을 빌었으나 관공은 들어주지 아니했습니다. 또 그 뒤 관공께서 양양을 쳐서 빼앗았을 때는 조조가 여러 차례 오후께 글을 보내 형주를 빼앗으라 권했으나 오후께서는 역시 듣지 않으셨습니다. 그런데 여몽이 관공과 사이가 나빠 제멋대로 군사를 일으켜 크게 일을 그르쳐놓고 말았습니다. 오후께서는 후회해도 이미 때가 늦어버린 것이니, 이는 모두가 여몽의 죄이지 우리 오후의 허물이 아닙니다. 거기다가 지금은 그 여몽마저 죽어 원한도 이미 끝났다 할 수 있습니다. 손부인 일도 그렇습니다. 손부인께서는 폐하를 잊지 못하고 언제나 돌아갈 것만 생각하고 계십니다.

이제 오후께서는 이 몸을 사자로 삼아 손부인을 돌려보내드리고, 아울러 관공과 익덕을 해치고 우리에게로 항복해 온 촉의 장수들도 폐하께 묶어다 보내시려 합니다. 또 형주도 옛정으로 촉에 되돌리고, 길이 동맹을 맺어 함께 조비를 쳐 없애게 되기를 바라고 계십니다. 폐하께서는 부디 그 같은 뜻을 저버리시지 마시고, 우리와 힘을 합쳐 조비의 제위를 찬탈한 죄를 물으시고 그릇된 대통을 바로잡도록 하십시오."

제갈근의 그 같은 말에 선주가 벌컥 화를 내며 소리쳤다.

"너희 동오는 내 아우를 죽여놓고 이제 와서 감히 교묘한 말로 나를 달래려 드느냐!"

그러나 제갈근은 조금도 두려워하는 기색 없이 말했다.

"아니올시다. 저는 일의 크고 작음과 무겁고 가벼움을 가지고 폐하께 말씀드리는 것입니다. 폐하께서는 한조(漢朝)의 황숙이 되시면서도 한제(漢帝)가 이미 조비에게 옥좌를 빼앗겼건만 그 역적을 쳐 없애려 하지는 않으시고, 성(姓) 다른 형제들을 위해서 귀하신 몸을 움직여 몸소 대군을 일으키셨습니다. 이것은 바로 큰 의를 버리고 작은 의를 고르신 것이라 할 수 있습니다.

또 중원은 이 나라의 땅이요, 장안과 낙양은 모두 대한(大漢)을 일으켜 세운 곳이나, 폐하께서는 그쪽을 버려두시고 다만 형주만을 다투고 계십니다. 이는 바로 무거운 것을 버리고 가벼운 것을 잡으시는 것이 아니고 무엇이겠습니까? 천하의 모든 사람들은 폐하께서 제위로 나아가심을 보고 반드시 한실을 되일으키시고 한의 산하를 되찾으실 줄 믿었습니다. 그런데도 폐하께서는 위는 그냥 두시고 오히려 우리 오를 치려 하시니 크게 그릇됐다 아니할 수 없습니다."

그러자 선주는 더욱 불같이 화를 냈다.

"내 아우를 죽인 것들하고는 함께 하늘을 이지 않으리라! 짐으로 하여금 군사를 물리게 하려 한다면 짐을 죽이지 않고는 안 될 것이다. 승상의 낯을 보아주지 않았더라면 먼저 그대의 목을 베었을 터인즉, 그대는 어서 돌아가라. 돌아가서 손권에게 목을 씻고 죽음을 기다리라 이르라!"

그렇게 제갈근을 꾸짖어 내쫓았다. 제갈근은 더 말해봤자 소용없음을 알고 할 수 없이 동오로 돌아갔다.

한편 제갈근이 촉으로 떠나간 뒤에 여러 날이 돼도 돌아오지 않자 장소가 손권을 찾아보고 은근히 걱정하는 말을 했다.

"제갈근은 촉병의 세력이 큼을 보고 거짓으로 사자가 되어 오를 버리고 촉으로 간 것 같습니다. 이번에 그는 틀림없이 돌아오지 않을 것입니다."

그러나 손권은 조금도 걱정하는 기색이 없었다.

"나와 자유는 생사로도 바꿀 수 없는 맹세를 한 바 있소. 내가 자유를 저버리지 않으면 자유 또한 나를 저버리지 않을 것이오. 지난날 자유가 시상에 있을 때, 공명이 오로 찾아온 걸 보고 나는 자유에게 공명을 붙들어보라 한 적이 있소. 그때 자유는 내게 말하기를 '제 아우는 이미 유비를 섬기고 있습니다. 의란 두 마음을 품는 것이 아닌즉, 아우는 아무리 붙든다 해도 남지 않을 것입니다. 그것은 제가 주공을 버리고 가지 않음과 같은 것입니다'라고 하였소. 그 말만으로도 귀신의 밝음을 능히 꿰뚫을 만한데 이제 어찌 촉에 항복할 리 있겠소? 나와 자유는 사람과 사람의 사귐을 뛰어넘는 믿음으로 맺어져 있으니, 다른 사람의 말 몇 마디로는 그 사이를 벌어지게 할 수 없을 것이외다."

그러는데 문득 제갈근이 돌아왔다는 전갈이 들어왔다. 손권이 장소를 돌아보며 말했다.

"보시오, 내 말이 어떻소?"

그러자 장소는 얼굴 가득 부끄러운 빛을 띠며 손권 앞을 물러났다.

뒤이어 들어온 제갈근은 손권에게 선주가 화친을 받아들이지 않으려 함을 전했다. 손권이 크게 걱정하는 빛으로 탄식했다.

"일이 그러하다면 우리 강남이 실로 위태롭게 되었구나!"

그러자 계하에서 한 사람이 나서며 자신 있게 소리쳤다.

"제게 한 가지 계책이 있습니다. 이 위태로움을 넉넉히 풀어낼 수 있을 것입니다."

손권이 반갑고도 놀라와 그를 보니 그는 중대부 조자(趙咨)였다.

"그대는 무슨 좋은 계책이 있는가?"

손권이 그렇게 묻자 조자가 말했다.

"주공께서는 그저 표문 한 장만 지어 저를 사자로 위에 보내주시면 됩니다. 제가 조비를 이해로 달래 위로 하여금 한중을 치도록 만들어보겠습니다. 그렇게만 된다면 촉병은 절로 물러나지 않을 수 없을 것입니다."

그러자 손권의 낯빛이 문득 흐려졌다.

"그 계책이 좋기는 하오마는 경이 가서 반드시 지켜야 할 게 있소. 결코 동오의 기상을 떨어뜨려서는 아니 되오."

손권이 그렇게 말하자 조자가 결연히 다짐했다.

"제가 조금이라도 동오의 기상을 떨어뜨리는 일이 있으면 차라리 강에 몸을 던져버리겠습니다. 그래 놓고도 무슨 낯으로 강남의 사람들을 대하겠습니까?"

그제서야 손권도 안심한 듯 그의 계책을 따랐다. 스스로를 신하라 낮추어 부르고 조비의 구원을 비는 표문을 지어 조자에게 주며 허도로 가게 했다.

밤낮을 가리지 않고 허도에 이른 조자는 먼저 태위 가후를 비롯한 위의 벼슬아치들부터 찾아보았다. 그들의 마음을 사 조비를 달래는 데 도움을 받기 위함이었다.

조자로부터 여러 가지 동오의 사정을 들은 가후는 이튿날 조비를 찾아보고 아뢰었다.

"동오에서 중대부 조자를 보내 표문을 올려왔습니다."

"그것은 촉병을 내쫓아달라는 것일 테지."

조비가 가볍게 웃으며 그렇게 말하고는 곧 조자를 불러들이게 했다.

불려간 조자는 계하에 엎드려 손권이 써 올린 표문을 조비에게 바쳤다. 표문을 읽은 조비가 조자에게 슬몃 물었다.

"그대의 주인 오후는 어떤 사람인가?"

"밝고 어질며 슬기롭고 큰 뜻을 품으신 가운데도 계략을 아는 분입니다."

조자가 서슴없이 대답했다. 조비가 빙긋 웃으며 핀잔처럼 말했다.

"경은 주인을 추켜세움이 너무 지나치지 않은가?"

"신이 지나치게 추켜세운 게 아닙니다. 오후께서는 노숙을 대수롭지 않은 사람들 틈에서 찾아내 무겁게 쓰셨고, 여몽을 졸개들 틈에서 뽑아 장수로 세우셨으니 이는 곧 밝음이요, 우금을 사로잡았으나 죽이지 않고 위로 돌려보냈으니 이는 어짊이며, 형주를 빼앗으면서도 군사들이 칼에 피를 묻히지 않았으니 이는 슬기로움이요, 삼강(三江)에 근거하여 천하를 범처럼 노리고 있으니 이는 그 뜻이 큼이라 할 수 있을 것입니다. 거기다가 이제는 폐하께 몸을 굽혔으니 계략을 안다 할 수도 있지 않겠습니까? 실상이 그러한데 어찌 밝고 어질며 슬기롭고 뜻이 큰 가운데도 계략을 아는 분이라 할 수 없겠습니까?"

조자가 그렇게 늘어놓자 조비는 다시 물었다.

"그대의 주인은 학문을 아는가?"

이번에도 조자는 말 떨어지기 바쁘게 주워섬겼다.

"오후께서는 강 위에는 만 척의 배를 띄워놓고 뭍에는 갑옷 두른 군사 백만을 거느리셨습니다. 어진 이를 쓰고 일 잘하는 이를 부릴 줄 알며 뜻은 천하를 경략하는 데 있으시나, 조금이라도 틈이 나면 또한 널리 책을 읽으십니다. 지나간 일들을 적은 책을 두루 읽으시어 그 큰 줄거리를 짚고 계신 바, 서생들이 좋은 글귀나 뒤적이고 아름다운 말이나 되뇌는 것과는 견줄 바가 아닙니다."

은근히 조비가 글 잘 짓는 것까지 빗대 말하며 제 주인을 높이는 것이었다. 이에 조비는 그쪽을 더 캐묻지 않고 다시 다른 걸 물었다.

"짐은 오를 쳤으면 한다. 그대의 생각에는 될 성부른가?"

엉뚱한 물음이었지만 이번에도 조자는 막힘 없이 대답했다.

"큰 나라에 작은 나라를 칠 만한 군사가 있다면 작은 나라에는 또 그걸 막을 만한 계책이 있게 마련입니다."

"오는 위를 두려워하는가?"

"갑옷 두른 군사가 백만이요, 강물은 못처럼 땅을 둘러 지켜주고 있습니다. 오가 두려워할 게 무엇 있겠습니까?"

"동오에 대부(大夫)와 같은 사람은 얼마쯤 있는가?"

"총명이 매우 뛰어난 이는 팔구십 명쯤 되고, 저 같은 무리는 수레로 나르고 말로 되어야 할 만큼 헤아리기 어렵습니다."

어찌 보면 엉뚱하다 싶을 문답이 거기까지 이르자 드디어 조비도 감탄의 말을 내쏟았다.

"사자로 사방을 다녀도 임금의 명을 욕되게 하지 않는다는 말이 있더니 그대가 바로 그런 사람이로구나. 훌륭하다!"

그러고는 곧 태상경 형정(邢貞)에게 명해 손권을 오왕(吳王)에 봉하고 구석(九錫)을 더한다는 조서를 쓰게 했다.

조자는 조비의 은혜에 감사하고 성을 나갔다. 대부 유엽이 조비를 보고 일깨워주듯 말했다.

"이제 손권이 와서 스스로 항복한 것은 촉병의 세력이 큼을 보고 두려워진 까닭입니다. 신의 어리석은 소견으로는 촉과 오의 싸움은 하늘이 그들을 망하게 하려는 것인 바, 폐하께서는 이때를 놓치지 마시고 상장(上將) 한 사람을 뽑아 군사 수만을 이끌고 강을 건너 오를 치도록 하십시오. 촉은 밖에서 치고 위는 안에서 치면 오나라는 보름을 넘기지 못하고 망할 것입니다. 그리하여 오가 망하면 촉도 외로워 도모하기 쉬울 것인데 폐하께서는 어찌 그렇게 하지 않으십니까?"

"손권이 이미 예를 갖춰 짐에게 항복했는데도 짐이 그를 친다면 천하 사람들이 짐에게 항복하려는 마음을 해치게 될 것이오. 그대로 항복을 받아들여줌만 못할 듯하오."

조비가 그렇게 대꾸했다. 그래도 유엽은 미덥지 않은지 다시 권했다.

"손권이 비록 뜻이 크고 재주가 뛰어나다 하나 그의 벼슬은 기껏 이미 망해버린 한의 표기장군 남창후에 지나지 않습니다. 벼슬이 낮으면 기세가 약해지고, 중원을 두려워하는 마음을 가지게 되나 이제 왕위를 내리시면 달라집니다. 왕이라면 폐하보다 겨우 한 계단 아래

일 뿐이지 않습니까? 그의 거짓 항복에 속아 그 벼슬을 높이고 봉토를 늘려주는 것은 그야말로 호랑이에게 날개를 달아주는 격이 되고 말 것입니다."

"그렇지 않소. 짐은 오나라도 돕지 않고 촉도 돕지 않을 것이오. 오와 촉이 군사를 내어 싸우는 걸 보고 있다가 만약 하나가 망하고 하나만 남으면 그때에야 군사를 낼 작정이오. 하나 남은 걸 없애는 게 무에 어렵겠소? 짐의 뜻은 이미 정해졌으니 경은 더 이러니저러니 말하지 마시오."

조비는 그렇게 유엽의 입을 막고 태상경 형정을 불러 조자와 함께 오로 가도록 했다. 손권을 오왕에 봉하고 구석을 더한다는 조서를 전하기 위함이었다.

한편 손권은 위로 조자를 보내놓고도 마음이 놓이지 않아 연일 백관을 불러놓고 촉병을 막을 의논을 했다. 그런데 얼마 되지 않아 기다리던 소식이 날아들었다. 위제(魏帝) 조비가 자신을 왕에 봉한다는 조서와 함께 사자를 보내왔다는 것이었다.

마땅히 멀리 나가 맞아들여야 할 사자라 그 채비를 하려는데 고옹이 손권을 말렸다.

"주공께서는 지금도 상장군 구주백(九州伯)을 떳떳이 내세우고 계십니다. 한을 찬탈한 위제에게서 새삼 봉작을 받을 까닭이 어디 있습니까?"

"옛적 패공(沛公) 유방도 항우가 주는 봉호를 받은 적이 있소. 모두가 그때그때 형편에 따른 것인데 구태여 주겠다는 봉호를 마다할 까닭도 없지 않소?"

손권은 속 좋게 고옹의 말을 받아넘긴 뒤 백관을 이끌고 성을 나가 조비가 보낸 사자를 맞았다.

형정은 손권이 몸소 성 밖까지 나와 자신을 맞아주자 위나라의 사신으로 은근히 으스대보고 싶은 마음이 생겼다. 수레가 성문을 들어섰는데도 내릴 생각을 하지 않았다. 그 아니꼬운 꼴을 참지 못한 장소가 성난 소리로 꾸짖었다.

"예는 공경함이 없어서는 아니 되고 법은 엄숙함이 없으면 아니 된다. 너는 감히 스스로를 높고 크게 여겨 거들먹거리는데, 강남에는 그런 너를 벨 칼 한 자루도 없는 줄 아느냐."

그제서야 놀란 형정은 급히 수레에서 내려 손권을 보았다. 손권은 이렇다 할 표정 없이 그런 형정과 수레를 나란히 하고 성안으로 들어갔다.

얼마 가지 않아 수레 뒤에서 문득 한 사람이 목놓아 울며 말했다.

"우리가 주공을 위해 목숨을 내던지고 몸을 바쳐 위를 아우르고 촉을 삼켜야 했건만 그러지 못해 이런 꼴을 보게 되는구나. 주공으로 하여금 남의 봉작을 받게 하니 이 얼마나 욕된 일이냐!"

여럿이 그쪽을 보니 그 사람은 바로 서성이었다. 이래저래 정신이 번쩍 든 형정은 속으로 가만히 감탄했다.

'강동의 장수와 벼슬아치들이 모두 이러하니 오래 남의 밑에 있을 것 같지는 않구나!'

그런 여러 가지 소동에도 불구하고 손권은 기쁜 듯 조비가 내린 왕호를 받았다. 그리고 문무 관원들의 하례가 끝난 뒤에는 좋은 옥과 아름다운 구슬 따위로 예물을 갖추어 사은의 뜻을 전할 사신까지 조비에게 보냈다. 실로 굽히고 젖히는 일에 능한 수성(守成)의 명인 다웠다.

하지만 그걸로 당장 발등에 떨어진 불이 꺼진 것은 아니었다. 오래잖아 풀어놓은 염탐꾼들이 달려와 급한 소식을 전했다.

"촉주 유비는 본국의 대병에다 만왕(蠻王) 사마가(沙摩柯)의 번병(番兵) 수만과 동계(洞溪)에 있던 한나라 장수 두로(杜路), 유녕(劉寧)의 두 갈래 군사까지 합쳐 물과 뭍 두 길로 밀려오고 있습니다. 그 기세가 하늘을 찌를 듯한 가운데 물길로 온 적군은 이미 무구(巫口)에 이르렀고, 뭍으로 오는 적군은 이미 자귀(秭歸)에 이르렀다 합니다."

조비가 비록 왕호는 내렸으나 정작 필요한 군사를 움직여주지 않으니 손권은 그 소식에 놀라지 않을 수 없었다. 곧 문무 관원들을 불러 모아놓고 물었다.

"촉병의 세력이 그토록 크다 하니 이제 어찌했으면 좋겠는가?"

그러나 관원들인들 뾰족한 수가 있을 리 없었다. 말없이 서로 쳐다보기만 했다. 답답해진 손권이 큰 소리로 탄식했다.

"주랑(周郎)이 죽은 뒤에는 노숙이 있었고, 노숙이 죽은 뒤에는 여몽이 있었다. 그런데 이제 여몽이 죽고 나니 나와 걱정을 나눌 사람은 아무도 없구나!"

그런데 미처 그 말이 끝나기도 전에 한 소년 장수가 뛰어나오며 분연히 소리쳤다.

"신이 비록 나이 어리나 약간의 병서를 읽었습니다. 바라건대 제게 군사 몇만만 주신다면 나아가 촉병을 쳐부수겠습니다."

손권이 보니 손환(孫桓)이었다. 손환의 자는 숙무(叔武)로 그 아비의 이름은 하(河)였다. 원래 유씨(兪氏)였는데 손책이 그를 몹시 사랑하여 손씨(孫氏) 성을 내렸으므로 모두 일가처럼 여겼다.

손하(孫河)는 아들 넷을 두었는데, 손환은 그 맏이였다. 활쏘기와 말타기를 잘 익혀 언제나 손권을 따라 싸움터를 누비며 여러 가지 놀라운 공을 자주 세웠다. 벼슬은 무위도위(武衛都尉)로 그때 그의 나이 스물다섯이었다.

손권은 반가우면서도 미덥잖아 물었다.

"너는 어떤 계책으로 이기겠느냐?"

"제게는 좋은 장수 둘이 있습니다. 하나는 이이(李異)요 하나는 사정(謝旌)인데, 둘 다 만 명을 당해낼 만한 용맹이 있습니다. 제게 군사 몇만만 딸려주시면 그 둘과 더불어 나아가 유비를 사로잡아 오겠습니다."

손환이 씩씩하게 대답했다. 손권이 그래도 마음 놓이지 않는지 바로 허락하지 않았다.

"조카가 비록 영용하다 해도 나이가 너무 없다. 따로이 나이든 장수가 곁에서 도와야만 될 것이다."

손권이 그렇게 말하자 호위장군(虎威將軍) 주연이 나섰다.

"바라건대 신을 작은 장군님과 함께 가게 해주십시오. 힘을 합쳐 유비를 사로잡아보겠습니다."

그제서야 손권도 출병을 허락했다. 수륙(水陸)의 군사 오만을 골라 내어주며, 손환은 좌도독이 되고 주연은 우도독이 되어 그날로 나아가게 했다.

얼마 가지 않아 먼저 촉병의 움직임을 살피러 보냈던 군사가 되돌아와 손환에게 알렸다.

"촉병이 이미 의도에 이르러 진채를 내렸습니다."

그 말을 들은 손환은 이만 오천 군마를 이끌고 의도 언저리로 가 영채 셋을 나누어 세우고 촉병에 맞섰다.

한편 촉장 오반은 선봉이 되어 서천을 나온 뒤로, 이르는 곳마다 모두 스스로 항복해 오는 바람에 칼에 피를 묻힐 것도 없었다. 그러다가 의도에 이르러서야 손환이 이끄는 오병을 보고 얼른 선주에게 그걸 알렸다.

이때 선주는 자귀에 있다가 그 소식을 듣고 성부터 먼저 냈다.

"손환 따위 어린것이 어찌 감히 짐에게 맞서려 든단 말이냐!"

그러자 곁에 있던 관흥이 아뢰었다.

"이왕에 손권이 어린애를 장수로 뽑아 보냈으니 폐하께서도 굳이 대장을 골라 보내실 게 없습니다. 바라건대 저를 보내 그 어린것을 사로잡아 오도록 해주십시오."

"좋다. 짐은 진작부터 너의 씩씩한 기상을 보고 싶었다."

선주도 기꺼이 허락하고 관흥을 먼저 보냈다. 관흥이 선주에게 절하고 막 떠나려는데 장포가 뛰어나오며 졸랐다.

"역적을 치려고 이왕에 관흥을 먼저 보내시기로 하셨다면 신도 함께 가게 해주십시오."

"두 조카가 나란히 앞장을 선다면 매우 뜻있는 일이 될 것이다. 다만 삼가고 조심하여 그르치는 일이 없게 해야 한다."

선주도 기꺼이 허락했다. 이에 두 사람은 선주에게 엎드려 절하고 나란히 선봉이 되어 군사를 이끌고 먼저 나아갔다.

손환은 촉의 대군이 이르렀단 말을 듣자 여러 진채의 군사를 모두 합쳐 맞싸우러 나왔다. 양쪽 군사가 둥글게 맞서 진세를 이룬 가운데 손환이 먼저 나섰다. 이이, 사정 두 장수를 거느리고 문기(門旗) 아래 서서 촉군의 진채를 바라보니 한꺼번에 장수 둘이 나란히 말을 몰아 나오는 게 보였다. 둘 다 은투구 은갑옷에 흰 전포 입고 흰 깃발을 앞세운 채였다. 약간 앞선 것은 장포로 한 길 여덟 자의 정강으로 만든 창을 들고 있었고, 그 뒤의 관흥은 큰 칼을 차고 있었다.

"손환, 이 더벅머리 어린 놈아. 죽음이 눈앞에 다가왔는데 아직도 감히 천병(天兵)에게 맞서려 하느냐!"

장포가 손환을 보고 크게 소리쳐 꾸짖었다. 손환도 지지 않고 맞받았다.

"네 아비가 머리 없는 귀신이 되었는데 이제는 또 네가 와서 죽여 달라고 아우성이로구나. 너는 사는 게 죽는 것보다 낫다는 것도 모르느냐?"

그 소리를 들은 장포는 분노로 두 눈이 뒤집혔다. 대꾸고 뭐고 없이 창을 꼬나 잡고 말을 박찼다. 손환의 등 뒤에 있던 사정이 달려나가 그런 장포를 맞았다.

두 장수가 어울렸다 떨어지기를 서른 번쯤 했을 때 마침내 힘이 달린 사정이 달아나기 시작했다. 사정이 달아나는 걸 본 이이가 급히 말을 달려 나가 큰 쇠도끼를 휘두르며 뒤쫓는 장포를 막았다.

다시 장포와 이이의 싸움이 한바탕 어우러졌다. 둘 다 어지간해 스무 합이 지났으나 승부가 가려지지 않았다. 그때 오군(吳軍)의 비장(神將) 가운데 담웅(譚雄)이란 자가 있었다. 장포가 날래고 군세 이이가 이겨내기 어려울 것 같자 슬며시 활을 들어 화살 한 대를 날 렸다. 화살은 바로 장포가 탄 말에 가서 꽂혔다. 아픔을 이기지 못한 말이 길길이 날뛰며 본진으로 돌아가다가 미처 진문에 이르기도 전 에 땅바닥에 쓰러졌다.

말이 쓰러지니 말등에 앉았던 장포가 성할 리 없었다. 땅에 떨어 져 말과 함께 뒹굴었다. 그걸 본 이이는 옳거니 했다. 급히 장포에게 로 말을 몰아가 큰 쇠도끼를 쳐들었다. 장포의 머리를 한 도끼에 쪼 개놓을 작정이었으나, 문득 한 줄기 붉은 빛이 번뜩이는가 싶더니 먼저 땅에 떨어진 것은 그 자신의 목이었다.

이이의 목을 벤 것은 관흥의 큰 칼이었다. 관흥은 장포의 말이 화살을 맞고 되돌아오는 걸 보자 거기 탄 장포가 걱정돼 맞으러 나 갔다. 그러다가 이이가 뒤쫓아오는 걸 보고 한칼로 죽여 장포를 구 했다.

자기편 장수가 눈앞에서 죽는 걸 본 오군이 흔들릴 것은 정한 이 치였다. 관흥이 그때를 놓치지 않고 군사를 휘몰아 덮치니 손환은 그 기세를 막아내지 못했다. 한바탕 싸움에 크게 지고 북과 징을 울 려 군사를 물렸다.

다음 날이 되었다. 손환은 어제의 패배를 씻으려는 듯 다시 군사 를 이끌고 나와 싸움을 걸었다. 관흥과 장포가 한꺼번에 손환을 맞 으러 나갔다. 그중에서도 관흥은 적의 우두머리 장수 손환을 보자 모든 걸 제쳐놓고 똑바로 그에게 덮쳐갔다.

손환 역시 크게 성을 내어 맞서니 곧 그 둘 사이에 한바탕 싸움이

어우러졌다. 손환은 관흥과 어울려 스무남은 합을 싸웠으나 아무래
도 힘이 모자랐다. 곧 말 머리를 돌려 달아나기 시작했다.

관흥과 장포는 기세를 타고 그대로 오군의 영채를 들이쳤다. 그때
마침 장남, 풍습과 함께 오반이 대군을 이끌고 다시 오군을 덮쳤다.
그러잖아도 쫓기던 오군은 완전히 산산조각이 났다. 사방으로 흩어
져 달아나기에 바빴다.

한바탕 싸움에 크게 이긴 촉의 장수들은 오군이 더는 보이지 않
자 비로소 군사들을 불러모았다. 그런데 장수들 중에 유독 관흥이
보이지 않았다. 장포가 놀라 소리쳤다.

"안국(安國, 관흥의 자)에게 무슨 일이 있다면 나도 홀로 살아 있지
는 않으리라!"

그리고 급히 창을 잡고 말에 뛰어올랐다. 쓸데없는 걱정이었다.
장포는 몇 리 가지도 않아 맞은편에서 달려오는 관흥을 보았다. 왼
손에는 칼을 들고 오른편 겨드랑이에는 사람을 하나 끼고 있었다.

"그게 누구냐?"

장포가 어이없어하며 물었다. 관흥이 빙긋이 웃으며 대답했다.

"어지럽게 싸우는 중에 바로 원수놈을 만났기로 이렇게 사로잡아
오는 길입니다."

그 말에 장포가 사로잡혀 온 자를 살펴보니 바로 그 전날 적진 중
에서 몰래 활을 쏜 담웅이란 비장이었다. 장포는 기뻐하며 담웅을
데려가 목을 베고 그 피를 뿌려 죽은 말에 제사 지냈다. 그리고 사람
을 뽑아 선주에게 이긴 소식을 전해 올렸다.

한편 이이와 사정, 담웅 등의 장수와 수많은 군사를 잃고 쫓겨간

손환은 더 싸울 엄두가 나지 않았다. 힘은 다하고 도우러 오는 자기 편도 없어 촉병을 막을 힘이 없음을 스스로 깨닫고 급히 손권에게로 사람을 보냈다. 새로이 장졸을 보내 어려움에서 구해주기를 청하기 위함이었다.

그런 오군의 속사정을 눈치 챈 촉의 장수 장남과 풍습이 오반에게 말했다.

"지금 오나라 군사들은 싸움에 져서 기세가 몹시 움츠러들어 있습니다. 그 진채를 갑자기 들이쳐 흩어버리기에 꼭 좋은 때입니다."

그러나 오반은 생각이 깊은 사람이었다. 가만히 고개를 저으며 대꾸했다.

"손환이 비록 수많은 장수와 군사를 잃었다고는 하지만 주연이 이끈 수군은 강물 위에 영채를 엮고 있어 한 사람도 꺾이지 않았다. 만약 우리가 손환의 진채를 급습하러 간 사이에 주연의 수군이 뭍에 내려 우리가 돌아갈 길을 끊어버린다면 어찌하겠는가?"

"그거야 아주 쉽지요. 관흥과 장포 두 장군에게 각기 군사 오천을 이끌고 산골짜기에 숨어 있게 하시면 됩니다. 만약 주연이 손환을 구하러 오면 양쪽에서 뛰쳐나가 들이치게 하십시오. 승리는 어김없이 우리의 것이 될 것입니다."

장남이 걱정 없다는 투로 그렇게 말했다. 그제서야 오반도 조금 마음이 움직였다. 장남의 계책에다 자신의 계책을 하나 더 보탰다.

"먼저 군사 몇을 거짓으로 항복시켜 주연에게 우리가 손환의 진채를 들이치리라는 걸 알려주는 게 좋겠네. 그래야 주연은 손환의 진채 쪽에서 불길이 솟기만 해도 바로 달려 나오지 않겠는가? 그때 숨어 있던 우리 편 군사가 들이친다면 모든 것은 절로 풀릴 것이네."

그러고는 곧 그대로 일을 꾸몄다. 풍습과 장남은 자기들의 계책이 쓰이게 되었음을 기뻐하며 오반이 시키는 대로 몫을 맡았다.

이때 강물 위의 주연도 손환이 싸움에 져서 많은 장졸을 잃었다는 소식을 들었다.

얼른 군사를 내어 구하러 가려고 하는데 문득 한 떼의 촉병이 항복해 왔다는 전갈이 들어왔다. 주연은 그들을 불러들여 물었다.

"너희는 무슨 까닭으로 항복하려 하느냐?"

"저희들은 풍습 아래서 싸우는 사졸들로 풍습이 상과 벌을 함부로 하는데 못 견디어 특히 이렇게 항복하러 왔습니다. 아울러 은밀히 알려드릴 것도 있습니다."

항복해 온 촉병들이 고개를 조아리며 그렇게 말했다. 주연이 귀가 솔깃해 다시 물었다.

"알릴 것이라니 그게 무어냐?"

"풍습은 오늘 밤 오군의 허술한 틈을 타 손환의 진채를 갑자기 들이치려고 합니다. 횃불을 드는 걸 신호로 삼고 있습니다."

듣고 보니 매우 중요한 기밀이었다. 주연은 곧 사람을 보내 손환에게 그 소식을 알리게 했다.

하지만 그 소식은 끝내 손환에게 전해질 길이 없었다. 길목에 미리 숨어 있던 관흥이 그 심부름꾼을 잡아 죽여버린 까닭이었다.

아무것도 모르는 주연은 손환에게 사람을 보낸 것만으로도 마음이 놓이지 않아 다시 여럿을 불러놓고 손환을 구해줄 의논을 시작했다. 부장 최우(崔禹)가 나와 말했다.

"한낱 졸개들의 말을 깊이 믿어서는 아니 됩니다. 만일 조금이라도 잘못되면 물과 뭍의 두 곳 군사가 모두 결단나게 되니 장군께서는 다만 조용히 수채를 지키기만 하십시오. 제가 장군을 대신해서 한번 다녀오겠습니다."

주연도 듣고 보니 옳은 말이었다. 이에 그 말을 따라 최우에게 일만 명을 주고 나가보게 했다.

그날 밤이었다. 풍습과 장남은 오반과 더불어 군사를 세 갈래로 나눈 뒤, 똑바로 손환의 진채를 들이쳤다. 손환의 진채는 금세 불길에 휩싸이고 거기 있던 군사들은 크게 어지러워졌다. 제대로 싸워보지도 않고 이리저리 흩어져 달아나기에 바빴다.

손환을 구하기 위해 수채를 떠난 최우는 갑자기 손환의 진채 쪽에서 불길이 이는 걸 보자 마음이 급했다. 앞뒤 살필 겨를도 없이 군사를 재촉해 앞으로 나아갔다.

최우가 막 한군데 산굽이를 돌았을 때였다. 갑자기 산골짜기 안에서 함성과 북소리가 크게 일며 두 갈래 군사가 뛰쳐나왔다.

한쪽은 관흥이 앞장을 서고 다른 한쪽은 장포가 앞장을 섰는데, 양쪽 다 올 줄 알고 기다렸다는 듯 최우를 좌우에서 두들겼다.

최우는 깜짝 놀랐다. 비로소 속은 줄 알고 말 머리를 돌려 달아나려는데 어디서 왔는지 장포가 벌써 앞을 가로막았다. 최우는 힘을 다해 장포에게 덤볐으나 어림없었다. 한 합을 넘기지 못하고 장포에게 사로잡혀버리고 말았다.

강물 위에 있다가 그 소식을 듣게 된 주연은 급히 배를 물렸다. 오륙십 리나 달아나 겨우 배를 멈추고 남은 군사를 정돈했다.

한편 오반과 풍습, 장남의 야습으로 진채와 장졸 태반을 잃고 쫓기던 손환은 함성이 차츰 멀어지자 비로소 정신을 차려 뒤따르는 부장에게 물었다.

"앞으로 가면 어디에 성벽이 높고 양식이 넉넉한 곳이 있는가?"

"이리로 똑바로 가면 북쪽에 이릉성(彝陵城)이 있습니다. 잠시 군사를 머무르게 할 만한 곳입니다."

그 부장이 그렇게 대답했다. 이에 손환은 싸움에 져 얼마 남지 않은 군사를 이끌고 이릉성으로 달아났다.

손환이 겨우 이릉성을 차지해 들어앉기 바쁘게 오반이 이끈 촉군이 벌써 성 밖에 이르렀다. 촉군이 그대로 성을 에워싸고 들이치니 손환은 더욱 딱한 지경에 빠져들었다.

다른 한 갈래 촉군은 최우를 사로잡은 장포, 관흥과 더불어 선주가 있는 자귀로 돌아갔다. 선주는 몹시 기뻐하며 사로잡은 최우를 목 베 장졸들의 기세를 돋워주는 한편 삼군에 흠뻑 상을 내려 그 공을 치하했다.

큰소리 치고 나갔던 손환과 주연이 모두 볼품없이 쫓기고 많은 장수가 죽었다는 소문이 퍼지자 강남의 장수들 치고 간담이 서늘하지 않은 이가 없을 지경이었다. 아니, 강남의 산과 들이 모두 선주와 촉군의 위세에 벌벌 떨고 있다는 편이 옳았다.

구해주기를 바라는 손환의 사자가 손권에게 이르자 손권 또한 크게 놀랐다. 곧 문무의 관원들을 모두 모아놓고 물었다.

"지금 손환은 이릉에서 고단한 처지가 되어 있고 주연도 강물 위에 있으면서 대패해 몇십 리를 쫓겨났다 하오. 촉군의 세력이 그처럼 크니 이제 어찌했으면 좋겠소?"

그러자 장소가 일어나 말했다.

"이제 많은 옛 장수들이 죽어 없어졌다 하나 아직 우리에게는 여남은 명의 좋은 장수들이 남아 있습니다. 유비 따위를 두려워할 게 무엇 있겠습니까? 한당을 대장으로 삼으시고, 주태를 부장으로 삼으시며, 반장을 선봉으로 세우고, 능통에게 뒤를 맡기신 다음, 감녕으로 하여금 부족한 곳을 메우게 하시면 넉넉합니다. 그들에게 십만 군사를 주어 유비와 맞서도록 명하십시오."

싸움에는 잘 나서지 않는 장소답지 않게 씩씩한 말이었다. 손권은 그 말에 따라 모든 장수들에 영을 내리고 그날로 떠나가게 했다. 이때 감녕은 이질을 앓고 있었으나 일이 급하니 병든 몸으로나마 나서지 않을 수 없었다.

원수를 갚아도 한은 더욱 깊어가고

이때 선주는 무협, 건평을 지나 바로 이릉 가까운 곳까지 이르러 있었다. 칠십여 리에 걸쳐 마흔여 곳에 진채를 세우고 오를 노려보고 있는 중에 장포, 관흥이 그처럼 큰 공을 세우고 돌아오자 여간 기껍지 않았다.

"지난날 짐을 따라다니던 장수들은 이제 모두 늙어 쓸모없게 되었다. 그런데 너희 두 조카가 다시 나와 이토록 용맹스러우니 손권 따위를 겁낼 게 무엇이랴!"

그렇게 감격하고 있는데 문득 사람이 들어와 알렸다.

"동오의 한당과 주태가 대군을 이끌고 나왔습니다."

그 말을 들은 선주는 곧 장수들을 불러 한당과 주태를 치러 보내려 했다. 그때 가까이서 모시던 신하 한 사람이 아뢰었다.

"노장군 황충이 군사 대여섯을 데리고 동오로 달아났습니다."

그러자 선주가 껄껄 웃으며 말했다.

"황충은 결코 나를 저버릴 사람이 아니다. 짐이 늙은 장수는 쓸모 없다는 말을 한 탓이다. 틀림없이 그는 자신이 늙었음을 인정치 않고 오히려 더 힘을 자랑해 보이려 들 것이다."

그러고는 관흥과 장포를 불러 말했다.

"황충이 이번에 그렇게 가서는 실수가 있을 것이다. 조카들은 수고로움을 꺼려하지 말고 어서 가서 도우라. 그리하여 그가 작은 공이라도 세우면 곧 돌아오라 이르고 행여라도 실수가 없게 하라."

이에 관흥과 장포는 그날로 곧 황충을 찾아나섰다.

한편 늙은 장수는 쓸모없다는 선주의 실언에 격한 황충은 선주의 영채를 벗어나자 똑바로 오반을 찾아갔다. 황충이 군사 대여섯과 더불어 몸소 칼을 빼들고 말을 몰아 달려오자 놀란 오반은 장남, 풍습과 더불어 나가 그를 맞아들이고 물었다.

"노장군께서는 무슨 일로 이렇게 오셨습니까?"

"나는 장사에서 천자를 따라나서서부터 이제까지 숱한 싸움터를 누비며 있는 힘을 다 쏟았다. 비록 나이 일흔이 넘었으나 아직도 열 근 고기를 먹고, 두 섬을 들 힘이 있는 자만 당길 수 있는 활을 쓸 수 있으며 하루 천리를 달리는 말을 몰 수 있다. 그런데 어찌 나를 늙었다 할 수 있겠는가? 어제 주상께서는 우리들 늙은 장수들이 쓸모없다 하시기로 이렇게 특히 싸움터를 찾아왔다. 동오와 싸워 그 장수를 목 벰으로써 늙어도 늙지 않았음을 보여주려 한다."

황충이 격한 음성으로 그렇게 대꾸하는데 마침 군사 하나가 달려와 오병의 앞머리가 가까이 이르렀음을 알렸다. 황충은 그 말을 듣자 누가 말릴 틈도 없이 몸을 일으켜 말 위에 뛰어올랐다. 황충이 막 군막을 뛰쳐나가려 할 때 풍습이 그 말고삐를 잡으며 말했다.

"노장군께서 가볍게 나아가셔서는 아니 됩니다. 잠시 형세를 살피신 뒤 나아가도록 하십시오."

그러나 황충은 들은 체도 않고 그대로 말을 박차 달려 나갔다. 오반은 하는 수 없이 풍습에게 군사를 이끌고 뒤따라가 황충의 싸움을 돕게 했다.

황충은 오병 앞에 이르자 홀로 말을 몰고 나가 싸움을 걸었다. 이때 오병의 선봉을 맡은 장수는 반장이었다. 황충이 싸움을 걸어오자 그 부장 가운데 사적(史蹟)이란 장수가 반장을 대신해 달려 나갔다. 황충이 늙은 걸 얕잡아본 것이었지만 결과로는 스스로 목숨을 재촉한 꼴이 되고 말았다. 사적은 세 합을 넘기지 못하고 황충의 칼에 목 없는 귀신이 되었다.

부장 사적이 죽는 걸 보자 반장은 벌컥 성이 났다. 전에 관공이 쓰던 청룡도를 뽑내듯 휘두르며 스스로 나가 황충과 맞붙었다.

황충과 반장이 어울린 지 여러 합이 되었으나 승부는 좀체로 나지 않았다. 그러나 황충이 싸울수록 힘이 솟는 데 비해 반장은 차차 기세가 수그러들더니 마침내 견디지 못하고 말을 돌려 달아나기 시작했다.

황충은 이긴 기세를 타고 반장을 뒤쫓으며 한바탕 오병을 짓두들겼다. 그리고 이긴 걸 기꺼워하며 돌아오는데 관흥과 장포가 이르렀다.

"저희들은 성지(聖旨)를 받들어 장군님을 도우러 왔습니다. 이미 이처럼 큰 공을 세우셨으니 이만 돌아가시지요."

관흥이 그렇게 청했으나 황충은 아직도 들은 체를 아니했다.

다음 날이 되었다. 어제 쫓겨간 반장이 다시 와서 싸움을 걸었다. 황충이 분연히 말 위에 뛰어오르는 걸 보고 관흥과 장포가 나섰다.

"저희들도 싸움을 돕겠습니다."

그러나 황충은 들어주지 않았다. 오반이 나서도 마찬가지였다. 아무도 따라오지 못하게 하고 혼자서만 오천 군사를 이끌고 적을 맞으러 나갔다.

반장은 황충을 보자마자 다시 전날처럼 덤벼들었다. 그러나 몇 합 싸우기도 전에 칼을 끌고 달아나니 황충이 뒤쫓으며 큰 소리로 꾸짖었다.

"적장은 달아나지 말라! 내 오늘 반드시 관공의 원수를 갚으리라."

하지만 기실 반장은 그때 황충에게 속임수를 쓰고 있었다. 황충이 한 삼십 리나 따라갔을까, 사방에서 문득 천지를 흔드는 듯한 함성이 울리며 복병들이 한꺼번에 쏟아져 나왔다. 왼편은 주태요, 오른편은 한당이었으며, 뒤는 능통인 데다 앞에서는 또 달아나던 반장이 되돌아서서 덤비니 황충은 어느새 적병 한가운데 서 있는 꼴이 되고 말았다.

거기다가 갑자기 미친 듯한 바람까지 일자 황충도 할 수 없이 군사를 물리려 해보았다. 그때 다시 맞은편 산 언덕에 마충이 한 갈래 군사를 이끌고 나타나더니 황충을 향해 화살 한 대를 날렸다.

화살은 바람을 가르고 날아 황충의 어깻죽지에 꽂혔다. 황충은 자칫하면 말에서 떨어질 뻔했으나 겨우 몸을 가누고 벗어날 길을 찾았다. 오병들은 황충이 화살에 맞은 걸 보고 힘을 얻어 한꺼번에 몰려들었다.

문득 그런 오병들의 등 뒤에서 크게 함성이 일더니 두 갈래 군마가 나타나 황충을 구해냈다. 바로 관흥과 장포가 이끄는 군마였다.

관흥과 장포는 구해낸 황충을 얼른 선주가 있는 본영(本營)으로 옮겨 상처를 치료하게 했다. 그러나 황충이 이미 늙고 혈기가 잦아들어 화살 상처는 쉬 아물지 않고 점점 병세가 심해져갔다.

소문을 들은 선주는 몸소 황충이 누운 곳으로 찾아가 그 등을 어루만지며 잘못을 빌었다.

"이번에 노장군께서 상처를 입은 것은 모두가 짐의 허물이외다."

그러자 황충이 천천히 고개를 저으며 대꾸했다.

"신은 한낱 무부로서 다행스럽게도 폐하를 만나 무겁게 쓰였습니다. 또 신의 나이는 일흔하고도 다섯이니 수(壽) 역시 이만하면 넉넉합니다. 바라건대 폐하께서는 용체(龍體)를 보중하시어 부디 중원까지 얻으시도록 하시옵소서."

그러고는 다시 정신을 잃었다. 그날 밤 황충은 마침내 선주가 보는 앞에서 숨을 거두니, 뒷사람이 시를 지어 그의 삶을 간추렸다.

늙은 장수라면 황충,	老將說黃忠
서천을 뺏는 데 큰 공을 세웠네	收川立大功
금쇄 갑옷을 덧껴입고	重披金鎖甲
쇠테 메운 활을 둘씩 당겼어라	雙挽鐵胎弓

담력과 기운 하북을 놀라게 하고	膽氣驚河北
위엄 찬 이름 촉 땅을 진정시켰네	威名鎭蜀中
죽을 땐 머리 눈처럼 희었으되	臨亡頭似雪
오히려 영웅됨을 스스로 드러냈네	猶自顯英雄

선주는 황충이 죽는 걸 보고 슬픔을 이기지 못했다. 눈물을 뿌리며 영을 내려 관곽을 엄숙히 마련하게 하고 성도로 보내 장사 지내게 했다.

"오호대장 가운데 벌써 셋이 죽었다. 짐은 아직 원수도 갚지 못했는데 장수들이 먼저 죽으니 더욱 슬프구나!"

황충의 시신을 성도로 보내며 그렇게 탄식한 선주는 똑바로 어림군을 몰아 효정으로 나아갔다. 그리고 거기서 모든 장수를 모은 뒤 군사를 여덟 길로 갈라 물과 뭍으로 함께 밀고 들게 했다. 물길은 황권이 군사를 이끌고 뭍길은 선주 몸소 대군을 거느렸다. 때는 장무 이년 이월 중순이었다.

한당과 주태는 선주가 앞장서 대군을 이끌고 오고 있다는 걸 알자 군사를 내어 선주를 맞았다. 양쪽 군사가 둥글게 진을 쳐 맞선 가운데 한당과 주태가 먼저 말을 내었다. 가만히 촉진을 건너보니 깃발이 걷히며 나는 길로 선주가 몸소 나오는 게 보였다.

선주는 누런 비단에 금칠한 일산을 받고 좌우에는 백모(白旄)와 황월(黃鉞)을 세워 천자의 위엄을 한껏 드러내보이고 있었다. 그밖에도 앞뒤에 늘어 세운 금빛, 은빛 정기와 절(節)도 보는 이의 머리를 절로 숙여지게 할 만했다.

"폐하께서는 이제 촉의 주인이 되셨는데도 어찌 이렇게 가볍게 납시었습니까? 만일 조금이라도 잘못됨이 있으면 그때는 뉘우쳐도 이미 늦으실 것입니다."

한당이 선주를 보고 빈정거림 섞어 그렇게 소리쳤다. 선주가 한당을 손가락질하며 꾸짖었다.

"네놈들은 오나라의 개들로 감히 짐의 아우를 죽였다. 짐은 맹세코 네놈들과는 같이 하늘을 이지 않고 함께 땅을 밟지 않으리라!"

그러자 한당은 대구 대신 여러 장수들을 돌아보며 물었다.

"누가 나가서 촉병을 깨뜨려보겠는가!"

"제가 한번 나가보겠습니다."

부장 하순이 그렇게 대답하고 창을 휘두르며 말을 몰아 나갔다. 선주의 등 뒤에 있던 장포가 그걸 보자 역시 장팔사모를 끼고 말을 달려 나갔다.

장포가 벼락 같은 소리를 내지르며 덮치자 하순은 그 고함 소리에 벌써 겁을 먹었다. 싸움도 제대로 해보지 않고 틈을 보아 꽁무니를 뺄 궁리부터 먼저 했다. 하순의 마음가짐이 그러하니 싸움이 기울지 않을 수 없었다. 주태의 아우 주평이 그걸 보다 못해 칼을 휘두르며 달려 나왔다.

주평이 달려 나오자 촉진에서는 관흥이 다시 말을 박차고 달려 나가 맞았다. 그때 한소리 큰 고함과 함께 장포가 하순을 찔러 말 아래로 떨어뜨렸다. 그걸 본 주평도 깜짝 놀랐다. 손발이 어지러워져 허둥대다가 그 또한 관흥의 한칼에 목이 달아났다.

두 적장을 죽인 장포와 관흥은 그 기세를 타고 곧바로 한당과 주태를 덮쳤다. 비록 싸움터에서 늙은 몸들이기는 하나, 젊은 두 적장의 기세가 얼마나 날카로운지 한당과 주태는 감히 맞설 엄두를 못 냈다. 황망히 진채 속으로 숨어버렸다.

"호랑이 같은 아비에 어찌 개 같은 아들이 있겠느냐!"

그 광경을 보고 있던 선주가 자신도 모르게 감탄의 소리를 냈다. 그리고 손에 든 채찍을 들어 한번 크게 휘두르자 촉병들이 다투어 달려 나갔다. 여덟 갈래의 군마가 한꺼번에 덤비는데 그 기세는 마치 샘물이 콸콸 솟는 듯하니 그렇찮아도 움츠러들어 있던 오병이 당해내지 못했다. 곧 싸움터는 쓰러진 오병들의 시체로 덮이고 흐르는 피는 냇물을 이루었다.

이때 아픈 몸으로 출전한 감녕은 배 위에서 병을 다스리고 있었다. 그러나 촉병이 크게 몰려오고 있다는 말을 듣고 그대로 누워 있을 수 없어 급히 말에 올랐다. 얼마 가지 않아 한 떼의 만병(蠻兵)이 감녕을 가로막았다. 모두 풀어헤친 머리에 맨발인데, 활과 쇠뇌, 장창과 도끼를 들고 방패로 앞을 가린 채였다.

앞선 장수는 바로 번왕 사마가였다. 얼굴은 피를 뒤집어쓴 듯 시뻘겋고 푸른 눈알은 툭 튀어나왔는데, 병기는 두 개의 철질려(鐵蒺藜, 삼각형의 무쇠날을 끈으로 묶은 것으로 원래는 땅에 묻어 적의 기병을 막는 데 쓰던 병기)에다 허리에는 다시 두 개의 큰 활을 차고 있었다. 괴이한 용모에다 병기까지 흔치 않은 것이라 그 위풍이 자못 대단했다.

감녕은 만병들과 그 장수의 기세가 엄청남을 보자 맞싸울 엄두가 나지 않았다. 어쩌면 몸이 병들어 마음까지 약해졌는지도 모를 일이었다. 창칼 한번 대보지 않고 말 머리를 돌려 달아나다 사마가가 쏜 화살에 머리를 맞았다.

머리에 화살이 꽂힌 채 달아나던 감녕은 부지구에 이르러 어떤 큰 나무 아래 앉은 채 숨이 졌다. 그런 감녕을 슬퍼하듯 난데없는 까치 떼가 그 나무에 몰려 시체 주위를 울며 날아다녔다.

감녕이 죽었다는 소문을 들은 오왕은 슬퍼해 마지않았다. 예를 극진히 해 장사 지내고 묘당을 지어 제사를 지내게 했다. 날래면서도 호탕하던 손권의 한 팔, 겨우 백 명의 장사를 데리고 수만 적진에 뛰어들어가 조조의 간담을 서늘케 했던 동오의 맹장치고는 너무도 허망한 죽음이었다.

한편 다시 한바탕 싸움에 크게 이긴 선주는 오병을 뒤쫓으며 효정을 온전히 차지했다. 그리고 오병이 사방으로 흩어져 달아나 더 뒤쫓을 수 없자 거기서 일단 장졸들을 수습했는데 어찌 된 셈인지 관흥이 보이지 않았다. 놀란 선주는 장포를 비롯한 여러 장수들을 흘어 사방으로 관흥을 찾아보게 했다.

그때 관흥은 낯선 산골짜기를 헤매고 있었다. 장포와 함께 오병의 진채로 뛰어들었다가 관공을 해친 원수 반장을 만난 탓이었다. 반장을 보고 눈이 뒤집힌 관흥이 말을 몰아 뒤쫓자 놀란 반장은 산속으로 뛰어 달아났다. 관흥은 그런 반장을 뒤쫓아 산골짜기를 뒤지다가 반장은 놓쳐버리고 길만 잃어버렸던 것이다.

이리저리 길을 찾아 더듬는 사이에 어느덧 해는 지고 날이 저물었다. 다행히 달과 별이 제법 밝아 산기슭을 따라 걷던 관흥은 이경 무렵하여 산발치에 있는 어떤 장원에 이르렀다.

관흥이 문을 두드리자 어떤 늙은이 하나가 나와 물었다.

"누구시오?"

"나는 근처에서 싸우던 장수로 길을 잃고 헤매다가 여기까지 오게 되었습니다. 지금 매우 시장하니 밥 한 그릇 내어주신다면 그보다 더 고마운 일이 없겠습니다."

관흥이 그렇게 말하자 늙은이는 더 묻지 않고 그를 안으로 들게 했다. 들어가보니 방안에 촛불이 환히 밝혀져 있고 벽 한가운데는 관공의 화상(畵像)이 걸려 있었다. 아버지 관공의 화상을 보자 관흥은 배고픔과 고단함도 잊고 그 앞에 엎드려 울며 절했다. 늙은이가 이상한 듯 물었다.

"장군은 무슨 까닭으로 거기에 울며 절하시오?"

"이분은 바로 돌아가신 제 아버님이십니다."

관흥이 눈물을 씻으며 그렇게 대답했다. 그러자 그 늙은이는 얼른 관흥 곁에서 나란히 관공의 화상에 절을 했다.

"어르신께서는 어찌하여 제 아버님을 이토록 정성들여 모시고 계십니까?"

이번에는 관흥이 궁금해 그렇게 묻자 늙은이가 엄숙하게 말했다.

"이곳 사람들은 모두 관공을 신으로 받들어 모시고 있습니다. 살아 계실 때도 집집마다 받들어 모셨는데, 하물며 신이 되신 이제겠습니까? 이 늙은이는 다만 촉이 어서 빨리 관공의 원수를 갚아주기를 바라고 있을 뿐입니다. 지금 관공의 아드님 되시는 장군께서 이곳에 오신 것도 모두 이곳 백성들의 복이라 여겨집니다."

그러고는 술과 밥을 내어 관흥을 정성껏 대접했다.

그런데 그날 밤 삼경이 좀 지났을 무렵이었다. 문득 또 한 사람이 찾아와 그 집 문을 두드렸다. 주인 늙은이가 나가보니 바로 관흥이 뒤쫓다 놓쳐버린 원수 반장이었다. 그 또한 밤길을 헤매다가 그 집을 보고 하룻밤 쉬어 가려고 찾아온 길이었다.

맘씨 고운 늙은이는 그가 누구인지도 모르고 반장을 방안으로 맞아들였다. 그러나 관흥은 목소리로 벌써 반장을 알아보고 있었다. 늙은이를 따라 방안으로 들어서는 반장에게 칼을 빼어 들고 큰 소리로 외쳤다.

"이놈 반장아, 달아나지 말라!"

깜짝 놀란 반장은 얼른 몸을 돌려 방 밖으로 달아나려 했다. 그런데 이게 웬일인가. 문득 문 밖에 한 사람이 서서 반장의 길을 막았다.

잘 익은 대춧빛 얼굴에 봉의 눈이요, 누운 누에 같은 눈썹에 세 갈래 아름다운 수염을 드리우고 있었다. 푸른 옷에 금투구를 쓰고 칼을 뺀 채 방안으로 들어서는 게 틀림없이 관공이었다.

관공이 나타난 걸 보자 까무라칠 듯 놀란 반장은 한소리 큰 외침과 함께 몸을 다시 돌리려 했다. 그때 관흥의 칼이 번쩍하니 반장의 목은 어느새 방바닥에 굴렀다.

관흥은 그런 반장의 목을 주워 부친 관공의 화상 앞에 놓고 제사를 드렸다. 그런 다음 반장에게 되찾은 관공의 청룡언월도와 반장의 목을 수습한 뒤 주인 늙은이에게 작별을 했다. 자신의 말에는 청룡언월도와 반장의 목을 달고 반장의 말은 자신이 탄 채 관흥이 본영을 찾아 떠나자 집 주인 늙은이는 반장의 목 없는 시체를 끌어다 태워버렸다.

벌써 희끗희끗 밝아오는 길을 몇 리 달리기도 전이었다. 문득 관홍의 귀에 사람들의 고함과 말 울음소리가 들리더니 곧 한 떼의 인마가 나타났다. 앞선 장수는 공교롭게도 반장의 부장 마충이었다.

마충은 관흥이 제 주장 반장을 죽여 그 목을 말 안장에 달고, 다시 반장의 말에다 청룡언월도까지 되찾아 돌아가는 걸 보자 두 눈이 뒤집혔다. 앞뒤를 헤아리지도 않고 대뜸 말을 박차 관흥에게 덤볐다. 관흥도 아비 죽인 원수인 마충을 보자 눈이 뒤집히기는 마찬가지였다. 쌓인 한을 한칼에 씻으려는 듯 청룡언월도를 움켜잡았다.

하지만 관흥은 혼자고 마충에게는 삼백의 졸개가 딸려 있었다. 관흥과 마충이 어울리자 졸개들이 큰 함성과 함께 관흥을 에워쌌다. 그렇게 되자 적 한가운데 갇힌 관흥은 곧 위태로운 형세에 빠졌다.

선주의 명을 받고 관흥을 찾아다니던 장포가 나타난 것은 바로 그때였다.

관흥이 어려운 싸움을 겨우 버텨내고 있을 때 문득 서북쪽에서 한 떼의 인마가 나타나 마충의 졸개들을 쫓기 시작했다.

마충도 이미 구원병이 이른 걸 알자 얼른 군사를 거두어 달아나 버렸다.

장포가 온 걸 보고 힘을 얻은 관흥은 그와 힘을 합쳐 마충을 뒤쫓았다.

얼마쯤 뒤쫓다 보니 미방과 부사인이 나타나 마충을 구하려 들었다. 관공의 위태로움을 못 본 체하고 동오에 항복해버린 두 역적이 다시 관공을 사로잡아 손권에게 바친 마충을 구하려 들자 장포와 관흥은 이를 악물고 덤볐다.

거기서 다시 한바탕 어지러운 싸움이 벌어졌다. 그러나 장포가 이끌고 온 군사는 미방과 부사인이 거느린 군사보다 훨씬 적었다.

관흥과 장포는 곧 힘에 밀려 뒤로 물러나지 않을 수 없었다.

거꾸로 뒤쫓는 오병들을 겨우 떨쳐버리고 효정으로 돌아온 관흥과 장포는 반장의 목을 바치며 선주에게 그간에 있었던 일을 모두 아뢰었다.

"아우가 너를 도와 반장을 잡게 해주었구나!"

듣고 난 선주는 놀란 얼굴로 그렇게 감탄하며 관흥을 위로하고 아울러 술과 고기로 삼군을 배불리 먹였다.

한편 자기편 진채로 돌아간 마충은 대장인 한당과 주태를 찾아갔다. 그럭저럭 패군을 수습한 한당과 주태는 군사를 나누어 굳게 지키는 쪽으로 생각을 바꾸고 있었다. 그러나 죽고 다친 군사가 너무 많아 오병의 사기는 말이 아니었다.

마충은 미방, 부사인과 더불어 강물가의 한곳을 지키게 되었다. 그런데 그날 밤 삼경이 되었을 때였다.

군사들이 저마다 소리치며 울고 있어 미방이 가만히 귀를 기울여 보았다. 한 군사가 나서서 여럿을 보고 말했다.

"우리들은 모두 형주 군사인데 여몽의 꾐에 빠져 주인인 관공의 목숨을 잃게 하고 말았다. 이제 유황숙께서 몸소 대군을 이끌고 오셨으니 오래잖아 동오는 결딴나고 우리도 죽을 것이다. 실로 한스러운 것은 미방과 부사인 그 두 놈이다. 차라리 우리가 그 두 놈을 죽이고 촉으로 항복해 가는 게 어떻겠는가? 촉에서 본다면 결코 적지 않은 공일 것이다."

그러자 다시 한 군사가 그 말을 받았다.

"그렇게 서두를 까닭은 없네. 틈이 나기를 기다렸다가 얼른 손을 쓰면 될걸세."

그런 소리를 들은 미방은 깜짝 놀랐다. 급히 부사인을 찾아보고 가만히 의논했다.

"군사들의 마음이 변해 우리 두 사람의 목숨을 지키기조차 어렵게 된 듯싶소. 그런데 지금 촉주(蜀主)가 한을 품고 있는 것은 바로 마충이오. 그를 죽이고 그 목을 잘라다 촉주에게 바치며 빌어보는 게 어떻겠소? 우리는 마지못해 동오에 항복했으나 이제 어가가 납시었다는 말을 듣고 특히 찾아와 잘못을 빈다고 하면 될 것도 같소."

"아니 되오. 그리로 갔다가는 틀림없이 죽음을 당할 것이오."

부사인이 어림없는 소리라는 듯 고개를 내저으며 말했다. 그러자 미방이 다시 말했다.

"촉주는 너그럽고 어진 사람이오. 거기다가 아두태자(阿斗太子)는 바로 나의 생질이니 국척(國戚)의 정을 보아서라도 우리들을 차마 죽이지는 못할 것이오."

이번에는 부사인도 귀가 솔깃했다. 이에 미방과 함께 움직이기로 하고 말부터 먼저 마련했다.

미방과 부사인이 말을 마련했을 때도 시각은 아직 삼경을 크게 넘지 않았다. 두 사람은 가만히 마충의 군막으로 들어가 곤하게 자고 있는 마충을 찔러 죽이고 그 목을 잘랐다. 그리고 몇십 기만 거느린 채 곧장 선주가 있는 효정으로 달려갔다.

길섶에 숨어서 지키던 촉병들이 그런 미방과 부사인을 먼저 장남과 풍습에게로 데려갔다. 두 사람이 그간의 일을 말하자 장남과 풍습은 다음 날 그들을 선주가 있는 영채로 보냈다. 선주를 만난 그들은 마충의 목을 바치면서 울음 섞어 빌었다.

"참으로 저희들은 폐하를 저버릴 마음이 없었습니다. 여몽의 속임수에 빠져 관공께서 이미 돌아가셨다 하기에 성문을 열고 어쩔 수 없이 항복했던 것입니다. 그러다가 이제 폐하께서 몸소 납시었다는 말을 듣고 이 역적을 죽여 폐하의 한을 조금이나마 씻어드리고자 했습니다. 엎드려 빌건대 부디 저희들의 죄를 용서해주십시오."

그러자 선주가 무섭게 화를 내며 꾸짖었다.

"그렇다면 짐이 성도를 떠난 지 이미 여러 날이 되었건만 너희들은 여지껏 어찌하여 항복하고 죄를 빌러 오지 않았느냐? 이제 형세가 위태로운 걸 보고서야 겨우 찾아와 교묘한 말로 목숨을 빌려 드는구나. 짐이 만약 너희들을 살려주었다가는 죽어서 무슨 낯으로 관공을 보겠는가?"

그런 다음 관흥에게 영을 내려 진중에 관공의 영위(靈位)를 차리게 했다.

관공의 영위가 차려지자 선주는 몸소 마충의 목을 영전에 바치고 제사를 드렸다. 그리고 다시 미방, 부사인을 가리키며 엄하게 영을 내렸다.

"저 두 놈의 옷을 벗기고 영전에 꿇어 앉혀라!"

이에 군사들이 미방과 부사인을 발가벗겨 관공의 위패 앞에 무릎을 꿇렸다. 선주는 몸소 칼을 들고 그들의 살점을 한 점 한 점 도려내어 관공의 영전에 바쳤다.

그 제사를 보고 있던 장포가 갑자기 선주 앞에 달려 나와 엎드려 곡하며 말했다.

"둘째 아버님의 원수들은 이미 모조리 죽었습니다만 신의 아비를 해친 자들은 어찌됩니까? 어느 날에야 이 사무친 한을 풀겠습니까?"

그러자 선주 또한 울며 그를 달랬다.

"조카는 조금도 걱정하지 말라. 짐은 반드시 강남을 쑥밭으로 만들고 오를 섬긴 개들을 모조리 죽여 없앨 것이다. 그때 네 아비를 해친 두 역적 놈도 사로잡아 네게 넘겨줄 것이니 너도 그놈들로 젓을 담가 아비의 영전에 제사 올리도록 하라."

그 말에 장포도 조금 분이 풀리는지 선주에게 울며 감사하고 물러났다.

그 무렵 강남은 초상집과 같았다. 선주가 잇달아 오병을 쳐부수고 밀려드니 그 위세는 천지를 뒤흔드는 듯했다. 강남 사람들은 모두 간이 얼어붙어 밤낮으로 울며 동오가 관공을 죽인 일을 원망했다.

그 같은 백성들의 동태에 깜짝 놀란 한당과 주태는 곧 오왕에게 그 사실을 고해 올렸다. 그리고 아울러 미방과 부사인이 마충을 죽여 그 목을 들고 촉제(蜀帝)에게 항복해 갔으나 그들 또한 모두 죽음을 당했다는 것도 알렸다.

선주의 원한이 그토록 크고 깊은 걸 듣자 손권은 다시 마음속으로 은근히 겁이 났다. 급히 문무의 벼슬아치들을 모아놓고 그 일을 의논했다.

보질이 나서서 손권에게 권했다.

"촉주가 한을 품은 이들은 여몽, 반장, 마충, 미방, 부사인 다섯이었습니다. 그런데 지금 그 다섯은 모두 죽었고 남았다면 다만 범강과 장달 둘뿐입니다. 현재 그들이 강남에 있으니 그들을 잡아 장비의 목과 함께 촉주에게 돌려보내는 게 어떻겠습니까? 그런 다음 형주를 되돌려주고 손부인을 보내드리면서 글을 올려 화호를 청해보도록 하십시오. 옛정을 되살리어 함께 위를 치자고 하면 촉병은 반드시 물러갈 것입니다."

손권도 들어보니 그럴듯했다. 이에 그 말을 따르기로 하고, 좋은 향나무로 짠 상자에 담은 장비의 목과 아울러 범강과 장달을 묶어 죄인을 싣는 수레에 넣고 선주에게로 보내게 했다. 그 뒤는 사신으로 뽑힌 정병(程秉)이 오왕의 국서를 받쳐들고 따랐다. 동오로서는 더 이상 양보하려야 양보할 것이 없다 할 만큼 스스로를 굽힌 셈이었다.

그때 선주는 다시 군사를 움직여 강남으로 밀고 내려가려 하고 있었다. 홀연 가까이서 모시는 신하 하나가 들어와 선주에게 알렸다.

"동오에서 사신을 시켜 거기장군의 목과 범강, 장달 두 역적을 보내왔습니다."

그 말을 들은 선주는 두 손으로 이마를 싸안으며 감격을 이기지 못한 목소리로 말했다.

"이것은 하늘이 내려주신 것이요, 또한 끝엣아우의 영혼이 시킨 일임에 틀림없구나!"

그리고 얼른 장포를 불러 영을 내렸다.

"조카는 서둘러 선친의 영위를 차려놓도록 하라."

이윽고 장비의 목이 든 나무상자가 이르자 선주는 떨리는 손으로 그 뚜껑을 열었다.

이미 죽은 지 여러 달이 지났건만 장비의 얼굴은 조금도 변함이 없었다. 선주는 그걸 보고 다시 목을 놓아 울었다.

범강과 장달은 장포의 손에 넘겨졌다. 장포는 잘 드는 칼로 둘의 몸을 수없이 도리고 토막 내어 아비의 영전에 바쳤다.

그 끔찍한 제사를 끝으로 관공과 장비의 죽음에 직접으로 관여한 자들은 모두 죽었다.

그만하면 두 아우의 원수 갚음이 되었다고 볼 수도 있으나 선주의 가슴속에 맺힌 한은 풀리지 않았다. 오히려 전보다 더 맹렬하게 동오를 멸망시키는 일에 매달렸다. 마량이 보다 못해 아뢰었다.

"원수들이 모두 죽었으니 한을 씻었다 할 만합니다. 거기다가 지금 오의 대부 정병이 와서 화친을 빌고 있습니다. 형주를 돌려주고 손부인도 보낼 것이니 함께 힘을 합쳐 위를 치자는 것입니다. 폐하의 대답을 기다리고 있는 바, 바라건대 밝고 어지신 헤아림으로 그 뜻을 받아주십시오."

하지만 선주는 어림도 없었다. 새삼스런 노기로 수염을 올올이 곤두세우며 소리쳤다.

"경은 그게 무슨 소린가? 짐이 이를 갈고 있는 원수는 바로 손권이다. 그런데 이제 그를 용서하고 손을 잡는다면 그것은 바로 두 아우와의 옛 맹세를 저버리는 짓이다. 짐은 먼저 오를 없애고 다시 위를 치리라."

그러고는 자신의 무서운 결의를 여럿에게 내보이려는 듯이나 오의 사신 정병을 끌어내 목 베려 했다. 여러 벼슬아치들이 힘써 말려 준 덕분에 목숨은 건졌으나, 정병은 진땀으로 몸을 씻을 만큼 혼이 났다. 머리를 싸쥐고 달아나듯 동오로 돌아갔다.

그런데 이쯤에서 한번 살펴보고 싶은 것은 신비한 느낌이 들 만큼 시원스런 관, 장 복수극의 진상이다.

『연의』에서와는 달리 여몽이 기실 병들어 죽은 것은 이미 말했거니와, 반장, 마충, 미방, 부사인 등의 죽음도 정사로 살펴보면 너무 터무니없다.

첫째로 반장. 정사에서 그는 오의 손꼽는 맹장으로서 유비의 침입을 육손과 협력해 잘 막아내고 오히려 그 공으로 평북장군(平北將軍) 양양 태수에 오른다. 그가 죽은 것은 제갈량이 죽은 해인 가화(嘉禾) 삼년으로 유비보다 훨씬 오래 살다가 병이 들어 자리에 누운 채[臥席] 죽었다.

그다음 마충, 부사인, 미방도 뚜렷한 기록은 없으나 적어도 『연의』에서처럼 참혹하게 죽은 것 같지는 않다. 그들이 관우의 죽음에 관련된 것은 이곳저곳 기록되어 있지만 유비의 손에 죽어 관우의 영전에 바쳐졌다는 기록은 전혀 없다. 마지막이 범강과 장달. 역시 기록은 없으나 오나라가 저를 찾아온 그들을 다시 유비에게 내주어가며 화친을 애걸한 것 같지는 않다.

결국 그들 다섯의 죽음은 어느 하나도 『연의』에서처럼 통쾌한 복수극의 희생이 되지는 않은 듯하다. 읽는 이의 복수감을 만족시켜 주기 위한 문사의 허구거나 관우 숭배와 관련된 민간의 전설을 아무런 근거 없이 받아들인 탓이리라.

그건 그렇고, 얘기는 『연의』에서 시작됐으니 다시 『연의』로 돌아가자. 하마터면 떨어질 뻔한 목을 어루만지며 동오로 돌아간 정병은 곧 오왕을 찾아보고 말했다.

"촉주는 화친을 받아들이지 않고 먼저 오를 쳐 없앤 뒤에 다시 위를 쳐 없애리라 맹세하고 있습니다. 여러 신하들이 힘써 말려도 듣지 않으니 어떻게 해야 되겠습니까?"

한 가닥 기대를 걸었던 손권은 그 말에 더욱 두려워져 몸을 제대로 움직이지 못할 지경이었다. 그걸 본 감택이 나서서 말했다.

"주상께서는 하늘을 떠받칠 만한 기둥감을 눈앞에 두고도 어찌 한번 써보지 않으십니까?"

"그런 인재가 누구요?"

손권이 반가움을 감추지 못하고 물었다. 감택이 자신 있게 대답했다.

"지난날에는 동오의 큰일을 모두 주랑이 맡았고, 그 뒤에는 노자경이 대신했으며, 다시 노자경이 죽은 뒤에는 여자명이 모든 걸 맡아 치러냈습니다. 그리고 그 여자명이 죽은 지금은 또 형주의 육백언(伯言, 육손의 자)이 있습니다. 그 사람은 비록 더벅머리 선비로만 알려져 있으나 실은 큰 재주와 깊은 헤아림을 지닌 인재올시다.

신하로 쳐도 결코 주랑보다 못하지 않은 사람이지요. 전에 관공을 쳐부순 것도 모두 그 사람의 머리에서 나온 꾀입니다. 주상께서 그 사람을 쓰기만 하신다면 그는 반드시 촉병을 쳐부술 수 있을 것입니다. 만약 그가 일을 그르친다면 신도 함께 벌을 받겠사오니 한번 써보십시오."

그러자 손권도 문득 깨달아지는 게 있는지 낯빛이 밝아지며 말했다.

"잘 알겠소. 덕윤(德潤, 감택의 자)의 말이 아니었더라면 큰일을 그르칠 뻔하였소."

당장 육손을 부르려 사람을 보내기라도 할 듯한 말투였다. 그때 장소가 일어나 감택과는 전혀 다른 소리를 했다.

"육손은 한낱 서생에 지나지 않으니 유비의 적수가 결코 못 됩니다. 함부로 쓰시지 않으시는 게 옳을 듯합니다."

"육손은 아직 나이가 어리고, 사람들의 우러름도 받지 못하고 있습니다. 그를 높이 세우신다 해도 다른 사람들이 따라주지 않을까 걱정입니다. 만약 다른 사람들이 따라주지 않으면 어렵고 어지러운 일이 생기고, 그리되면 또 반드시 큰일을 그르치고 말 것입니다."

고옹도 곁에서 그렇게 장소를 거들었다. 보질도 장소, 고옹과 뜻이 같았다.

"육손의 재주는 그저 한 군이나 다스릴 정도밖에 되지 않습니다. 그런 사람에게 그토록 큰일을 맡기는 것은 마땅치 못합니다."

그러자 감택이 격해 소리쳤다.

"만약 육손을 쓰지 않으면 우리 동오는 끝장이오. 나는 우리 온 집안을 걸어 그의 재주를 보증하겠소!"

손권도 그런 감택을 편들었다.

"나도 진작부터 육손이 기재임을 알고 있었소. 내 뜻은 이미 정해졌으니 경들은 여러 소리 마시오."

그렇게 잘라 말하고 육손을 불러오게 했다.

육손의 원래 이름은 육의(陸議)요, 자는 백언으로 오군(吳郡) 오(吳) 땅 사람이었다. 한(漢)의 성문교위 육우(陸紆)의 손자요, 구강도위 육준(陸駿)의 아들인데, 키가 여덟 자에 얼굴이 고운 옥 같았다.

진서장군으로 형주에 나가 있다가 손권의 부름을 받자 바람같이 달려왔다. 육손이 예를 마치기 바쁘게 손권이 말했다.

"지금 촉병이 우리 경계로 밀려들고 있소. 특히 경에게 군마를 도맡아 다스릴 것을 명하니 경은 꼭 유비를 쳐부수도록 하시오."

육손이 조용히 사양했다.

"강동의 문무 관원들은 모두가 대왕께서 예부터 알고 지내던 분들이십니다. 이 육손은 나이 어린 데다 재주까지 없어 그분들을 거느려낼 것 같지 않습니다."

말 속에 뼈가 들어 있었으나 그걸 겸양으로만 받아들인 손권이 다시 한번 육손을 권했다.

"감덕윤(闞德潤)은 온 집안을 들어 경을 보증했고 나도 진작부터 경이 기재임을 알고 있었소. 이에 특히 대도독으로 삼고자 하니 부디 마다하지 마시오."

그러자 육손은 앞말 속에 감춰져 있던 뜻을 더욱 뚜렷이 했다.

"만약 문무의 관원들이 따라주지 않으면 어떻게 합니까?"

그제서야 육손의 참뜻을 알아차린 손권은 허리에 차고 있던 칼을 끌러 육손에게 주며 말했다.

"만약 그대의 명을 따르지 않으면 이 칼로 먼저 벤 다음 그 까닭을 내게 밝히도록[先斬後奏] 하라!"

마음속으로 바라던 바였을 것이나 육손은 그대로 그 칼을 선뜻 받지 않았다.

"무거운 믿음을 입고 어찌 명을 받들지 않을 수 있겠습니까만 자리가 맞지 않은 듯합니다. 내일 모든 벼슬아치들을 모아놓고 그 칼을 제게 내려주시옵소서."

그렇게 말하며 약간 물러섰다. 실로 야심만만한 사나이였다. 거들어 감택이 한술 더 떴다.

"예부터 장수를 세울 때는 제단을 쌓고 사람들을 모아 예를 치르는 법입니다. 여럿 앞에서 백모와 황월을 내리고 병부와 인수를 주어야 장수의 위엄이 서고 그 군령이 힘을 가지게 됩니다. 이제 대왕께서는 그 예에 따라 좋은 날을 고르고 제단을 쌓은 뒤에 백언에게 대도독의 절월을 내리도록 하십시오. 그리되면 누구도 그 명에 따르지 않을 수 없을 것입니다."

손권이 그런 그들의 뜻을 못 알아들을 리 없었다. 그날 밤 안으로 제단을 쌓게 한 뒤 모든 벼슬아치를 불러모았다.

모든 게 갖춰지자 손권은 육손을 단 위로 오르게 하고 대도독 우호군(右護軍) 진서장군에 다시 누후(婁侯)로 봉했다. 그리고 자신이 차고 있던 보검과 대도독의 인수를 내리며 강동 여섯 군 여든한 주와 형(荊), 초(楚)의 모든 군마를 거느리게 했다.

"대궐 안의 일은 내가 으뜸이 되어 다스릴 것이나, 대궐 밖의 일(以外, 또는 군사에 관한 일)은 장군이 모두 맡아 다스리라."

그 같은 손권의 명을 받은 육손은 단 위에서 내려오기 바쁘게 움직였다. 서성과 정봉을 호위로 삼고 그날로 군사를 내는 한편 여러 곳에 흩어져 있는 군마들도 물과 뭍으로 함께 나아가게 했다.

삼국지 8
솥발처럼 갈라선 천하

개정 신판 1쇄 발행 2020년 3월 25일
개정 신판 3쇄 발행 2024년 1월 15일

지은이 나관중
옮기고 엮은이 이문열

발행인 양원석
펴낸 곳 ㈜알에이치코리아
주소 서울시 금천구 가산디지털2로 53, 20층 (가산동, 한라시그마밸리)
편집문의 02-6443-8842 **도서문의** 02-6443-8800
홈페이지 http://rhk.co.kr
등록 2004년 1월 15일 제2-3726호

copyright ⓒ 이문열
Illustration copyright ⓒ 2001 by Chen Uen
This Korean special edition published from CHEN UEN'S THREE KINGDOMS
COLLECTION by arrangement with Dala Publishing Company, Taipei
All rights reserved.

ISBN 978-89-255-6887-4 (03820)